KB081205

모두 죽어버렸다.

이 저택에 있는 남자를 죽이기 위해서——

마술사
오펜
뜻밖의 여행

나의 정원에 울려라, 총성

천인종족 월드 드래곤 놀드니르가 노래하는 것처럼 목소리를 잣는다······.

「나는 성역에 있는 거가?」

코르곤은 평온을 느꼈다.

엄연한 목소리. 힘이 수속된다.
폭음이 그녀를 엉망으로 찢어발긴다.

CONTENTS

나의 정원에 울려라, 총성

SORCEROUS STABBER

마술사
오펜
뜻밖의 여행

애장판 9

나의 정원에 울려라, 총성

秋田禎信
Yoshinobu Akita

일러스트 쿠사카 유야   **번역** 김정규   **디자인** 백진화
편집 김일철   **마케팅** 정다움   **주간** 박관형

나의 정원에 울려라, 총성

프롤로그

"몸이 움직이지 않겠지…… 그건 어쩔 수 없는 일이다. 그대의 몸은 지금 급속히 산화하고 있다. 즉, 썩어가고 있다."

그는 분명히 움직이지 못했다. 침대에 누워서, 뜨고 있는 눈꺼풀을 다시 감을 수도 없다. 방에는 인광(燐光)이 가득했고, 어렴풋이 연기가 감돌고 있다. 어쩌면 이건 실제 빛이 아니라 메마른 안구가 보는 환각일수도 있지만.

그리고 악취. 견딜 수 없을 정도의 냄새가 막을 수도 없는 콧구멍을 통해서 들어온다. 그 고통은 고문이라고 할 정도로 괴롭지는 않았고, 최악의 완만함만이 스멀스멀 자신을 감싸고 있는 것이 느껴졌다.

아직 의식은 있다.

그는 조용히, 중얼거렸다. 아직 모든 것이 봉해진 것은 아니다. 어떻게 할 수 없는 썩는 내 속에서도, 아직 자신은 완전히 뒤덮이지 않았다.

"살아 있다는 것이 신기하지 않은가? 생명을 유지한 채 몸만 부패하게 만드는 독…… 그다지 좋은 취미라고 할 수는 없지만. 성역은 그런 것도 가지고 있다."

그 목소리는 썩은 냄새와 마찬가지로 막을 수도 없는 고막을 통해서 들어왔다.

"현재 그대의 체중은…… 곳곳이 무너지고 떨어져 나갔으니까. 44킬로그램. 더 줄어들 것이다. 죽을 때까지 앞으로도 한참 걸릴 것이다. 자네 같은 상대를 잡아두기 위한 다른 방법이 없었던 것은 아니다. 허나, 이것은 내가 선택했다."

그렇군.

조용히 납득했다.

그리고 말로 죽이려 드는 것이다——그는 마음속에서 중얼거렸다. 이쪽의 마음을 꺾고 저항력을 빼앗아서 심문한다. 뭘 원하는 거지? 문제는 그것이었다. 뭘 알아내려는 걸까?

"유이스 코르곤…… 이것이 그대의 이름인가? 다른 이름도 있는 것 같군. 탁월한 흑마술사. 우수한 전투 기능자군. 아마도 대륙에서도 손꼽히는 실력자——실력자였지."

일부러 정정하고, 목소리는 계속해서 말했다.

"그것은 과거의 일이다. 재생은 불가능하다. 그대는 이대로 일어나지도 못하고 천천히 죽는다. 살아날 방법은 없다."

침묵. 한 호흡 정도가 아닌——긴 침묵.

"하지만 아쉽게도 이것은 심문이 아니라 처형이라네. 알다시피 성역은 네트워크를 가지고 있다. 그대들의 정보는 필요로 하지 않는다. 거래에는 응할 수 없다. 즉, 그대는 죽는다."

한 마디씩 구분해서, 그렇게 단언했다.

하지만 거짓말이다.

이것 또한 조용히 납득했다. 위협일 뿐이다.

'뭐라고 했던가——.'

단어가 생각나지 않는 채로 중얼거렸다. 사고 능력이 분명히 저하돼 있다. 뇌가 썩은 걸까——아니, 생각해서는 안 된다——어쨌거나 이것은 이쪽의 마음을 꺾기 위한 수작이다. 한마디로 그것을 위한…… 단어가 생각나지 않는다…….

'절망하게 만들기 위한.'

겨우 기억을 되찾았다. 그는 씁쓸하게 웃었다. 철저하게 우위성을 과시해서 말을 끌어내려 하는 것이겠지. 그들의 네트워크가 만능이 아니라는 정도는 알고 있다. 차일드맨의, 그리고 다미안의 네트워크도 만능이라고 하기에는 거리가 멀다. 어차피 누구를 위해서도 제어할 수 없는 마술에 불과하다. 결국 누구에게도 도움이 안 된다.

하지만, 만약에.

사고에 금이 가는 불협화음을, 듣는다.

하지만 만약에…… 성역에 있는 것은 그것과 차원이 다를지도 모른다…… 성역에는 인간종족은 바랄 수도 없는 마술의 궁극이 있으니까…….

'생각하지 마라.'

자신에게 명령한다. 체온은 올라가지 않는다. 애당초 온 몸이 불타는 것처럼 뜨거웠다. 부패할 때, 살은 열을 발한다…….

생각하지 말라고 되풀이 하고, 사고의 줄기를 바로잡는다.

드래곤 종족. 성역에 존재하는 것. 인간 종족이 대륙의 패권을 걸고 싸워야 할 최후의 적. 분명히, 영주는 그렇게 말했다.

'……나는 성역에 있는 건가!'

갑자기, 깨달았다.

목소리는 무정하게 계속 말했다.

"포기하라, 고 해봤자 그대는 계속 거역하겠지…… 단말마까지, 내 말을 분석하고, 싸울 기회를 찾고 있겠지. 알고 있다. 그대 같은 사내를 달리 몇 명 더 알고 있으니까. 그대는 전사다. 그대가 부럽다고 생각한다. 나는 전사가 아닌데도 싸워야만 한다."

그 목소리의 주인이 누구인지, 크게 무리하지 않아도 될 정도로 기억에 남아 있었다. 흐릿한 시에야 그 모습은 보이지 않았지만, 또렷하게 생각해낼 수 있다. 성복을 입은 남자. 어반라마에서 자신을 감시했었다.

직업은 암살자. 그것은 틀림없다. 성역의 에이전트라면 쉽게 상대할 수 있는 자가 아니다. 도펠 익스. 계속 싸워온 상대. 계속 그들에게 묻고 싶은 것이 있었다──물을 기회가 없다고 포기했지만. 너희는, 뭘 배신한 건가?

하지만 지금도 목소리는 나올 것 같지가 않았다.

목소리는 계속해서 말했다. 부식되는 중에, 차가운 말이 이어진다.

"최접근령의 영주. 그대는 그 남자의 수호자였던 것 같더군. 난 어떤 것인지 모르겠지만. 신참에게는 차가운 곳인 것 같다, 이 성역이라는 곳은……."

그리고는 어깨를 으쓱거리는 것 같은, 그런 기척.

"그 남자를 죽이고 오라는 명령을 받았다. 이동은, 그들이 편의를 봐준다는 것 같다. 여러모로 불만도 있지만, 드래곤 종족의 마술이라는 것이 편리하다는 점은 부정할 수 없군. 나는 산책하는 정도의 수고로 그 남자를 죽이고 귀환할 수 있다는 것 같다."

이것도 책략이다. 자신에게 말한다. 허세일 뿐이다. 그런 일이 가능하다면 영주는 이미 오래 전에 죽었을 것이다

하지만,

"둘도 없는 좋은 기회라네."

남자는 아무렇지도 않게 중얼거렸다.

"지금, 많은 인간이 그 영주라는 자를 죽이기 위해 움직이고 있는 것 같다. 나는 거기에 편승하기만 하면 되고. 그렇군. 듣자하니 그대들은 균형을 잘 이용해왔던 것 같다. 허나, 최소한의 힘으로 무너트릴 수 있기 때문에…… 균형이란 위태로운 것이다."

추가한다.

"헌데…… 반석 같은 정의를 추구하다가 실패한 남자를 알고 있나."

책략일 뿐이다. 이쪽에게 절망을 심어서 원하는 것을 손에 넣기 위한.

주문처럼 되풀이한다. 자신의 이름. 유이스 엘스 이트 에굼——

기척이 변화했다. 목소리도 변했다. 발걸음을 돌린 것 같다. 알아듣기 힘들어진 목소리가 아슬아슬하게 고막까지 전해졌다.

"여기서는 자네 동료들과 접촉할 수 없다. 도와줄 자는 오지 않는다. 내가 돌아올 때면 그대는 죽어 있다. 이번 생의 작별이다. 그럼."

그리고, 떠나갔다.

무시하고, 계속 중얼거렸다. 유이스 엘스 이트 에굼 에드 코르곤. 여러 이름을 사용하며 필요한 일도, 필요 없는 일도 해왔다.

책략…….

'난 정말 대책 없이 어리석은 놈이다!'

바보 같다. 패배를 인정하지 않아서 이길 수 있다면 고생할 필요가 없나.

'인정해라. 이건 궁지다.'

움직일 수 없다. 현재 상황을 회복할 수단은 없다.

영주에 대한 건 생각할 필요 없다. 영주는 키리란셀로를 이용할 생각이다. 그것이 잘 된다면 헤쳐 나올 수 있을 것이다. 설령 무언가과 적대한다고 해도 상관없다. 강철의 후계자를 죽일 수 있는 것은 자신뿐이다. 자신을 죽일 수 있는 것이 그밖에 없는 것과 마찬가지로. 문제가 있다면——

생각나는 얼굴이 있다. 아니, 얼굴이 아니다. 작은 어깨. 떨리는 목소리. 검술 경기자로 살아온, 훈련된 유연한 근육과 엄한 눈빛. 그녀다. 다미안의 허를 찔러서 아주 짧은 경고를 보낼 수는 있었다. 하지만 그녀가 자신의 말을 받아들였을까? 그녀에게 자신은 복수해야 할 원수다. 그녀 자신을 살해한 원수.

항상 싸워라.

죽을 때까지 싸워라. 육체가 썩어서 죽어가고 있는 지금도. 이 절망적인 상황에서도. 진다는 걸 알고 있어도.

절망…… 절망?

아니.

아직 의신은 있다. 봉인되지 않았다. 완전히 뒤덮이지 않았다. 살아있다.

아직 끝나지 않았다. 그리고 방법만 잘못되지 않는다면 최후의 승리자는 반드시 내가 된다.

제1장 첫 번째 죽음의 조짐

"여섯 명이 죽는다. 그것이 예정이다."

겨우 그것을 단정하기 위해서 어둠 속에서 기어 나온 건 아니겠지──그것을 믿을 근거가 있다고도 할 수 없다. 하지만 완전히 믿는 것 말고 다른 선택지도 없다. 그것은 그런 존재였다. 키에살히마 대륙의 악마.

"예."

그는 고개를 끄덕였다. 육체적인 의미는 아니다.

그것이 악마라면 나는 뭘까? 천사인가? 비웃는다.

"이 희생에 의해 우리는 가장 중요한 것을 손에 넣을 수 있다."

"그것은?"

"시간이다."

"미룬다고?"

"그렇다. 그 틈에 적의 목에 찔러 넣을 칼날을 연마한다. 날카로울수록 좋다."

"하긴, 이번에 이 예정에는 위험요소가 없습니다. 하지만, 그들이 속을까요?"

"속일 필요는 없다. 망설이게만 하면 된다."

악마의 목소리에는 빈틈이 없다. 완전한 신뢰. 그것을 받아 마땅한 목소리. 분명히.

그는 물었다.

"망설이는 것은, 그들만이 아니겠죠?"

"상관없다. 네트워크를 사용하는 적과 싸우는 것이라면, 아군 또한 적이 된다──적에 대한 정보원이라는 형태로."

"마음에 걸리는 것이 있습니다."

"말해보라."

"……미지의 요소가 느껴집니다. 파악하고 있는 세력에 대해서는 전부 손을 썼습니다만."

"적당히 대응하라. 그러기 위해서라면 한계까지 힘을 사용할 것을 허가한다."

"예."

통신은 거기서 끊어졌다. 악마와의 접속이 단절됐다.

정보의 어둠 속에서 그는 그 호칭을 되새겼다. 악마. 적과의 전투가 본격화된 현재, 네트워크에서 실명으로 부르는 것은 위험하다. 악마. 상대가 그 이름을 댔을 때 자신이 놀랐다는 사실에 더욱 경탄했다──수십 년 만의 동요였다.

무엇에 놀랄 필요가 있었을까? 그렇게 생각했다. 이런 일시적인 호칭 따위에 의미는 없다. 이름 따위에 의미는 없다.

그래서 자신은 이름을 대지 않았다. 네트워크의 패자로서, 이 정보 세계 안에서는 그가 이름을 달 필요 따위는 없다.

"……완전한 세계를 위해."

그렇게 중얼거린 것 또한 무의미했다. 아주 약간의 파문만을 남기고 소실되는 정보. 현실세계에서의 정보는 전부 그렇다. 정보는 반드시 마모된다. 그리고 소실된 것부터 이 네트워크 속으로 침천된다. 과거의 축적.

◆◇◆◇◆

바람은 건조한 대지의 잔해를 날려서 먼지 섞인 얼룩무늬를 하늘에 거린다. 개척업자들도 쳐다보지 않는 그 황야에는 아주 조용하게 침투해가는 아사(餓死)의 기척만이 존재했다. 예전에 이곳이 어떤 땅이었는지. 어쩌면 태곳적부터 이런 모습이었는지. 그렇다면 사막화는 그렇다 치더라도 이곳이 관대한 모래밭이 되지 않은 이유는 무엇일까. 그런 시시한 의문을 풀기 위한 지혜는 언제나 부족했다.

아무것도 없다. 죽음을 강매하는 것도 아니다. 사멸(死滅)이라는 운명이 거창하게 군림하는 것이 아니라 그저 보편적으로 모든 것을 지켜보고 있다──이쪽의 손이 닿지 않는 곳에서. 계속.

생명은 무한히 계속되지 않는다. 자손은 끊긴다. 종(種)은 절멸된다. 세계는 끝난다. 자연계에서는 그것이 옳은 것이다.

"……길 안내는 할 수 있어. 최접근령이라는 이름은 처음 듣지만, 내가 가려던 곳도 거기 같으니까. 아마도."

"아마도?"

오펜은 기묘하게 표현한 누나에게 물었다. 시야에는 황야만이 펼쳐져 있고 누나의 모습은 보이지 않는다. 그녀는 등 뒤에 있었다. 말을 걸었으면서 왜 뒤에 있는 걸까──그건 모르겠지만. 어쨌거나 그 표정은 보이지 않는다.

그는 고개를 돌렸다. 길고 검은 머리카락을 바람에 휘날리며, 투명한 눈으로 이쪽을 보고 있는 누나가 거기에 있다.

입을 꾹 다물고, 그녀는 계속해서 말했다.

"내가 왜 여기 있을 것 같아?"

씁쓸하게 웃었다──오펜은 고개를 저었다.

"몰라. 아까 물어봤을 때는 대답하지 않았어."

"그랬지."

그녀는 그렇게만 말하고 입을 다물었다.

어쩌면 처음부터 말할 생각이 없었던 걸까. 레티샤는 그대로 몇 초 동안, 시선도 살짝 다른 쪽으로 돌렸다.

그리고 항상 단정하게 유지하던 표정이 굳어졌다.

"네 힘이 통하지 않는 적을 제거하는 게 내 역할이니까."

"역할?"

이것도 영문 모를 표현이었다. 다시 묻는다.

"역할이라니, 뭘 위한 역할인데."

"누군가가 준비한 게 아니야. 네가, 자신의 역할을 스스로 찾아낸 것처럼."

"무슨 소릴 하는 거야?"

신음했다. 그러자 그녀가 바로 대답했다.

"네가 최근 몇 년 동안 경험한 일들. 전부는 아니지만 상당한 부분이──내 지식 속에 있어."

"……."

침묵은 바람이 가져가버렸다. 장난꾸러기 촛불처럼 한 순간에 사라지고, 그리고 흔들리면서 원래 크기로 돌아온다.

말이 없이, 황야에 겨우 몇 초.

계속 이해할 수 없는 말을 하는 레티샤에게, 오펜은 몇 번인가 물었다. 그 겨우 몇 초 동안에, 하지만 그 때마다 말을 삼킨다. 무슨 말을 해야 좋을지, 무슨 말을 하려는 건지도 모른 채, 목구멍 속에 어떤 말을 가둬뒀는지도 생각이 나지 않는다.

그 결과, 그녀의 말을 기다리게 됐다. 표정도 바꾸지 않은 채, 레티샤가 말했다.

"전부 가르쳐줬어. 난 지금 네트워크에 접속해 있어. 어느 정도라면 네트워크의 기능을 쓸 수도 있고. 코르곤과…… 같은 입장이라고 해야겠지."

"포르테 짓인가. 스파이라니, 악취미네."

《탑》에서 유일하게——아니, 대륙 서부에서 유일하다고 해야 할까——네트워크를 취급할 자격을 가진 사형의 이름을 중얼거리며 레티샤를 봤다. 그녀는 씁쓸하게 웃은 것 같았다. 표정은 그다지 달라지지 않았지만.

"내 말을 어떻게 해석할지는 네 마음에 달렸어."

"역할이라고 했지."

그녀가 여기에 온 이유는 이제 아무래도 상관없다——포르테가 그녀를 보냈다면 나름대로 이유가 있어서겠지. 더 말하자면 그녀가 그 지시에 따른 것도 나름대로 이유가 있기 때문일 것이다. 그것은 알아내려고 해봤자 소용없다. 말하고 싶어지면 알아서 말할 테니까.

그보다 신경 쓰이는 것이 있었다. 오펜은 레티샤에게 한 걸음 다가가서는 바람을 거스르며 신음하듯 말했다.

"내 역할이란 게, 뭐야."

"누군가가 준비한 게 아니라고 했잖아. 네가 스스로 결정했을 거야."

"내가 뭘 정했다는 건데?"

그것은 의문이 아니라, 그저 중얼거린 말이었다. 누구한테 물어봤자 답이 돌아올 리가 없다. 이 황야의 광경이 자연이 기다리는 운명이라면, 마찬가지로 인간의 삶에도 특별한 역할 따위는 없다.

죽는 방법에도 의미 따위는 없다. 그래도 감정만이 그것을 거부한다.

바람이 불었다. 지금까지와 같은 정도로.

"……내 힘이 통하지 않는 적?"

오펜은 대기의 흐름에 휘둘리는 자신을 내려다보는 심정으로, 작은 소리로 물었다. 레티샤는 허리에 손을 대고 딱 잘라서 대답했다.

"지금부터 만날 거의 모든 상대."

"전부 다 적이라고 하는 거야?"

"그렇게 되겠지."

그리고 레티샤는 잠깐 얼굴을 찌푸렸다. 슬쩍, 고개를 옆으로 돌리고——

"어쩌면 그 여자도."

"이르기트 말이야?"

누나와 같은 쪽을 보면서 물었다. 거기에는 이르기트가 있어야 했다. 왕도에 모인 최고의 흑마술사들, 《13사도》의 일원인 이르기트 스위트하트.

레티샤는 턱만 살짝 움직이는 정도로 고개를 저었다.

"경우에 따라서는, 말이지."

"영문을 모르겠어. 대체 무슨 소리야?"

짜증을 참으며, 물었다. 오펜은 그녀를 보면서 계속 말했다.

"뭔가 착각하는 거 아냐? 나는 그 영주라는 자의 초대를 받고 그 작자를 만나러 가는 거야. 클리오 쪽이 신경 쓰이긴 하지만, 놈들의 의도를 확실히 알기도 전에 적으로 단정하는 건 위험하잖아. 코르곤도 영주인가 하는 놈한테 협력하고 있잖아?"

"그에게는 그의 역할이 있어. 모르겠는 건 영주라는 인물의 역할이야."

"그 역할이라는 말 좀 그만 하면 안 돼. 왠지 누군가가 억지로 떠넘기는 것 같아서 불편하거든."

이쪽의 말에 누나가 표정 하나 바뀌지 않은 것 때문에 짜증을 내면서 말했다.

그녀는 딱히 뭐라고 대답하지도 않았지만 알아 듣기는 한 것 같았다. 다시 말했다.

"많은 사람들이 움직이고 있어. 그 모든 이들의 집약점에 있는 게 그 자칭 영주라는 사람이야. 그만한 인물의 존재가 외부인에게 전혀 알려지지 않은 것도 자연스럽지 못한 일이고——"

그리고, 뭔가를 알아차린 것처럼 말을 멈췄다. 다른 목소리가 끼어들었다.

"최접근령의 영주는 귀족연맹의 톱 시크릿이야. 우리도 그 실태는 파악하지 못했어. 그 이름이 최소한 20년도 전부터 들려왔는데도 말이지."

고개를 돌렸다. 그랬더니 무너져가는 바위 뒤에서 슬쩍 엿보는 것처럼, 여자 한 사람이 모습을 드러냈다. 밝아 보이는 윤곽에 차가운 그늘이 진 것이 보인다.

그녀는 그 바위 뒤에서 한 걸음 걸어 나와서 계속 말했다.

"이제 와서 《13사도》 상층부에서 그 남자의 실상을 밝히라는 명령이 내려온 건, 귀족연맹을 무시한 독단적인 판단이야. 귀족연맹이 우리 움직임을 알게 되면, 목이 날아가는 사람이 한 둘이 아니겠지.”

“다 들었어?”

레티샤가 물었다. 나타난 여자는──이르기트는 알기 쉬울 정도로 거창하게 씁쓸한 미소를 지었다.

“알고 있었잖아?”

“아니. 미안하지만 관심도 없어서.”

“아~ 그러셔~.”

그리고 잠시 험악하게 눈싸움을 하고──기력이 떨어졌는지, 이르기트는 한숨을 쉬고 고개를 숙였다.

“아무튼. 네가 하고 싶은 말이 뭔지는 알겠어.”

“난 전혀 모르겠는데.”

혼자 따돌림 당한 기분으로 투덜댔다.

이르기트가 또다시 씁쓸하게 웃었다.

“동료한테 버림받기는 했어도 난 어디까지나 《13사도》고, 너희는 그게 아니라는 뜻이야.”

“임무를 수행해야 한다?”

“그래. 난 최접근령에 잠입해서 영주를 찾아야해.”

물어봐도 되는 걸까──

거기에대한 확신은 없었지만 오펜은 입을 열었다. 이 질문을 하면 그녀가 적이 될 수도 있다는 걸 자각했지만, 그래도 물을 수밖에 없었다.

“……그쪽 임무는 그렇다 치고, 시크 마리스크, 그리고──”

“카콜키스트 이스트한. 알고 있어. 그들의 임무는 아무래도 나랑 다른 것 같아.”

포기한 건지 힘없는 목소리로, 이르기트가 신음했다.

"그 사람들은 암살 기능자. 그것도 아주 뛰어난. 키리란셀로 군, 현역에서 물러난 너하고는 달라."

"난 딱히 현역 암살자였던 적이 없는데."

중얼거렸다. 저절로 입이 튀어나온다.

하지만 그녀는 딱히 신경 쓰지 않은 것 같다. 그대로, 계속 말했다.

"그 사람들이 지금까지 그런 임무를 맡았다는 공식 기록은 없지만——당연한 일이지만——, 소문 정도는 들렸어. 키리란셀로 군도 기억하고 있겠지만, 암살 기능자로서 전투 훈련을 받은 마술사한테 꼭 따라다니는 그 소문 말이야. 믿고 싶지는 않지만 아무래도 부정할 수도 없을 것 같아."

그 때, 레티샤가 물었다.

"그 사람들 임무가 암살이라면, 어째서 네가 같이 오게 된 거야? 그냥 거치적거리기만 할 텐데."

레티샤를 노려보고, 이르기트가 대답했다.

"나한테 이 임무에 동행하라고 한 건 마리아 선생님이야. 아마도…… 선생님은 알고 있었을 거야. 그래서 나한테 스토퍼 역할을 하라고."

거기서 갑자기 말이 끊어졌다.

그녀가 무슨 말을 하려고 했는지, 그리고 왜 멈췄는지. 그것은 쉽게 알 수 있었다. 역할.

그것을 떨쳐버리려는 듯이 이르기트가 큰 소리로 말했다.

"그 사람들을 막아야해."

"코르곤이다."

"뭐?"

갑자기 중얼거린 말에 이르기트가 깜짝 놀랐다. 레티샤는 이미 알 아차렸는지 고개를 숙인 채 움직이지 않았다.

생각난 것이 있다. 현역 암살자…… 그렇다면.

'다른 누구보다 그 자식이잖아.'

오펜은 다시 말했다.

"코르곤이다. 영주를 위해서 움직인다고──그 녀석이 자기 입 으로 그렇게 말했어. 그렇다면 위험한 건 그 두 사람이야. 되레 당 할걸."

역할.

자기 목소리로, 자기 마음에 울리는 말.

그것이 코르곤의──틀림없이 키에살히마 대륙 최고 암살자의, 역할.

"한 가지 중요한 일을 잊어버린 것 같아."

그것은 누구나, 언제나, 뭐든지 그렇다. 소리 내지 않고 마음속에 서만 중얼거린다.

굳이 대답하지 않은 것은 애당초 그 목소리가 자신에게 한 말이 아 니었기 때문이다──떨어진 곳에서, 어째선지 굳이 바위 위에 떡 버 티고 서서 얘기하는 지인 형제를 보며, 로테샤는 멍하니 흐릿해지는 감정을 확실치 않은 모양으로 하늘을 향해 퍼트리고 있었다. 생각이 정리되지 않는다. 사람의 마음이 뇌에 있는 건지 심장에 있는 건지, 예전에 철학자가 고민했다고 한다. 하지만 어느 쪽도 아니다. 마음은 육체 따위에 존재하지 않는다. 그렇다고 영혼이라는 불확실하고 애매한 것이 어딘가에 있는 것도 아니다. 한마디로 인간에게 마음 따위는 없다.

그렇게 생각한다. 하지만, 역시, 소리 내서 말하진 않는다. 아버지의 유품인 검을 살짝 끌어안고, 그녀는 탄식했다. 인간에게 마음 따위는 없다. 이 탄식에도 의미 따위는 없을 것이다…….

"중요한 것을 잊어버린 것 같다, 도틴."

대답이 없어서 불만인지, 그 지인이 같은 말을 되풀이했다. 그 바위 아래에 앉아 있던 또 한 사람의 지인이 힘없는 목소리로 대답했다.

"한두 가지가 아닌 것 같은데."

"그런 것도 같지만, 그래도 중요한 건 하나다. 무엇보다 우리가 대체 왜 이런 곳에 있는 거냐?"

어째서 이런 데 있는 걸까. 그들이 아니다. 자신은 왜 여기에 있는 걸까.

마음도 없는 주제에, 의문은 끊이지 않았다. 의문의 숫자가 아니다. 의문의 깊이가 끊이지 않는다. 발까지…… 허리까지…… 가슴까지…… 한없이 가라앉았는데 아직도 바닥이 없다. 게다가 빠져나올 수도 없다. 의문은 끝이 없다.

'난 왜 여기 있는 거지?'

뻔하다. 에드를, 자신의 전 남편을 죽이기 위해서. 이 손으로. 이 검으로.

'······이 검, 으로?'

아버지의 유품인 검으로. 다루는 방법도 모르는 마검으로, 에드를 죽인다.

에드. 코르곤. 유이스.

많은 사람들이 제각기 다른 이름으로 그 남자를 부른다. 자신이 모르는 이름으로 그를. 결국 그것은 자신이 그에 대해 아는 것이 거의 없다는 뜻이다——이름 숫자만큼, 모르는 그가 있다.

'그런 것들을 일일이 깨닫게 하지 않아도 되잖아?'

혼잣말을 했다.

에드. 그는 에드.

그때 지인이——도틴인가 하는 동생 쪽이 중얼거리는 소리가 귀에 들어왔다.

"왜긴, 형님이 그 긴 머리 마술사랑 약속하지 않았던가."

"음. 그렇군. 그 빚쟁이랑 만나게 되면 사례를 한다고 했었지."

"했었지."

"하지만 사례를 받지 못했다."

"못 받았네."

"······어쩌지."

"아니, 왜 거기서 마음이 약해지는데."

그런 대회를 별 생각 없이 들으며, 로테샤는 다른 말을 떠올리고 있었다. 바람속에 나타난 환상이. 했던 말.

『자신을 지켜라!』

그것은——

'······날 걱정해주는 거야? 어째서?'

도무지 의미를 모르겠다.

의미 따위는 없는 건지도 모른다.

그렇다면 생각해봤자 소용없다…… 그것은 바람 소리가 우연히 그런 소리처럼 들렸던 것뿐이라고 생각할 수도 있다. 마음 따위는 없다. 단순히 복수를 바라는 자신의 육체와 그 목표의 육체가 있을 뿐. 두 사람의 관계일 뿐이다. 그 사이에 오간 말들에 의미 따위는 없다. 들을 필요도, 생각할 필요도.

'없어? 정말로?'

"그렇지 않다."

바위 위에 있는 지인이 단언했다.

동생 쪽이 거기에 대답했다.

"하지만 그쪽은 사례하겠다는 얘기를 완전히 잊어버린 게 아닌가 도 싶은데."

"은근슬쩍 물어보는 건 어떨까?"

"예를 들어서?"

그렇게 묻는 목소리에는 80% 정도 포기한 기색이 담겨 있는 것 같았다.

"내놔."

"괜찮겠네."

완전히 포기한 말투로, 동생이.

자신과 관계없는 대화──그 일부가 머릿속에 울리는 것을, 로테샤는 그야말로 남의 일처럼 듣고 있었다.

내놔. 그러면 된다. 내놔…….

그렇게 빼앗은 무언가.

그것이 자신과 그 사이에 걸쳐 있다. 하나가 아니다. 너무나 많은, 많은 것이. 이 마검도 그 중 하나였다.

"그러냐? 리허설은 충분한가? 알았지, 기회는 한 번뿐이다. 왠지 그런 기분이 드니까. 좋은 기회다. 실컷 뜯어내자."

"잘 되면 좋겠네. 아니, 정말로. 뭐랄까, 진짜로."

그렇게.

충분하고 남을 정도로 포기한 목소리——한마디로 울먹이는 소리로 들리기도 했지만——로 되풀이하는 지인에게, 로테샤가 말을 걸었다. 충동적으로, 일어나면서.

"저기."

지인들의 반응은 둔했다. 자신의 존재를 잊어버린 건지도 모른다. 아마도, 그렇겠지. 놀랐는지 눈을 껌벅거리면서 이쪽을 보고,

"왜 그러시죠?"

안경을 고쳐 쓰며, 동생이 물었다. 왠지 주눅이 들면서, 로테샤가 말했다.

"다들, 어디 있을까."

"저쪽 같은데요."

그렇게 말하면서 가리킨 쪽을 봤다. 어느 쪽을 봐도 똑같은 황야. 태양의 위치만이 일정한 궤적을 그리면서 천천히 변화하고 있다. 그림자가 달라져도 이 바람 부는 황야에서는 별 차이가 없다. 하지만 가야 할 방향이 딱 하나라고 지시해준다면, 이런 토지에도 의미는 있다.

'아니…… 의미는 없어…… 없을 텐데…….'

조여 드는 가슴 속에서 공기를 짜냈고, 그것을 목소리로 만들

었다.

"저도, 다녀올게요."

"그러세요."

그것 뿐. 그 말을 뒤로하고 걸음을 옮겼다.

발자국도 남지 않는다. 아무도 자신을 봐주지 않는다. 아버지는 돌아가셨다. 에드는 떠났다. 자신은…… 죽지 못했다.

의미도 없는 이 세상에서, 아직도 살아 있다.

'이런 허무감…… 바보 같아.'

자신에게 투덜대고, 더 빨리 걸어갔다.

'복수가 허무하다니, 말도 안 돼. 나는 해낼 거야.'

에드는 만만치 않은 적이다. 그것을 알고, 마음이 약해졌다. 단지 그것뿐이다.

덜그럭덜그럭, 바퀴가 굴러가는 소리를 내며 휘몰아치는 거친 바람에 등을 떠밀리며──로테샤는 앞으로 나아갔다.

첫……

입술 사이로 흘러나온 소리는 혀를 차는 소리가 아니라 어금니가 쓸리면서 낸 소리다. 10년도 넘게──말 그대로 10년도 넘게 계속 악물다보니 완전히 뭉개진 어금니가 삐걱대는 소리.

한 순간의 접촉일 뿐이었다. 하지만 먼저 기습공격을 한 것은 자신이었는데. 부서진 것은 자신의 반신이었다. 육체가 아니다. 부적만큼도 도움이 안 되는 보디 아머 절반을 고정하는 끈을 뜯어버리고 화끈하게 날아가 버렸을 뿐이다. 뭘 맞았는지는 잘 모르겠다. 하지만 접촉이었다. 단 한 순간의 접촉.

그런데 폭발물이라도 쓴 것처럼 아머를 뜯어내버렸다.

'좀 하는데……!'

황야의 땅바닥에 신발 바닥을 비비면서 쓰러지려는 몸을 버티고, 위노나가 신음했다. 방어구는 어떻게 되건 상관없다. 어차피 의미는 없다. 왼손에 든 권총을 고쳐 쥐고, 방아쇠울 밖에 얹어뒀던 손가락을 방아쇠에 건다.

'어디로 갔지?'

반동을 무릎을 흡수하고, 동시에 주위를 둘러본다. 적의 모습은 보이지 않았다. 기척도 느껴지지 않는다. 호흡소리도 들리지 않는다. 대기의 흐름과 고동 같은 일치하지 않는 불쾌감이 목덜미를 쓰다듬는 것처럼 신경을 건드린다.

신경섬유는 육체 안에 있으면서도 바깥과의 접촉을 민감하게 호소했지만, 정작 중요한 적의 위치는 탐지하지 못했다. 적의 움직임을 눈으로 쫓는다. 그런 아마추어 같은 짓을 해야 하다니!

'한마디로…… 이 적과 내 힘 차이가 프로와 아마추어 정도라는 건가.'

움직임을 멈췄다. 멈춰선 자세 그대로, 다시 주위를 살폈다.

숨을 곳이 많은 것도 아니다. 그런데도 이 적은 기척을 완전히 감췄다. 땅속으로 꺼졌는지, 하늘로 날아서 도망쳤는지——그렇게 생각할 수밖에 없었지만. 주위를 둘러보니 무너지다 만 바위와 팔 하나는 들어갈 것 같은 땅바닥의 균열, 썩은 나무 같은 것 외에는 보이지 않는다. 모래색으로 물들어버린 바람.

짐작도 할 수 없을 정도는 아니었다.

사람 하나가 숨을만한 장소는 분명히 있다. 그 숨을 장소라면 지형을 가리지 않는다. 얼어붙은 호수 위가 됐건 어디가 됐건, 틀림없이 몸을 숨길 수 있다. 땅속으로 들어가는 것과 마찬가지로.

위노나는 전방으로 몸을 날렸다. 낙법을 취해서 구르고, 뒤쪽으로 몸을 돌리며 일어났다. 예상대로, 적은──자신의 뒤쪽에 숨어 있었다.

시야에 사람 모양의 검은 그림자가 보이려고 한다. 순간.

"──?!"

안구에 격렬한 통증. 왼손에 충격. 발포음──방아쇠에 얹은 손가락을 움직인 탓에 권총이 폭발했겠지. 시야가 닫혀서 그 탄환이 어디로 날아갔는지는 알 수 없었다. 적에게 맞지는 않았겠지. 그렇게 편리한 물건이 아니다. 적과의 거리는 몇 미터나 됐다. 탄도가 안정되지 않는 이 디디의 탄환은, 코앞에서도 명중을 기대할 수가 없다.

그보다도 눈이다. 눈꺼풀을 문지르고 싶은 유혹을 필사적으로 참았다. 자신에게 있어 적이 원거리에 있다는 것은, 적에게 있어 자신도 그와 같은 거리에 있다는 뜻이 된다. 회전하는 이쪽의 움직임을 잘 보고, 안구를 정밀하게 공격했을 리가 없다. 마술사라도 된다면 모르겠지만. 주문을 외우는 소리는 들리지 않았다.

얼굴에 서늘한 기운이 느껴졌다. 피부의 수분을 빼앗아서 휘발시키는 뭔가의 감촉.

'약품을…… 뿌렸나?'

그렇다면 어느 정도 거리가 떨어져 있어도 눈을 멀게 만들 수 있다.

짐작되는 약품 종류 며 가지가 바로 머릿속에 떠올랐다──하지만, 의미는 없는 일이다. 즉사성 맹독일 수도 있고, 그냥 구정물일 수도 있다. 어쨌거나 몇 초 동안 눈을 뜰 수 없다는 사실에는 변함이 없다. 그 사실만이 엄연히 존재한다. 기척을 읽을 수 없는 적 앞에서 시야가 막히고, 그리고 아마도 몇 초 사이에 적은 틀림없이 다음 공격을 가할 것이다. 그 현실만이 냉엄하게 존재한다.

'죽는다.'

이번엔 아머가 아니라 갈빗대를 폭발시킬 것이다. 그 다음에는 내장일까. 그 다음에는 등골일까. 어느 쪽이건 죽을 것이다.

'하지만.'

적이 제로 거리의 접촉으로 이쪽의 몸을 날려버릴 수 있다는 건 알고 있다.

하지만 이쪽도, 그 거리라면 탄환을 있는 대로 때려 넣을 수 있다. 그 중에 한 발이라도 적의 신경 깊숙한 곳에 박아 넣는다면 제 몫을 할 수 있다.

그 뒤에 살아있을지 아닌지는 지금 생각할 일이 아니다.

기다린다.

디디 안에 있는, 남은 탄환 다섯 발. 한 발 한 발이 사람의 목숨을 손쉽게 빼앗지만, 천 발을 쏴도 엉뚱한 방향으로 날아가 버릴 수도 있는 불확실한 살인 병기.

정비는 잘 해뒀다. 기계적인 폭발은 아니다. 탄은 전부 쏠 수 있다. 그렇게 자신을 달랬다.

기다리기를 한 순간. 애타게 기다리는 몇 순간.

그것이 몇 초로 변했고──그녀는 눈을 떴다.

눈물 때문에 시야가 엄청나게 흐릿했지만, 그래도 보이기는 했다. 희미하게나마 망막에 비친 것은 황야의 풍경. 지옥 한 걸음 앞의 죽은 대지. 최접근령…….

적의 모습은 없었다. 그녀는 오로지 혼자서 그곳에 서 있었다.

권총을 내렸다. 손으로 얼굴을 훔쳤다. 눈에 뿌린 것은 약품이 아니었다. 손바닥에 묻은 흙덩어리를 보고 씁쓸하게 웃었다. 모래를 뿌렸을 뿐이다. 적은 이쪽이 눈을 감은 사이에 도망쳤다.

"이판사판 도박은 안 한다는 건가…… 재미없는 상대네."

혼잣말을 했다.

굴욕은 느껴지지 않았다. 살아남은 것을 인정했다. 단지 그것뿐이다. 자신이 싸우던 상대가 어떤 존재인지를 생각해보면 단지 그것뿐이다.

'도망쳐봤자 갈 곳은 뻔하니까. 영주님이 계신 곳까지 아직 많이 남았고, 난 추적을 포기하지 않을 거야.'

그리고.

걸음을 옮기려다가 곁눈질로 기척을 파악했다. 적이 아니었다. 경계하지 않고, 그저 발을 멈췄다.

거기에 있는 것은 자신보다 약간 키가 작은 무뚝뚝한 남자의 모습──그것이 남자도 여자도 아니고 무엇보다 인간도 아닌, 그런 존재라는 것을 지식으로는 알고 있다. 하지만 그래도 실제로 있다는 느낌과 함께 거기에 있는 남자의 모습에서 부자연스런 부분을 찾기도 힘들었다.

대륙 마술의 하이 마스터. 최고이자 무비의 마술사. 다미안 르우. 그를 바라보며, 위노나는 입을 열었다.

"······드디어 저 세상에 갈 날이 온 건가? 이 심도까지 적의 침입을 허락한 적은 없었을 텐데."

내뱉은 말에서 피 맛이 났다. 자기도 모르는 사이에 입안에 상처가 난 것 같다. 침과 함께 빨간 녹 덩어리를 뱉었다.

다미안에게는 변화가 없었다. 마치 허공에 앉아있는 것 같은, 뒤꿈치를 든 기묘한 자세로 말했다.

"유이스가 호출에 응하지 않는다."

"아까도 들었어. 그래서 절차를 바꿨잖아? 그 아가씨네는 어떤 거야."

"지금 영주님과 이야기하고 있다. 딱히 문제는 없다."

"그렇다면 이쪽도 문제가 없게 해줬으면 좋겠는데."

빈정대고, 위노나는 콧방귀를 뀌었다. 두 팔을 벌리고 말했다.

"그 고스트 현상은 진부했어. 하나도 안 통했잖아."

"《13사도》 놈들, 잘도 그 정도 마술사를 쓰고 버릴 결심을 했군."

"평소엔 최강의 마술사라고 거만을 떨더니, 이런 때에 수준이 떨어지는 상대도 어떻게 못 한 건 그쪽 아닌가?"

짜증을 터뜨렸다. 예상대로 다미안은 꿈쩍도 안 했지만.

그 최고의 백마술사는 조용히, 정해진 문구를 입에 담았다.

"외적을 처치하는 것은 유이스의 역할이다."

"영주님을 지키는 게 우리 역할이야. 뭐가 다른데?"

"설령 이 최접근령에 들어온 것이 마인 플루토라 해도, 나는 그것을 멸할 수 있다."

허영이 아닌 차분한 말투로, 백마술사가 말했다. 처음부터 이 남자에게——아니, 이 존재에게 허영 따위는 없다는 걸 오래 전부터 알고 있지만.

"하지만 그렇게 되면 나는 거의 모든 에너지를 써버리게 된다. 나는 결코 온 힘을 다해서 싸울 수가 없다. 그것은 백마술의 한계이자 제약이다. 내가 힘을 다 써버리면 최접근령은 무방비해진다. 어번라마에서의 일 때문에 성역에 우리의 존재가 알려졌다. 모험은 할 수 없다."

"그럼 유유자적하게 죽든지. 당신 혼자만. 영주님은 지킬게, 내가."

결국——

진정한 의미로 영주를 수호하는 것은 속내를 알 수 없는 흑마술사도 영문 모를 백마술사도 아니다. 자신뿐이다. 자신만이 이 최접근령에서 진정한 의미로 영주를 섬기고 있다.

이 최접근령에 동지라고 부를 수 있는 동료도 있다. 한둘이 아니다. 하지만 자신뿐이라는 점에는 변함이 없다.

"누가 오건 내가 죽일 거야. 그러면 되지? 지금 사라진 놈의 위치를 알려줘. 쫓아갈게.

"족적을 놓쳤다."

"……뭐?"

슬슬 짜증이 최고조에 달했다——미간에 깊은 주름을 새기고, 신음했다.

"농담 하는 거지?"

"농담 따윈 할 생각 없다. 아무래도 적은 네트워크의 감시망을 피하는 방법을 알고 있는 것 같다."

"언제가 됐던 그쪽이 도움이 되는 날이 오면 좋겠네. 사람들을 모

아. 트린키랑 라이드라면 근처에 있을 테니까. 그래도 부족하면 그 흑마술사들한테 머리라도 숙여서 부탁하고."

그렇게 내뱉고 걸음을 옮겼다. 기척을 포착할 수 없다면 눈으로 쫓는 수밖에 없다. 마찬가지로 다미안이 도움이 안 된다면 직접 찾는 수밖에 없다.

'마술사는 이상을 구현할 수 있다.'

그것은 증명되지 않은 역사──한마디로 실증되지 않은 역사이기는 했지만 믿을만한 일이기는 했다.

'현실이라는 현상에 지지 않는 이상. 그것을 구현할 수 있다. 마술이라는 단적인 성과에 의해, 마술사는 그 이상을 믿을만한 확증을 얻었다고…… 그 말을 한 사람은.'

그 말을 한 사람은, 누구였을까. 그녀는 생각이 나지 않았다. 자신은 아니다. 교사도 아니다. 자신이 알고 있는 누군가도 아니다. 이르기트는 도움이 안 되는 기억을 더듬으면서 말없이 타협했다.

아마도 먼 옛날의 마술사라든지 그런 사람이겠지──대륙 마술사 동맹 결성 당시의 연설 때 했던 말이라면 그럴 수도 있을 것 같다. 마술사는 이상을 구현할 수 있다. 어리석은 과거와 결별할 수 있다. 자식에게 부끄럽지 않은 세상을 만들 수 있다. 분명히, 연설답다. 훌륭한 연설이라고 할 수는 없지만 청중들은 좋아했겠지.

이상에 승리하는 것이 이상을 모호하게 만든다는 것은 아무도 생각하지 않았던 걸까?

"이거 기억 나?"

그녀는 고개를 들고 미소를 지었다.

"언제였더라, 네가 산중 훈련에 수영복을 가지고 와서——"

"손이 놀고 있어."

차가운 목소리가 돌아왔다.

굳이 항변하지 않고, 이르기트는 자기 손을 봤다. 묵직한 연사식 보우건을 장탄하던 중인 손이다.

레티샤의 가방에서 네 발이 한 묶음으로 되어 있는 카트리지를 찾아내고, 그녀는 고개를 저었다. 너무나 어리석다.

레티샤는 이쪽으로 등을 돌리고 언더웨어 위에 묵묵히 검은 가죽 전투복을 입고 있는 중이었다——《탑》에서는 표준 장비지만, 왕도의 스쿨에서는 이미 오래전에 시대에 뒤처졌다고 폐기된 것이다. 내인섬유(耐刃纖維)와 가죽을 조합해서 강도도 뛰어나고, 곳곳에 무기를 숨겨서 휴대할 수도 있다. 하지만 장거리 이동에는 적합하지 않고, 오랫동안 입고 지내는 데는 더욱 적합하지 않은 물건이다. 그래도 그것은 자신을 포함한 《탑》의 마술사들이 신봉하는, 일종의 우상이었다.

당연한 얘기지만 레티샤는 이르기트의 몫까지는 가지고 오지 않았다. 옷의 등 쪽으로 긴 머리카락을 꺼내고 재빨리 고정구를 잠그는 그녀를 지켜보며, 이르기트가 중얼거렸다.

"네가 무기를 쓰는 줄은 몰랐네."

"그야, 평소에 쓸 물건은 아니니까."

레티샤는 아무렇지도 않게 말하고는 어깨 너머로 이쪽을 봤다. 계속해서 말했다.

"너도 쓸 만 한 게 있으면 가지고 있는 게 좋을 거야. 여분을 꽤 많이 가지고 왔으니까…… 어차피 다 들고 갈 수 없는 건 여기에 방치할 거야."

"난…… 됐어."

자기가 생각해도 놀랄 만큼 약한 목소리가 흘러나왔다. 카트리지를 보우건에 끼워넣고 안전장치 역할을 하는 핀을 누른 뒤에 레티샤에게 건넸다.

쓴웃음은 감출 수가 없었다.

"이런 걸 어디서 구했어? 설마 무기 상인이랑 아는 사이는 아니겠지?"

"포르테의 교우관계를 그림으로 보여줄까? 등쳐먹기만 해도 충분히 먹고 살 수 있어."

그다지 농담 같지 않은 말투로 대답했다. 이르기트는 텅 빈 손을 내려다보고, 하는 김에 바닥에 놓인 레티샤의 가방 쪽으로 시선을 옮겼다. 분명히 농담이 아닌 것 같다.

전투복을 입은 레티샤 마크레디는 왠지 마리아 폰을 연상케 했다——동시에, 이르기트가 아는 중에서 가장 특화된 흑마술사. 분명히 타입은 닮았다. 겉모습은 전혀 닮지 않았지만, 마리아 교사가 너무 젊은 탓에 자신과 그녀와 스승은 기묘한 관계였다. 마리아 폰과 레티샤 마크레디는 기초 클래스의 선배와 후배, 그리고 자신과 마리아 교사는 사제관계다. 자신과 레티샤는 나이 차이도 얼마 안 나는데. 생각해보면 레티샤와 그 스승, 차일드맨 파우더필드도 다섯 살밖에 차이가 나지 않았다.

그런 레티샤가 가방 위로 몸을 숙이고 검은 종이로 둘둘 만 작은 나무 상자를──손으로 던지는 폭탄 같기도 했지만, 설마──꺼내는 모습을 지켜봤다. 그녀는 차례로, 무슨 콩트처럼 가방에서 무기를 꺼냈다. 칼집에 들어 있는 대형 나이프, 두툼하고 꼴사나운 패링 대거, 접이식 진압봉, 벨트에 죽 매달린 여러 개의 투척용 단검은, 정육점 처마 밑에 매달린 소시지처럼 보였다.

마지막으로 가느다란 체인을 왼팔에 감으면서, 레티샤가 눈을 찡긋했다.

"아, 이거 키리란셀로 거야."

"뭐?"

되물었다. 가방 속에 남아 있던 것은 골판지로 만든 신발 상자였다.

그녀가 꺼낸 그것을 향해, 은근슬쩍 손을 뻗었다──눈짓으로 물어봤지만 레티샤는 딱히 말리지 않았다. 그대로 상자 뚜껑을 열었다. 그랬더니.

숨이 막힐 것 같은 격렬한 통증에, 이르기트는 비명을 질렀다. 폐를 쥐어짠 것은 자신의 근육이었다. 눈앞이 새카매졌다. 자신이 본 것을 그대로 받아들인다면, 한마디로. 하나의 결론밖에 도출할 수 없다. 레티샤 마크레디. 《탑》의 최고 엘리트 흑마술사. 이 여자는 미쳤다.

"이거…… 너!"

그것을 표현할 말을 떠올리지 못하고, 소리쳤다. 하지만 레티샤는 태연하게 이쪽을 보고 있을 뿐이었다. 미친 건 너라는 것처럼.

"《탑》의 최고 기밀이야. 어차피 발안자는 선생님이지만."

"난 지금은 《13사도》야?! 알고는 있어?!"

"'헤일스톰'──키리란셀로가 쓰는 방법을 잊어버리지 않았다면 좋겠는데. 이거 전용 훈련을 받은 건 코르곤이랑 키리란셀로 뿐이니까."

이쪽의 말을 무시하고, 레티샤는 담담하게 말해. 차가운 눈동자에 예전에 많은 남학생들이 자신에게 보여주기를 바랐지만 이루지 못했던, 약간의 열기 덩어리를 깃들이고. 그대로 계속 말했다.

"섬세한 무기라서 신뢰성은 낮고, 마술에 비하면 위력도 떨어지지만, 그래도…… 아마 필요하게 될 거야."

기사는 왕권에 의한 치안 구상 속에서, 하나의 무기를 상징으로 삼았다.

그것은 평화의 이상이었다. 그 누구도 그 무기에 거역하는 일이 없기를 바란다.

권총. 그것도 여기에 있는 것은 왕도에서 실제로 기사들에게 지급되는 구태의연한 물건과 전혀 다르다.

'소문 정도는 들은 적이 있지만…….'

실물을 보니 몸이 떨렸다. 《탑》에서 극비리에 차세대의 능력을 지닌 권총과, 그리고 그것을 완전히 새로운 형태로 운용하는 방법을 개발했다는 것은, 어지간히 소문에 관심이 없는 자들 외에는 다 알고 있는 일이었다. 외견은 기존 권총과 비슷한 것 같으면서도 전혀 다르다. 어쩌면 공통된 점은 살인에 대한 철의 의지뿐이었다──방아쇠를 당기면 사정없이 죽음을 선사하는 명확한 기능. 그것만을 위한 장치.

레티샤의 손이 조용히 뚜껑을 닫았다.

그리고 조용히, 정말로 조용하게 말했다.

"너도 뭔가 무장을 하는 게 좋을 거야."

"난 됐다고——"

순간.

강렬한 힘에 떠밀렸다. 아니, 가슴팍을 움켜쥐고 뒤에 있는 바위에 처박았다——레티샤가 일어나는 모습은 보이지 않았고 손이 움직이는 것도 전혀 파악하지 못했다. 격렬하고 강하게, 그러면서 천천히, 이 전투복 입은 마술사가 발휘하는 악마 같은 악력에 목이 뭉개지는 것을, 이르기트는 목소리도 내지 못한 채로 체감했다.

조용한 목소리로, 레티샤가 말했다.

"확실히 말할게. 넌 방해돼."

이쪽의 움직임을 막고, 레티샤는 코가 닿을 정도로 얼굴을 들이댔다. 숨결까지 느껴지는 거리에서, 계속 말했다.

"네가 있으리라고는 예상도 못 했어. 넌 거치적거리게 될 거야. 키리란셀로도 나도, 널 신경 쓰다가 죽을 지도 몰라."

"왠지 바보 같은 소리네."

레티샤가 손가락의 힘을 살짝 푼 것을 말하라는 신호라고 믿고, 이르기트는 간신히 목소리를 냈다——갈라진 목소리로, 신음했다.

"뭐야, 이 장비는. 누구랑 싸우려고 준비한 거야——"

"이래도 부족해."

바로 대답했다.

목을 조이고 있는 레티샤의 손목을 움켜쥐었다. 이리시트는 상대의 눈을 노려보며, 자기도 힘을 줘서 밀어냈다. 떨리는 숨소리를 말로 바꿨다.

"시크랑 똑같은 소리를…… 하네. 최접근령의 영주. 너, 뭔가 알고 있는 거 아냐?!"

상대는 한쪽 팔인데, 이쪽은 두 손으로 붙잡고 간신히 밀어내고 있을 뿐. 그 사실이 너무나 분했다.

"레티샤 마크레디…… 대답해! 너, 목적이 뭐야!"

"너랑은 상관없는 일이야."

문득──갑자기, 레티샤가 힘을 뺀 탓에 앞으로 고꾸라졌다. 이쪽이 넘어진 건 신경도 쓰지 않고, 레티샤는 계속해서 말했다.

"여기 온 건 사적인 일 때문이야."

"그런 말이 통할 줄 알아?"

기침이 나오는 걸 간신히 참고, 이르기트가 투덜댔다.

레티샤는 고개를 살짝 저을 뿐이었다. 머리카락도 흔들리지 않았다.

"그렇겠지. 하지만 어차피 말해봤자 안 믿을 거야."

"이제 와서."

"정말로, 그러네. 지금까지 아무것도 안 했으면서. 하지만──"

거기까지 속삭이고, 레티샤가 말을 잘랐다. 슬프게 웃고, 그리고 같은 말을 반복했다.

"너하고는…… 상관없는 일이야."

끝이었다. 물을 수 없다. 물어봤자 소용없겠지.

패배를 인정하는 불쾌감──어쩌면 다른 종류의 허무함에 한숨을 쉬었다. 이르기트는 옷매무새를 바로잡고는 허리를 곧게 펴고 레티샤를 마주봤다.

"어쨌거나 나한테도 임무가 있어. 딱히 너한테 지켜달라는 소리는 안 할 테니까."

"그래…… 그렇겠지."

레티샤는 그렇게 중얼거리고는 권총이 들어 있는 신발 상자를 집었다. 지금까지 입고 온 옷과 가방은 여기에 버리고 가려는 것 같다. 나이프와 사슬을 장비한 전신 전투복. 레티샤 마크레디의, 그늘진 표정의 신음하는 것 같은 목소리. 들려오는 것은 작게 중얼거리는 소리였다.

"하나 물어봐도 될까?"

"뭔데?"

기척이 너무나 달라진 탓에 참을 수 없는 동요를 느끼며 물었다——레티샤의 표정을 보면 이쪽을 위협하던 힘이 완전히 빠져나간 것처럼 보였다. 그녀의 시선이…… 지면을 보고 있다.

알아듣기 힘든 목소리로, 레티샤가 물었다.

"시크 마리스크와, 그리고……."

"카콜키스트 이스트한."

"그 두 사람을 상대로, 내가 이길 수 있어?"

"뭐?"

자기도 모르게 얼빠진 소리를 냈다. 눈을 두 세 번 깜박거렸지만 상대의 모습은 달라지지 않았다.

레티샤는 그대로 계속 말했다.

"2인 1조로 행동하는 전문 암살 기능자를 상대로, 내가 이길 수 있을까."

보아하니 레티샤는 진심인 것 같다.

당황해서 손을 치켜들고——이르기트는 빠르게 외쳤다.

"그 두 사람하고 싸우는 일은 없어. 안 그래? 설마 그 녀석들하고 죽자고 싸우는——"

말하고.

공허한 느낌에, 위에서 소리가 난 것 같았다.

거기까지였다. 아무 말도 할 수 없었다. 레티샤가 고개를 들지 않았기 때문이 아니다——그럴듯한 말을 하려다가 자기 목소리가 갈라졌다는 걸 알았기 때문도 아니다. 깨달았기 때문이다.

이길 리가 없다.

하지만. 그래도.

레티샤 마크레디는 싸울 생각이다.

마술사는 이상을 구현할 수 있다. 폭력과 암투의 역사는 끝났다고 말한다.

허무한 말은, 바람 속에 사라진다.

그 뒤로, 특별한 대화는 없었다. 몇 초 정도 어색한 침묵과 양쪽 모두 고개만 끄덕일 뿐.

그것이 납득했다는 표현이 아니라 뒤로 미루는 행위에 불과하다는 것은 알고 있다. 아무런 도움도 안 된다. 어떻게 하건 그 시각은 점점 다가오고 있으니까.

이르기트는 완만한 시간의 흐름 속에 잠겨서, 그 시선조차 농락당하고 흘러가는 것 같은 감각 때문에 통각조차도 둔해져가는 것을 느끼고 있었다. 어울리지 않게 중무장을 한 친구의 뒷모습을 보면서 그 뒤를 따라갔다. 이런 것은 비상식적이라고 호소하는 이성조차 허무하다. 이곳은 황야다——문명으로부터도 이성으로부터도 버림받은 이런 토지에서라면, 누군가가 살육을 위한 도구를 성대하게 가지고 논다고 해도 이상할 게 없다.

한참동안 걸어가다 레티샤가 걸음을 멈췄다. 그리고 자신도 멈춰섰다. 고개를 들었다.

거기엔 전투 장비를 온 몸에 걸친 키리란셀로가 있었다.

레티샤 것과 같은──사이즈는 다르지만──전투복을 몸에 걸친, 눈빛이 날카로운 암살 기능자. 그의 그 차림새를 본 적이 없는 건 아니다. 그 시절에 그는 아직 소년이었다. 실험에서 누나가 사망했다는 사건 때문에 《탑》에서 뛰쳐나가고 행방불명이 됐던 석세서 오브 레이저 엣지. 차일드맨 파우더필드 교사로부터 살인과 전투 기술을 이어받은 학생. 그는 레티샤 정도의 중무장은 아니었다. 사실 《탑》의 전투복 자체에 각종 암기를 내장하고 있지만. 밖에서도 확실하게 알 수 있는 장비는 강철제 칼집에 들어 있는 단검뿐이었다.

그 또한 말이 없었다. 이쪽과 눈을 마주치지 않았다. 쑥스러워 하는 건지도 모른다. 이런 사태가 아니라면 그렇게 생각할 수도 있었다.

레티샤가 안고 있던 신발 상자를 그에게 건넸다. 의아해하는 얼굴로, 키리란셀로가 그것을 열었다──얼굴이 노골적으로 일그러지고, 고개를 들었다.

"……이건?"

"쓸 일이 없다면, 그게 제일 좋겠지만."

레티샤의 대답은 그것뿐이었다. 쓸쓸하게 웃자, 킬리만셰로가 신음했다──

"어쩐지 이런 게 들어 있더라니."

그렇게 말하면서 들어 보인 것은 가죽 홀스터였다. 신중한 손놀림으로 상자에서 권총을 꺼내고는 탄창을 확인한 뒤에 홀스터에 쑤셔 넣었다. 그것을 그대로 허리와 허벅지에 고정하는 그를 보며, 레티샤가 계속해서 말했다.

"몇 년이나 《탑》의 창고에 처박힌 채 제대로 정비도 안 한 물건이야. 지금은 손질할 시간이 없지만, 그렇게 알고 있어."

"탄이 어디로 날아갈지도 모르겠네."

"예비 탄약까지는 준비를 못 했어. 하지만 ……과 싸우게 되면 필요하겠지."

'……?'

무엇과 싸우게 된다는 걸까──그 부분만 못 들었다. 키리란셀로에게는 들린 것 같다. 되묻지 않는 걸 보면.

오누이의 대화에 끼어들지 못해서 짜증을 내며, 이르기트는 머리를 돌렸다. 기척이 느껴졌다. 체중이 가벼운 발소리. 모습을 드러낸 것은 분명 뭐라고 하는 이름의 소녀──아마, 로테샤였던가?──였다. 기묘한 장식이 달린 검을 끌어안고, 어디를 보고 있는지도 모를 멍한 눈을 하고 서 있었다.

다 모였다.

자기도 모르게 탄식했다. 폐에서 빠져나오는 차가운 공기 때문에 이르기트는 오싹하고 몸을 떨었다. 시간이 다가온다. 그것은 확실하게 느낄 수 있다. 구체적으로 무슨 일이 일어날지는 모르겠지만. 그것이 언제인지도 모르지만. 파멸적인 뭔가가 다가오고 있다는 건 알 수 있다. 1분 전보다 1분 다가왔다. 10초 전보다 10초 다가왔다. 미래에서 뭔가가 기다리고 있다.

이런 건 바보 같은 짓이다…… 비논리적이다…… 법을 무시하고 있다…… 항의하고 싶은 말은 가슴 속에서 잔뜩 메아리쳤다. 식어버린 마음에는 그 울림이 아무런 가치도 없이 지나쳐버릴 뿐이었지만.

중얼거린 것은 키리란셀로였다──그것이 이상한 일이라고, 어째선지 그런 생각이 들었다. 왜 그가 호령하는 걸까. 그는, 그리고 그의 누나도, 이런 일과는 아무런 인연이 없었을 텐데. 자신도 그렇고.

"가자."

아무도 말이 없이, 그리고 자연스레, 시선이 한 쪽으로 향했다.

아직 한 걸음도 안 갔는데. 최접근령이 다가온다. 그것을 느꼈다.

제2장 두 번째 죽음의 진행

"설마 하는데 말이다. 그 놈들, 우리를 잊어버린 건 아니겠지."

"음~."

약 한 시간이나 바위 위에 서서 모래바람을 맞은 탓에 온 몸에 먼지가 쌓인 형에게, 도틴은 아주 애매한 대답을 했다——한마디로 잊어버린 게 틀림없다고 확신하면서. 그보다는 애당초 기억 속에 존재하지도 않았을 것 같다고 생각했다. 이쪽도 마찬가지로 완전히 잊어버리면 좋을 텐데.

그것을 부정할 소재는 아무거도 없다. 애당초 자신들은 왜 이런 곳에 있는 걸까?

'……그건, 아무도 대답하지 못할 것 같지만.'

운명. 우연. 질긴 인연. 전부 아닌 것 같다. 그런 거창한 것도 아니고, 그런 얄미운 것도 아니다. 의심할 필요 없이, 지금까지 몇 번이나, 그만 둘 기회는 얼마든지 있었다——그 빚쟁이와 깔끔하게 인연을 끊고, 적어도 이렇게 황폐하고 바보같이 넓은 땅에 남겨지기 전에, 좀 더 평온한 선택지를 선택할 길이 있었을 것이다.

그런데 그 선택의 기로에서 자신들은——주로 형이 그랬지만——항상 확실하게 안 좋은 쪽으로만 걸어왔던 것 같은 기분이 들었다. 지금 이 상황이니까 그런 생각이 드는 건지도 모르겠지만.

그 때——

"만에 하나의 가능성으로서 이 마스마튜리아의 투견 볼카노 볼간님의 존재를 깜빡하는 일이 있을 수도 있다고 생각한다면 말이다."

형이 신음하는 소리가 들렸다.

"어떻게 해야 좋을까."

"그러게."

도틴은 절망적으로 중얼거렸다.

"대체 여기서 어떻게 해서 돌아가야 하는 거냐, 우리는."

황야의 지평선에서 지평선으로 바람이 지나갔다.

권총이라는 무기는 예전부터 존재했다――그 발상은 귀족내 혁명 시대까지 거슬러 올라간다. 인간 종족이 천인 종족의 주도를 벗어나서 스스로 개발한 무기로, 그 살상능력이 주목을 끌었다. 마술사들도 당연히 거기에 주목했다. 그리고 가벼운 낙담과 함께 내린 결론이 실용성이 부족하다는 점이었다.

구조는 단순했다. 탄약은 표적에 박혀서 대미지를 주기 위한 금속 탄두와, 그 사출의 원동력이 되는 화약, 그리고 양쪽을 채워 넣은 탄피로 구축되어 있다. 이것을 권총 본체에 장전하고 방아쇠와 연동된 해머에 의해서 탄약에 충격을 가하면 화약의 폭발력에 의해 탄두를 날린다. 그 탄두의 관통력과 표적에 가하는 충격력은 휴대할 수 있는 무기 중에서는 발군이었다. 그 때까지 대륙에서 유통되던 대부분의 방어구를 관통할 수 있고, 또한 인체에 치명적인 대미지를 줄 수 있다. 획기적인 무기로서, 귀족 연맹은 왕립 치안 구상의 상비군을 위한 장비로 적합하다고 채용했다. 그리고 위험한 무기로서 기사단 이외의 휴대를 금지했다.

마술사가 낙담한 것은 그 무기의 최대 이점──즉 권총의 파괴력이 마술의 위력에 전혀 미치지 못했기 때문이다. 게다가 화약을 사용하는 무기에는 폭발이라는 치명적인 결함이 따른다. 휴대할 수 있는 무기로서 그 크기가 자연히 한정되는 권총은, 그 뒤에 개량을 했는데도 불발율, 폭발율이 상당히 높았다. 당시의 마술에도 마찬가지로 제어가 어렵다는 결점이 지적됐지만, 그것은 마술사 동맹 결성 이후에 마술 구상 이론이 정비되면서 인간 종족에게는 불가능하다고 여겨졌던 완전 제어가 그다지 어렵지 않다는 것이 실증됐다. 그에 따라 마술의 위력도 더욱 큰 진보를 이뤘고, 마술사들은 그 신병기에 대한 관심을 거의 잃어버렸다.

……그렇게 보였었다.

그 낙담을 귀족연맹에 대한 페이크로 삼은 마술사들이 물밑에서 권총이라는 병기를 '자신들에게도' 실용적으로 만들기 위한 연구를 거듭해온 것은 단순한 흥미 때문이 아니었다. 권총이라는 무기를 귀족연맹이 독점하게 둘 수 없다는 정치적 의도, 권총이 노골적으로 마술사들을 상대하기 위해 개발된 것이 아닌가라는 우려, 그리고 대륙에 가져온 왕립 치안 구상이라는 이름의 평화라는 것이 결코 탄탄한 것이 아니라는 당연한 분석에 의한 것이었다.

이 움직임을 귀족연맹이 알아차리지 못했을 리가 없다. 그들이 묵인한데도 이유가 있었을 것이다. 결국 기사단을 동원한다 해도 대륙 마술사 동맹 전체를 적으로 삼아서 무사히 승리를 거둘 수는 없다. 게다가 마술사 사냥 시대 이후로 귀족 연맹은 마술사 동맹과 제휴해서 이익을 얻는 데 완전히 빠져 있었다. 안 그래도 자금과 수고가 드는 병기 개발을 마술사 동맹이 대신 해준다면, 귀족들에게 그렇게 큰

해가 될까? 기술은 뒷거래를 통해서 얼마든지 피드백 할 수 있다. 귀족연맹에게 있어 마술사 동맹은 거래하기 쉬운 상대였다. 서로가 서로의 조직에 대해 약점이 있고, 빚이 있는 관계. 공통된 적을 지닌——각지에 잠복한 드래곤 신앙자, 그리고 킴라크 교회도 수십 년 전까지는 비밀리에 무시할 수 없는 전력을 보유하고 귀족 연맹을 위압했었다.

이렇게 해서 권총은 개량을 거듭했다. 안정성을 늘리기 위해서 부품과 기믹을 단순화해서 정비를 간략하게 했다. 위력을 늘리기 위해서 탄두에는 비중이 큰 금속을 사용하게 됐다. 장전할 수 있는 탄수를 늘리기 위해서 회전식 탄창이 개발됐다. 그런 기술은 공공연한 비밀로서 귀족 연맹에게 공여됐다.

하지만.

진정한 기밀로 비장된 기술도 있었다. 그것들은 행여나 유포되면 고도로 세련된 마술로도 대항할 수 없을 정도의 살상력을 지닌 것이 될 수도 있다고, 개발자들조차도 두려워했다. 그것들은 구체적인 정보는 엄밀하게 숨겨졌지만, 소문으로서는 학생들에게까지 퍼졌었다. 특히 그 기술이 실용된다면 고전적인 암살기능 따위는 전혀 쓸모없게 될지도 모른다고 수군대는 자들이 많았다. 그 기술을 발안한 것은 차일드맨 파우더필드라는 젊은 교사…….

"키리란셀로?"

부르는 목소리에 생각을 중단하고, 오펜은 서둘러 고개를 돌렸다——어깨 너머로, 등 뒤쪽으로 고개를 돌리고, 그렇게까지 뒤쪽은 아니었다는 걸 알고 다시 급하게 되돌렸다. 말을 건 사람은 옆에서 나란히 걷고 있는 레티샤였다. 목소리를 들어보면 한두 번 부른 게 아닌 것이 분명했다.

헛기침을 하고, 말했다——

"아, 응. 왜?"

"너무 서두르잖아."

그녀는 그 말만 했다. 잘은 모르겠지만 멈춰 섰고, 그제야 의미를 알았다. 조금 지나서 이르기트가, 그리고 로테샤가 몇 미터 떨어져서 따라왔다.

그들이 오기를 기다리면서 작은 소리로 말했다. 걸으면서 생각했던 내용 때문인지 허벅지에 있는 홀스터가 너무나 묵직하게 느껴졌다.

"난, 텟시 페이스에 맞추고 있었는데?"

"난 너한테 맞추고 있었어."

질렸다는 것처럼, 레티샤가 말했다. 무거운 연사식 보우건을 어깨에 메고, 짜증난다는 듯이,

"솔직히 말하자면 더 서두르고 싶지만 말이야……."

"전 신경 쓰지 마세요. 알아서 따라갈 테니까."

때마침 옆까지 온 로테샤가 씩씩하게 말했다. 하지만 목소리를 들어보면 로테샤가 괜찮은 척 하고 있다는 걸 금세 알 수 있었다——이미 숨을 헐떡이고, 이마에 밴 땀에 모래가 늘어붙은 게 보인다.

그리고 그 옆에서, 로테샤보다는 조금 나은 안색으로 이르기트가 말했다.

"지평선 너머까지 달리기를 하고 싶다면 말리진 않겠지만."

턱 아래에 흐른 땀을 손으로 닦고, 추가했다.

"……목적지에 도착하기도 전에 누구 하나가 죽을지도 모른다는

생각은 안 하는 거야?"

"물론 고려하고 있어. 하지만 먼저 간 암살자 둘을 쫓아가려면 더 서둘러야해."

험악하게, 레티샤가 대답했다.

두 사람이 눈싸움을 벌이기 전에 로테샤가 얼굴을 찌푸렸다——

"저기, 저는 무슨 얘긴지 잘 모르겠는데요……."

"……."

예상 밖의 발언에 입을 다문 사람들을 차례로 둘러보고.

오펜이 두 팔을 벌렸다.

"오케이. 알았어. 무리해봤자 의미는 없으니까. 잠깐 쉬면서 상황을 정리하자고. 팃시, 괜찮겠어?"

"……알았어."

사실은 레티샤도 한계였을 것이다——딱히 다리가 튼튼한 것도 아니니까. 쓸쓸한 표정을 지으며 그 자리에 앉고 크게 한숨을 쉬었다. 모래 때문에 엉킨 머리카락이 신경 쓰이는지, 손가락으로 그것을 집어보고는 또 한숨을 쉬었다.

그 옆에 앉아서, 오펜은 다른 두 사람을 기다렸다. 가까이에 있는 바위에 기댄 이르기트와 바로 앞에서 무릎을 굽히고 앉은 로테샤를. 두 사람의 위치 차이는 이야기를 듣고 싶은 것인지, 아닌지 차이겠지. 그것을 의식한 건 아니지만, 오펜은 로테샤를 보며 입을 열었다.

"그쪽이 따로 행동하는 사이에 여러 일들이 있었어. 솔직히 나도 지금 상황을 정확하게 파악했다고 하기는 힘들어. 하지만, 상당히 절박한 상황인 것 같기는 해."

"……오펜 씨의 그 차림새, 뭐죠?"

"아~ 그러니까 말이야. 이것도 지금까지 설명하면 될지는 모르겠는데."

"더워 보이는 옷 입기 대회?"

"아니, 그런 게 아니라."

우물거렸다. 그러자 로테샤는 잠시 망설이는 눈빛을 보이고, 조심조심 물었다.

"저기, 저는 에드와 관계가 있는 것부터 가르쳐주셨으면 싶은데요."

"코르곤은 내 사형에 해당하는 흑마술사야. 전에도 말했던 것 같은데, 《송곳니 탑》에서 같은 선생님한테 배웠어. 이쪽에 팃시한테는 사제가 되고."

"……에드?"

이번엔 레티샤가 물었다.

머리를 쥐어뜯으며, 오펜은 고개를 저었다.

"믿어달라는 말은 하기 힘들지만——나도 아직까지 실감이 안 나. 저쪽에 로테샤가, 코르곤이랑 결혼했었다는 것 같아."

"뭐?"

그렇게 의외였는지 얼빠진 소리를 내는 누나에게——

뒤늦게 생각이 나서, 오펜이 물었다.

"그나저나 아까 내가 알고 있는 건 전부 알고 있다고 하지 않았어? 팃시?"

"전부라고 하진 않았어. 내가 알려고 하지 않는 것까지는 가르쳐주지 않으니까…… 네트워크는."

이르기트를 의식한 건지 작은 소리로 대답했다.

그리고 레티샤는 다시 로테샤 쪽으로 시선을 옮겼다. 가만히, 확인하려는 것처럼 응시하고는 짧게 물었다.

"······결혼?"

"예."

로테샤가 고개를 끄덕였다. 그리고 순서대로 말하기로 한 건 아니지만, 이번엔 이르기트가 끼어들었다. 처음엔 관심을 안 보이려고 했던 것 같지만, 도저히 참을 수가 없었겠지.

"결호온? 저기, 지금 말한 코르곤이 그 코르곤 맞지?"

"그래."

고개를 끄덕이자 이르기트가 하늘을 올려다봤다. 기도하는 것처럼 눈을 감았다. 뭔가 큰 충격이라도 받은 건지, 지금까지 살짝 기대고 있던 바위에 완전히 몸을 맡기고,

"말도 안 돼. 그 사람이? 하필이면 그 인간이? 뭐랄까, 알고 싶지 않은 사실을 알게 돼버린 것 같은 기분이야."

"그러게 말이야."

신음한 레티샤는 이르기트 만큼 충격을 겉으로 드러내지 않으려고 한 것 같다. 뭐, 별 차이는 없지만. 웃고 싶지만 웃을 수 없는──그런 표정으로, 얼굴 절반은 풀어졌는데 나머지 절반은 일그러져 있다. 어쩌면 울고 싶어도 울지 못하는 걸가. 아니면 뭔가 다른 것도 섞여 있는 걸까.

어쨌거나 깜짝 놀란 로테샤를 제외한 마술사들끼리 뭐라고 표현할 수 없는 완만한 아픔을 공유한 뒤에 오펜이 입을 열었다.

"뭐, 그러니까, 그 녀석은 그런 녀석이었어, 우리한테는."

"······알 것 같기도 하면서 잘 모르겠다고 해야 할까요."

"묻지는 말아줘. 잘 설명할 수가 없으니까. 그 녀석에 대해서는 우리도 잘 모르고, 굳이 알려고 한 사람도 없었어."

일단 말한 뒤에, 물었다. 로테샤를 보면서,

"생각해보면 그 녀석에 대해서는 그쪽이 더 잘 알고 있을지도 모르겠네."

"……."

로테샤는 대답하지 않았다. 입 꼬리에 살짝 힘이 들어간 게 보인다.

너무 깊이 관여하지 않는 쪽이 좋을 것 같다고 판단한 오펜은 화제의 방향을 바꿨다.

"내가 알고 있는 건 그 녀석이 최접근령의 영주인가 하는 작자 밑에서 일하고 있다는 정도야. 위노나도, 그 다미안도. 지금 우리가 가고 있는 곳이 그 최접근령. 클리오와 매지크를 잡아간 게 그 다미안 쪽이라면…… 솔직히 아직 뭔가 수상한 냄새가 나는 건 부정할 수 없어. 그러니까 뭐, 이렇게 거창한 무장까지 했고."

"어째서 클리오를?"

신경 쓰인 건 그 부분뿐인 것 같다. 그렇게 물은 로테샤를 보며, 오펜은 탄식했다.

"전혀 모르겠어. 위노나도 갑자기 모습을 감췄으니까. 그 조금 전까지는 날 영주가 있는 데로 데리고 가는 게 자기 역할——임무라고 했는데 말이야."

말이 목에 걸리는 것 같은 느낌이 들어서 표현을 바꿨다.

"다미안이 슬쩍 말했어. 뭔가 예정이 달라진 것 같아. 내 생각에……."

오펜은 이르기트 쪽을 봤다. 말한다.

"《13사도》의 암살 기능자가 영지 안으로 들어온 게 그 녀석들한테는 이레귤러가 아니었을까? 그것 때문에 뭔가가 틀어졌다든지."

"이런 말 하기는 그렇지만——"

이르기트가 굳은 얼굴에 더 힘을 주고, 하지만 목소리에는 도저히 힘을 주지 못하고 신음하는 것처럼 말했다.

"그 영주라는 자는 왕도에서도 상당히 심각하게 위험시하고 있어. 적어도 궁정 마술사들 사이에서는. 그 이름을 입에 담는 것도 문제가 될 정도야. 플루토 스승님조차 함부로 손대지 못할 정도의 정력을 가지고 있는데다, 왕립 치안 구상에도 들어가지 않은 귀족. 만약 이 사실이 드러나기라도 한다면 귀족연맹의 치명적인 실책이 될 거야. 그 정도 존재인데 정체를 몰라. 영문을 모를 존재야. 분하기는 하지만, 오히려 상대가 우리를 그다지 신경 쓰지 않는다는 뜻일 수도 있지만.

"그건 나도 느꼈어. 아무리 생각해도, 뭐랄까…… 리얼리티가 없어. 영주라는 작자에 대한 말을 들으면 들을수록 그런 놈이 실제로 있다는 확신이 흔들린다고나 할까."

대충 손을 흔들고, 계속 말했다.

"뭐, 드래곤 종족하고 항쟁할 정도니까. 완전히 농담은 아니겠지만."

"에드는 그런 사람 밑에서 일하고 있는 건가요? 그 사람 명령 같은 것 때문에?"

"……코르곤에 대해서 그렇게 많이 알고 있는 건 아닌가보네."

끼어 든 사람은 레티샤였다——본인은 그렇게까지 강하게 말한 생각은 아닌 것 같다. 대화가 단절되고 사람들의 시선이 집중된 것이 의외라는 듯이 눈썹을 치켜 올렸다.

그 시선에 압박을 받았는지, 약간 빠른 말투로 덧붙였다. 확신이 있었던 건 아니겠지. 우물거리는 말투라서 알아듣기 힘들다.

"그는, 누구 밑에서 일할 사람이 아니야. 안 그래?"

"……영주의 부탁 때문이네 어쩌네라고 하기는 했지만, 명령이라는 말은 안 했던…… 것 같아."

오펜은 기억을 더듬으면서 중얼거렸다. 어번라마에서 겨우 몇 분 동안 말했던 게 전부다. 코르곤은 이쪽의 질문에 만족할만한 대답을 해준 적이 없고, 어떻게든 판단할 수 있을 만큼의 정보를 제공하지도 않았다.

"뭐, 생각한다고 뭔가를 알 수 있는 것도 아니니까. 일단 알고 있는 건 영주라는 인물이 있고, 드래곤 종족과 항쟁하고 있다. 그 에이전트인 위노나가 우리를 그 녀석에게 데려가던 도중에 갑자기 모습을 감췄다. 클리오와 매지크를 데리고 말이지. 《13사도》는 영주를 위험시하고, 결국 암살자까지 보냈다. 다미안은 그것을 구축하기 위해서 아까 그 바보 같은 고스트 현상을 일으켰지만 도움이 안 됐다. 지금 우리들은 최접근령으로 가고 있다."

손가락을 꼽아가면서 말했다. 그리고, 마지막으로.

"만약 최접근령이라는 것과 적대한다면, 우리는 코르곤이나 다미안 같은 자들과 싸워야 해. 적대하지 않고 협력한다면 《13사도》의 암살 기능자와 대립한다. 어느 쪽도 아닌 경우, 아마도…… 그 양쪽이 적이 된다."

"……에드는…… 하지만, 그러니까, 저 같은 게 말이죠."

뭔가 하고 싶은 말이 있는 것 같다. 로테샤가 몸을 앞으로 내밀면서 말을 꺼냈다.

하지만, 그것도 잠깐이었다. 말을 숨소리로 바꾸더니 바로 입을 다물었다. 로테샤는 앞으로 내민 만큼 그대로 후퇴해서, 평소의 초점이 애매한 표정 속에 담아버렸다.

"그를 만나고 싶어요."

"나도 마찬가지야. 이번에야말로 그 자식 멱살을 잡아서 전부 설명하게 만들겠어."

"그럴 수 있겠어?"

그렇게 말한 레티샤에게, 오펜은 고개를 끄덕였다.

"그 녀석, 텃시를 어려워했잖아."

"내가 하라고?!"

레티샤의 비명 같은 항의에는 굳이 대답하지 않고——

오펜은 고개를 들고 그 저택을 올려다봤다.

"일단 그 부분은, 그 저택에 들어가 보면 알게 될 거야."

"그렇겠지."

동의하면서, 이르기트도 얼굴을 찌푸렸다.

"……응?"

문득 기묘한 위화감이 느껴져서, 오펜은 얼굴을 찌푸렸다.

"뭔가 지금 부자연스런 일이 일어나지 않았나?"

"부자연스럽다니, 뭐가."

"아니, 굳이 뭐라고 하긴 그런데."

입속으로 중얼거리면서, 다시 한 번 그 건물을 봤다.

4층쯤 되는 오래된 저택. 창문 안쪽은 어두워서 밖에서 봐서 알 수 있는 것들은 거의 없었다. 토대에는 지면에서 뻗어온 담쟁이덩굴이

얽혀 있는데 아직 벽까지는 올라가지 않았다. 황야에 덩그러니, 뜬금 없이 세워져 있는 저택.

전부 죽어버렸다. 나 혼자뿐이다. 하지만, 그래도, 가는 수밖에 없 다. 그 저택에 있는 남자를 죽인다. 그것을 위해.

"……?"

또다시 마음속에 의문이 떠올랐다.

주위를 둘러봤다. 조금 전까지 누나와 이야기를 했던 기분이 든 다. 이르기트와 로테샤하고도. 그럴 리가 없다──그럴 리가.

다리를 끌면서, 걸어간다.

한밤중, 황야의 바람에 달이 흐릿하게 보인다. 어두운 심연 속에 잠긴 것처럼, 시커멓게 버티고 있는 영주의 저택으로 발을 들이며, 오펜은 피비린내 섞인 공기를 들이쉬었다.

대치한 순간, 그 남자의 숨결이 느껴진 것 같아서 손가락이 떨 렸다.

그럴 리가 없다──거리 문제가 아니다. 자신이 그런 걸 느꼈을 리가 없다. 로테샤는 이를 악물어서 자신의 동요를 부정했다. 머릿 속에 떠오른 것이 전부 타인에게 드러나는 것은 아닌지, 항상 느끼던 불안이 가슴 속을 스쳤다. 그런 일이 있을 리가 없다는 걸 알고는 있 지만 망상이라고 떨쳐내기엔 확증이 부족하다.

문하생들이 보고 있다. 태어나서 자란 도장이 오늘따라 너무나 좁 게 느껴진다. 검으로 적을 능가한다는 것은 상대보다 넓은 영역을 지배하는 것이다. 파고들 수 있는 거리, 빠른 손놀림, 빠른 판단. 그것들을 총동원해서 지배영역을 넓힌다. 지배하지 않는 공간에는 칼을 보낼 수 없다. 자신이 지배하는 영역보다 적이 지배하는 쪽이 더 광대하다면, 그 위치에서 오는 공격에는 대응할 수 없다. 그것을 사각(死角)이라고 한다.

기량 면에서는 호각. 체력, 신체능력은 비교할 수가 없다.

하지만 몇 년이나 이 순간을 꿈꿔왔다. 아니, 꿈에 시달려왔다. 잘 때도 깨 있을 때도 그 남자에게 이길 수단을 생각했다. 그렇게 축적된 것이 있다. 그에게는 없겠지?

검의 무게는 느껴지지 않는다. 그것은 손발도 같은 존재였다. 정확히 말하자면 그녀의 온 몸이 검을 쥐었을 때에 비로소 진정한 균형을 갖게 되도록 훈련되어왔다.

내쉬워터는 쾌청했다. 하지만 도장 안에 있으면 관계없다. 갑자기 도장에 쳐들어온 그 남자를 노려보며, 로테샤는 동요를 잊으려 했다. 노력은 필요했지만 불가능한 일은 아니었다.

하지만, 목소리를 내자마자 그것이 깨져버렸다.

"저도 자존심은 있지만."

치아와 치아의 끝부분이 입술 가죽을 파고들었다. 뾰족한 송곳니가 피부를 물어뜯는 것을 막지 못했고, 말 또한 멈추지 않았다.

"아버지가 돌아가시고, 어떻게 해야 할지 모르게 됐고——정말 어쩔 도리가 없고. 그런 때에, 날 지탱해줬으면 싶었다! 지탱하고, 서로 지탱해주고, 얼버무려도 좋고, 그냥 넘겨도 좋았다…… 거짓말이라도 상관없다. 슬픔을 잊을 방편이 필요했다……."

"그렇게 의존하고, 스스로 자기 자신의 주인이 되지도 못한다. 그래서 네가 바보라는 것이다."

"넌 자신에 대해서 아무것도 모른다."

목소리가 겹쳐졌다.

겹쳐진 목소리가 귓속에서 울리고 부풀어 오른다.

"의미가 없다. 검을 내려라. 난 거기에 없다."

"그런 뜻이다. 그 검은 발동했다."

"인간은 누구나 죽을 예정이 정해져 있다는 것 같다…… 하지만 그것은 과연 어떤 것일까. 예를 들자면 나와 만나서 네가 죽는다면, 그것은 예정된 죽음인지도 모른다."

"충고는 한 번뿐이다…… 다음엔, 또 죽인다."

또.

또 죽인다.

몇 번이건. 만날 때마다, 몇 번이건.

예정된 죽음이 이행된다. 끝없이 죽어간다. 몇 번이건 대치해서, 몇 번이건 죽어간다. 자신은 이 남자와 만나는 것을 그만둘 수 없다. 이 남자를 쫓는 것을 그만둘 수는 없다.

그리고, 앞으로도 죽어간다.

검이 흔들렸다. 손에 쥔 목검이 소리도 없이 춤췄다.

소리 없이 그것을 제압한 것은 금속색의 칼날.

칼날은 서로 엮이지 않고 엇갈렸다. 그녀의 목검은 바닥도 없는 늪에 가라앉는 것처럼 한없이 돌진했다. 앞으로 고꾸라져서, 어딘가에 닿지도 않고.

몸만이 뒤로 날아갔다. 차가운 충격. 아픔. 어찌 할 수 없는 아픔. 살갗의 상처가 아니다. 피부 속, 살 속, 더 깊은 곳으로 침입하는 최악의 아픔.

어떻게 된 것인지는 알 수 없었다. 그저, 힘은 들어가지 않았다. 누군가의 비명을 들은 것도 같았다.

바닥으로 낙하하는 도중에 무언가가 안아줬다. 그것이 사신이라는 것을 깨닫고, 로테샤는 잠들었다.

"마리아 폰 교사가 나한테 말했어. 네가 살아서 돌아온다면 날 죽이라고."

그것은 바람 소리였다.

'……죽인다!'

이르기트 스위트하트는 절규와 함께 앞으로 나아갔다.

'죽인다…… 죽인다…… 죽인다…….'

머나먼 하늘 저편에서 연속으로 들려오는 바람소리. 하나가 지나가면 또 하나가 더 크게 울린다. 밤에 별들이 늘어나는 것처럼, 하나 또 하나씩 숫자와 강도가 늘어난다. 지상에 있는 불쌍한 자신을 짓누르며 휘몰아친다.

암살 전투 훈련을 받은 마술사를 상대로, 자신이 이길 리가 없다──레티샤 마크레디나 그 불쌍한 아자리와 싸우던 것과는 전혀 다르다. 적의 목을 부러뜨렸다고 생각했지만, 그 때에 자신이 죽어 있다. 그것이 암살 전투였다. 적보다 한 순간이라도 빨리 적을 건드리고, 그 순간에 숨을 끊어버린다. 필요한 것은 기술, 위력, 정밀성, 전술, 지식, 각오, 우연…….

얼마든지 있다. 그 속에, 그녀가 하나를 더 추가했다. 어느 교본에도 실려 있지 않을 필요성——바람이다. 이 바람 소리를 듣는 것.

휘몰아치는 바람 따위는 존재하지 않는다. 그것은 알고 있다. 그 소리를 듣는다. 그 소리만이 들린다. 의식을 닫고, 몸만을 계속 묵묵히 움직인다. 전진을 재촉하기에는 혈액이 부족하고, 감각이 둔해지는 것 때문에 몸부림치며, 그녀는 계속해서 외쳤다. 바람과 함께 존재하지 않는 외침을.

부러진 검을 쥐었다. 적에게서 빼앗은 군도. 무겁고, 다루기 힘든 무기. 마술사로서는 유치하다고밖에 할 수 없는 원시적인 무기——무장하라고, 자신에게 충고한 목소리를 떠올렸다. 그것이 누가 한 말인지는 기억 속에 없지만. 왜 그런 것이 필요한 걸가. 마술사에게는 마술이 있다. 온갖 무기보다 뛰어난 무기가 있다. 그것만 있으면 족하다. 그것을 가지고 있다.

왜 그것보다 떨어지는 무기를 지녀야만 하는 걸까. 비밀은 해명됐다. 이것은 죽음에 대한 도전이다. 죽음이 눈앞에 있고, 마술을 잃고, 그래도 적을 쓰러트려야만 하는 순간에 필요하다. 죽음이 결정돼도 적을 죽이기 위해.

죽어가는 자신.

——그것은 마술사의 이상과 상반되는 것이다!

바람이 분다. 공기의 무게로 두드리는 바람의 소용돌이. 존재하지 않는 바람. 존재하지 않는 외치는 소리.

"나…… 는!"

목에서 튀어나올 리가 없는 목소리는, 당연한 얘기지만 바깥 공기와 닿기 전에 기침으로 변했다. 입에서 핏덩어리가 흘러 떨어진다.

끝도 없이 넘쳐난다.

이미 존재하지 않는 자신.

죽었으니까, 당연한 일이었다.

"……미래를 보는 함정. 고전적인 백마술."

영상을 무시하고, 레티샤가 중얼거렸다.

영상──만이 아니다. 오감을 전부 압도하는 체감이었다. 자기 자신도 이 체감 속에서 놀아나게 된다. 허구라는 걸 알아도 그것을 무시하는 데는 최대급의 자제가 필요했다. 원래 인간에게는 불가능한 일이겠지. 그것에 거역하는 것은.

마술에 의해 만들어진 자신의 체감을 가만히, 남의 일처럼 지켜본다──그리고.

"그대에게는 통하지 않는다는 것인가. 이해할 수 없는 일이군."

대답이 돌아오리라는 것도 예상하고 있었다. 대단한 일은 아니다. 이 적과 싸울 수 있는 것은 자신뿐이다. 그건 알고 있었다.

자신뿐이기에 이 적의 주의를 끌어둘 필요가 있다.

평정을 유지하고 있다는 것을 신중하게 확인하고, 레티샤가 물었다.

"그런가?"

"허나, 전혀 통하지 않은 깃도 아닌 듯 하군. 그대는 지금 자신의 미래를 보고 있겠지? 허나, 그런데도 그대의 이성을 현재의 시제로 되돌리는 다른 힘이 있다. 힘의 존재를 느낀다. 나에게도 필적하는 유저다. 누구인가? 내게도 모습을 보이지 않다니."

"당신은 착각하고 있는 것 같은데, 대륙 최강의 마술사는 당신이 아니야."

말했다.

상대의 목소리도 생각했던 것보다 냉정했다.

"나에게 허세 따위는 없다. 육체적인 욕구나 허영과는 오래전에 단절됐다. 그 직함은 사실로서 존재할 뿐이고, 그렇기에 사실이다."

"그렇다면 새로운 사실을 가르쳐줄게. 최강의 술자 자리를 걸고, 나랑 싸워. 이건 허영이 아니야. 배짱이야."

"레티샤 마크레디. 그 모든 것을 알고 있는 것 같은 언행이 피라미의 발버둥처럼 보여서 슬퍼지는군."

"그런 말은 댁의 영주한테나 하라고."

"본디 그대의 힘으로는 내 마술에 저항할 수 없어야 한다. 나는 그대를 자유롭게 지배할 수 있다."

넘어왔다──

확신하고, 레티샤는 슬쩍 웃었다. 싸구려 도발이라도 좋다. 이 남자는 그런 것도 그냥 넘기지 못하겠지.

"하지만 그게 안 돼서 동요하고 있어. 당신의 말을 빌자면, 그건 사실로서 존재할 뿐이고 그렇기에 사실이겠지?"

"그대는 함정에 빠지지 않았지만, 그 때문에 되려 고립됐다는 것을 알고 있는가? 그대 혼자서 모두를 구해야만 한다. 그 때문에 어떤 운명이 기다리고 있는지…… 아마도 그 미래를 지금 보고 있을 것이다."

협박에 응해줄 필요는 없다. 레티샤는 고개를 저었다.

"당신이 만든 환각일 뿐이야."

"아니다. 내게 있어 시간을 다루는 것은 그리 곤란한 일도 아니다. 그대가 공간을 다루는 것과 같은 노력으로, 나는 시간을 다룰 수 있다"

"이게 진짜 내 미래라고 해도, 그리 대단한 건 아냐."

"과연 그럴까? 과연, 진실로, 그럴까? 예언한다. 내 예정에 의하면 여섯 명이 죽는다. 앞으로의 싸움에 불필요한 자는 전부 없어진다. 그대도 그 중 하나다."

"나한테 암시를 걸려고 해봤자 소용없어."

"포르테 퍼킹검은 쓰러졌다. 뭐, 죽은 것은 아니다…… 내 기술로 생물을 죽이는 것은 곤란해서 말이지. 하지만 의식을 닫아서 식물인간 상태다. 그가 그대에게 네트워크의 힘을 준 것 같지만, 더 이상 그의 조력은 기대하지 말도록."

"그 사람한테는 아무것도 기대 안 했어. 예전에도, 지금도, 앞으로도 안 할 거고."

"미래를 써서 그대를 제압할 수 없다면 현재시재에 실존하는 폭력으로 죽이는 수밖에 없겠군……."

목소리는 거기서 끊어졌다. 대화가 끝났다고 이해한 것은 영상이 끝났기 때문이다──아무것도 달라지지 않았다. 움직이지 않았다. 앉아서 이야기를 나누던 황야의 한 자리에, 그녀는 있었다.

하지만, 자기 혼자뿐이었다. 아무도 없다. 키리란셀로도 이르기트도. 그 소녀도.

처음으로, 심장의 움직임을 의식했다. 등줄기에 차가운 것이 느껴졌다. 하지만,

'안 돼…… 아니야. 내가 해야 할 일은 정해져 있어.'

눈을 감고 자신을 달랬다.

이겨야만 한다. 죽는 것도 용납되지 않는다.

죽음…….

여섯 명이 죽는다.

레티샤는 가슴 속으로, 확인하는 것처럼 중얼거렸다. 자신의 그 예정 중에 하나로 포함돼 있다면, 자신을 빼고 앞으로 다섯 명.

'최접근령의 영주를 위해 일하는 백마술사…… 에게 방해가 되는 건 나와 《13사도》 세 명…….'

나머지 두 사람은 누구지? 다미안 르우의 예정표에 이름이 올라간 사람은?

제3장 세 번째 죽음의 속삭임

"그대에게 부탁할 것이 있다."

그 목소리는 당돌하게 들려왔지만 이제 와서 놀랄 일은 아니다. 오펜은 고개를 들리고, 바로 조금 전까지 절대로 거기에 없었던 남자의 모습을 봤다.

남자, 적어도 남자의 모습이었다. 실체가 없는 존재에게 이제 와서 유전자적인 차이를 찾아낸다고 뭐가 달라지지도 않겠지만, 육체를, 물리적인 족쇄를 벗어나 정신체가 된 백마술사──정신사.

멈춰 섰고, 그리고 주위를 둘러봤다. 백마술사 다미안 르우를 보며, 오펜이 말했다.

"……어째서 나 혼자지?"

기억이 혼란스러웠다. 어디까지가 사실인지는 모르겠지만 상당히 현실적인 꿈에서 깬 것 같은 초조한 기분이 든다. 문득 입을 다물고, 다미안이 뭔가를 말하기도 전에 신음하듯이 말했다.

"난, 어디로 가고 있었지?"

"그대의 미래시(未來視)는 봉인했다. 일단 그대의 정신에 상처를 내고 싶지는 않으니까."

"미래시?"

낯선 말을 되물었다. 다미안은 알려주고 싶지 않은 건지 아니면 이쪽의 상상에 맡기려는 건지, 어쨌건 간에 설명은 하지 않았다. 그냥 자기 할 말을 계속했다.

"그대하고만 이야기하고 싶어서 일시적으로 지배해서 전이시켰다. 그대만 갑자기 사라져서 다른 세 명은 깜짝 놀랐겠지만."

"왜 나한테만 그런 거지?"

그렇게 물으면서 자신의 차림새를 확인했다──어디까지가 현실
이고 어디까지가 꿈이었는지 확인할 다른 방법이 생각나지 않았다.
아니, 지금 이 순간도 꿈속일 수도 있다.

'백마술 대항 훈련도 받은 나를 이렇게 간단히 지배할 수 있는
건가?'

씁쓸한 기분으로, 혼자서 답을 내렸다. 있겠지. 이 백마술사라면.
차원이 다르다.

손으로 만져서 확인한다. 《탑》의 전투복과 전투 장비. 홀스터에 권
총도 있다. 완전장비라고 할 수 있다. 가죽과 강철과 내인섬유 장갑.
그 안쪽에 있는 것은 무기의 동력인 무력한 인간.

시시한 것이라도 보는 양 이쪽을 보고 있는 다미안을 마주보며, 다
시 물었다.

"아니, 그 이전에 대체 무슨 생각이지? 날 영주한테 데려가려던
게 아니었나?"

"그 점에 대해서는 해명할 여지가 있다. 그대가 《13사도》와 함께
싸우는 자세를 보고서 나도 주저할 수밖에 없었다."

"같이 귀찮은 일에 말려들었으니까. 당연하지."

"그것은 위노나의 실책이다. 사과한다. 그대를 완전히 보호하지
못했다. 나는 단순히 영주님을 암살하려는 자를 막을 필요가 있었을
뿐이다…… 그리고 그대가 말려들었다는 걸 알게 된 시점에서 고스
트 현상은 소멸시켰다."

"아까는 뭔가 사태가 달라졌다고 했는데?"

앞뒤가 안 맞는 건 아니다──하지만 그렇다고 해서 그대로 받아들일 수도 없었다. 지워지지 않는 의문을 느끼며, 오펜은 상대가 알아차리지 못할 정도로 경계했다.

다미안은 상관하지 않고 대답했다.

"달라졌다. 적이 생각 외로 버겁다. 그리고 이쪽은 비장의 카드인 유이스를 잃은 상황이다."

"코르곤을?"

"말하지 않았던가. 유이스와 연락이 안 되고 있다. 그리고 어떤 이유인지는 모르겠지만 《13사도》의 암살자 둘도 갑자기 네트워크로 포착할 수 없게 돼버렸다."

그건 별 일이 아니라는 것처럼 들렸다. 오펜이 얼굴을 찌푸리자,

"원래 네트워크라는 게 만능은 아니잖아? 언제 어떤 문제가 일어나도 이상하지 않은 거라고, 포르테가 그렇게 말했는데."

"우연이라고 하기에는, 모든 것들이 우리에게 너무나 불리하게 작용하는 것처럼 생각되네만?"

우리. 다미안은 그렇게 말했다──거기에 집착하는 건 무의미하다는 걸 알면서도 오펜은 왠지 마음에 걸렸다. 설마 그 우리에 나도 포함되는 건 아니겠지?

이쪽의 마음을 읽고 있을 백마술사를 모르는 척 계속 말했다.

"이대로 가면 암살자가 영주님이 있는 곳까지 도달할 가능성이 있다."

"……아무래도 잊어버린 것 같아서 말해주는데, 이쪽은 클리오랑 매지크가 잡혀갔고, 거기에 대해서 아무런 설명도 못 들었는데 말이야?"

"이 최접근령에서 가장 안전한 곳은 영주님의 저택이다——"

'……저택…….'

어떻게 된 건지 그 한 마디가 머릿속에서 불쾌하게 울렸다.

하지만 거기에 대해서는 여전히 모른 채, 다미안의 말은 계속됐다.

"일단 전투력이 없는 자는 그곳에 보호해뒀다."

"나한테 말도 없이?"

"말해봤자 반대했을 테니."

"당연하지. 하지만 사후 보고를 하면 알아들을 거라고 생각한 건 아니겠지."

으르렁댔다. 다미안은 안색 하나 달라지지 않았다.

"자네라면 유이스를 대신해주지 않을까 기대하고 있다만."

오펜은 씁쓸하게 웃고, 말했다.

"웃기고 있네. 한마디로 인질이잖아. 어번라마에서 거래할 때도 그랬지만, 남한테 뭔가를 부탁할 때 약점을 잡고 말하지 않으면 직성이 안 풀리나보지?"

"그렇다."

이번엔 얼버무리지 않고, 딱 잘라서 말했다.

탄식하는 수밖에 없다. 잠깐 생각하는 척을 하며, 오펜은 자신과 백마술사의 거리를 눈짐작으로 계산했다. 때려봤자 의미가 없다는 걸 알고는 있지만. 무엇보다 때릴 수는 있을까. 때리지 못해도 된다. 상대의 기분을 조금이라도 상하게 할 수 있다면. 하지만 계산이 끝났을 때는 그럴 기분도 식어 있었다.

그 때, 의문이 떠올랐다. 별 것 아니라고 하면 별 것 아닌 일이지만. 자기도 모르게 입에 담했다.

"……그런데 어차피 보호할 거라면, 어째서 로테샤는 보호하지 않았지?"

"응?"

다미안은 속 편하게 고개를 갸웃거렸다.

"물론 그 아이도 보호할 생각이었다. 우리도 벅찬 상황이라서 말이지."

뭔가가 보였다──

그런 기분이 들었지만. 그 다미안의 표정에는.

하지만 그것이 어떤 의미인지까지는 알지 못하고, 오펜은 얼굴을 찌푸렸다. 단 한가지 확실한 것은 있다.

'거짓말을 하고 있어…… 한두 가지. 어쩌면 더 많이.'

그것을 확인할 필요가 있다. 하지만 이 백마술사 자신은 단서가 될 리가 없다.

"그렇게 됐으니, 받아들여주겠는가?"

엿이나 먹어.

바로 튀어나오려고 한 말을 꾹 참기 위해서 이성이 많이 필요하지는 않았다. 쓸데없는 희생이 나오기 전에 그 《13사도》를 막을 수 있다면, 이 최접근령 쪽 작자들과 손을 잡는 것도 나쁜 방법은 아니다. 문제는 감정이다.

'이 놈들을 신뢰할 수 있다면 말이지…….'

그것이 소용없는 생각이라는 걸 알면서도 투덜댔다.

"선택의 여지는 없겠지."

오펜이 말하자 다미안은 건성으로 한 방향을 가리켰다. 이 황야에서는 어느 쪽을 보건 그리 큰 차이도 없지만.

백마술사가 입을 열었다.

"이 방향으로 30분가량 걸어가면 위노나와 합류할 수 있을 것이다. 이곳의 지리는 그녀에게 묻도록. 물론 우리 쪽의 에이전트는 그녀 하나만이 아니다. 쓸데없는 충돌을 피하기 위해서라도 그녀와 함께 행동하라. 우리의 부하 대부분은 그대와 《13사도》의 마술사를 구분하는 방법을 모른다."

"……팃시랑 이르기트는?"

"다른 부하와 합류하도록 하겠다."

이걸로 볼일은 끝났다는 걸까. 다미안은 모습을 감췄다.

모펜은 잠시 말상대가 존재했던 공간을 노려본 뒤에 다미안이 가리킨 방향 쪽을 봤다──아무것도 없다. 앞에는 아무것도 없는 평범한 황야.

"자……."

걸음을 옮기며, 오펜은 혼잣말을 했다.

"분단시키고 말로 구슬렸다. 상대를 신뢰하지 않는 것 외에는 대항할 방법도 없고. 젠장, 완전히 어린애 취급이잖아."

몇 년 동안 그들을 관찰한 결과로서 얻은 결론은 그다지 대단하지 않았다──그들이 우수한 병사라는 것.

찾기 힘든 인재이기는 했다. 우수한 사무원, 우수한 정원사, 우수한 간호사와 마찬가지로. 하지만, 예를 들어서 우수한 마술사라는 자들은 의미가 다르다. 마술사의 우열을 말할 경우, 그것은 기능의 고저가 문제가 된다. 본질적으로는 전혀 의미가 없어야 하는데, 단지 그것만을 의논한다. 병사는 다르다. 그들의 우수함을 논한다면, 문제는 결과뿐이다. 그들이 어떤 능력을 지녔건 상관없다. 어떤 임무를 받았고, 그리고 수행했는지.

그런 의미에서——다미안 르우는 다시 한 번 기억 속을 검색했다——그들은 우수한 병사였다. 그 이상은 바랄 수 없다.

이제 마흔이 되는 라이드는 더 이상 이런 일을 하기에 적합하지 않은 것처럼 보인다. 머리는 절반이 벗겨졌는데 이것은 나이 때문만이 아니다. 첫 임무에서 입은 큰 화상과 간신히 목숨을 유지한 큰 피부 이식의 결과였다. 통통하고 눈에 보일 정도로 동작이 둔하다. 지금도 장식이라고는 없는 장검 칼집의 끈을 서툴게 묶고 있다. 팔다리가 짧기 때문에 이런 크기의 칼집을 검대(劍帶)에 묶으면 칼을 뽑지도 못할 것이 틀림없다. 묶을 필요도 없는 끈을 열심히 만지고 있는 이 사내가, 그 검을 최단거리로 적의 급소에 박아 넣는 방법을 그 누구보다 잘 알고 있다.

바깥 세상에 대해 관심이 없는 라이드와 대조적으로, 젊은 트린키는 시선을 사방팔방으로 정신없이 움직이고 있다. 아마 스물 하나인가 스물 둘이었다. 겨우 일 년의 임기 동안에 60명이 넘는 무장 도적을 살해하고 법정에서 극형을 선고받은 이 파견 경찰관을 등용한 것은 오로지 영주의 뜻이었다. 사람 죽이는 일에 이골이 나버린 이 젊은이에게는 더할 나위 없는 계약이었다고 할 수 있다. 그리고 성역과의 싸움에서 단 한 순간도 공포를 느껴본 적이 없는 병사란 영주로서도 귀중한 패가 될 것이다. 이해가 일치했고, 그래서 그는 여기에 있다.

이 두 사람의 비공식 기사를 다시 한 번 관찰하고, 다미안은 조금 전과 마찬가지로 납득했다. 그들은 우수한 병사다. 그들은 임무를 기대대로 수행한다. 이 명령은 그들 외의 다른 자에게는 부여할 수 없다. 그들만이 할 수 있을 것이다.

그래서 그들을 쓰고 버린다. 그 이외의 선택은 없다.

"그래서."

이쪽의 심중을 읽었다고 할까——그렇다고 해도 크게 놀랄 일은 아니지만——트린키가 차분하지 않은 호흡을 섞어가며 말했다.

"우리의 회수는?"

대답은 예상하고 있었을 것이다. 다미안도 사무적으로 정해진 말을 했다.

"착각하지 마라. 성역과의 전쟁은 이미 시작됐다. 너희들의 목숨 따위, 일일이 보호해줄 수는 없다."

"그건 그렇지."

웃는 트린키에게, 다미안이 계속해서 말했다.

"……어차피 곧 누가 죽었고 누가 살았네를 따질 수도 없게 된다. 작은 싸움이 끝나면 다음은 전면전쟁."

한 박자 쉬었다가,

"그 때까지 시간을 번다."

"그거 참, 의욕이 생기게 하는 말이네."

약간 비음 섞인 목소리. 라이드였다. 시선은 다른 곳으로 향한 채 칼집 끈을 만지도 있다. 검대에 묶으려는 것이 아니라 단지 끈이 방해가 돼서 나비매듭 묶기를 하려는 것 같다. 알코올 의존증 때문에 떨리는 손가락으로는 그런 단순한 작업에도 몇 분이나 걸린다.

"불복하진 않겠지?"

다미안이 말하자 라이드는 여전히 나비매듭 묶기를 계속하면서——
——자꾸만 매듭에서 빠져나오는 고리를 보고 있는 건지 아닌지 모를
눈으로 내려다보며 물었다.

"없슴다. 그나저나 기묘한 명령이네.《송곳니 탑》의 마술사를 처
치하라고?《13사도》가 아니라?"

"침입한 암살자——《13사도》의 마술사는 위노나의 팀이 대처
한다."

"걔 혼자서?"

그렇게 물은 라이드는 그 건에 관해 그다지 관심도 없는 것처럼 보
였다. 하지만 이렇게 물었다는 것은 아예 관심이 없지는 않다는 뜻이
겠지.

다미안은 크게 힘을 주지도 않고 부정했다.

"팀이다."

"그 녀석은 단독으로만 움직였는데. 지금까지는."

이번엔 트린키였다. 웃는 것처럼 위쪽을 향해 일그러진 입술을 씁
쓸하게 구부리며 추가했다.

"……그 빌어먹을 암살자 놈도 그렇고. 팀워크라는 걸 몰라, 그 놈
들은."

유이스 얘기겠지. 대답하기 위해, 다미안은 입을 벌렸다——그럴
필요가 있는 것은 아니지만, 이런 육체적인 동작을 생략하면 부하들
의 사기가 저하되는 경우가 있다. 그들은 이쪽의 목소리를 육성이라
고 생각하며 듣고 있기에.

"위노나는 새로 스카우트한 마술사와 함께 행동하고 있다. 그녀와 동행하는 자에게는 관여하지 마라. 너희들의 존재를 알려서도 안된다."

"그 놈한테는 비밀로 행동하라고?"

"그렇다."

"우리는 하나만 죽이면 되지?"

"그렇다."

"아~ 그리고 마지막으로 하나."

그렇게 말하면서, 라이드가 처음으로 이쪽을 봤다. 나비매듭은 완성되지 않았다.

"이 일 끝나면, 한 잔 해도 되겠습니까?"

"마음대로 해라."

그렇게 말하고, 다미안은 그 자리에서 전이했다.

위노나는 바로 찾을 수 있었다. 30분은 걸리지 않았다고 생각되지만, 아마도 한없이 정확하게 30분이 아니었을까──그런 생각이 들었다. 다미안 르우의 목소리가 원하지도 않았는데 귀에 남아 있다.

이 방향으로 30분 정도 걸어가면…….

쓸쓸한 웃음으로 그 목소리를 떨쳐버리고, 오펜은 위노나가 이쪽을 알아차리길 기다렸다. 마침 위노나는 이쪽이 대각선 방향 오른쪽 뒤에서 접근하고 있는 위치에서 빠른 걸음으로 걸어가고 있다. 아직 나름대로 거리가 떨어져 있다. 말을 걸어도 이 바람 속에서는 알아차리기 힘들겠지. 황야에 휘몰아치는 비명소리 같은 기류는 시간이 지날수록 더 거세졌다.

'예를 들자면, 저 파견 경찰관…….'

위노나. 덩치 큰 여자──라는 점만이 아니라, 신체적으로 잘 단련된 비공식 기사. 특정한 귀족을 위해서만 일하는 에이전트. 단순한 근육만 있는 자라면 별 것 아니다. 하지만 그녀는 자신의 힘을 자랑하지 않는다. 오히려 부족하다고 호소하는 것처럼 보이기까지 했다. 격투시합을 하면 자신이 그녀와 호각 이상으로 싸울 수 있을지, 미묘하다는 생각이 들었다.

파견 경찰은 왕립 치안 구상의 근간을 지탱하는 사법 조직이었다. 도시의 자치 범위를 넘어서 활동한다. 도시 밖에 횡행하는 무장 도적들의 제압──이라기보다는 구축──은 파견 경찰 중에서도 대 무장 도적 전투과가 맡는다. 아마도, 틀림없이, 그녀는 그곳 출신일 것이다. 어떤 이유로 이 수상한 영주라는 작자 밑에 들어오게 됐는지는 모르겠지만.

강인한 기사. 속도를 높여서 그녀와의 거리를 좁히며, 오펜은 조용히 이미지를 펼쳤다.

'……만약에, 위노나를 앞지를 수 있는 카드가, 내 수중에 있으려나?'

그녀를 제압한다. 그건 가능하겠지. 허를 찌를 필요도 없이, 간단하게 성공할지도 모른다. 하지만 그렇게 해서 그녀로부터 어떤 정보를 얻어낼 수 있는지를 따져보면 문제가 달라진다.

'죽어도 불지 않겠지. 이 게임에는 처음부터 내 승리가 존재하지 않아. 사기다.'

트릭 투성이 테이블 너머에서, 모습조차 보이지 않는 영주라는 인물이 웃고 있다. 그런 모습을 떠올리며, 오펜은 콧방귀를 뀌었다.

'아니지. 영주한테 진짜 적은 내가 아니야. 날 쓰러트려봤자 영주한테 득이 될 게 없어. 그 녀석이 적대하는 건 드래곤 종족의 성역이고, 영주라는 작자는 날 어디까지나 그걸 위한 포석으로 삼고 있을 뿐이야…….'

그것을 놓치면 자신은 게임을 계속할 수도 없게 돼버린다. 클리오와 매지크가 적의 수중에 있다. 레티샤와 이르기트와도 떨어졌다. 처음에 약속했던 아자리의 정보도 손에 넣지 못했다. 이 상태에서 게임에서 빠질 수는 없다.

이길 방법이 있을 리가 없다. 자신은 장기 말일 뿐이니까. 장기 말은 제 역할을 다 하는 수밖에 없다.

'그래, 그래서, 역할인가…… 젠장.'

레티샤의 말을 떠올리며 신음했다.

'그랬어. 내가 내 역할을 정하고 장기 말을 그만두지 않으면 아무것도 못 하니까. 아자리의 일도, 클리오와 매지크도 전부 영주한테 이용당해서, 완전히 코가 끼어버린 거야.'

아마 클리오와 매지크도 무사히 돌아올 것이다──자신이 장기 말로서 행동을 완료하면.

이 트릭에는 따르는 수밖에 없다. 함정이라는 걸 알아도. 아주 작은 것이라도 좋다, 어떠한 이레귤러가 일어날 때까지는.

위노나가 이쪽을 알아차리고 걸음을 멈췄다.

그녀는 손을 들어서 인사를 하지도 않았고, 그저 재미없다는 것처럼 이쪽을 보고 있을 뿐이었다. 방어구를 어중간하게 입고, 미간의 피부만을 험악하게 일그러트리고 있다. 기다리는 시간이 아까운지 씩 웃지도 않는다.

겨우 목소리가 들릴 정도로 다가가자 그녀가 나직하게 말했다.

"뛸 수 없어?"

오펜은 뛰어갔다.

정말로 받아들일 거라고는 생각하지 않았던 것 같다. 위노나는 깜짝 놀라서 눈을 깜박이고──그리고, 갑자기 알아차리고 욕지거리를 했다. 하지만, 그 때는 이미 팔 하나 만큼 떨어진 거리까지 육박해 있었다.

도약하고, 그 기세를 이용해서 온 몸의 근육을 움직였다. 내지른 주먹은 그녀의 얼굴에 꽂혔다. 허를 찔린 위노나는 어쩔 도리 없이 후퇴했다.

하지만 쓰러지지는 않았다. 몇 걸음 휘청거리기만 하고 자세를 바로잡고는 망설이지 않고 반격했다.

이쪽은 이미 착지했다. 자세를 잡을 필요도 없다. 보통은 안전하다고 생각할 거리에서, 위노나가 다리를 크게 들어 올렸다. 그것은 빈틈이 없는 짐승이라기보다는 단순히 통나무가 날아오는 모습을 연상케 했다. 하지만 속도는 짐승의 속도였다.

물러나서, 그것을 피했다. 위노나가 다음 공격을 하기 전에 나설까, 아니면 조금 더 기다릴까. 갈등할 필요 없이, 오펜은 그 자리에 머물렀다. 선제공격을 맞고 코가 가라앉은 위노나가 한 걸음 더 파고들어와서 주먹을 내질렀다──그것은 조금 전의 공격과 전혀 다른, 모범적으로 콤팩트한 견제였다. 그래도 사람 하나쯤은 기절하게 만들 정도의 위력이겠지. 그리고 또 한 걸음, 오펜은 후퇴했다. 한 눈에 봐도 튼튼해 보이는 주먹이 얼굴을 스치며 지나갔다.

또 한 걸음 물러나는 기척을 보이고, 오펜은 옆으로 뛰었다. 가장 기본적인 체술이다. 거기에 속은 위노나가 기척 쪽으로 발을 내디뎠고, 이변을 눈치 채고는 안색이 달라졌다.

보통은 여기서 끝이다. 적의 시야에서 몸을 피하고, 사각에서 밀착해서 치명타를 날린다.

하지만.

위노나의 주먹이 그것을 저지했다. 내지른 그녀의 오른팔을 옆으로 뿌리치면서 확인했다──그녀는 이쪽을 보지 않았다. 감만 가지고 공격한 게 틀림없다. 이쪽의 기척을 읽고.

'방심했으면 내가 당했어…….'

조용히 인정하며, 오펜은 아무런 감동도 없이 자기 팔에 닿은 그녀의 팔을 끌어안았다. 그대로 관절을 비틀면서, 가까운 쪽 다리를 걸어찼다. 나무줄기가 부러지는 것 같은 소리를 내며 위노나의 허리가 가라앉았다.

관절을 조인 상태로 그녀를 넘어트리고, 말했다.

"이대로 영원히 팔과 작별할지, 한 두 마디 사실을 말할지. 어느 쪽을 선택하겠어?"

"팔이 부러지기 직전에 다미안이 날 회수할 거야. 댁은 다미안한테 죽을 뿐이고."

"그 놈은 안 와. 《13사도》한테 매여서 여력이 없을 테니까."

그건 어림짐작이었지만, 위노나가 이 사이로 흘린 고통의 소리를 들어보면 나름대로 신빙성이 있는 생각이었던 것 같다──위노나는 얼굴을 땅바닥에 처박은 채로, 가능한 큰 소리로 말했다.

"팔 하나 가지고 내가 말할 거라고 생각했나?"

"목숨과 바꾼다면 어때?"

"댁이 날 죽인다고?"

예상은 했지만, 위노나는 비웃는 것 같은 소리를 낼 뿐이었다. 오펜은 들리지 않게 탄식했다――한 손으로 위노의 팔을 잡은 채, 다른 손으로 허리의 홀스터에서 총을 뽑았다.

그것을 위노나의 얼굴 옆으로 들이댔다. 위노나의 몸이 움찔한 걸 통해서 그녀가 총을 봤다는 걸 알았다.

최대한 담담하게 들리도록 주의하며, 오펜은 계속해서 말했다.

"이게 뭔지는 알겠지? 내가 죽일 수 있는지 아닌지는 상관없어. 이건 그런 무기다. 떨리는 손가락이 방아쇠를 조금 당기기만 하면 사람 목숨을 빼앗거든. 겁쟁이를 살인자로 만들지. 이건 그런 무기야――――아, 그러고 보니 너도 같은 걸 가지고 있었지. 그 왼손내려."

당장이라도 그녀의 허리에 있는 홀스터를 건드리려고 하는 왼손을 노려봤다.

"또 왼손을 움직이면 왼쪽 어깨를 쏘겠다. 그래도 또 허튼 짓을 하려고 들면 다음엔 등. 내장 중에 몇 개는 망가지겠지. 마지막엔 뒤통수를 쏘겠어. 뇌가 탄환의 충격에 버틸 확률은 제로다. 하지만 내 질문에 대답한다면, 나도 총알을 낭비하고 싶지는 않아."

"영주님을 쏠지도 모르는 탄환이라면, 어차피 나중에 내 몸으로 받아내게 될 거야. 지금 받아낸다고 뭐가 달라지겠어."

"그러고 싶으면 그렇게 하든지. 하지만 어차피 대답할 거야――묻겠다. 클리오와 매지크는 무사한가?"

잠시 침묵. 위노나는 천천히 대답했다.

"뭔가 했더니, 겨우 그거야? ……무사해. 해를 끼칠 이유가 없잖아?"

"그렇게 믿고 싶지만 말이야. 다음. 코르곤 자식이 없다는 게 무슨 소리야?"

"몰라. 유이스는 영주님의 부하가 아니니까. 행방을 감추는 일도 있지. 이번에 처음도 아니고."

이건 바로 대답했다. 그 대답을 되새기며——오펜은 마지막으로 물었다.

"《13사도》의 암살자를 죽일 건가?"

"……무슨 소린지 모르겠는데. 당신, 자기 집에 침입한 암살자를 그냥 돌려보낼 수 있어?"

"나한테는 암살자가 아니니까."

"동료일지도 모른다는 건가?"

빈정대는 그녀의 팔을 놓아주고, 오펜은 두 걸음 정도 뒤로 물났다. 위노나가 반격할 거라고 생각했지만, 그녀는 잡혀 있던 팔을 문지르면서 자세를 바로잡고 바닥에 앉을 뿐이었다.

권총을 홀스터에 집어넣으며, 오펜이 말했다.

"동료일지도 모른다. 그렇군. 영주가 제대로 된 테이블에 앉을 때까지는 판단할 방법이 없어."

위노나는 그 말에 대답하지 않고, 그제야 생각이 난 것처럼 아까 얻어맞은 코를 손으로 잡고 풀어줬다. 코피는 나오지 않았다. 혼신의 일격이었는데, 그렇게 큰 효과는 없었던 것 같다——아니면 효과가 없는 것처럼 보이려고 고심하고 있는지도 모르고.

시간을 들인 뒤에, 겨우 위노나가 대답했다. 몸 방향을 살짝 바꿔

서 왼손이 안 보이게 했다. 권총을 잡는 왼손을.

"그런 선언을 하려면 날 해방하지 말았어야지. 당신, 암살자라도 되려는 거야?"

"그럴 생각도 없어. 《13사도》를 그렇게 만들 생각도 없고."

오펜은 어깨를 으쓱거렸다.

"영주에게 접근하기 위한 최후의 관문이 다미안이라면, 거기에 대항할 수단은 없으니까."

"……정말로?"

아주 조금──그녀의 눈빛이 변화한 것 같았다. 그것이 약간이나마 드러난 진심인지, 새로운 거짓말인지는 알 방법이 없지만.

어쨌거나 씁쓸하게 웃는 수밖에 없었다.

"유령이잖아? 이미 죽은 놈을 어떻게 죽이겠어?"

"유이스는──"

위노나는 목소리 톤을 잔뜩 낮췄다. 희미한 웃음만이 뺨 위로 미끄러졌다.

"유이스는, 우리 동료 중에서는 다미안과 제일 많이 관여하고 있어. 사실은 그 방법을 찾고 있는 게 아닌가…… 그런 생각도 했지."

그것은 의외였다. 정말로 놀라면서 물었다.

"댁들은 하나로 똘똘 뭉친 게 아니었나?"

"세상에 그런 조직은 없어."

위노나는 그렇게 말하고, 일어났다. 시선이 아래쪽에서 약간 위쪽으로 옮겨갔다. 옷의 흙먼지를 털어내지도 않고, 위노나가 계속해서 말했다.

"딱히 숨길 것도 없어. 다미안은 아무리 생각해도 이상해. 동료들도 다들 그렇게 말하고. 나도 그렇게 생각하지. 아마…… 영주님도 그렇게 생각하실 거야."

"그렇다면 왜 방치하는 거지?"

물었다. 답은 예상하고 있지만, 위노나는 예상한 답 그대로 인정했다.

"전력으로서 더할 나위 없이 유효하니까. 아니, 기분은 나쁘지만 꼭 필요하다고 인정할 수밖에 없잖아. 성역과 싸우려면."

"이 대화, 아마 다미안도 듣고 있을 텐데?"

"그렇다고 해도 신경 안 쓸 거야. 어차피 우리한테는 다미안을 죽일 수단이 없으니까."

사기 게임──

이건 사기 게임이다.

오펜은 위노나를 보면서 마음속으로 중얼거렸다.

처음부터 그녀가 솔직하게 대답할거라는 기대는 안 했다. 하지만 거짓이라는 걸 알고서 들으면 거짓도 정보가 된다.

생각했던 것보다 많은 정보를 얻었다. 적어도 위노나는 이쪽에서 거래를 할 만한 상대가 아니라는 걸 알았다. 장기 말이기를 그만둔 때에는 도움이 될지도 모른다.

사기 게임. 게임이 끝났을 때──

『이 주문이 완성됐을 때, 무슨 일이 일어날까?』

문득 기억 속에 떠오른, 코르곤의 말을 들으며.

오펜은 입을 열었다. 남의 일처럼 자동적으로, 말이 흘러나왔다.

"일단 《13사도》의 암살자를 잡는 데는 협력하겠어. 하지만 언제까지 협력할지는 장담할 수 없고."

"아주 뻔뻔한데?"

"가끔은 이쪽에 유리한 조건이 있어도 되잖아."

그렇게만 말하고, 오펜은 주위에 펼쳐진 황야을 둘러봤다. 사기 게임의 게임판. 대전 상대는 킹의 위치조차 밝히지 않았다.

제4장 네 번째 죽음의 계략

"생각보다 무방비하네."

"······그러게요."

그런 짧은 대화를 하며, 암살자들은 몇 초의 시간을 헛되게 보냈다. 한 사람이 시체 앞에 웅크리고 앉아서 잠시 확인하고 다시 일어났다. 머리카락을 밀어버린 그 암살자는 마지막으로 그 유체를 흘끗 쳐다봤다.

딱히 뭔가 있었던 건 아니다. 죽어서 움직이지 못하는 남자가 있을 뿐이다.

표적인 최접근령의 영주——그 수호자.

또 한 사람, 근처 바위 위에 앉아서 멍하니 바람을 맞고 있던 젊은 암살자가 가벼운 목소리로 말했다.

"이렇게 간단할 줄 알았다면 좀 더 빨리 행동해도 됐을 것 같은데요? 플루토 스승님도 크라베 스승님도 이상한데서 신중하다니까."

그 목소리에, 머리카락을 민 남자가 대답했다. 억양을 죽인, 차가운 목소리.

"지금까지 그들이 보낸 척후가 거의 살아서 돌아온 적이 없다는 걸 생각해보면, 그렇게 말할 수도 없지."

"그야, 돈 주고 고용한 건달들이나 어디서 굴러 들어온 암살자를 보냈으니 그렇게 됐겠죠."

"그 중에는 나보다 뛰어난 기능자도 있었다."

남자는 거기까지만 말하고 젊은 남자 쪽을 봤다. 추가하는 것처럼, 계속 말했다.

"카콜키스트 이스트한. 너보다 말이야."

어린애 같은 동작으로 바위에서 뛰어내린 상대가 웃었다. 카콜키스트라고 불린 젊은 암살자는 어깨를 으쓱거리면서 아무것도 들지 않은 두 손을 펼쳐보였다.

"전 그렇게 생각 안 하는데요. 플루토 스승님은 속물이거든요──중요한 건 끝까지 챙겨두죠. 완전히 늦어버릴 정도로 끝까지. 지금까지 쓰고 버린 자들이 저희보다 먼저 버려진 건, 그 정도 가치였기 때문이겠죠? 이번에도 그 사람은 마리아 폰을 멤버에 넣지 않았어요."

"웃을 수가 없군."

"저는 살아서 돌아갈 생각이거든요? 영주인지 뭔가를 처치하고 무사히 탈출해서 왕도로 돌아갈 거예요. 폭군한테 한 마디 해줘야 직성이 풀릴 것 같아요."

농담인 것 같으면서도 아닌 것 같은 말투로, 카콜키스트가 말했다.

시크 마리스크는 그 학생을 빤히 쳐다보고──그리고, 하려던 말을 삼켰다.

"……쓸데없는 생각은 하지 마라. 넌 집중력이 부족해."

죽음을 향해서 집중하는 암살자의 눈으로, 남자가 말했다.

"슬슬 해가 저문다. 아침까지 영주를 찾아내서 살해한다. 그 이상 시간을 들이면 우리 체력이 버티지 못한다."

"그 뒤에 탈출할 것까지 생각하면, 밤중에는 일을 끝내야겠죠?"

시크는 학생의 그 제안에 대답하지 않았다.

"사실인지 거짓말인지 판단하지 못할 얘기라도 해줄까?"

갑자기 위노나가 그런 말을 꺼낸 건 의외였다──위노나는 지금까지 약 한 시간 정도 거의 말을 안 했으니까. 오펜은 위노나가 한 말을 몇 가지 떠올려봤다. 이쪽이다. 그쪽이 아냐. 가지마. 닥쳐.

거기에 비하면 붙임성 있는 말투였다. 의아하게 생각하면서 고개를 돌렸다.

"앙?"

물었다. 그러자 위노나가 계속해서 말했다.

"어째서 영주님이 이런 황폐한 땅에 살고 계신지."

"관심 없는데."

쌀쌀맞게 대답했다. 하지만 위노나는 그러거나 말거나 계속했다. 아무려면 어때. 그냥 얘기가 하고 싶은 것 같다.

"영주님은 인류의 수호신이야."

"아, 그래."

그렇게 떠받들었을 뿐이다. 약간 질력을 내며, 위노나 쪽을 봤다──

그리고. 오펜은 걸음을 멈췄다. 위노나는 진지한 얼굴이었다.

위노나는 걸음을 멈추지 않았다. 계속 걸어가면서,

"그쪽은 영주님에 대해 더 알아야해. 드래곤 종족과 싸울 수 있는 인간은 한 사람이라도 많은 동료가 필요하거든. 그쪽이 영주님을 이해하고 영주님과 이야기를 하면, 아마 그렇게 될 거야."

자신을 앞지르는 위노나를 잠시 쳐다보고, 오펜은 다시 걸음을 옮겼다. 아까부터 주위 풍경은 변함이 없지만, 위노나한테는 익숙한 걸까. 망설이지도 않고 앞으로 나아가고 있다.

"그 수호신이 성역과 싸우는 이유는 뭔데? 드래곤 종족과 인간 종족이 대립한 적은 한 번도 없었을 텐데 말이야."

더 이상 관심이 없다고는 할 수 없었다──영주의 정보라면 뭐든 좋으니 필요하다. 오펜이 묻자, 오펜은 그것이 마음에 드는 화제라는 듯이 바로 대답했다.

"마술사 사냥은?"

"마술사와 드래곤 종족이 대립하기는 했지만, 다른 인간 종족은 드래곤 종족 편에 붙거나 방관했지."

"그 시대부터 드래곤 종족은 성역에 은둔하고 바깥세상에는 상관하지 않게 됐지. 이건 아무리 좋게 말해도 완곡한 절교 상태가 아닐까? 영주님은 성역이 바깥세상을 배신하고 있다고 생각하고 계셔."

자신만만하게 말하는 위노나를 보며, 오펜은 얼굴을 찌푸렸다.

"쓸데없이 건드는 게 아닐까?"

"그럴까? 그렇다면 도펠 익스의 존재는 어떻게 생각하는데. 성역은 바깥세상으로 수하들을 보내서는 여기저기서 암약하게 하고 있어. 분명히 말해두는데, 헬퍼트 따위는 그 일부일 뿐이라고."

속도를 높여서 위노나를 따라잡았다. 나란히 서도 위노나는 속도를 낮추지 않았지만 무리해서 더 빨리 걷지도 않았다.

그 레드 드래곤을 생각하면 지금도 등이 아픈 것 같은 기분이 든다──자신이 그 드래곤 종족을 쓰러트렸다고 하지만, 마지막 몇 순간은 실감이 가지 않았다. 어쨌거나 언제까지고 기억하고 싶은 기억이 아니다. 오펜은 조용히 말했다.

"누가 먼저인지 같은 끝도 없는 얘기를 하려는 건 아니겠지."

"도펠 익스는 백년도 전부터 바깥세상에서 멋대로 날뛰고 있었어. 이유는 아직까지 모르겠지만, 그러니까…… 주 목적은 약탈."

"약탈."

뜬금없는 말에 깜짝 놀라서, 신음했다.

위노나는——이쪽도 한 방 먹였다는 생각인지, 기분 좋게 말했다.

"내쉬워터에서, 그쪽도 봤지? 겨우 검 한 자루 때문에 몇 명이나 죽였어."

"뭐…… 분명히 의미를 모를 사건이었지. 로테샤의 검에 뭔가 있는 것 같다는 생각은 했지만."

그 건에 관해서는 생각해봤자 알 수 없을 것 같아서 생각하지 않기로 했었다. 위노나가 커다란 어깨를 으쓱거렸다.

"아무것도 없어. 적어도 유이스가 조사한 한에서는 아무것도 없었지——아주 조금 편리한, 그냥 검이야. 그래서 빼앗겨도 괜찮았어. 특히 그 헬퍼트가 움직이고 있으니, 원래는 엮이고 싶지 않았거든. 쓸데없이 전력을 잃을 수는 없으니까."

"……그럼 왜 코르곤이 반년 동안이나 검을 지켰던 건데?"

"본인이 원했거든. 그 녀석, 그 검을 갖고 싶어 했어. 그리고 우리한테도 나쁜 일이 아니었고——어차피 레드 드래곤한테 대항할 수 있는 건 레드 드래곤 뿐이었고, 그 녀석이 혼자서 헬퍼트를 쓰러트려준다면 나쁘지 않으니까. 그리고 뭐, 그 녀석한테는 다른 임무도 있었거든."

"임무?"

그게 신경 쓰인 것은, 위노나가 코르곤이 영주의 부하라고 말하는

것처럼 들렸기 때문이다──하지만 위노나는 다른 뜻으로 말한 것 같다. 씩 웃더니,

"세세한 임무까지는 밝힐 수 없어. 듣고 싶으면 충성을 맹세한 뒤에 영주님 본인한테 들으라고."

결국은 거기에 도달하는 것 같다. 들으라는 듯이 탄식하고, 오펜이 말했다.

"그렇군. 사실인지 거짓말인지 모를 얘기야."

"댁도 빈정대는 걸 좋아하나봐."

김이 샌 것처럼, 깜짝 놀라는 위노나.

"그런 성격이야."

사실을 말하지 않는 인간일수록 상대의 거짓말도 용서하지 않는 법이다──그런 생각을 하고 있는데, 위노나가 견제하는 것처럼 말했다

"모든 사람들이 자기도 모르는 사이에 영주님의 은혜를 받고 있는 거야. 영주님만이 성역과 싸울 수 있지. 마술사 동맹도 귀족 연맹도 드래곤 종족한테서는 도망치기만 하잖아."

"나도 사실인지 거짓말인지 모를 얘기를 해줄게."

도끼눈으로 위노나를 보며, 오펜이 말했다.

"……내 선생님도 말이야, 도펠 익스라고 불렸다는 것 같아. 아주 오래전에."

"뭐?"

의미를 모르겠지──무리는 아니지만.

그 부분은 설명해봤자 소용이 없고, 의미가 있다고 해도 설명할 생각도 없었다. 개인적인 일일 뿐이다. 그녀가 이해하거나 말거나, 오

펜은 시선을 돌렸다.

"그래서 나는 그 말의 의미 쪽에 마음이 걸려. 배신의 기호.^(도펠 익스) 성역의 에이전트가 성역을 위해서 일한다면, 그 이름은 아무리 생각해도 이상하잖아?"

"큰 문제는 아닌 것 같은데."

간단히 말하는 위노나에게 콧방귀를 뀌었다. 생각나는 대로, 오펜이 말했다.

"광신자는 의문을 의문이라고 생각하지 않아. 믿을만한 것이 있다면 그건 행복한 일이지만."

"……내가?"

위노나의 목소리가 단숨에 험악해졌다. 당연한 일일 텐데.

전혀 변함이 없는 지면을 밟으며, 거기서 발을 멈출 이유는 없다. 그래도 자연스레 발을 멈추고, 오펜은 위노나와 대치했다. 점점 부풀어 오르는 그녀의 어깨 근육을 보면서 입을 열었다.

"영주라는 작자가 성역과 승강이하면서 기고만장하고 있다면, 난 그 놈을 믿을 수가 없어."

"영주님 생각은――"

그렇게 큰 소리를 내려던 위노나를 제지하고, 오펜이 계속해서 말했다.

"어번라마는 괴멸할 뻔 했어."

"그래도 우리는 드래곤 종족을 제지했어! 그건 큰 승리였다고."

"내가 헬퍼트를 해치우고 클리오가 라이언을 막았어. 너희는 뭘 했지?"

빠르게 속삭였다. 위노나의 침묵이 길게 이어졌고, 문득 바람 때문에 자기 목소리가 전해지지 않았을지도 모르겠다는 생각이 들었을 때, 겨우 대답했다.

"……영주님께는 생각이 있어. 그쪽도 영주님을 만나면 알게 될 거야."

"모를 거야. 내가 영주를 인정하지 않는 가장 큰 이유를 가르쳐줄까——"

자신보다 큰 상대의 멱살을 잡는 것은 자신이 생각해도 우스운 일이었다——하지만 끓어오르는 감정이 그걸 무시하게 만들었다. 부글부글, 억누를 수 없는 것이 목 안쪽에 차는 것을 느끼며, 목소리에 힘을 줬다.

"너희는 클리오가 라이언을 죽이게 만들었어!"

"그딴 것 때문에——"

말하는 중에, 위노나가 넘어졌다. 아니, 위노나가 자신의 손에서 도망치려고 하는 순간에 떠밀었다.

위노나가 일어나기 전에 그녀의 무릎을 밟았다. 일어나지 못하는 위노나를 내려다보며, 오펜이 몰했다.

"영주는 만나주지. 이쪽도 하고 싶은 말이 잔뜩 있으니까. 하지만, 이건 충고야. 날 세뇌하려고 들지 마. 짜증만 나니까."

"……알았어."

너무나 쓸쓸한 목소리로 중얼거리는 말을 듣고, 오펜은 발을 치웠다.

위노나가 일어날 때까지 마음을 진정시킬 시간이 그럭저럭 있었다. 상대에게 맞춰서 시선 각도를 바꿔가며 기다렸다.

고개를 드는 한 순간, 위노나가 동작을 멈춘 것처럼 보였다. 그리고 이쪽을 보면서 말했다.

"다미안한테서 연락이 왔어. 근처에 그 아이가 있어. 빨리 확보하
라는데."

"아이?"

"로테샤 말이야."

납득할 수 있는 이유라면 영원히 눈을 뜰 수 없어도 상관없다. 그
정도는 아니었지만…….

왜 자신이 쓰러져 있는지도 모른 채, 로테샤는 눈을 떴다. 얼굴에
묻은 모래를 털어내고——엎드려 있었기 때문이다——주위를 둘러
봤다. 머릿속에 자리 잡은 실체도 없이 욱신거리는 것을 쫓아내기 위
해서 심호흡을 하고, 생각해내려고 했다. 무엇을 생각해내려고 하는
건지도 기억에 없지만.

설령 그것이 악몽이었다고 해도 꿈을 신경 쓰는 건 한심한 일이다.
그녀는 자신에게 투덜거렸다. 악몽 따위는 질릴 정도로 꿨다.

일어나다가, 고꾸라졌다. 아래를 보니 검이 있다. 아버지의 유품
인 마검. 프릭 다이아몬드.

검을 몸 아래에 깔고 엎어져 있던 탓인 것 같다. 허리에서 가슴까
지 직선으로 아픈 자국이 있었다. 멍이라도 생기지 않았는지 옷 속을
확인해봤지만 흔적은 없다. 아픔만이 남아 있다.

'……아닌가……?'

문득 생각나는 것이 있었다. 그 아픈 자국은 뭔가 다른 것을 의미

하는 것처럼 느껴졌다. 근거가 있는 건 아니지만. 기억이 있다. 아픔만. 눈에 보이는 자국은 없다…….

"……안 좋은 우연이네."

겨우 생각이 나서, 신음했다. 점점 가셔가는 그 아픔은 예전에 에드에게 베인 상처자국을 따라서 느껴지고 있었다.

기억이 떠오르자 아픔도 다시 돌아오는 것 같았다. 입술을 깨물고 검을 집었다.

다른 일을 생각하자. 이성의 목소리에 따라서 혼잣말을 했다.

"어째서 나 혼자 뿐이지."

아무도 대답해주지 않았다. 아무도 없으니까.

적어도 보이는 범위에는 사람도 기척도 없었다. 마술사들의 모습은 아무데도 없다. 그녀들과 작별 인사를 한 기억도 없고, 그저 뜬금없이, 거기에 쓰러져 있었다.

뭔가에 얻어맞은 걸까? 납득할 수 없는 생각을 가슴에 품고 얼굴을 찌푸렸다. 뭔가에 맞아서 기절했고, 그 충격 때문에 기억을 잃었다는 사람의 이야기도 들은 적이 있었다. 자신이 폭력의 악의에 노출됐다는 현실을 인정하고 싶지 않았기 때문에 그 기억을 봉쇄해버렸다고. 그 얘기를 해준 사람은 아버지였을 텐데…….

씁쓸하게 웃었다. 폭력의 악의를 참지 못하고?──자신이 그렇게 순진한 걸까. 전 남편이 죽이려고 했는데도 죽지 못한 여자다.

'강해지는 데 필요한 것은.'

로테샤는 조용히 중얼거렸다. 강해지는 데 필요한 것은 이런 때에 일일이 당황하지 않는 것이겠지. 이해하기 위해 노력하고, 추측하고, 해결한다.

혼자가 된 것은 잘 된 일이라고 생각하자. 자세한 것까지는 모르겠지만, 그 마술사들은 전부 에드와 아는 사이인 것 같다. 자신이 에드를 죽이려고 하는 때에 적이 될 가능성이 크다.

마검을 꽉 쥐고, 각오를 다졌다.

에드도 마술사였다. 그것을 이해해야만 한다. 그에게는 여러 개의 이름이 있고, 제각기 다른 역할을 연기해왔다. 유이스…… 코르곤…… 에드. 우수한 마술사였던 것 같다. 사실 검으로도 당해낼 수 없다. 도장 시절에도 그와 호각으로 상대했던 것은——바로 병 때문에 쓰러져서 짧은 기간이기는 했지만——아버지뿐이었다. 다른 연습생들 앞에서, 에드는 가끔씩 세 판 중에 한 판 정도는 이기게 해줬지만. 이건 그다지 신기한 일도 아니다. 로테샤 자신도 연습생들에게 자신감을 심어주기 위해서 승패에 들어가지 않는 한 판을 양보해주는 정도는 흔히 했었다. 어쨌거나, 그에게 이긴 적은 없다.

평범하게 덤벼도 이길 수 없다. 하지만, 이 마검을 사용하는 방법을 알게 된다면…?

'어떻게든 될지도 몰라.'

비두 크립스터의 마검. 아버지는 이 검으로 수십 명이나 되는 무장 도적을 일망타진한 적도 있다. 적어도 소문으로는 그렇게 들었다. 마술을 뛰어넘는 무기가 될지도 모른다. 에드에게 이길 수 있는 가망이라면, 이것뿐이다.

'하지만…… 어떻게 해야 좋을지.'

짐작도 할 수 없다. 어번라마에서는 딱 한 번, 이 검을 칼집에서 뽑는데 까지는 성공했다. 아니, 칼집에서 뽑았다고 해야 할지는 모르겠지만. 하지만 결국 어떻게 써야 좋을지를 이해한 것은 아니다.

검을 들었다. 의식을 집중하고, 마음속으로 빌었다——어떻게 빌어야 하는지는 모르겠지만. 검이 변화하기를 원했지만, 아무 일도 없이 몇 초가 지났다.

탄식하고 검을 내린다. 에드와 대치한 상태에서 이렇게 시간을 들인다면 이미 죽어 있을 것이다.

그 때.

검을 쓰려고 시선을 들어 올린 탓에 보인 것이 있었다. 드넓은 황야와 비교하면 말 그대로 모래알처럼 작고 검은 점이었지만——본 적 있는 생물이 떨어진 곳에 덩그러니 앉아 있었다.

켕기는 모습을 보인 것 같은 기분에 심장이 크게 뛰었다. 그 생물이 아니라 그것에서 연상되는 인물의 이름을 외치며 뛰어갔다.

'클리오?'

그리 먼 거리는 아니었다. 돌풍도 그 작은 생물까지는 신경 쓰지 않겠다는 것인지 바람에도 전혀 흔들리지 않고, 그것은 그 자리에 있었다. 칠흑의 털, 강아지처럼 보이기도 한다. 녹색으로 빛나는 눈동자로 오로지 한 방향을 보면서 전혀 움직이지 않았다.

그것은 기묘한 몸짓이었다. 똑같은 모양으로 박제해서 만든 인형처럼, 조금도 움직이지 않는다. 건드릴 정도로 다가갔지만 이쪽을 보지도 않았다. 로테샤는 검을 안은 채, 의아해하면서 손을 뻗었다.

"……왜 그러니?"

동물에게 말을 거는 것이 바보 같다는 생각도 들었지만, 분명히 클리오는 종종 이 강아지와 이야기를 했었다.

하지만 그 생물——분명히 레키라는 이름이었지——은 움직이지 않았다. 못 들었나 싶어서 헛기침을 하며, 로테샤는 레키의 정면으로 가려고 했다.

고개를 돌린다. 녹색 눈동자 한 쌍이 이쪽을 보고 있다.

"저기, 클리오는 어디에——"

폭발 소리가 돌리고, 아무것도 보이지 않게 됐다.

"……으어라?"

얼빠진 것 같은 위노나의 목소리——

따라하려던 건 아니지만 오펜도 눈을 껌벅거렸다. 지면에 거대한 폭발 자국이 그려져 있다. 그 가장자리에 서 있는 것은 칼집에서 뽑은 검을 늘어트리고 있는 로테샤.

그것은 단순히 예고되었던 일에 불과했다. 로테샤가 있다. 그래서 여기에 왔다. 로테샤는 눈이 휘둥그레진 채로 멍하니 서 있고, 이쪽을 알아차리지도 못했다. 선 채로 기절한 건지도 모른다. 하지만 위노나가 큰 소리를 낸 것은 그런 이유 때문이 아니겠지.

아무것도 없는 공간——바로 눈앞에 있는 공간으로 손을 뻗고, 위노나가 신기하다는 것이 중얼거리는 소리가 들렸다.

"지나갈 수가 없네?"

농담처럼 들렸다. 그녀가 손을 댄 속에는 아무것도 없다.

아니, 적어도 위노나 자신은 그렇게 생각했겠지. 하지만 오펜에게는 보인 것이 있었다

'마술 구성…… 인가?'

이해는 할 수 없다. 자신조차 읽을 수 없는 구성을 짤 수 있는 마

술사는 대륙에 거의 없다고 할 수 있고, 얼마든지 있다고도 할 수 있다.

한마디로 인간 종족에는 거의 존재하지 않는다. 하지만 인간 종족을 신경 쓰지 않은 마술이 다수, 이 대륙에 있다. 그것이 드래곤 종족의 마술이었다.

귀에 거슬리는, 낮은 벌레 날갯짓 소리 같은 것이 고막을 흔들고 있다. 그 소리에 겹쳐지는 것처럼 공간에 마술 구성이 그려져 있다. 이것은 마술사만이 볼 수 있는 것이다. 극단적으로 복잡하고, 치밀하고, 광대한. 드래곤 종족이 만든 마술이 틀림없다. 그 마술이 가져온 효과가 그 공간으로 침입하는 것을 거부하고 있다. 공간 중심에는 로테샤가 있다.

로테샤가 오른손에 들고 있는 검──칼날을 드러낸 직선형 도(刀). 그녀 아버지의 애검이었다고 하는 마검이었다. 월드 드래곤 종족이 만들었다고 하는 마술의 유물. 기동하는 방법을 몰랐던 그 검이 발동해 있다.

그런 원리는 위노나도 짐작한 것 같다. 이쪽을 슬쩍 보기는 했지만 딱히 뭔가를 묻지도 않았다. 오펜도 손을 뻗어서 그녀의 손이 밀려 나온 공간에 손끝을 댔다. 탄력 있는 공기 벽의 감촉이 피부를 튕겨 냈다. 정전기 같은 가벼운 충격. 손으로 밀면 밀어낸 만큼 도로 밀려 난다.

오펜은 말없이 칼집에서 단검을 뽑았다. 날 끝으로 보이지 않는 벽을 찔렀다. 결과는 손가락과 마찬가지.

단검을 집어넣고, 중얼거렸다.

"……레드 드래곤이, 한 번 썼었지. 저 검."

"깰 수 있겠어? 저 아가씨는 정신이 나간 것 같은데?"

위노나가 물었지만 오펜은 고개를 저었다.

"천인 종족이 사용자를 지킬 의도로 만들어낸 마술이라면, 안에 있는 사람을 죽일 생각이 있건 없건 깰 수 없겠지."

이런 대에 방호를 무시할 수 있는 비장의 카드가 없는 건 아니다. 하지만 그건 말 그대로 내부에 있는 표적이 무사하리라는 보장이 없는 부류의 것이기도 했다.

순간.

지금까지 주위에 충만해 있던 벌레 소리가 사라졌다. 모래를 흘리는 것 같은 노이즈 섞인 소리의 흐름이 로테샤 쪽으로 수속(收束)됐고──그리고 구성이 사라졌다. 지탱하던 힘이 사라진 탓인지 결계 중심에 있던 소녀가 쓰러진다.

"로테샤?"

오펜이 달려갔지만 별 일은 없는 것 같다. 다가가기 전에, 로테샤가 멍한 표정으로 모래 위에서 몸을 일으켰다. 처음부터 정신을 잃은 건 아니었겠지. 뭔가를 떨쳐내려는 것처럼 고개를 젓고, 이쪽을 봤다.

"오펜…… 씨. 저."

천천히 신음하는 로테샤에게, 오펜이 물었다.

"무슨 일이 있었어?"

"저기…… 레키가…….."

그녀는 거기까지 말하고, 사고가 정지된 건지 입을 다물었다. 문득, 위노나를 알아보고 로테샤가 큰 소리를 냈다.

"아……!"

소녀의 얼굴에 떠오른 것은 공포——처럼 보였다. 순간, 뭘 느낀 건지 않은 채로 뒷걸음질 치고는 검을 세게 끌어안았다. 검은 어느 샌가 칼집 안에 들어가 있었다. 하지만 그제야 겨우, 공포를 느낄 필요가 없다고 깨달았겠지. 눈을 껌벅거리더니 또다시 고개를 저었다.

"저기…… 죄송해요. 제가, 좀 정신이 없는 것 같아요……."

"레키가 어쨌다는 거야?"

물으면서, 가까이 가서 몸을 숙였다. 보아하니 로테샤는 분명히 착란을 일으킨 것 같았다. 바로 가까이에 있는 폭발 자국을 생각해보면 돌발적인 뭔가가 있었던 것은 틀림없는데.

로테샤는 몇 번인가 숨을 쉬고, 점점 안정을 찾았다. 말없이 서 있는 위노나 쪽을 흘끗 보고,

"있었어요. 여기에…… 레키가."

"여기에?"

의아해하며, 오펜은 위노나 쪽으로 시선을 던졌다. 비공식 기사가 팔짱을 끼고, 깜짝 놀라서 눈썹을 치켜 올렸다.

"이상하네. 같이 영주님이 계신 곳으로 데려갔을 텐데."

"레키가 있었다는 건, 클리오도 같이 있었다는 거야?"

다시 로테샤 쪽을 보고 물었다. 로테샤는 검을 끌어안은 채로 고개만 좌우로 저었다.

"아뇨. 없었어요. 아마도…… 그 아이한테 가까이 다가갔더니, 갑자기 눈앞이 새하얘졌고."

떨리는 목소리로 그렇게 말하면서 바로 앞에 있는 폭발 자국을 가리켰다.

그리고——

"알았어요!"

갑자기 로테샤가 큰 소리를 질렀다. 깜짝 놀라서 반사적으로 반 걸음 물러나려고 했지만, 로테샤가 매달리는 것처럼 팔을 붙잡았다. 침이 튀는데도 신경 쓰지 않고, 계속 몰아붙였다.

"알았어요——이 검을 쓰는 방법! 절 지켜줬어요!"

"으아——드러——알았으니까 진정해. 진정하라고!"

로테샤를 밀치고, 오펜은 검을 가리켰다.

"검이 지켜준 건 그렇게 신기한 일이 아니라고. 천인 종족의 미술은 보통 사용자를 자동적으로 지켜주니까."

"그런 게 아니에요. 정말로! 검이 멋대로 빠졌고, 그 때, 목소리가 들렸고——"

밀어낸 만큼 가까이 다가와서——그 힘은 조금 전에 있었던 보이지 않는 벽과 마찬가지였고, 로테샤가 더 큰 소리로 말했다.

그래도 포기하지 않고 후퇴하며, 오펜은 딱 한 마디만 말했다.

"……목소리?"

"맞아요! 아버지 목소리——그리고."

거기서 그녀의 돌진이 멈췄다. 몸을 슥 빼자, 이쪽이 물러난 것까지 있어서 갑자기 그녀와의 거리가 떨어졌다.

그 거리를 사이에 두니, 작아진 로테샤의 목소리는 상당히 알아듣기 힘들어졌다.

"그리고…… 에드가."

"뭐?"

그렇게 물은 건 위노나였다. 하지만 로테샤는 위노나의 존재를 무시하고, 혼잣말이라도 하는 것처럼 천천히 말했다.

"검을, 놓지 말라고."

그리고, 고개를 들고,

"……그리고, 또, 누군가에게 의지하라고. 지켜달라고 하라고."

"그 누군가가 누군데."

오펜이 묻자 로테샤는 자신 없는 표정으로 대답했다.

"들어본 적이 있는 것도 같고 아닌 것 같은 이름인데…… 길고, 뭔가 안 좋은 느낌의. 가짜 백작 같은 느낌이면서도 뭔가 없어 보이는."

"어떤?"

"아마, 키리란셀로라고."

"그 놈한테는 의지하지 마."

오펜이 도끼눈을 뜨고 말하자, 뒤에 있던 위노나가 그 머리를 뛰어넘을 기세로 말했다.

"환청이겠지. 위험한 때에 의미를 모를 목소리가 들리는 건 흔히 있는 일이잖아?"

"……."

기세를 탔는데 찬물을 끼얹자, 로테샤가 입을 다물었다.

그 모습을 보며, 오펜은 마음속으로 중얼거렸다.

'환청? 그냥?'

로테샤는 키리란셀로라고 했다. 분명히, 틀림없이.

'그렇다면 어째서 로테샤가 그 이름을 알고 있을까?'

자기 입으로 말한 기억은 없었다. 하지만 레티샤나 이르기트가 로테샤 앞에서 자신을 그렇게 불렀을지도 모른다. 클리오가 재미있다고 말했을지도 모른다. 로테샤는 확실하게 그 이름과 오펜 자신을 연

결하지 못한 것 같지만, 어딘가 기억 밑바닥쯤에 남아있었던 건지도 모른다.

"들렸어요……."

입속에서, 미련이 남은 것처럼 중얼거리는 로테샤에게 손을 내밀어서 일어나게 도와주며, 오펜은 그 마검을 주시했다. 그녀의 기세에 밀려서 논점을 잃을 뻔 했지만, 영문 모를 일은 그것 말고도 또 있다.

'레키가 있었다고? 여기에? 클리오하고 떨어져서?'

이유는 생각하지 않는다고 해도.

그것은 클리오가 무사하다는 것을 보증하는 요소가 하나 사라졌다는 의미였다.

오싹——가죽과 살이 닿는 부분쯤에서 한기가 스미는 것을 느끼며 그것에 대해 생각했다. 이것도 어떤 사기일까? 아니면 단순한 사고일까? 어쨌거나 실수의 허용범위가 좁아졌다는 것은 사실이다.

폭발 자국을 보고, 오펜은 중얼거렸다. 뒤쪽에 있는 위노나의 얼굴은 보지도 않고.

"레키가 로테샤를 공격한 건 아닐 거야. 이건 아마도 공간 전이의 여파고. 레키가 어느 쪽을 봤는지 기억해?"

로테샤에게 물었다. 그녀는 잠시 손을 정신없이 흔들면서 기억을 더듬고는 한 방향을 가리켰다.

"마지막에 제 쪽을 봤을 테니까…… 저쪽인 것 같아요."

그쪽을 봤다. 황야 저편의 지평선이 보인다. 그 지표와 하늘 틈새에 검은 그림자가 섞여 있다. 딥 드래곤 종족이 사용하는 마술의 매체가 시선이라고 해도 지평선까지 단숨에 전이할 수는 없겠지만, 적어도 눈에 보이는 범위에서는 레키의 모습을 찾아볼 수 없었다. 저 멀리 있는 그늘. 해가 지기 시작하면서 하늘의 어둠이 그 음영에 녹아들고 있다.

"저건…?"

오펜이 끝까지 말하기도 전에 위노나가 끼어들었다.

"예상한대로 《펜릴의 숲》이야. 여기는 최접근령 서쪽 끝이지. 드래곤 종족의 성역과 접하는 지점…… 뭐, 가깝다고는 해도 숲까지 걸어가려면 사흘은 걸리지만."

"찾았다! 암살자다!"

그녀가 그 목소리를 듣고 느낀 것은 환희였다──하지만, 그것이 착각이라고 판단할 정도의 이성은 남아 있었다. 그 목소리가 말한 암살자가 자신일지도 모른다. 적어도 그들은 자신과 시크 일행을 구분하지 못할 테니까.

하지만, 그래도 같은 목소리가 반복되는 것을 듣고, 그리고 그것이 자기 쪽으로 다가오는 게 아니라 멀어지고 있다는 것을 알고, 이르기트 스위트하트는 자신의 환희가 옳았다고 안도했다. 그들이 추적하는 것은 시크와 카콜키스트고, 이 근처에 있다는 뜻이 된다.

눈을 떠도 어둠이 사라지지 않아서 깜짝 놀랐다. 그 어둠이 밤이 다가온다는 어둠이라고 이해할 때까지 몇 순간일까, 몇 초일까. 어째서 자신이 이런 곳에 누워 있는지. 덤불 속에 있었던 탓에 몸 곳곳에 긁힌 생채기가 나 있다. 덤불 속…?

기억이 없다. 그건 신기한 일도 아니다. 하지만 지금까지 이렇게 기억을 잃었을 때는 그렇게 되기 전의 일을 추측할 소재도 어느 정도 굴러다니고 있었다. 술병이나 토사물로 더럽혀진 옷——모임을 위해서 차려 입은——여러 명이 굴러다니며 코를 고는 친구의 방, 아무도 없는 술집에서 무뚝뚝하게 영수증을 내미는 주인 등.

하지만 이번에는 아무것도 없었다. 뇌가 두개골의 용적 이상으로 비대해져서 압박하는 불쾌감이나 엄청나게 많은 바늘로 찔러대는 것 같은 고통도 없다. 아무것도 없다. 낮부터의 기억을 잃은 자신만이 여기에 있다.

발소리가 울린다. 쓰러진 채로 땅바닥에 귀를 대고 있다. 여러 사람들이 뭔가 큰소리를 지르며 뛰어다니고 있다. 제각기 암살자를 발견했다고 외치고 있다.

'일어나야 해——!'

그것은 충동이었다. 충동은 의지의 힘이었다. 생각할 때가 아니다. 아무것도 안 하고 누워있어서는 안 된다.

일어나려다가 머리 바로 위에 있는 나뭇가지에 걸렸다. 구속하는 것처럼 몸 위에 우거져 있는 덤불을 보고 혀를 찼다. 기묘한 곳이기는 했다——직전에 무슨 일이 일어났든, 사정이 어떻게 됐든, 이 위로 쓰러졌다면 나뭇가지가 밑에 깔려 있어야 했다. 그런데 자신의 몸 아래에는 지면밖에 없다. 이렇게 되면 마차 자신이 땅에서 솟아났거나 갑자기 여기에 나타난 것 같지 않은가? 어쩌면 누군가가 자신을 여기에 숨겼다든지.

그녀를 짓누르고 있는 덤불은 생각보다 울창해서 무겁게 느껴졌다. 그 덤불을 억지로, 위팔을 휘둘러서 밀어냈다. 소리가 났지만 신경 쓸 상황이 아니다. 입에서 나오는 대로 욕지거리를 하며, 이르기트는 몸을 일으켰다. 겨우 숨통이 트여서 한숨을 쉬었다.

손이 닿지 않는 높이에서 검은 그림자가 자신을 내려다보고 있었다.

비명을 지르기 직전에 입을 다물었다. 그 그림자가 사람이 아니라고 자신을 달래서 간신히 자제했다.

그녀가 올려다본 것은 지붕이었다. 커다란 저택. 자신은 그 저택의 화단 속에 쓰러져 있다.

생각해보니 대단한 것은 아니었다. 화단에서 기어 나와, 일어섰다. 옷을 두드려서 먼지를 털어냈다. 화단의 축축한 흙 속에 묻혀 있었던 탓에 대부분의 얼룩은 털어낼 수가 없었다. 속옷까지 젖은 것 같은 불쾌한 습기에 질력을 내면서 의아하다는 생각을 했다. 분명히 황무지에 있었는데. 자신은 그 메마른 황야에 있었다.

주위를 둘러다보니 이곳은 그 저택을 둘러싼 꽤 큰 정원이었다. 상당한 수고와 끈기와 재산을 쏟아 부어야만 이만한 정원을 만들 수 있다──그것도 황폐한 토지 위에. 천인 종족인 지형이나 기후조차도 바꿀 수 있는 대규모 마술을 썼다고 하는데.

소동은 멀어져갔다. 나무가 많은 정원에 해질 무렵의 어둠. 은밀하게 생동하기에는 딱 좋은 조건이다. 추적자들보다 먼저 시크 일행을 찾아내서 설득하고 그 자리에서 투항하게 해야 한다. 그 방법밖에 없다. 또한 그들이 상대에게 피해를 주지 않았다면 그 자리에서 처형당하는 일도 없겠지. 만약 그렇게 된다면 이번엔 상대를 설득해야겠지만.

'암살이라니…… 바보 같아.'

심장 고동이 빨라지는 것을 자각했다.

'폭력 따위 바보 같아. 태고의 혼돈기도 아니고. 우리는 무법자가 아니니까.'

추적자가 멀어져간 방향을 어림짐작하고 그쪽으로 몸을 돌렸다. 종종걸음으로, 발소리를 내지 않도록 조심하면서 걸어갔다. 실제로는 신발 바닥과 지면이 닿으면서 기침하는 것 같은 소리를 내고 있다는 걸 알고 있지만.

'키리란셀로 군처럼은 안 되네.'

그는 평범하게 걷는 것처럼 보이지만, 필요한 때는 간단하게 소리를 내지 않고 걷는다.

그 요령을 몇 번이나 물어본 적이 있었다──오래 전 일이다. 그는 댄스 스텝이라도 피로하는 것처럼 간단하게, 로브 자락을 들어 올리고 발을 보여줬다.

걸을 때 쓸데없이 힘을 주지 않으면 돼. 너무 세면 소리가 나고, 너무 약하면 넘어지니까. 적당한 느낌으로 걸으면 되는 거야. 그러면 피곤하지도 않고. 조용히 걸으면 힘들다는 사람은 사실 쓸데없는 소리를 내고 있는 거야…….

자신은 조용히 걸으면 힘든 사람이 틀림없다. 씁쓸하게 웃으면서 계속 걸어갔다.

그리고 몇 걸음 째인가에 발소리가 사라졌다.

기묘한 감촉에 발을 멈췄다──뭔가 부드러운 것을 밟아서 소리가 사라진 것이다. 검은 덩어리, 발끝이 그 안에 들어가 있다.

정원 통로를 가로막는 것처럼 큰대자로 누워 있는 남자의 머리카락. 그것을 밟았다. 그녀의 신발 앞코가 머리카락을 끊어버릴 정도로 밟고 있는데, 남자는 아픔을 느끼지도 못하는 것 같았다. 몸은 똑바로 누운 채로 얼굴만 땅바닥으로 향해 있다.

그녀는 그 자리에 넘어졌다. 그대로 발버둥 쳤지만 신발에 엉킨 남자의 머리카락이 풀리지 않는다. 무슨 저주라도 걸린 것처럼——실제로는 단순히 몸이 위축돼서 그런 것뿐이었지만.

'세상에——뭐야, 뭐야!'

소리쳤다.

남자가 사망했다는 것은 확인할 필요도 없었다. 꺾여서 뒤로 돌아간 것은 경추뿐만이 아니다. 자세히 보니 몸 전체가 어딘가 일그러져 있었다. 배가 부자연스럽게 부푼 것은 내장의 위치가 바뀌었기 때문일까. 맹렬한 힘에 노출돼서 완전히 절명했다.

이미, 죽음이 시작됐다.

'틀린 거야……? 이미 늦었어.'

절망적으로, 그녀는 신음소리를 냈다. 그리고 귀에 들려온 비명소리에 몸을 움츠렸다.

눈앞이 새카매진다.

"시이이이이이크!"

자기 자신의 목소리가 뿜어져 나오는 소리를 듣는다. 성대를 울리고, 그녀는 일어났다. 소동이 벌어지는 쪽으로, 발소리 따위는 신경도 쓰지 않고 뛰어갔다.

"카콜키스트! 이 바보! 당신들! 배신자——"

지리멸렬한 소리를 외친다.

틀렸다. 그것을 깨달았으니 외치는 수밖에 없다.

그들은 암살자다. 사람을 쓰레기처럼 죽여 댄다.

수많은 시체를 뛰어넘으며, 그녀는 계속해서 달렸다. 이 저택에서

일하는 사람일까 경호원일까. 무장한 남자들, 여자들은, 하나같이 신체가 파괴돼서 쓰러져 있었다. 살해가 아닌 파괴. 쓸데없이 강력한 힘으로 육체를 뭉개고, 비틀어버렸다.

인간이 할 짓이 아니다. 인간을 뛰어넘은 자만이 이런 짓을 할 수 있다.

초인인 마술사의 특권.

'하지만, 마술을 그렇게 써서는 안 돼!'

콧물을 들이킨다──자기도 모르게 울고 있었다.

"죽여버리겠어! 당신들, 이젠, 변명 따위──"

지면이 흔들렸다.

자신의 현기증 때문이 아니라, 격렬한 소리를 내면서 순수하게 지면이 흔들렸다. 동시에 바로 옆에 있던 나무 사이에서 사람 몸 하나가 튀어나왔다.

골격이 부서진 인체는 누더기 같았다. 팔다리를 건들거리며 이쪽으로 날아오는 시체를, 이르기트는 팔을 옆으로 휘둘러서 떨쳐냈다. 나무숲을 노려본다.

"거기 있구나……."

분노에 물든 원망을, 그대로 입 밖으로 흘렸다.

"대답해. 시크? 아니면 카콜키스트?"

대답은 없다. 저녁의 어둠에 그늘진 시커먼 숲이 가만히 버티고 있을 뿐.

이르기트는 두 손을 앞으로 뻗고 경계했다. 최대급의 마술 구성을 짜면서 계속 말했다.

"궁정 마술사의 긍지는 고사하고 인간의 상식도 없어진 것 같네──"

—아니면, 원래 그랬나? 내가 끝장을 내줄게. 후회하는 마음이 조금이나마 있다면, 하다못해 얌전하게 죽어."

아무런 대답이 없이 시간이 흘렀다. 그 사이에 구성이 완성됐다. 강력한 파괴의 설계도를 만들어낸 뒤에 느껴지는 것은 황홀한 기분. 힘의 황홀. 마술사라면 누구나 느끼는. 강대한 힘을 얻고 그것을 제어하는 것에 책임을 지는 것이 마술사였다. 그 숙명에서는 도망칠 수 없다.

"당신들은 길을 잘못 들었어. 누가 명령했다는 말은 하지 마. 마술사는 스스로 자신을 조절하기로 맹세한 존재니까."

폭발 직전의 구성에 감싸여서, 그녀는 거칠게 말했다. 정원은 아직까지 침묵을 유지하고 있다.

"내가 못 할 것 같아?! 당신들처럼 마술로 사람을 학살하는 걸 혐오하기는 하지만, 그래도——"

'……마술로?'

문득, 생각이 났다.

그들을 마술을 쓰고 있다면——어째서 주문이 들리지 않는 걸까. 구성의 일단이라도 보이지 않았던 걸까.

마술이 아니라면.

이런 일이, 가능한 걸가.

이르기트는 당황해서 고개를 돌렸다. 조금 전에 자신이 밀쳐낸 불쌍한 유체가 쓰러져 있다. 몸통 한복판부터 균등한 위치에서 팔다리가 부서져서, 기분 나쁜 인형의 포즈로 죽어 있다. 턱이 부러져서 얼굴은 사람이라고 판별하기도 힘들 만큼 변형대 있었다.

'마술이 아니라니…… 말도 안 돼. 이걸, 사람 힘으로 할 수 있을

리가.'

치밀한 마술 구성이 동요를 이기지 못하고 소실됐다. 빠져나가는 힘을 유지할 수 없다. 그리고——

나무 사이에서 뭔가가 튀어나왔다.

시체가 아니다. 훨씬 날카롭고, 강하고, 빠르고, 검은 그림자.

어깨를 둥글게 움츠린 자세로, 그것은 순식간에 그녀에게 달려들었다.

재빨리 반격할 수 있었던 건 평소에 전투 훈련을 해온 덕분이었다 ——상대에게 가까운 왼손을 내질렀다. 그것은 검은 사람 그림자 중심으로 빨려 들어갔고, 반응이 느껴졌다.

'이겼다——'

자신이 착각했다는 것은 바로 알았다.

적을 때렸다고 생각한 왼손은, 상대가 확실하게 막았을 뿐이었다. 꽉 잡혀서 거두려고 해도 빠지지 않는다. 잡혀 있는 곳에서 한 순간 격렬하게, 파도치는 것 같은 충격이 전해왔다.

시야가 회전했다. 가로도 세로도 아닌, 불규칙하게. 한마디로 던져진 것 같다.

중력을 잃고 등부터, 나무줄기에 처박혔다. 갈비뼈가 부러지지 않은 건 행운이다. 부딪치고, 튕겨나고, 굴러 떨어지고, 땅바닥에 처박혔다. 이가 몇 개 턱에 처박히는 게 아닌가 싶을 정도로 이를 악물고 고개를 들었다. 적의 추격에 대비해서 경계하려고——그럴 수 없다는 것을 깨달았다.

적의 모습은 이미 사라졌다. 기척도, 무엇도, 어디에도 없다. 그녀는 혼자서 거기에 주저앉아 있었다.

"아하하."

그녀는 입술 사이로 메마른 웃음을 흘렸다. 몸이 움직이지 않는다.

바로 발밑에 어깨에서 떨어져나간 자신의 왼팔이 굴러다니는 모습을 보며, 눈 안쪽에서 눈물이 흘러나왔다. 그것이 아픔 때문이라는 것을, 신경이 뇌에 전달하는 허용량을 초월해버렸기 때문에 오히려 느끼지 못하는 격렬한 아픔 속에서 깨닫고, 이르기트는 비명을 질렀다.

제5장 다섯 번째 죽음의 순간

무의미한 문이기는 했다.

문밖에 없는——정원은 울타리에 둘러싸인 것도 아니고, 황야 속에 있는 장난감 정원처럼 인공적인 자연을 주장하고 있었다. 울타리도 벽도 없으면 문을 만들 의미도 없다. 하지만 문은 거기에 있었다. 문설주 사이에 낀 철문. 녹 하나 없는 평면의 문 가장자리를 장식한 뱀 도안.

아니, 무의미한 것은 아니다. 레티샤는 생각을 고치고 씁쓸하게 웃었다. 이 문은 비아냥이다. 신들에 대한 비아냥. 세계의 현재 상황에 대한 비아냥. 이 정원은 뱀의 정원. 하지만 그것을 둘러싼 것은 아무것도 없다. 오로지 그것을 보여주기 위한 뱀의 문.

'이런 비아냥 때문에…… 정말 한가한가보네.'

연사식 보우건의 안전장치 핀을 뽑으며 중얼거렸다. 이상한 자의 비아냥에 어울려줄 필요는 없다. 이 정원 안쪽에 영주가 있다.

'난 여기까지 침입했어. 그냥 둬도 되겠어? 다미안 르우.'

가슴속에서 물었다. 아직 여유가 있다면 상대가 이쪽을 무시할 수 없게 될 때까지 나아가는 수밖에 없다.

너무 조용해서 불쾌했다. 정원 안쪽에 저택이 보인다. 해는 이미 저물어서 어둠 속에 그 그림자만이 보이는 저택. 창문에 불빛도 없다. 감시하는 자들이 잔뜩 있을 거라고 상상했는데, 정원은 아무도 없는 것처럼 조용했다.

어쩌면.

보우건을 겨누고, 눈을 가늘게 뜨고 주위를 둘러봤다.

'……정말로 아무도 없는 걸가.'

시크와, 그리고 그 누구던가 하는 젊은 마술사가 이미 도착해서 전투를 시작했을 가능성이 있다. 사실 그 경우에는 이미 두 사람 모두 다미안에게 쓰러졌겠지. 자업자득이라고도 할 수 있다——솔직히 말하자면 잘 알지도 못하는 암살자들을 걱정해줄 여유 따위는 없었다.

신중하게, 레티샤는 정원으로 발을 들였다.

다미안 르우는 현실에 실제로 존재하는 힘으로 그녀를 죽이겠다고 예고했다——자신에게는 손을 쓰지 않겠다는 뜻이겠지. 정말로 궁지에 몰릴 때까지는. 즉, 그의 부하가 전멸되거나 전멸에 가까운 상태가 될 때까지는.

영주 휘하에 비공식 기사들이 얼마나 있는지는 모르겠지만 그것을 전부 쓰러트려야 한다.

'봐주면서 싸울 수는 없겠지.'

손에 든 보우건 쪽으로 시선을 옮겼다. 다트 정도 크기의 화살 네 발을 연속으로 사출하는 무기인데, 살상력은 그다지 큰 편이 아니다. 위협과 견제를 하기에는 적당하지만, 반대로 말하자면 그 정도가 한계다.

마술이 없이는 돌파할 수 없다——음울하게, 그녀는 그렇게 인정했다. 죽는 사람이 나올지도 모른다. 자신은 살인자가 된다.

대의 따위 때문에 사람을 죽일 수는 없다. 가능한 자들은 진성 테러리스트뿐이다. 자신은 아니다…… 아니라고 생각하고 싶다. 레티샤는 신음했다. 미쳐버린 독선의 대위 따위를 인정하지 않는다면, 그 외에 타인의 생명을 짓밟으면서까지 관철해야 할 것이 있을까.

'있어. 나는 그래서 왔고.'

자신에게 말했다. 아니,

'없어…… 하지만 나는 올 수밖에 없었어.'

답은 몇 초마다 역전을 반복했다. 빙글빙글 맴돈다.

토하고 싶은 기분이 끝도 없이 기도 안쪽에서 밀고 올라왔다. 살인. 그것도 압도적인 힘을 지닌 마술사가 그렇지 않은 자를 죽인다면 그것은 최악의 범죄다. 저항할 수 없는 자를 힘으로 짓누른다면.

강함이란 무엇인가.

어떻게 존재해야 강하다고 할 수 있을까.

다른 자를 압도하고 무시하는 것일까.

타인을 억압하고 자신이 자유로운 것일까.

강함을 보여주려면 그렇게 하는 수밖에 없다. 하지만 정말로 그렇게 그것을 끝까지 관철한다고 해서, 자신 이외의 모든 것을 압살하고 군림하는 것이 진정한 강함일 리가 없다.

강함이란, 강하다는 것은 대체 무엇일까. 단순히 다른 이에게서 강하다는 말을 듣는 것이 강함의 증명이라면, 최강이라는 호칭을 가진 자 따위는 얼마든지 있는데…… 자신도 포함해서.

레티샤는 왼팔만으로 자기 몸을 안았다——호흡 소리가 커진다. 진정해야 한다. 자신을 달랬다.

그리고 생각하는 것도 그만두기로 했다.

지금은 집중해야 한다. 이런 생각을 해서는 안 된다.

사고를 몰아내고 단조로운 경계에 잠긴다. 레티샤는 시선과 보우건의 조준을 같은 속도로 움직였다. 어두운 정원. 소리도 없이, 한없이 인기척이 없는 무대.

바람소리만이 울리고 있다. 밤하늘을 배경으로 삼은 거대한 악기처럼. 정원 안으로 들어가니 그것마저 멀어진다. 마룻바닥을 천으로 문지르는 것처럼 날카롭고 쉰 것 같은 바람의 목소리. 한기를 불러오는 불쾌한 목소리를 무시하고 경계에만 집중했다.

기척은 느껴지지 않는다. 너무나 조용한 정원을 음미하는 것처럼 천천히…… 천천히 나아갔다.

최초의 시체를, 거기서 발견했다.

길에 누워서 팔다리를 사방으로 뻗고 있다. 생사는 확인할 필요도 없었다. 무장했다. 영주의 부하 중에 하나겠지. 단말마에 고통은 없었을 것이다——머리 부분이 없다. 손에는 칼을 쥔 채, 사후 세계가 있다면 아직도 거기서 자신의 죽음을 인정하지 못하고 죽기 직전에 대치했던 적과 싸우고 있을지도 모른다.

'사후 세계 따위는 없어.'

자신의 냉정한 목소리가 망상을 몰아냈다.

그딴 것은 없다. 이 병사는 인간에서 물체로 바뀌었을 뿐이고, 거기에서 뭔가 큰 차이를 인정하려고 드는 것은 인간이라는 동물이 살아오면서 학습한 강한 미신 때문이다. 던진 돌과 떨어진 돌에 큰 차이가 없는 것처럼, 생전의 이 병사와 지금의 병사도 큰 차이는 없다. 자신과 자신이 보고 있는 이 시체에도 큰 차이는 없다.

하지만 그 또한 기분 나쁜 망상이다——

'전투가 벌어진 건 한참 전이네.'

생각을 떨쳐내고 다소나마 현실을 파악하기 위해서 혼잣말을 했다. 시체에 가까이 다가갈 생각은 들지 않았지만, 어둠 속에서 봐도 그 희생자의 피가 응고돼서 구역질을 유발하는 시커먼 색으로 변색

됐다는 걸 알아볼 수 있었다.

머리카락을 민 궁정 마술사──아니, 궁정마술사가 기르는 암살 기능자라고 불러야 할까. 그 시크 마리스크의 얼굴을 떠올리며 탄식했다. 만약 그들이 아직도 살아있고 자신과 마주치면 무시해도 될까. 현시점에서는 아직 자신과 그 암살자들은 적대하는 상황이 아니다. 오히려 같이 싸울 수 가능성도 있다. 그들의 목적은 영주의 암살. 자신의 목적은 그것과 다소 다르기는 하지만 중복되는 부분도 많다.

아니.

레티샤는 부정했다. 영주를 죽게 둬서는 안 된다. 그 남자에게는 아직 역할이 있다. 퇴장해야 하는 것은 다른 남자다.

'그리고……'

마음속으로 추가했다.

떠오른 것은 이르기트의 얼굴이었다. 충격을 받은, 안타까운 표정을 짓고 있는 불쌍한 얼굴. 잔혹한 역할을 맡긴 마리아 폰에게 적잖이 화를 내며, 레티샤는 신음했다. 마리아 교사에게도 선택지가 없었던 걸까.

'이르기트가 시크를 말리려고 막아섰을 때, 그쪽이 죽지 않는다고 장담할 근거가 없어──아니, 틀림없이 죽을 거야. 아무도 지켜주지 않아.'

그 전에 자신이 그 암살자들을 무력화할 수 있다면 이르기트는 살아서 돌아갈 수 있을지도 모른다.

머리 위에서 뛰어내린 사람이, 뛰어내린 기세를 이용해서 오른손에 쥐고 있던 보우건을 쳐서 떨어트렸다. 동시에, 두 주먹을 동시에 내지르는 기묘한 동작으로 이쪽의 가슴을 때렸다.

손쓸 도리 없이 후퇴했고, 등이 나무줄기에 부딪치면서 멈췄다. 그제야 공격당했다는 것을 자각하고 적의 모습을 확인하려고 했을 때는, 뒤쪽에서 뻗어온 하얀 칼날이 자신을 노리고 있었다. 군도의 칼날이 목 줄기에 닿았다.

남에서 뛰어내린 원숭이 같은 모양으로 두 손을 축 늘어트리고 엉거주춤한 자세로 서 있는 그 뭐라고 했던 젊은 암살자가 정면에서 자신을 보고 있다. 그렇다면 뒤쪽에서 칼을 들이댄 것이 누구인지는 생각할 필요도 없었다. 시크가 냉정한 목소리로 귓가에서 속삭이는 소리를 가만히 들었다.

"자…… 레티샤 마크레디."

암살자의 얼굴은 보이지 않지만, 목에 닿은 칼날이 그것을 대신해주고 있었다.

"여러모로 물어볼 게 있지만, 그 전에 말해두도록 하지. 그대가 우리를 죽이는 것은 무리다."

바람소리가 청각을 빼앗아가고 있다.

고막 위에서 뒤틀리는 시끄러운 공기의 범류.

아무것도 들리지 않는다. 들리는 것은 귀 안쪽에서 들려오는 목소리뿐이었다──자신의 목소리.

그런 것은 이상에 위배된다.

모든 것이 잘못됐다.

일어날 리 없는 일이 일어나고 있다.

잘못을 바로잡기 위해서 해야 하는 일이 있다.

바람 속에서.

어둠 속을 방황한다.

그녀는 자신의 목소리에만 마음을 기울였다. 그것은 마음 편하고 아름다운 이상을 말해주고 있었다.

"첫째. 그대는 우리의 적인가?"

암살자의 질문에는 어둠의 깊이에 어울리는 기척이 담겨 있었다. 앞쪽과 뒤쪽으로 나뉘어서 이쪽을 응시하고 있는 두 남자. 목에 들이 댄 칼. 그리고 질문. 모든 것이 모이면 어둠 속에 하나의 결말이 완성된다.

레티샤가 망설인 것은 그 질문의 내용 때문이 아니었다──망설일 필요가 없었던 것도 아니지만. 신중하게, 숨을 들이쉬었다. 그 호흡 소리가 방아쇠가 돼서 결말이 덮쳐들지도 모른다.

아니──

'아니야.'

그녀는 뛰어오르려던 심장에 차가운 혈액이 들어가는 것을 느끼고 있었다. 아 죽음은 아니다. 빈정대는 말과 함께, 확신이 떠오른다. 다미안 르우의 죽음의 환영이 보여줬던 것은 이런 죽음이 아니다. 자신은 아직, 여기서는 죽지 않는다.

"당신들이 내 적이라면."

입에서 흘러나온 말을 스스로 되새겼다. 암살자들은 그 대답이 기묘하다고 생각하지는 않은 것 같다. 분명히, 뻔한 대답이라고 할 수 있다.

그리고 뻔한 대화가 계속됐다.

"······그렇다면 두 번째. 우리는 그대의 적인가?"

"당신들의 역할에 달렸어."

"상상은 하고 있겠지.."

시크 마리스크의 목소리가 귓가에, 그리고 예리한 칼날이 경동맥 몇 밀리미터 위에. 아슬아슬한 접촉 때문에 피부에 소름이 돋는 것을 느끼며, 레티샤는 자신이 움직일 수 있는 범위를 마음속으로 짐작했다──칼날의 여유. 즉 몇 밀리미터 뿐. 그 이상 움직이면 시크는 이쪽을 죽일 것이다.

또 한 사람. 정면의 젊은 암살자. 노골적으로 빈틈을 보여주면서 두 손을 늘어트리고 있다. 실실 웃는 것도 아니고 위협하는 것도 아닌, 무관심한 눈빛. 하지만 결코, 이쪽의 손이 닿는 곳까지는 다가오지 않는다. 그리고 시크를 뿌리친다고 해도 순식간에 이쪽을 잡을 수 있는 거리에서 벗어나지 않는다. 물론 시선은 단 한 순간도 이쪽에서 벗어나지 않는다.

레티샤는 천천히 목을 울렸다.

"최접근령의 영주를 암살하는 게 당신들 임무인가? 동부에서는 아직까지도 시대착오적인 전쟁놀이가 유행하나보네."

"이것은 그대가 생각하는 것처럼 이상한 일은 아닌데 말이야. 뭐, 어떻게 생각할지는 그대의 자유다."

뒤쪽의 암살자는 기대했던 만큼 동요하지도 않고 당연하다는 듯이 말할 뿐이었다.

"그래서, 레티샤 마크레디. 말을 돌리는 것은 오만한 짓이다. 그리고 생명을 가볍게 버리는 것은 사려 깊지 못한 태도다."

"당신들이 할 소리야?"

비아냥 때문에 속이 뒤틀리는 것을 느끼며——신음했다.

시크의 미소가 칼날을 통해서 전해왔다. 아니, 쓸쓸하게 웃으면서 칼자루를 고쳐 쥔 걸까.

"나한테도 나름대로의 윤리관이라는 게 있다."

"그렇다면 질문에 대답해줄게. 그 윤리관이라는 것으로 날 납득하게 할 수 있다면 당신들을 쓰러트리는 건 자제해줄게."

"이 상황에서 우리를 이길 수 있다는 건가?"

그 목소리를 들으며, 레티샤는 마음속으로 두 개의 상반되는 대답을 하고 있었다——불가능. 가능. 어느 쪽도 사실이고 어느 쪽도 거짓이었다. 이 속박을 풀 방법은 전혀 떠오르지 않는다. 그래도 구속을 타파할 방법은 존재한다.

하지만, 지금은 그러고 싶지 않았다.

'다미안과 대결할 때까지는…….'

자신의 카드를 알리고 싶지 않았다. 그 백마술사는 틀림없이 지금도 자신을 감시하고 있을 테니까.

"이런 때는 말이야."

레티샤는 웃음을 머금은 목소리로 중얼거렸다.

"어디선가 도와주는 사람이 나타나는 법이 아닐까."

"이 정원에 살아있는 인간은 우리뿐이다."

시크가 딱 잘라서, 반론의 여지도 주지 않고 말했다.

"그대가 마술 구성을 짜려고 하면 그 전에 내 칼이 그대의 목에 구멍을 낼 것이다. 알겠나? 그대에게 탈출할 방법은 없다. 우리에게도 그다지 여유는 없다. 언제까지고 이렇게 문답을 하느니 동포를 죽이는 쪽을 택할 수도 있다."

"그러니까 협력하라고?"

"묵과하는 것으로도 좋다. 우리에게 적대하지 마라. 우리도 그대와 싸워서 희생자를 내고 싶지는 않다. 그대의 목적이 무엇인지는 모르겠지만 간섭하지 않는다면 자연스러운 흐름에 따를 것이다."

대화를 하며——

'칼날 아래에 팔을 집어넣는다.'

레티샤는 자신이 해야 할 행동의 절차를 뇌에 새겼다.

'이 자세에서는 검으로 팔 하나를 잘라낼 수는 없어. 팔로 칼날을 막는 사이에 최대의 구성을 짜서 정면의 적을 없앤다. 그 뒤에 접근전으로 시크 마리스크를 제압.'

몇 가지 문제는 있었다. 잘 된다고 해도 팔 하나를 희생하게 된다. 마술로 암살자 하나를 쓰러트릴 수 있을지도 확실치 않다. 게다가 그 사이에 시크가 뒤쪽에서 자신을 공격하면 살아남을 가능성은 적다.

하지만, 생각할 수 있는 수법은 이것뿐이다.

'이렇게 바보같이 싸우는 건, 키리란셀로 뿐일 텐데 말이야——'

하지만, 동생이라면 이것을 성공할 것이다. 어떤 피해를 입건 앞뒤의 암살자를 쓰러트릴 것이다.

자신이 그것을 해낼 수 있는지는 미지수지만 걸어보는 수밖에 없었다. 다미안의 예언을 믿고 각오를 다지는 것은 너무나 내키지 않았지만——

목과 칼날 사이에 왼팔을 집어넣었다. 동시에 마술 구성을 짜기 위해서 의식을 집중한다. 연쇄하는 자괴(自壞). 방어물이 사이에 있더라도 그 장해와 함께 표적을 파괴하는 대규모 구성. 절대로 막을 수 없다.

그 순간──

"시이이이이이크!"

외치는 소리가.

그녀가 짠 구성을 덮어버리려는 것처럼 울려 퍼졌다. 그것은 비유가 아니라 그 목소리와 함께 확대된 마술 구성이 레티샤의 구성을 압도했다. 밀려나는 자신의 구성을 버리고, 레티샤는 그 새로운 구성을 확인했다. 암살자들의 것이 아니다. 그 목소리도 그들 것이 아니다.

단순한 구성이었다. 그리고 명확한 구성이었다. 교활한 논리도 멀리 돌아가는 복선도 필요 없다. 암살자들을──그리고 자신까지──존재의 근본까지 말소하는 거대한 힘의 착란.

순백색 빛이 부풀어 올랐다. 아니, 빛 같은 허무한 것이 아니라 공간을 그 색으로 물들이는 통렬한 일격이었다.

늦지 않기를 빌며, 외쳤다. 자괴 연쇄를 멈추고 새로 짜낸 구성에 의지해서,

"──이계(異界)여!"

모든 감각이 소실된다.

실제적 존재와의 접점을 잃고 질량, 방향, 좌표 모든 것으로부터 이탈한다. 간단히 말하자면 이 세상에서 사라진다. 모든 물리적 영향으로부터 도망칠 수 있는 궁국의 방어이기는 하지만, 이 상태를 오해 유지할 수는 없다.

아마도 몇 초 만에 현세로 귀환했다. 감각을 회복하기 위한 맹렬한

블랙아웃을 견디며, 레티샤는 눈을 떴다. 소실된 순간에 있었던 곳에서 한 발짝도 움직이지 않았다──존재를 잃었으니 움직일 수가 없다──하지만, 자신 이외의 모든 것이 달라져 있었다. 주위의 지면이 도려내지고, 불타고 있다. 암살자들의 모습은 없었다. 지금 그 폭발 때문에 날아가 버린 건지, 아니면 어떤 방법으로 방어하며 물러난 건지.

정원이 불타고 있다. 전체의 넓이 중에서는 극히 일부겠지만, 그 중심에 서보니 그 열기는 전설의 화약 정원 참상을 연상케 했다. 화염 속에서 산소부족 때문에 괴로워하며, 레티샤가 외쳤다.

"⋯⋯이르기트?!"

불꽃을 가르고──자신이 만들어낸 마술 불꽃 속으로 발을 디디며 나타난 것은 이르기트였다. 무슨 일이 있었는지 옷을 피로 물들이고. 왼쪽 어깨의 상처가 제일 심한 것 같았다. 생명을 잃기에 충분할 정도의 출혈인데, 그래도 이르기트는 걸어오고 있다. 오른손으로 왼쪽 어깨를 붙잡고, 축 늘어진 팔이 힘없이 흔들리고 있다.

피와 진흙 때문에 뭉친 머리카락이 한 덩어리가 돼서 몸에 달라붙어 있다. 그 중심에 있는 얼굴은, 웃고 있다. 입만이 시끄러운 소리를 내며 웃고 있다.

상처 때문에 착란을 일으켰다.

아니──

'미쳐버렸어⋯⋯.'

이르기트의 얼굴을, 피로 범벅이 된 평온해 보이는 귀신같은 얼굴을 보고, 레티샤는 그렇게 중얼거렸다.

경계는 작용하고 있다. 온 몸의 신경이 위험을 호소한다. 움츠러든 허리에 힘이 들어가지 않는다. 백마술사의 짜증나는 목소리가, 결코 선명하지는 않고 음울하게, 되살아났다.

그대는 혼자서 모두를 구해야만 한다. 그 때문에 어떤 운명이 기다리고 있을지…….

'이르기트는 죽어. 이미 죽었어.'

쐐기를 박는 것처럼 중얼거렸다.

'다미안 르우의 공격이 시작됐어. 저항하지 않으면 내가 위험해져!'

이르기트를 구할 방법은 없다. 그녀를 구하려고 하면 자신도 죽을 것이다.

자신이 그런 생각을 했다는 사실을 믿을 수가 없었다. 아니, 사실은 자신의 생각이 아닐지도 모른다. 다미안 르우에게 대항할 수 있는 힘을 얻기 위한 대사일 수도 있다. 다미안의 그녀의 몸을 지배하지 못하는 대신, 이 몸은 자신의 것이 아니다. 그 자신이 아닌 지배자가 외쳐대고 있다. 망설이지 마라. 싸워라.

'싸움…… 싸움. 싸움? 이게 싸움?'

그 싸움이란 한마디로 죽을 지경에 있는 친구를 죽이는 것이다.

믿고 싶지 않을 정도로 잔혹한 발상에 따라, 그녀는 행동하려 했다. 생각할 시간은 없었다. 자시는 불타는 숲속에 있다. 마술의 불꽃은 1분도 안 돼서 사라져버리겠지만, 불타는 나무들은 그대로 남을 것이다. 어차피 산소를 얻을 수 없는 이 불꽃 한복판에서 1분이건 한나절이건 계속 있을 수 없다는 사실에는 변함이 없다.

연기 때문에 흔들리는 시야가, 이쪽의 모습을 찾으려 하는 이르기트를 보고 있다.

이르기트는 웃고 있다. 앞으로 얼마나 더 살아있을 수 있을까. 그건 모르겠지만 결코 오래 남지 않은 그 수명을 써서 저승길 길동무를 늘리려는 걸까. 그것도 모르겠다.

마음속에 떠오른 구성은 자신이 받은 마술에 뒤지지 않을 만큼 단순한 것이었다. 그리고 강력한 것이었다. 정신을 잃은 이르기트는 막을 수가 없다. 그녀의 목숨은 자신이 끊어주게 된다.

숨을 들이쉰다. 연기 섞인 쓸쓸한 공기. 쓸쓸한 타액. 쓸쓸한 혀가 꿈틀거리면서 목구멍 깊숙이 들어가는 것 같은 쓸쓸한 착각.

"빛이여!"

구성이 완성된다. 이쪽을 보며 웃고 있던 이르기트의 표정이 경악 때문에 굳어지고——

마술은 발동되지 않았다. 구성이 소실되면서 마술로서 구현되려던 마력이 갈 곳을 잃었고, 그 충격에 넘겨졌다. 넘어지면서 입에 들어간 진흙을 뱉고, 레티샤는 일어났다. 손바닥으로 땀을 닦았다. 불꽃 속에서 살갗이 타는 격한 아픔과 또 다른 아픔과 함께 외쳤다.

"이르기트!"

지면에 댄 채로 꽉 쥔 주먹이 그을린 진흙을 거머쥐었다. 뜨겁다.

"살아있어?! 정신은?! 대답해————"

"레티샤."

귀에 거슬리는 웃음을 멈추고, 이르기트가 고함을 쳐서 대답했다. 왼쪽 어깨를 붙잡은 채로 비틀, 머리를 이쪽으로 돌리고는,

"조심해…… 둘 다, 아직 살아 있어!"

둘. 어떤 둘을 말하는 걸까.

그것을 이해하기까지 몇 순간의 망설임이 있었다.

망설이는 사이에 현실이 사정없이 끼어들었다. 그 불쾌감에 괴로워했다.

"울려라."

엄연한 목소리가 뭔가를 명했다.

명령은 현실에 대한 강제력을 지니고 있었다. 마술 구성과 함께 날린 주문. 요격할 시간은 있었겠지만──

레티샤는 움직이지 못하고 그 구성을 바라봤다. 연기가 목에 걸려서 목소리가 나오지 않는다. 할 수 있는 것은 그 구성을 보고 이해하는 것뿐이었다. 힘이 수속되어간다. 중상을 입은 이르기트 쪽으로.

폭음이, 이르기트를 엉망으로 찢어발겼다. 세로 방향으로 튀었다가 지면에 부딪치고 다시 하늘로 날아가는 이르기트의 모습은 이런 상황이 아니었다면 우습게 보였을 것이다. 간신히 몸에 붙여놨던 이르기트의 왼팔이 몸에서 뚝 떨어져서 다른 쪽으로 날아갔다.

미쳤던 걸까. 제정신이었던 걸가. 그걸 확인할 여유도 없이 이르기트의 몸은 바닥으로 떨어졌고, 움직이지 않게 됐다.

그 사실이 무엇보다 부조리하게 여겨졌다──확인하지 못했던 것이.

'알 수도 있는 일이잖아……?'

얼굴을 보고 말을 나누면 충분할 것이다. 친구가 제정신인지 확인하는데는 그 정도면 충분할 것이다. 하지만 확인하지 못했다.

레티샤는 고개를 들었다. 마술에 의한 폭풍이 불길의 기세를 자으로부터 멀리 떨어지게 만든 틈에 일어났다.

나무들 사이에서 암살자가, 시크 마리스크가 나타났다. 부러진 검──최초의 열충격파를 피할 때 파손됐겠지──을 쥐고 있는 오른손을 앞으로 뻗은 채 걷고 있다.

뛰어가며 주먹을 쥐었다. 레티샤는 암살자의 정면을 향해 똑바로 뛰어가서는, 이쪽으로 고개를 돌린 남자를 걷어찼다. 짧게 차 올린 다리로 남자의 오른팔을 쳐냈다. 검이, 암살자의 손에서 떨어진다. 상대의 얼굴에 놀란 기색은 없었다.

쓰러지리라는 것조차 예상했던 것처럼, 계속 발에 차이는 동안에도 시크는 침착하고 냉정했다. 그가 반격하지 못하는 사이에, 레티샤는 차 올린 발을 내리지 않고 상대의 오른쪽 허벅지, 아랫배에 차례로 부츠 발끝을 꽂아댔다. 마지막으로 충격 때문에 몸을 숙인 암살자의 가슴팍을 차올린다.

뒤로 자빠진 시크의 얼굴을 짓밟고, 레티샤는 그대로 뒤도 돌아보지 않고 정원의 숲속으로 도망쳤다. 처음 폭발로 여기까지 날아온 것 같은 연사식 보우건을 집어 들고, 나무 사이를 헤치며 빠르게 달려갔다.

큰 소리는 지르지 않았다. 하지만 냉정한 척 할 생각도 없었다.

미친 듯이 화가 나서, 레티샤는 계속 달렸다. 정원 안쪽, 레티샤의 저택을 향해서.

'다미안 르우——'

떨리는 숨이 저주가 돼서 흘러나오는 소리를 들었다.

'나와, 내 앞에 나오라고!'

소리치면서도, 그런 일이 없으리라는 것은 알고 있었다.

백마술사의 꿍꿍이는 읽었다.

이쪽의 틈을 노려서 키리란셀로와 멀리 떨어지게 하고, 그에게 보이지 않는 곳에서 자신과 암살자가 서로 싸우는 모습을 방관한다. 그리고 살아남은 쪽을 처리해서 위장하고 전부 수습한다.

그들이 레티샤를 방해되는 존재로서 제거하려고 한 반면, 최종적으로 키리란셀로의 협력이 필요하다는 걸 생각해보면 분명히 좋은 수법이다──한마디로 레티샤가 죽어도 그것을 암살자들 짓으로 꾸미면 키리란셀로의 반발을 사지 않고 넘어갈 수 있다. 키리란셀로는 의심하면서도 납득할 수밖에 없을 것이다. 그리고 그들에게는 아직 클리오와 매지크라는 인질이 있다.

적에게는 위험부담이 없는 계획이다.

단 하나, 정말로 영주가 암살당할 수도 있다는 점만 빼면.

'그리고, 또 하나.'

레티샤는 마음속으로 중얼거렸다. 암살자와 이르기트, 자신. 레티샤가 살아남은 경우, 다미안은 어쩔 수 없이 레티샤와 직접 대결하게 된다.

반대로 말하자면 다미안의 장기 말이 다 떨어질 때까지 계속 이겨야만 백마술사와 상대할 수 있다.

시크는 이 정원에 있는 영주의 병사들이 전멸됐다고 했다. 그게 사실이라면 또 하나의 암살자──그 뭐라고 하는 젊은 남자뿐이었다. 파트너가 죽었는데도 주위에 그의 기척이 느껴지지 않았다. 영주의 저택으로 가고 있는 건 틀림없이. 그를 쫓아서, 레티샤도 더 빨리 뛰어갔다.

"레티샤 마크레디. 역시 그대가 우리를 죽이는 건 무리다."

시크는 그렇게 중얼거리고는 천천히 상체를 일으켰다. 맞은 곳을 만져서 상처가 어느 정도인지 확인하며 혼잣말을 했다.

"사망을 확인하지도 않고 그냥 가버릴 정도니까."

떨어트린 군도를 찾으려고 둘러본 것은 그저 감상일 뿐이었다——칼날이 부서진 검을 찾아내봤자 가지고 갈 의미가 없다. 시선이 이쪽으로 향해 있는 날 끝을 발견한 순간, 그는 움직임을 멈췄다.

그것이 기적이라는 생각은 들지 않았다. 자신도 그녀의 사망을 확인하지 않았으니까. 사람의 생사는 그런 것이다——어두운 연못의 밑바닥에 있는 돌 모양을 손으로 더듬어서 확인하는 것과 비슷하다. 확인할 때까지는 이해할 수 없다. 확인했다고 생각했다가 배신당하는 경우가 있다. 팔 하나를 잃고 마술을 제대로 맞아서 망가진 몸으로 불안정하게 서 있는 이르기트를 봤지만, 단지 그것뿐이었다. 그의 군도를 들고 이쪽으로 다가오려 하고 있다. 걸음걸이를 보면 10년을 기다려도 여기까지 오지는 못할 것 같지만. 그 또한 배신이라고 할 수 있을지도 모른다.

시크는 입을 열었다.

"마리아 폰 교사가 나한테 말했지. 그쪽이 살아서 돌아오지 못하면 날 죽이겠다고."

잠깐 쉬었다가 계속 말했다.

"그래서, 가능하다면 최소한 그쪽만이라도 살아서 돌아갔으면 싶었다. 그렇게 생각한다."

조용했다. 숲을 태우던 불길도 사라지고, 이런 때면 꼭 쓸데없는 소리를 하던 학생도 없다.

"자…… 나도 가봐야겠군. 카콜키스트나 나, 누군가가 목적을 달성한다. 레티샤 마크레디도 두 사람이 있는 건 아니니까."

뒤를 돌아보고, 그는 정원 안쪽을 향해 걸음을 옮겼다. 아직도 이쪽을 향해 걸어오려고 하는 이르기트의 사망을 확인해야겠다는 생각은 들지 않았다.

"빛이여!"

하얀 빛이 허공을 꿰뚫었다.

공간을 일그러트리는 장벽에 격돌해서, 그것이 폭발한다. 느껴지는 떨림은 그 진동일까, 아니면 몸이 떨리는 것일까. 판단할 수가 없어서, 레티샤는 그저 오한을 느끼고 있었다.

열충격파는 나무들을 간단히 쓰러트려서 시야를 열어줬다. 빛과 불꽃이 밤의 어둠 속에서 불타고 있다.

쉽사리 믿을 수 없는 일이었다──하지만 놀랄 일도 아니었다. 그 하나의 사실을, 그녀는 가슴속에 새겼다.

'……나와 호각의 술자!'

마술사란 마술을 다루는 인종을 뜻한다. 다양한 자가 있고, 특기 분야도 다르다. 그리고 그 다루는 마술의 위력에도 개인차가 있고 특성이 있다.

대략 그 힘의 총량을 따졌을 때 자신에게 필적하는 마술사는 《탑》에서도 흔치 않았다. 교사 같은 괴물들을 빼면 동생인 아자리나 같은 교실의 코르곤 정도겠지.

정면으로 싸워서 자신이 힘으로 밀리는 일은 일단 있을 수 없다.

그렇게 자부했다. 그 상대가 차일드맨 파우더필드 교사가 됐건 마리아 폰 교사가 됐건, 왕도의 마인 플루토라고 해도.

그 혼신의 마술을 정면에서 튕겨내고, 암살자는 불길의 빛이 비치는 밝은 곳에서 나무 사이의 어두움, 그리고 더 깊은, 시선이 닿지 않는 어둠 속으로 사라져갔다.

'동부의 마술사 중에도…… 있구나. 이런 자가.'

도저히 이름이 생각나지 않는 그 젊은 암살자의 얼굴만이라도 기억해둬야겠다고 생각하며 그 모습을 쫓았다.

오른손으로 보우건을 겨눈 채 왼팔을 들었다. 암살자가 모습을 감춘 그 그늘을 다시 한 번 확인하려는 것처럼, 레티샤가 외쳤다.

"빛이여!"

광열파가 표적을 덮치고, 그곳에 있는 것들을 전부 태워버리려는 듯이 맹렬하게 날뛰었다. 인체를 구성하는 물질 따위는 간단히 재로 만들 수 있는 열량. 확실한 죽음을 가져다준다. 하지만 레티샤는 그렇게 되지 않으리라고 확신했다.

"쏴라!"

들려온 것은 큰 소리의 주문이었다. 마찬가지로 부풀어 오른 새하얀 빛의 소용돌이가 그녀가 날린 마술과 부딪쳐서 폭음을 울렸다.

두 개의 마술의 효과를 헛되게 하고, 불꽃만을 남기고 사라졌다.

폭풍을 맞으면서 보우건을 내밀었다――

불꽃과 열기가 어둠을 더 깊이 도려냈지만, 그 안쪽에 암살자의 모습은 없었다. 이쪽을 무시하고 계속 살 생각일까, 아니면 함정을 쳐둔 걸까.

너무나 강대한 마술에는 문제점도 있다. 강하면 강할수록 제어가

극단적으로 힘들어진다. 힘이 같다면 그 사용 방법에 따라서 승패가 정해진다. 레티샤는 그것을 가슴에 새겼다. 그리고 혀를 찼다. 자신에게 키리란셸로 정도로 탁월한 제어력이 있다면 문제는 없겠지. 없는 것은 생각해봤자 소용없는 일이다.

힘으로 밀어붙이는 것이 통하지 않는 상대. 하지만 자신에게는 어떻게든 변화를 줄 제어력이 없다.

'마술은 쓸 수 없어……'

접근해서 제압하는 방법밖에 없다.

뛰쳐나가려고 했다.

그 때──

타이밍을 맞춘 것처럼, 목소리가 울렸다.

"춤춰라."

구성 전개가 신속했다. 공간을 압도하고 주위를 가득 메웠다.

발동까지의 타임 랙을, 레티샤는 각오하기 위해서 썼다──그리고 방어를 위한 마술을 구성하는데.

"벽이여!"

외쳤다.

충격파가 춤추는 기척이 그녀가 만들어낸 벽 너머, 공간을 단절한 어둠 저편에서 연속으로 울리는 것이 느껴졌다. 벽이 사라진다. 동시에 레티샤는 뛰쳐나갔다. 보우건을 겨누고, 자세를 낮추고 거리를 좁힌다.

암살자가 있었을 나무들 사이. 그곳으로 뛰어들었지만 적은 없었다. 하지만 기척이 느껴진다.

'오른쪽……'

종합적인 감일 뿐이지만, 확신이 있었다. 레티샤가 고개를 돌리자 또다시 목소리가 들려왔다.

"부서져라."

"벽이여!"

두 마술의 구성이 충돌하고, 동시에 사라졌다. 아무것도 남지 않고 어둠과 밤바람이 지나간다.

"뭐야…?!"

레티샤는 말없이 경직됐다. 적이 날린 구성을 해독할 시간이 없어서 가장 효과적일 것 같은 구성으로 대항했는데, 아무래도 적은 그것까지 예상한 것 같다. 암살자가 날린 것은 이쪽의 구성을 부수는 구성이었——공격하는 것이 아니라 이쪽의 방어를 지우기 위한 마술을 만들어낸 것 같다.

그렇다면, 다음은.

'공격해온다——!'

레티샤는 경계하고, 이를 악물었다. 마술 구성에는 집중력이 필요하다. 연속으로 구성을 짤 수도 있지만 확실성이 떨어진다. 자신의 구성력으로는 불가능할 것이다.

하지만 그것은 상대도 마찬가지일 것이다.

사라진 벽 너머에서 암살자의 밋밋한 얼굴이 뛰어드는 모습이 보였다. 단숨에 거리를 좁히고 접근전을 벌일 생각일까. 그렇다면 바라는 바다——보우건의 방아쇠를 당겨서 거기에 대응한다.

보우건이 살짝살짝 떨리면서 화살 네 발을 사출했다. 완만하게 공기를 가르고, 표적을 향해 돌진한다. 암살자는 전속력으로 달리면서도 재주껏 몸을 돌려서 그것들을 피했다. 믿기 힘든 움직임이었지만 그것도 예상한 범위였다. 연사식 보우건 꽁무니에서 고리를 뽑아내고, 레티샤는 상대가 접근하기를 기다렸다. 기다린다고 할 정도의 시간도 아니다. 0.5초나 1초도 안 됐겠지. 하지만 길게 느껴졌다.

암살자가 갑자기 넘어——진 것처럼 보였다. 마치 앞구르기를 하는 것처럼 머리부터 땅으로 고꾸라졌고, 물구나무 자세가 됐을 때 지면을 움켜쥐고 있던 두 팔을 뻗었다. 쭉 뻗어온 발이 얼굴을 향해 날아온다.

기습이기는 했지만 보고 있으면 대처할 수 있는 정도였다. 레티샤는 몸을 놀려서 피하고, 암살자가 지면을 짚고 있는 팔을 걷어찼다.

그리고, 발목을 잡혔다.

'……?'

처음부터 그걸 노린 것이겠지. 정신을 차려보니 암살자는 넘어진 채로 이쪽의 오른쪽 발목을 꽉 끌어안고 있었다. 어느새 꺼낸 건지, 그의 왼손에 가느다란 단검이 있다. 남자의 표정에는 변화가 없었다. 무표정한 밋밋한 얼굴로, 그 단검 칼날을 수직으로, 이쪽 정강이에 박아 넣었다.

살짝 아프기는 했지만 전투복 덕분에 살았다. 암살자의 검이 검은 가죽 표면을 미끄러졌고, 약간의 상처는 입었겠지만 그게 전부였다. 힘으로 다리를 뺐다. 그대로 뒤꿈치로 적의 몸을 걷어차려고 했지만, 암살자는 또 몸을 회전시켜서 바로 발이 닿지 않는 곳으로 도망쳤다. 세 걸음 정도 떨어진 곳에서 재빨리 일어나서는 이쪽을 봤다——동시가 아니라, 그것보다 빨랐겠지. 손에 든 단검을 던졌다. 계속 공격하려는 이쪽의 코끝을 스치고, 칼날의 은색 빛이 지나갔다.

레티샤는 상대를 본 채로 보우건의 고리를 가까운 곳에 있는 나뭇

가지에 걸었다──의아하다는 듯이, 암살자가 얼굴을 찌푸렸지만 원래 이 고리는 그렇게 쓰기 위한 것이었다. 나뭇가지에 걸린 보우건에 체중을 실어서 힘껏 잡아당겼다. 그러자 고리에 연동된 현이 감기고, 새 카트리지가 장전되는 메마른 소리가 울렸다.

이것이 어떤 병기인지 알아차렸겠지. 암살자는 가볍게 뒤로 물러나서 사정거리 밖으로 나가려고 거리를 벌렸다. 하지만, 늦었다. 레티샤는 보우건을 겨누고는 표적을 노리고 화살을 날렸다. 네 발의 화살은 암살자의 몸을 스쳤고, 한발만이 옆구리에 꽂혔다. 작은 비명소리가 들린다. 암살자는 그 화살을 거칠게 뽑아서 바닥에 던졌다.

자포자기라도 한 것인지, 그대로 달려들었다. 보우건 속에는 아직 예비 카트리지가 남아 있지만, 현을 당길 시간이 없다──레티샤는 보우건을 그 자리에서 내던지고 자세를 잡았다. 상처 입은 상대와의 격투라면 질 요소가 없다고 생각했다. 암살자가 두 팔을 벌리고 덮쳐 온다.

꽉 쥔 주먹을 내지르는 상대한테서 한 걸음 뒤로 물러나서 거리를 벌리고, 레티샤는 아래쪽으로 발차기를 날렸다. 수평보다 낮게, 적의 허벅지를 노리고 발끝을 날렸다. 남자의 몸에 부츠 끝부분이 꽂혔다. 암살자가 균형을 잃고 넘어졌다.

아니, 비틀거리기만 하고 버틴 것 같다. 하지만 틈은 틈이었다. 레티샤는 더 파고들었고, 그 기세를 이용해서 오른발을 차올렸다. 몸통이 꺾일 정도의 발차기를 먹이고, 그대로, 자세가 무너진 탓에 높이가 낮아진 적의 목을 노리고 뒤꿈치로 내려쳤다.

제대로 맞으면 목이 부러지겠지만, 암살자는 아슬아슬하게 낙법을 해서 피했다──하지만, 그래도 어깻죽지에 발이 스쳤고, 거기에 끝려가는 모양으로 넘겨졌다.

이걸로 끝. 중얼거릴 틈도 없이, 레티샤는 쓰러진 암살자의 배를 힘껏 짓밟았다. 적의 살과 뼈가 일그러졌고, 결정적으로 망가지는 불쾌한 감촉이 부츠 너머로 전해졌다. 그리고, 아픔.

'……아픔?'

거센 아픔이었다. 뺨이 일그러진다. 암살자는 바닥에 누운 채, 자신의 발을 끌어안고 있다. 기시감이 들었다. 가벼운 놀람과 또 하나, 레티샤는 경악 때문에 신음했다.

암살자는 손에 보우건 화살을 하나 쥐고 있었다. 아마도 아까 자기 몸에 꽂힌 것이겠지. 암살자는 그 화살을 끌어안고 있는 레티샤의 발, 아까 단검으로 찌르려고 했던 바로 그 곳에 깊이 박아 넣었다.

'화살을…… 버리는 척 하고 들고 있었던 거야?'

투덜대고, 뒤로 물러났다. 발에서 감각이 사라져간다. 근육을 지배하는 감각이 사라지고 아픔만이 전해져왔다.

암살자가──밟혀서 뭉개진 옆구리를 끌어안고 일어나는 모습이 보였다. 저쪽이 더 중상인 것은 틀림없지만. 레티샤는 신음했다. 발이 말을 듣지 않는다. 보우건은 바닥에 떨어져 있다.

"치료해."

갑자기, 암살자가 말했다. 레티샤는 씁쓸하게 웃으면서 입을 열었다.

"……그 틈에, 공격하려는 거지?"

"정말 긴 다리야. 아주, 긴 다리라고. 그쪽 다리."

그 중얼거리는 목소리도, 갑작스러웠다. 암살자는 장난치는 기색도 없이 피가 스민 배를 손으로 누른 채 담담하게 이쪽을 보고 있다.

"……?"

물음표를 띄우며, 레티샤는 얼굴을 찌푸렸다. 암살자는 계속 말했다.

"……신경이 쓰였는데 말이야."

그리고, 숨을 내쉬었다──보우건을 맞고 제대로 짓밟힌 옆구리는 분명히 중상이겠지. 어둠 속에서, 숨을 죽이지도 못하고 거친 심호흡을 반복하고 있다. 하지만, 그래도 목소리만은 냉정하게, 말을 이어갔다.

"레티샤 마크레디. 명문 《송곳니 탑》이 자랑하는 마술사 중에 한 명. 틀림없는 최강의 배틀 애슬리티스."

"애슬리트."

"배틀 애슬리트. 내가 당해낼 상대가 아니야."

그는 의외로 간단하게 정정했다. 스스로도 우스운지, 그런 의미로 보이는 미소를 지으며,

"──그런데, 어째선지, 어떻게든 호각으로 싸울 수 있을 것 같아. 어째설까."

"……."

"아까부터 다리만 쓰던데. 엄청나게 거친 성격이거나, 아니면 날 얕보는 게 아닌가 싶었는데, 그건 아닌 것 같아. 혹시…… 손을 못 쓰는 이유라도 있는 걸까."

레티샤는 깜짝 놀라서, 자기도 모르게 왼손을 뒤로 돌렸다──그렇게 확실히 보이는 상처가 남아 있는 것도 아니라서 가까이 와서 보지 않으면 모를 텐데. 분명히, 그게 실수였다. 혀를 찼다. 도발에 넘어가고 말았다.

하지만.

감춘 뒤에 바보 같은 짓이라는 걸 깨달았다. 레티샤는 왼손을 그가 볼 수 있게 들어보였다.

주먹을 쥐려고 했다. 하지만 구부러진 것은 손가락 네 개뿐이었다. 새끼손가락만은 떨리기만 할뿐이고 움직이려 하지 않았다.

"놀리는 게 아니야. 옛 상처…… 라고 할 정도로 오래된 건 아니지만. 다 낫지 않았어. 그것뿐이야."

"그렇구나."

"오른손은 쓸 수 있어."

"한손만 가지고는 전투를 못 할 테니까. 그렇구나. 묘하게 무기에 의지하기에, 이상하다 싶었지."

말할 때마다 암살자의 상태가 악화되는 것처럼 보였다――얼굴도 창백해져가고 있는데, 크게 뜬 눈에는 핏발이 서 있다.

하지만 상태가 나빠져 가는 것은 이쪽도 마찬가지였다. 여전히 화살이 꽂혀 있는 오른쪽 발이 점점 심하게 떨리는 게 느껴졌다.

레티샤는 왼손을 내리고 물었다.

"키리란셀로에 대해서는 몰랐으면서, 난 알고 있었나보네."

"알고 있지. 나보다 강한 마술사는 다 알고 있어. 당신 동생도……. 뭐 당연히. 어쩌면 나한테 그쪽을 암살하라는 명령이 내려왔을 수도 있으니까."

거기까지였다. 암살자의 몸이 털썩, 무릎을 꿇었다. 힘이 빠진 건지 배를 붙잡은 채로 양쪽 무릎을 꿇었고, 호흡은 더욱 거칠어졌다.

"왜…… 나선…… 거야? 그쪽은, 이렇게 거친 일을 할 타입이 아닌 것…… 같은데."

죽어가는 사람의 마지막 말에 대답할 가치가 있느냐고 묻는다면 분명하게 아니라고 대답할 것이다──하지만, 레티샤는 암살자를 내려다보며 고개를 저었다.

불쌍하다고 느껴서가 아니라고, 스스로에게 말했다. 그것이 어떤 것인지는 모른 채, 말했다.

"······부르는 소리가······ 말이야. 어느 날 밤에. 갑자기 눈이 떠졌고, 날 불렀어."

"정말······ 무슨 소린지 모르겠네. 그런 이유로······ 방해했다니, 말이야."

"당신이 죽인 사람들도 그렇게 생각했겠지."

그렇게 말한 뒤에 죽어가는 사람을 쓸데없이 괴롭혔다는 생각에 살짝 후회도 했지만, 암살자는 오히려 마음에든 것 같았다. 웃고, 횡경막 경련 때문에 짧은 비명을 흘린 뒤에 말했다.

"맞는······ 말이네. 맞는 말이야."

히스테릭하게, 발작하는 것처럼 웃고, 암살자의 목소리가 갑자기 가라앉았다.

"기왕이면······ 시크 스승님도······ 막아주겠어. 그쪽을 교란한 뒤에 따로 행동해서 임무를 수행한다고······ 했어. 그쪽이 막아주면, 포로가 되는 정도로······ 끝날 지도 몰라. 나도 말이야."

"그는 이미──"

그렇게 입을 뗀 레티샤를, 암살자가 일그러진 웃음으로 제지했다.

"쓰러트렸다고 생각하겠지만······ 무리야. 스승님은 이미 영주한테 가고 있어."

"나한테 당신들을 단죄할 자격은 없어. 하지만 당신들을 구할 의

무도 없지."

차갑게 말했다. 암살자는 또 웃었다. 아니, 울고 있는 건지도 모른다.

"맞는 말이지만…… 괴롭네."

"무엇보다, 영주의 병사들을 실컷 죽였잖아? 이제 와서 포로가 돼 봤자 처형될 뿐이야."

"안 죽였어."

낮은 목소리로 중얼거렸다. 알아듣기 힘들 정도로 작게.

눈을 껌벅거리면서 귀를 기울였다──그러자, 그는 다시 한 번 말했다.

"우리는 안 죽였어…… 이상해…… 정말 이상해. 우리가 죽일 필요도 없이…… 전부 죽어 있었어. 우리가 왔을 때는, 이미."

"그걸, 나보고 믿으라는 거야?"

"그쪽은…… 날 단죄하지 않을 거잖아? 그래서…… 말하는 거야. 안 믿어도 돼……. 들어주기만 하면."

암살자는 비지땀을 줄줄 흘리면서 빠르게 속삭였다. 거짓말을 하는 것처럼 보이지는 않는다. 레티샤는 얼굴을 찌푸렸다──

'대체 무슨 소리를 하는 거야?'

영문을 몰라서 당혹스러워 하는 사이에, 암살자는 계속해서 말했다. 몸을 휘청휘청 흔들면서.

"이르기트도…… 우리가 여기 왔을 때는…… 죽어가고 있었어. 치료하려고 했지만, 어쩔 수가 없었어…… 정신착란을 일으킨 것 같아서, 가까이 갈 수도 없었거든."

암살자가 고개를 들었다. 이미 눈의 초점이 풀려 있다.

"우리는…… 어쩌면, 그쪽이 그랬을지도 모른다고 생각했어…….
여기 병사들을 다 죽였다고. 하지만 그 손을 보면, 그랬을 리가……
없어. 아니, 그런 문제가 아니야. 시크가 말했어. 전부, 맨손 일격
으로 죽었다…… 고. 인간의 솜씨가 아냐…… 마치…… 드래곤 종
족……."

"누군가…… 다른 암살자가 있다는 거야?"

물었다. 아직까지 이름이 생각나지 않는, 이 눈앞에 있는 남자는
간신히 고개를 끄덕였다.

순간.

신발 바닥과 흙이 쓸리는 발소리가 귀에 들렸다.

등줄기가 오싹했다──암살자가 한 말이 이미 뇌에 넘쳐나면서
명령의 홍수를 일으키고 있었다. 몸이 움직이지 않는다. 무엇보다 부
상당한 발을 움직일 수가 없다. 움직이지도 못하는 사이에 시야가 두
번 변화했다.

먼저 보인 것은 암살자의 등 뒤에 사람 하나가 불쑥 나타난 것이었
다. 검을 든, 중년 병사. 그 자가 검을 한 번 휘둘러서 젊은 암살자의
목을 쳤다.

그리고 시야 전체가 격렬하게 진동하고, 아무것도 안 보이게 됐
다. 땅바닥을 구르고 있다──그건 알고 있다. 등 뒤에서 일격. 강렬
한 충격을 받고 날아갔다. 겨우 회전이 멈추고 지면에 쓰러진 채로
고개를 들어보니, 거기에 권총을 든 젊은 병사가 한 사람 서 있는 모
습이 보였다. 총구에서 가느다란 초연이 피어오르고 있다. 레티샤는
등을 만져봤다. 끈적, 피가 묻어 있다. 총에 맞았다고, 짧게 이해했
다. 아래쪽을 보니 전투복 복부에 작은 구멍이 뚫렸다. 탄환이 등에

서 배로 관통했겠지.

나타난 두 병사들은 처음 보는 자들이었다. 하지만 이곳의 사병(私兵)이라는 점은 의심할 여지가 없다. 검을 안은 쪽이 작은 소리로 중얼거리는 소리가 들린다──

"……이제 술을 마실 수 있겠네."

레티샤는 절규했다. 동시에 멋대로 짜인 마술 구성이 세계에 구현됐다. 권총을 든 채로 멍하니 서 있던 젊은 병사의 육체가 갑자기 짓눌려 터졌다──아니면 몸 안쪽에서 누군가의 손에 의해 접혀진 것처럼, 사람 모양이었던 것이 순식간에 시시한 살덩어리로 변해버렸다. 갑자기 입력이 강해진 공기에 짓눌려서, 피도 튀지 않고 이 세상에서 말소돼버렸다.

또 한 명의 병사가 뭐라고 투덜댔는지도 모른다. 하지만 레티샤는 듣지 않았다. 몸은 말을 듣지 않았지만 고개만 그쪽으로 돌렸다. 검을 치켜들고 이쪽으로 돌진하려는 그 남자에게, 레티샤는 더욱 격렬하게 소리를 질렀다.

의미가 있는 소리가 아니었다. 비명으로만 들렸겠지. 하지만 그 목소리는 마술 구성을 수반하고 있었다.

남자의 몸이 불길에 삼켜졌다. 열충격파의 소용돌이 속으로, 녹아서 사라진다.

그래도 끝나지 않는 절규를 들으며──레티샤는 머리를 지탱하고 있던 목에서 힘을 뺐다. 털썩, 땅바닥에 쓰러졌다. 움직일 수 없었다. 목소리도 낼 수 없다.

'죽는다…….'

레티샤는 중얼거렸다. 밤하늘이 보인다. 상처에서 피가 성대하게 흘러나오는 감촉에 전율했다.

'죽는 거야…? 내가.'

"자는 그대를 치유할 수 있다. 어찌 하겠나? 레티샤 마크레디."

목소리를 듣고, 레티샤는 생각을 멈췄다.

머리 위로 보이는 밤하늘. 그리고 이쪽을 내려다보는 것처럼, 남자가 조용히 서 있었다.

다미안 르우. 레티샤는 미소를 지었다――드디어. 나왔다.

호흡은 멈추지 않고, 지칠 대로 지친 폐를 한없이 수축시켰다. 하지만 그것이 한없는 고통이라 할지라도 멈추는 것보다 낫다는 건 알고 있다. 멈추면 다시는 움직일 수 없으니까.

레티샤는 눈을 떴지만, 눈앞이 흐릿해지는 것을 막을 수는 없었다. 손가락 하나 까딱할 수 없다. 몸에서 체액이 빠져나간다. 폐가 산소를 아무리 끌어와도 그것을 온 몸에 보낼 혈액이 혈관 안에 남아있질 않다.

죽음이 코앞까지 다가왔다. 그건 알고 있었지만, 레티샤는 웃음을 참을 수가 없었다――다미안 르우의 얼굴이 보인다. 손이 닿는 곳에 있다.

그는 여유만만하게 말했다.

"아직까지 그대의 목적을 알 수 없다. 그것을 듣기 전에는 치유할 수 없군…… 무슨 말인지 알겠지?"

"내, 목, 적, 은."

한 마디 한 마디 잘라서, 레티샤는 말했다. 멈출 줄을 모르던 호흡이, 거기서 끊어졌다.

다미안의 얼굴이 조금 가까이 다가온 것 같다. 몸을 숙였겠지.

'죽었다고 생각하나?'

레티샤는 소리 없이 중얼거렸다. 등 뒤로 돌려놨던 왼손으로——벨트 허리춤에 묶어뒀던 칼집에서 패링 대거를 뽑았다. 경기용이고 실용성은 거의 없는 무기지만, 칼날을 흘려내는데 쓰는 핸드 가드가 손목을 고정시켜주기 때문에 손가락이 마음대로 움직이지 않는 왼손으로도 지탱할 수 있다.

상체를 벌떡 일으키면서 칼을 내질렀다. 두툼한 칼날이 다미안의 입 안에 꽂혔다. 백마술사는 피하려 하지도 않았다. 칼날이 뇌까지 도달할 때까지 박힌 뒤에야 겨우, 그는 몸을 뒤로 젖히며 경악한 표정을 지었다.

제6장 여섯 번째 죽음의 결과

"이 정원은?"

오펜은 팔짱을 끼로 문을 올려다봤다. 철제, 뱀의 문. 위노나가 대답했다.

"이 안쪽에 영주님의 저택이 있어."

굳이 묻지 않아도 알 수 있는 일이지만.

그건 굳이 말하지 않고, 오펜은 시선을 문에서 위노나 쪽으로, 그리고 또 한 사람──로테샤 쪽으로 옮겼다.

"괜찮아?"

꽤 먼 거리를 걸어왔다. 레키가 있었다고 하는 서쪽 끝에서부터 몇 시간은 걸어왔다. 하지만 평소 같았으면 따라올 체력도 없었을 로테샤는 눈이 촉촉하게 젖었고, 유난히 흥분한 것 같은 분위기였다. 피곤하지 않을 리가 없는데, 그걸 느끼지 못하는 걸까. 검을 안고, 숨을 헐떡이고, 볼은 빨갛게 달아올라 있다.

"예."

로테샤는 힘차게 걸음을 옮겼다.

"여기에, 에드가 있나요?"

"없다고 했잖아."

위노나가 무뚝뚝한 목소리로 대답했다. 권총의 원통식 탄창을 빼서 탄환을 확인하며,

"듣자마자 까먹은 거야?"

"당신에게는 묻지 않았습니다."

딱 잘라서, 로테샤가 말했다.

필요 이상으로 요란한 소리를 내며, 위노나가 탄창을 총 몸의 제 위치에 집어넣었다. 눈동자를 빙글 돌리고 곁눈질로 검사 소녀를 노려보고는 빈정대는 투로 말했다.

"갑자기 건방져졌네?"

"당신은 왠지 불쾌합니다. 예전부터, 계속."

"검을 쓸 수 있게 돼서 안전하다고 생각하는 거야?"

총구를──

로테샤 쪽으로 겨눌 정도로 어리석지는 않은 것 같다. 위노나는 총을 홀스터에 집어넣고, 도전적인 동작으로 콧방귀를 뀌었다.

반대로 그것을 무시할 정도로 노련하지는 못한 로테샤는 한참 상기된 목소리로 말했다.

"아버지의 검입니다. 이 검을 쓰게 됐으니 아버지처럼 잘 쓸 것입니다."

"그런 시시한 막대기로 유이스를 죽일 수 있을 것 같으면 시험해 보시던지──"

"시끄러. 조용히 해."

옆에서 조용히, 오펜이 말했다.

날카로운 눈빛으로, 위노나가 이쪽을 노려본다──동시에 이겼다는 듯이 미소를 짓는 로테샤에게도, 오펜이 말했다.

"로테샤, 너도. 정말로 듣자마자 까먹은 거야. 어반라마에서 말했을 텐데? 코르곤한테 통할 힘이 필요하다면 이 분위기를 기억해두라고."

"예?"

깜짝 놀란 로테샤를 차가운 눈으로 쳐다봤다.

오펜은 전투복 목 부분을 바로잡으면서 심호흡을 했다. 시야가 한층 어두워지고, 그리고 흐릿해졌다.

"위노나. 영주 근처에 호위는 없나?"

"그럴 리가. 여기에도 여러 명이 배치됐는데."

"전부 죽었는데."

기척이 아니다. 냄새도 아니다――

하지만 어두운 정원의 숲 안쪽을 바라보며, 오펜이 단언했다.

"아, 그래."

큰 감동도 없이, 위노나가 중얼거렸다. 그래도 담백하게 말했다.

"……대충 둘러보고 남은 건 여기밖에 없다 싶어서 왔거든. 그야, 암살자는 당연히 우리보다 먼저 여기에 도착했겠지?"

"처음부터 여기로 왔으면 됐잖아요?"

아직도 앙금이 남았는지, 로테샤가 가시 돋은 투로 말했다. 흥, 하고 비웃고, 위노나가 대답했다.

"암살자 상대로 수비를 굳히는 건 바보짓이야. 이쪽이 찾아내서 사냥해야지."

"상관없어. 도망치는 수밖에."

"뭐?"

끼어든 오펜에게, 위노나가 물었다. 오펜은 어깨를 으쓱거리고 계속 말했다.

"정말로 암살자가 노린다면, 지켜도 공격해도 소용없어. 도망치는 수밖에 없다고. 암살자는 대신할 자가 얼마든지 있지만, 표적의 목숨은 하나뿐이니까."

"영주님은 도망치지 않아. 그 분은."

"그럼 죽을 뿐이야. 내가 알 바는 아니지만, 클리오랑 매지크한테 해를 끼쳤을 때는."

거기까지 말하고, 말을 끊었다. 그걸 망설였다고 생각했는지, 위노나가 씩 웃었다——

"끼쳤을 때는 어쩔 건데?"

정말로 어쩔 셈인 걸까.

오펜은 소리 없이 중얼거리고, 그리고 탄식과 함께 흘렸다.

'마음에 안 드는 인간을 전부 죽이면 되나?'

살벌한 생각을 하면서, 자신의 감정이 움직이지 않는데서 허무한 기분을 느꼈다. 이 전투복 때문인 것 같기도 했다——《송곳니 탑》의 전투 장비. 이것은 일종의 마인드 세팅이었다. 장비는 목적을 명확하게 하고 의지를 고정한다. 레티샤가 굳이 자기 몫까지 가지고 온 이유를 어렴풋이 알 것 같다.

'팃시는 뭔가를 각오했어.'

마지막으로 본 누나의 모습을 생각하면서 중얼거렸다.

'나한테도, 뭔가를 정하라고 했던 것 같은데…… 이런 권총까지 가지고 왔다는 건, 싸우라는 뜻이겠지.'

하지만 싸울 상대가 누구인지는 말하지 않았다.

당장은 《13사도》의 암살자를 막아야 한다.

하지만 인기척이 없는 정원의 어둠을 들여다보고, 오펜이 신음했다.

"……이미 끝난 거 아냐? 아무리 봐도 시체가 한 둘이 아닌 것 같은데."

"다미안한테서 연락이 없어. 아직 끝나지 않았다는 뜻이야."

자신만만한 위노나의 말을 듣고 얼굴을 찌푸렸다. 장비 몇 가지를 확인하고, 오펜이 물었다.

"이쪽에서 확인해달라고 연락할 수는 없나?"

"그쪽에 그럴 마음이 있다면. 아까 목소리가 들린 것 같았는데, 뭔가를 전하기도 전에 끊어졌어. 나 환청이랑 구분하기 힘든 게 제일 큰 결점이라고 생각하거든."

잠깐 농담인가 싶었지만, 위노나의 표정을 보면 진심인 것 같았다.

하지만, 그렇다면 그걸로 됐다. 오펜은 중얼거렸다.

"너희는 여기 남아."

"웃기지마. 영주님을 지키는 게 내 일이야."

노려보는 위노나에게 어깨를 으쓱해보였다.

"그럼 마음대로 하든지. 난 혼자서 행동할 테니까. 암살자를 상대하는데 혹을 달고다니고 싶지 않으니까. 어반라마에서 아주 질려버렸으니까."

"저는——"

곤혹스러운 목소리로 말한 로테샤 쪽을 봤다. 굳이 들을 필요도 없이 말했다.

"알아서 해. 따라와 봤자 코르곤은 없어. 있었으면 적이 이런 데까지 침입하게 두지도 않았을 테니까."

장비는 문제가 없는 것 같다——정비가 안 된 권총은 논외로 치고. 전부 최소한의 움직임으로 꺼낼 수 있는 위치에 있다.

시크 마리스크의 얼굴을 떠올렸다. 그렇게 잘 아는 건 아니다. 《13

사도》에 소속될 정도의 마술사이자 암살 기능자라면 《탑》에서 나온 뒤로 공백기가 있는 자신보다 몇 단계 위에 있는 상대인 건 틀림없다. 또 하나, 이름이 생각 안 나는 학생도, 굳이 이런 데까지 데리고 올 정도라면 동등하거나 그 이상의 술자겠지. 하지만 이상하게도 두렵지는 않았다.

'……대체 왜지. 무섭지가 않아.'

문득, 다른 얼굴이 떠올랐다. 헬퍼트. 레드 드래곤 종족의 암살자. 어번라마에서 해치운 상대. 자신이 싸울 수밖에 없었단 상대 중에서는 최강이었을 것이다. 하지만 이것도 이젠 두렵지 않다. 불 속에 녹아서 사라져버린 그 얼굴이 불쌍하기까지 했다.

'대체 왜지.'

직면한 사태와 전혀 관계없는 의문을 떠올리며, 오펜은 정원의 어둠을 바라봤다. 어두운 정숙이 답을 가르쳐주겠다고 유혹하며 기다리고 있다.

시크 마리스크는 그 저택을 보면서 엉뚱한 감개를 품고 있었다.

많은 첩자들이 여기에 도달하려고 했고 어쩌면 도달했을지도 모르지만, 돌아오지는 못했다. 그것은 플루토 스승에게는 불쾌한 일이었을 것이다. 장년에 이르고 최근에는 자신을 마술사라고까지 칭하는 인지를 초월한 흑마술사의 수장. 최접근령의 영주는 그에게 있어 유일한, 그리고 최대 최후의 적이었을 것이다. 결국 결전을 결의하고 보낸 암살자가 자신이다.

차일드맨 파우더필드 교사라면 어땠을까. 시크는 엉뚱한 생각을 했다. 플루토는 그 젊은 암살자를 전혀 신경 쓰지 않았을테지만, 일부에서는 힘만 보면 호각이라고 하는 이도 있었다. 그 《송곳니 탑》의 암살자가 최접근령의 영주와 싸울 생각을 했다면 어떻게 됐을까. 역시 자신의 생도, 그러니까 예를 들자면 석세서 오브 레이저 엣지를 보냈을까.

'……만약 키리란셀로 군이 여기에 온 이유가 그것이라면 앞뒤가…… 맞으려나.'

하지만 아닐 것 같았다.

차일드맨이라는 마술사와 면식은 없었다. 하지만 소문은 많이 들었다. 킴라크에 혼자 잠입해서 교주를 암살하려 했다든지, 그것이 과장된 소문이라 해도 과연──그 사람이라면 이 최접근령에도 단독으로 쳐들어올 수 있었을까? 그 또한 있을 수 없는 생각이라고 여겨졌다.

'아마도 그 사람이라면 건드리지 않았겠지.'

그는 이 최접근령의 영주와 싸우지 않는다.

그렇게 생각하는 근거는 희박한 것이었다. 듣기로 차일드맨은 《송곳니 탑》 최고 집행부의 뜻을 거스르지 않았다고 한다. 그래봤자 소용없다는 것을 알고 있기 때문이다. 아무리 거역해봤자 움직일 수 없는 것이 있다고.

지금 표적이 존재한다고 하는 저택 앞까지 왔지만, 시크는 여전히 회의적이었다. 이 암살은 성공하지 못한다. 영주는 죽일 수 없다. 조용히, 그렇게 느끼게 된다. 성공을 기대하는 고양감은 전혀 없고, 자신은 이 저택의 문을 열고 동시에 낙담하면서 죽음을 맞이할 것 같은, 그런 망상만이 마음을 지배한다.

'카콜키스트는…… 어떻게 됐지? 레티샤 마크레디와 싸웠을까? 그렇다면, 운이 좋다면 포로가 되겠군. 그녀가 적을 죽이지는 않을 테니…… 아니, 과연 그럴까?'

모르겠다. 하지만 환청은 아닌 것 같은 목소리가 귓속 깊은 곳에서 울렸다. 왕도에서 플루토 스승이 미친 듯이 화를 내며 제2의 자객을 지명한다.

그것은 마리아 폰일까? 그 상상은 재미있었다.

하지만 그는 웃지 않았다. 저택의 문에 손을 댔다. 정원을 감시하던 자들은 전부 죽어 있었다. 저택 안에도 정원과 같은 죽음의 냄새가 짙게 감돌고 있다는 것을 알고 있었다. 숨쉬기가 힘들고 머리카락을 밀어버린 머리에 땀이 배는 것을 느꼈다.

정원은 조용했다.

어둠으로 물들인 고요함은 평범한 정숙과 미묘하게 다르다──그 것은 소리도 아니고 색도 아닌 살갗으로 느껴지는 것이었다.

오펜은 크게 신경 쓰지 않고 그 속을 걸어갔다. 완만하게 경계하고는 있지만, 그것도 쓸데없는 짓인지도 모른다. 걸어가는 중에 차례로 시체가 나타났다.

'……이게 대체 뭐야?'

전부 영주의 부하로 보이는 인간들이었다. 정원을 지키고 있었겠지. 그것이 부자연스러운 게 아니다. 이상은 그 시체의 상태였다.

발을 멈추고 머리가 분쇄된 남자를 내려다봤다. 틀림없이 즉사했다. 목채로 비틀려서 일그러진 턱이 웃는 모양으로 굳어져 있다.

'무슨 짓을 하면 이런 시체가 되지? 마술이 아니야. 힘이 일부에 과도하게 집중됐어.'

쐐기를 박아놓은 것 같았다. 한 순간, 한 점에 집중된 파괴력만이 이런 결과를 불러온다. 마술처럼 넘쳐나는 힘을 때려 넣는 것과 달리.

'드래곤 종족…? 그것도 아니겠지. 엄청나게 구경이 큰 권총……도 아니고. 어느 시체건 상처는 하나뿐이다. 반드시 일격에 죽였어.'

권총은 그렇게까지 확실한 무기가 아니다. 백발백중으로 급소에 맞힐 수는 없다.

그 때.

"못난 놈들 같지 않아?"

목소리가 들려와서, 오펜은 고개를 들렸다. 갑자기 들려온 목소리는 아니다. 위노나는 정원 입구에서부터 같이 걸어오고 있었다——오펜은 씁쓸하게 웃고는 위노나에게 말했다.

"나 혼자서 간다고 했잖아."

"목적지가 같을 뿐이야. 나도 영주님을 지키러 가는 거니까."

심기가 불편한지 입을 삐죽 내미는 위노나. 오펜은 머리를 긁으면서 말했다.

"그럼 나랑 같이 멈춰 설 필요는 없잖아."

"시끄러워. 거치적거리는 건 로테샤 쪽이잖아. 내가 아니라."

그녀는 손을 흔들면서 그렇게 말했다.

실제로 로테샤는 정원 입구에서부터 따라오지 않았다. 혼자 두고 간다고 투덜대지 않을까도 싶었지만 그런 일은 없었다. 검을 안은 채, 그래도 상관없다고 고개를 끄덕인 로테샤의 얼굴을 떠올리며 탄식했다.

별 차이는 없다고 말하려다 입을 다물었다──말다툼을 해봤자 도움이 될 게 없다. 오펜은 시체를 가리켰다.

"이 시체를 보고 아무 생각도 없어?"

"더 이상 영주님한테 도움은 안 되겠네."

'좀 더 생각해봐. 이런 시체, 본 적 있어?"

그제야 무슨 말인지 이해했는지, 위노나는 턱에 손을 대고 생각에 잠겼다. 그렇게 오랜 시간은 아니었지만 분노에 초조해하는 광신도가 아니라 우수한 병사의 얼굴로 돌아왔다.

조금 지나서 위노나가 입을 열었다.

"……왕도에 말이야, 엄청나게 높이 나는 새와 운이 없는 바보가 있었거든."

"뭐?"

물었다. 그러자 위노나는 생각에 잠긴 표정으 풀고 계속 말했다.

"대체 무슨 생각을 한 건지, 어느 날 새가 하늘에서 돌을 떨어트렸다. 그냥 평범한 돌멩이였지. 마침 그 밑에 운이 없는 바보가 걸어가고 있었고. 그 얘기가 생각났어."

"의외로 맞는 말인지도 모르겠네."

오펜은 신음하고, 다시 걸어갔다. 따라오며, 위노나가 물었다.

"무슨 소리야? 설마 새가 그랬다고 생각하는 건 아니겠지?"

"적어도 그것과 같은 위력을 지닌 무기야. 마술이 아니라──이렇게 정밀도가 높은 마술은 있을 수 없어. 《13사도》가 이런 신병기라든지를 썼을 가능성이 있다고 생각해?"

"들어본 적은 없네. 한마디로 없다는 얘기야."

"그럼 그거야말로 새가 한 짓이 되겠네."

오펜은 될 대로 되라는 듯이 중얼거리고는 빠르게 걸어갔다. 정원 안쪽에 커다란 저택의 그림자가 보인다.

'《13사도》는 아니야…… 만약에 뭔가 특별한 무기가 있다면 이르기트가 가르쳐줬을 테고.'

그 때, 시야가 트였다.

그곳은 숲이 불타버린 자리였다. 넓은 범위에, 나무들이 한쪽 방향으로 쓰러져 있다. 이건 마술로 한 짓이다――라고, 의문도 품지 않고 중얼거렸다.

그리고.

정신이 번쩍 들어서 큰 소리를 질렀다. 쓰러져 있는 사람, 본 적이 있다.

"이르기트!"

뛰어갔다.

불에 탄 흙은 밟을 때마다 불안정하게, 부츠 신은 발을 복사뼈까지 삼켜버렸다. 그 타버린 흙에 엎드려서, 이르기트가 쓰러져 있다. 중상――이라기보다, 아무리 봐도 시체였다. 팔 하나가 없다. 근처에 검이 떨어져 있다. 칼날 절반이 부러졌는데 이것도 본 적이 있다. 시크가 가지고 있던 검이다.

몸을 안아들고 이르기트의 얼굴과 머리카락에 묻은 흙을 털어냈다. 믿을 수 없는 일이지만 이르기트는 숨이 붙어 있었다. 심한 화상을 입었다. 마술로 고칠 수 있는 상태가 아니다. 하지만, 그래도 구성을 떠올리며 전개하려는 오른손을 슬며시, 이르기트를 건드렸다. 불에 탄 그녀의 손가락을 가만히 쳐다봤다. 이르기트는 떨고 있다.

"어떻게 된 거야…… 무슨 일이 있었어?"

짐작은 했지만, 물었다.

이미 시력도 없는 것 같은 그녀의 눈동자가 이쪽으로 향했다. 지금까지 이르기트는 자신의 손끝을 보고 있었던 것 같다. 기침을 하고, 말했다.

"암살자……."

"미안. 괜히 물어봤다. 말하지 마."

그녀의 목소리에는 찢어진 폐에서 공기가 새 나오는 피리소리 같은 것이 섞여 있었다. 말 한 마디를 하는 것도 고통이겠지. 이르기트의 입을 다물게 하려고 손으로 입을 막았다.

하지만 이르기트가 다시 손을 뻗어서 그 손을 뿌리쳤다. 괴로워하면서, 말했다.

"전부…… 전부 죽었어! 틀림없이 죽었어…… 레티샤도. 카콜키스트도."

"그만하라고――"

입술을 깨물고, 신음했다. 이르기트는 그만두려 하지 않았다. 오펜에게 안긴 채, 몸을 앞으로 내밀려는 듯이 움직이며 계속 소리를 질렀다.

"나도 이미 죽었어! 그래서, 나한테도 부르는 소리가 들렸어…… 지금도 들려. 이미 죽은 내가, 이렇게 말하는 건."

그리고, 거기까지 말한 뒤에 뭔가 생각을 하는 것처럼 입을 다물었다. 어쩌면 뭔가가 그녀에게만 들리는 목소리로 말하는 것을 듣고 있는 것처럼 보이기도 했다.

"너한테 말을 전하기 위해——너한테도 전하기 위해."

"진정해. 제정신이 아냐."

"키리란셀로 군…… 이건 전언이야. 지금은 잊어버려도 돼. 하지만, 필요한 때에 기억해내."

잡혀 있는 팔. 이르기트에게 아직도 악력이 남아있는 게 신기했다. 자신을 붙잡고, 말을 들려줄 만큼의 악력.

이르기트의 말을 듣는 수밖에 없었다. 빠르게 죽어가는 그녀를 내려다보며.

"네 가족이 기다리고 있어…… 세 사람이 모이는 건, 14일 뒤!"

이르기트가 거센 기침을 했다. 토할 만큼의 피도 남아 있지 않은 건지도 모른다. 내장이 상한 건 밖에서 봐도 알 수 있다. 이르기트의 숨에서는 확실하게 피 냄새가 감돌고 있다.

"이건 예언이 아니라 전언…… 잊지 마. 네가 원하지 않으면 이뤄지지 않아. 성역에서…… 기다리는 사람이 있어……."

성역에서 기다린다.

14일 뒤.

소리 없이, 그 말을 되뇌었다. 한 순간 의식이 먼 곳을 방황하는 것을 느끼고, 오펜은 눈을 감을 뻔 했다. 하지만, 그만뒀다. 그녀의 눈빛이 계속 바라봐주기를 바란다는 생각이 들었다.

이르기트가 말을 멈췄다. 발작하는 것 같은 호흡도 갑자기 약해졌다.

마지막으로——그것이 마지막이라는 걸, 분명히 알았다——이르기트가 입을 벌렸다. 지금까지와 또 다른 가느다란 목소리로, 말했다.

"하고 싶은 말이 더 있지만, 이젠 말할 수 없어."

오펜은 숨이 끊어진 이르기트를 바닥에 뉘였다. 그녀가 만지던 자기 손을 보니 핏자국도 하나 없었다. 너무나 메마른, 그녀의 피 감촉이 남아있을 뿐이었다.

어느샌가 바로 뒤까지 다가와 있던 위노나가 중얼거리는 목소리가 들려왔다.

"무덤 만들어줄 시간은 없어."

때리고 싶었지만 참았다. 괜한 화풀이가 될 테니까.

그 기척을 느낀 건지 아닌지, 위노나가 계속해서 말했다.

"설마 이런 일로 우는 건 아니겠지? 시체는 여지저기 잔뜩 굴러다니고 있잖아. 이제 와서 신기한 것도 없지."

오펜은 일어났지만 고개를 돌리지는 않았다. 죽은 이르기트의 얼굴을 보고, 그리고 부러진 시크의 검을 봤다.

"그녀를 죽인 건 《13사도》다. 지금까지의 시체와 수법이 달라."

"흐응?"

위노나는 큰 관심을 보이지 않았다. 슬쩍 보니 영주의 저택 쪽을 신경 쓰고 있다. 머릿속에는 주인의 안전에 대한 생각밖에 없는 것 같다.

재촉하는 것처럼, 위노나가 물었다.

"어쩔 거야?"

"해야 할 일은 변함이 없어. 이 바보 같은 짓을 그만두게 해야지."

오펜은 대답하고, 마찬가지로 저 멀리에 서 있는 영주의 저택을 바라봤다.

저택은 정원 이상으로 조용했다. 안에서 흘러나오는 빛도 하나 없다. 이렇게 크고 오래된 건물이라면 삐걱거리는 소리라도 날 법 한데, 그것도 없다. 밤의 그림자가 그대로 멈춰선 것처럼 거기에 있다.

문은 열려 있었다. 이제 두 번 다시 닫힐 일은 없다. 고친다면 모를까.

송두리째 날아가 버렸다. 거창한 폭발물이라도 쓴 것처럼——하지만, 그을린 자국도 하나 없다. 아무것도 없다. 완전히 부서진 문의 파편이 주위에 널려 있다. 가장 큰 파편이 두 개 있었다.

하나에는 시크의 몸 오른쪽 절반이, 또 하나에는 왼쪽 절반이 붙어 있다.

자기 피를 접착제처럼 써서 붙어 있는, 두 쪽으로 찢어진 암살자가 거기에 있다.

"이건——"

위노나의 목소리도 어쩔 수 없이 겁먹은 기색을 머금고 떨렸다. 권총을 꺼내서 손에 쥐고, 아니, 그 손놀림은 지팡이에 매달리는 것 같았지만.

"새가 한 짓이 아니네."

오펜은 대답하지 않고 저택 안쪽을 노려봤다. 문 안. 그곳은 현관 홀이다.

아무도 없다. 기척도 없다. 발을 끌면서, 안으로 들어갔다.

몇 걸음 들어가서, 오펜은 몸을 빙글 돌렸다. 밖으로 향했다. 문은 안쪽에서 밖을 향해 똑바로 날아갔다. 시체가 된 시크와 식은땀을 흘리는 위노나를 정면으로 보며.

오펜은 발밑을 봤다. 발자국이 있다. 마룻바닥이 움푹 들어간, 두 개의 발자국.

그 발자국에 자기 발을 대고, 오펜은 주먹을 쥐었다. 살짝, 자세를 잡는다.

"……뭐 하는 거야."

위노나의 질문에 오펜은 조용히 대답했다.

"여기서, 이런 자세를 한 놈이 시크 마리스크를 저기까지 날려버렸어. 한방에, 몸이 산산조각 날 정도의 위력으로. 다른 병사를 죽인 것도 이 놈이야."

"자기가 무슨 소릴 하는 건지 알고는 있어?"

놀리는 것처럼, 위노나가 큰 소리로 말했다──성큼성큼 저택 안으로 들어오더니 권총을 잡지 않은 오른손을 휘두르면서 계속 말했다.

"설마 당신, 이게 맨손으로 때린 결과라고 하는 건 아니겠지."

"글쎄. 하지만 위력만 보자면 마술보다 위야. 싸울 수 없는 상대는 아니야."

하지만, 아마도 똑같은 생각을 했을 《13사도》의 암살자가 손도 못 써보고 죽었다. 그 사실은 굳이 말하지 않고, 단언했다.

발자국에 댔던 자기 발을 빼고 옆으로 비켰다. 저택 천장을 올려다보고, 오펜은 계속해서 말했다.

"그것보다 클리오. 여기 있다고 했지? 뭐가 안전한 곳인데."

"영주님이 그 아이들은 보호하겠다고 하셨어. 무사해."

"자기 침실까지 적이 쳐들어왔잖아!"

씁쓸하게 말하는 위노나에게 투덜댔다. 저택 안에, 확실하게 느껴지는 생존자의 기척은 없다. 뱃속이 기분 나쁘게 서늘해지는 것을 느끼고, 오펜은 손으로 이마를 짚었다──클리오라면. 매지크라면. 제일 먼저 뛰쳐나와서 제일 먼저 죽었을 거라는 생각이 자꾸만 든다. 로테샤가 말한 대로, 레키가 여기에 없다면…….

"그 둘이 여기 어디에 있는 건데!"

멱살이라도 잡을 기세로 위노나에게 따졌다. 그러자 위노나는 뒤로 물러나면서 대답했다.

"그건 나도 몰라. 난 두 사람을 여기로 데리고 왔을 뿐이야. 하지만…… 영주님 방은 4층이야. 영주님은 두 사람이랑 얘기를 하고 싶었던 것 같으니까, 거기 있을지도."

"쳇!"

혀를 차고 저택 안쪽으로 달려갔다. 넓은 저택이기는 하지만 계단은 간단히 찾을 수 있었다. 굴러다니는 시체도 없다. 난투를 벌인 흔적도 없다──현관문 외에는. 그저 호흡을 저해할 정도의 고요함만이 저택 안에 농축돼있다.

계단을 뛰어올라간다. 뒤따라오는 위노나는 신경 쓰지 않고, 그럴듯한 문을 걷어찼다. 뒤에서 날아오는 욕지거리를 들으며 방 안으로 돌입.

새카만 방 안에, 창밖에서 눈부신 달빛이 들어오고 있다. 한낮 정도는 아니지만 그에 가까울 정도로 밝았다. 방 한복판에 새카만, 땅딸막한 사람 그림자 하나가 서 있는 것이 보인다.

그 발밑에 중년 남자가 쓰러져 있다. 마른 체구, 겠지. 가슴이 함몰돼서 피 웅덩이 한복판에 쓰러져 있는 시체의 원형이 어땠을 지는 상상해봤자 소용없는 일이지만. 바위 밑에 갈린 것처럼 가슴과 배가 뭉개져 있다. 상처라고 부르기도 바보 같을 정도로 거대한 상처는 등까지 관통된 게 아닌가 싶을 정도였다. 튀어나오다 만 안구는 흰자위를 드러내고 있다. 목구멍 안쪽에 있는 것과 혀가 전부 입 밖으로 튀어나와 있었다.

"영주…… 님!"

위노나가 큰 소리를 냈다. 아무래도 비명소리는 아니었다. 분노의 고함을 지르며, 앞서가는 이쪽을 밀치고 방 안에 있는 검은 그림자를 향해 돌진했다.

그림자는, 크게 움직이지도 않았다. 체격을 따지면 위노나가 더 크겠지──하지만, 덤벼드는 위노나를 슬쩍 건드리더니 그대로 아무렇지도 않게 뒤쪽으로 던져버렸다. 등 뒤의, 창문으로.

요란한 소리를 내면서 유리가 깨졌다. 빛나는 유리조각과 창틀을 부수고, 위노나의 몸이 4층 창밖으로 튀쳐나갔다. 그리고 그대로 낙하해서 사라졌다.

오펜은 움직이지 않고, 남은 그림자를 바라봤다. 처음에 본 자세에서 팔 하나만큼만 변해 있다. 온통 시커먼 차림새는 어둠 속에 녹아들지 않아서, 이상할 정도로 구분할 수 있었다. 역시 검은 모자를 깊이 눌러쓰고 있다. 뭔가 종교 관계자의 옷처럼도 보인다. 성복(聖服).

낮은…… 가는 목소리로, 그 성복 차림의 남자가 말을 꺼냈다.

"네트워크에는 결점이 있다. 하나에 집중하면 다른 것들이 극단적으로 허술해진다──허용량 이상의 정부를, 인간이 다루는 것에 대한, 자연스런 결함이다."

무슨 소릴 하는 거야? 약간 빠르게 뛰기 시작한 심장을 품고, 오펜이 혼잣말을 했다. 남자는 억양도 없이 계속 말했다.

"한마디로, 음모가에게는 적합하지 않다는 뜻이다."

거기까지 말하고 고개를 들었다. 딱히 특별할 것도 없는 평범한 남자 얼굴. 그것이 중얼거렸다.

"흠…… 역시 그 남자가 영주였군. 일단 눈에 띈 자는 전부 죽여버리기로 했다. 그게 확실하겠지."

남자가 말한 대상은 발밑에 뒹굴고 있는 뭉개진 시체 같았다.

'이게…… 최접근령의 영주?'

아래를 보고, 신음했다. 죽어있다. 어쩔 도리도 없이 확실하게 죽어 있다.

방 안에 시체는 그것뿐이었다. 어딘가의 가구에 금발 머리가 엿보고 있지는 않는지, 오펜은 자포자기하는 심정으로 둘러봤다. 순간.

옆으로 뛰었다. 그 아슬아슬한 시야를 춤추는 것 같은 동작으로 팔을 크게 내리치며──성복 입은 남자가 통과했다. 아슬아슬하게 그 일격을 피하고, 오펜은 몸이 밀리기 전에 발바닥으로 바닥을 세게 디뎠다. 몸이 멈춘다. 맞설 자세를 잡고, 적을 시야에 둔다.

'……권법…… 인가!'

아무런 잔재주도 없다.

신병기도 아니다.

그냥 맨손 일격.

그것만으로 그 시체의 산을 쌓아왔다.

'웃기지 마…… 이런 일이, 있을 리가 없어.'

이를 갈고, 중얼거렸다.

바로 추격해올 거라고 생각했지만 남자는 거기서 움직임을 멈췄다. 이쪽을 보고, 속편하게 말했다.

"그대도 사권(邪拳)을 쓰는가. 나쁘지 않군. 대단한 기량이다. 허나, 벼락치기다."

"……뭐라고?"

숨이 거칠어진 걸 들키지 않으려고 작은 소리로 말했지만——소용없는 짓이라고, 스스로도 그렇게 생각했다. 대치했을 뿐인데, 적은 자신이 알고 있는 이상의 정보를 알아낸 것 같은. 오싹한 확신이 신체를 지배한다.

꽉 쥔 주먹 너머에서, 성복 입은 남자는 아무렇지도 않게 중얼거렸다.

"그대의 기술에는 깊이가 없다. 그렇게 말했다."

"큭……."

정면에 있는 상대의 몸이 폭발하는 것처럼 부풀어 올랐다.

그것은 착각이었다——알고 있지만. 상대가 돌진해온다는 걸 알면서, 접촉할 때까지 거의 순식간이었다. 적의 주먹이 자신에게 닿는다. 그건 피할 수 없다. 몸은 반사적으로 방어하려고 두 팔을 뻗으려고 했다. 하지만 그것을 주저하는 움직임도 있었다.

시체를 떠올렸다. 막을 수 없다. 이 적의 주먹은.

몸을 틀었다. 완전히 피할 수 없다는 건 알고 있다. 그래도 어떻게든 균형을 무너트려서 이 주먹의 위력을 조금이라도 줄이지 않으면, 이 방 안에 뒹굴고 있는 시체를 불쌍히 여길 수도 없다.

몸을 스친 것이 있었다. 대단한 접촉은 아니었을 것이다——전투복 표면을 살짝 스친 정도였다.

하지만 내장이 터지는 것 같은 충격이 몸을 날려버렸다.

아무것도 할 수 없다. 거스르지 못하고, 벽에 격돌했다. 거기가 창이 아닌 게 행운이었다. 아니, 4층 창밖으로 날아가는 쪽이 살아남을 가능성이 있는지도 모른다. 아픔에 신음하며, 벽에서 떨어져서 다시 상대를 봤다. 성복 입은 남자는 다시 자세를 잡고 있다.

체술로는 대항할 수 없다.

인정할 수밖에 없었다.

재미있다는 듯이, 남자가 말했다――

"붕권(崩拳)이다――감이 좋군. 이것을 피하는 자가 있을 줄은 몰랐다."

'최소한의 움직임으로 충격을 전하는 타격법…… 이라는 건가. 그렇게 신기한 것도 아니지. 위력이 차원이 다르지만.'

맞으면, 움직일 수 없다.

아니, 살아남을 수 없을지도 모른다.

수련만으로 이만한 힘을 얻을 수 있는 걸까――마술의 도움도 없이.

'마술…….'

그 단어를 곱씹으며, 오펜은 의식을 정리했다. 상대는 마술사도 아닌 평범한 인간. 하지만 마술을 쓰지 않으면 대항할 수 없다. 그것도 어지간한 것은 통하지도 않을 것이다.

하지만 마술 구성을 짜려고 하기 직전에 귓속으로 미끄러져 들어온 남자의 말이 오펜을 제지했다.

"그대는 마술사지?"

《탑》의 전투복을 입고 있으니 들킨다고 해도 이상한 일은 아니다. 하지만 그런 것과 상관없이 이쪽의 마음을 읽은 것처럼 느껴졌다. 오펜이 아무 말도 없이 만들어내려고 생각한 구성을 의식 속에서 사라지게 하는 사이에, 남자가 계속해서 말했다.

"그렇다. 그대가 나를 쓰러트리려면 마술밖에 없다. 허나, 할 수 있을까? 상대가 예상하는 공격을 펼칠 담력과 기지가, 그대에게 있을지가 문제다."

그리고 틀림없이, 시크는 그러려다가 죽었다. 암살자의 죽은 모습이 머릿속에 떠올랐다. 그래도 시크는 이 성복을 입은 남자에게 대항할 수단이 마술밖에 없었다.

자신에게는, 다른 것도 있다.

오펜은 슬며시, 허리의 홀스터에 손을 얹었다. 상대는 아직 눈치채지 못한 것 같지만. 한 순간에 끝을 불러오는, 무기.

'몇 년이나 정비도 안 한 권총이다…… 쏠 수 있을까? 폭발할 가능성이 더 커.'

그래도 이대로 싸우는 것보다는 승산이 있다.

'……정말로?'

자신에게 물었다. 홀스터에서 손을 떼지 못한 채, 오펜은 적을 바라봤다. 당장 덤벼든다면 어쩔 도리가 없겠지. 하지만 남자는 분명히, 이 주먹 승부에서 재미를 느끼고 있는 것 같았다. 어째서인지는 예상할 수 있다. 아마도 이 남자의 공격을 두 번이나 피한 인간은 거의 없었겠지. 성복 입은 남자의 눈에는 호기심의 빛이 깃들어 있었다.

상대는 이쪽의 눈에서 뭘 봤을까──웃으려고 하던 입 꼬리에서 슬며시 힘을 뺀 것 같았다.

담백한 무표정으로 돌아와서 말했다

"그대는 절망하지 않는가? 아직 뭔가 작전이 있는 것 같군."

이디선가 들어본 것 같은 말이었다.

역시 이쪽이 뭐라고 말을 하기도 전에 계속해서 말을 걸어왔다.

"이미 신 따위는 없다. 인류는 언제부터 그것을 알았을까."

남자는 성인을 긋는 것 같은 동작을 했다. 그것은 발밑에 있는 시체를 무시한 행동이었다.

"아주 먼 옛날부터 어렴풋이 느끼고 있었는지도 모른다. 어쩌면 바로 어제의 일인지도 모르지. 알고 있으면서도 아직까지 미련을 버리지 못한 것을 생각해보면, 진정한 의미로 그것을 이해하는 날은 오지 않았다고도 할 수 있다. 그래서 나는 고집스레 주장한다. 몇 번이건, 틈만 나면 말이야. 이미, 신은, 없다."

연기하는 것 같은 말투로 한 단어씩 끊어가며 말했다.

갑자기 남자가 두 팔을 벌리고 몸을 열었다. 그것은 빈틈처럼 보였다. 하지만, 공격해봤자 이길 것 같지는 않았다.

"선행을 쌓아도 그것을 평가하고 보상해줄 아버지는 안 계시다. 악을 벌한다는 약속은 없다. 이 세상에는 말이지. 너무나…… 무자비하다. 어찌 그것을 참을 수 있을까? 신은 없다. 드래곤 종족은 신이라는 것을 하찮은 괴물로 만들어버렸다. 아니, 그 이전에 신이라는 것을 해명해버렸다. 이제 이 세상서 환상은 바랄 수 없다. 이제 이 인생에서 이웃을 사랑할 수는 없다."

남자의 목소리가 중얼거리는 소리에서 낭창으로 커졌고, 그리고,

"그렇다면, 신을 잃고 인간은 자립했는가? 그러지도 못했다. 인간은 지금도 기도하고 있다. 허나, 그 기도를 듣는 신이 없다는 것도 알고 있다. 한없이 따라다닌다. 이, 모르는 사이에 신이 보충해주고, 그 부족함을 알자마자 절망해버리는 인간의 마음이라는 것이——"

외침으로 변하기 바로 직전에, 남자는 거기서 말을 멈췄다. 무아무중 상태에서 정신을 차린 것처럼, 갑자기 냉정해져서 이쪽을 바라봤다.

"라이언이 죽을 때 뭐라고 했지? 짐작은 가네만."

'라이언의…… 동료인가.'

오펜은 혼잣말을 했다. 성역의 에이전트. 도펠 익스.

성역에 항쟁을 걸었던 최접근령의 영주가 성역의 손에 죽었다. 한마디로 그것뿐이다. 대단한 일은 아니다.

하지만 오펜은 신음하는 것 같은 소리로 물었다.

"금발, 여자애와…… 그 동생 같은 남자애를 죽였나? 이 저택에 있었을 텐데."

"글쎄. 기억에 없군."

남자는 동요하지도 않고 대답했다.

"허나, 이 저택에 살아있는 인간은 없다. 우리 둘뿐이다."

"아, 그래."

그 대답은 여러모로 해석할 수 있었다.

클리오와 매지크가 죽었을지도 모른다. 하지만 이 남자가 여기에 오기 전에 나갔을 수도 있다.

어느 쪽이라고도 할 수 있다. 하지만 확인하려면 자신이 여기서 죽어서는 안 된다.

오펜은 홀스터에서 손을 뗐다. 권총은 안 된다. 좀 더 확실한 방법으로.

'뭐가 있지……?'

뺨을 타고, 땀이 흘러내렸다.

그리고.

"……호오."

남자의 눈에 호기심이 돌아왔다. 눈썹을 치켜 올리고 감탄한 것처럼 신음하는 소리를 냈다.

"주먹으로 결판을 낼 셈인가?"

이쪽의 자세를 보고, 성복의 남자는 자신도 자세를 잡았다.

"내 도발에 넘어왔다는 눈은 아니군. 그대는 전사인가? 아니야…… 아니군. 나와 같은가. 전사와는, 다르다."

"아까부터 계속 주절대고 말이야, 바보냐."

오펜은 그렇게만 말했다.

성복 입은 남자가 눈썹을 치켜 올렸다.

"……내 말이 틀렸다는 것인가?"

"아~니. 맞아. 그래서 바보냐고 한 거야."

오펜은 영문을 모르겠다는 눈빛으로 이쪽을 보는 성복 입은 남자에게 웃어보였다. 자세를 잡는다.

그는 너무 거창한 것 같은 자세를 잡았다. 허리를 낮추고, 다리를 앞뒤로 벌리고 오른쪽 어깨를 뒤로 뺀다. 하나의 선이라는 이미지로 ──자신과 상대를 잇는 선. 그것은 발밑에서 시작해서 허리, 어깨를 통해 주먹 끝을 통해서 적의 신체 중심을 꿰뚫어간다. 있어야 할 힘이 지나가는 길이었다.

이 적이, 이 하룻밤 사이에 수십 명이나 죽이기 위해서 관철해온 힘. 그것과 동질의 힘. 자신도 같은 것을 할 수 있다. 크게 의심하지도 않고, 오펜은 그렇게 믿었다. 단 한 방으로 사람을 죽인다. 간단한 일이다.

그것은 차일드맨으로부터 배운 것이었다. 자신은 차일드맨과 같은 것을 한다. 쓰러트리지 못할 적은 없다.

그 직선을 보며, 오펜은 중얼거렸다.

이것은 클리오한테 들은 말이었다.

"신은 없다."

조용히, 인정했다.

"인간은 자립하지 못했다."

차갑게 받아들인다.

"하지만 절망하지 않아."

그리고 입술을 닫고, 주먹을 쥐고, 오펜은 격렬하게 발을 내디디는 소리를 울렸다.

기울었던 머리가──

더 낮게, 옆으로, 꺾였다. 구강 깊숙이 박힌 패링 대거가 같이 움직인다. 지면의 가장 낮은 위치에서 그것을 올려다보며, 레티샤는 웃음을 지웠다. 일격을 날렸다. 깊은 일격을. 떨리는 왼손을 오른손으로 눌렀다. 그 백마술사의 입속, 원래는 다 들어가지 못해야 할 곳에 단검이 들어가 있다. 턱 위, 칼날이 부드러운 살을 찢고 미끄러져 들어가는 감촉이 아직도 느껴지고 있다.

구토는 하지 않았다. 이제 와서 그게 어쨌냐는 목소리도 들린다──
──의식 속에서, 자신이 내는 소리. 안 그래도 바보 같은 정도로 많은 시체들이 늘어서 있는 밤.

지면에 웅크리고 있는, 목 없는 암살자의 시체. 그것을 시야 한쪽으로 보며, 레티샤는 씁쓸하게 웃었다. 그를 비웃을 수는 없다. 자신이 하고 있는 일이야말로 암살이었다.

다미안 르우는 천천히, 몸을 뒤로 젖히는 것처럼 쓰러졌고…….

그리고, 얼굴이 하늘을 바라보는 상태에서 움직임을 멈췄다.

레티샤는 지면에, 단검이 떨어지는 것을 바라봤다. 백마술사가 고개를 들고 이쪽을 본다.

그는 멀쩡했다.

"이런 것으로 나를 상처 입힐 수는 없다."

"이건 그냥 허를 찌른 거야."

레티샤는 빠르게 속삭였다. 그리고 그 자리에서 몸을 일으켰다. 마비를 수반하는 격심한 통증이 온 몸을 지배했지만, 그것을 무시하고 일어났다. 가죽 속에 있는 것은 살도 피도 아닌, 그저 아픔을 느끼는 신경뿐. 떨면서 백마술사와 대치한다.

하지만 스스로 생각해도 신기할 만큼, 목소리는 매끄럽게 흘러나왔다.

"당신이 날 두려워한 한 순간의 틈을 이용해서 당신의 능력을 봉했어. 그 일부를 말이야."

다미안은 움직이지 않는 것처럼 보였다.

"그것은 정신지배다. 가능할 리가 없다. 그대가 말하는 것은 황당무계하다. 룰에 위반된다……."

"먼저 사기를 친 건 그쪽이었잖아."

그렇게만 말하고, 레티샤는 전투복의 숨겨진 주머니에 손을 넣었다.

역사상 가장 오래 존재하고 있는 정신사──너무나 강대해진 백마술사. 다미란 르우, 무적의 존재. 그가 이 철벽의 표피에 아주 작은 균열을 보였다. 미소였다. 평범한 미소가 아니다. 뭔가를 버린 경악의 웃음.

"결국, 그대의 목적이란 나를 멸하는 것인가."

의외라는 듯이 투덜댔다.

"의미를 모르겠군…… 나를 제거해서 그대에게 이익이 되는 것이 있는가? 마음을 읽을 수 있다면 편하겠지만."

레티샤는 말없이, 숨겨둔 주머니에 넣어뒀던 작은 나무 상자 두 개를 꺼냈다. 불타는 정원을 돌아다녔는데도 아직까지 무사한 것은 약간의 행운이었다. 세게 쥐어서 나무 상자 일부에 균열이 생기게 했다.

레티샤는 그것을 백마술사의 발밑에 던졌다. 그리고, 외쳤다.

"빛이여!"

다미안이 방해하지 않으리라는 것은 의심하지 않았다. 그는 무시할 것이다. 열충격파가 굉음을 내면서 백마술사를 감쌌고, 그리고 집어던진 폭약이 열을 받아서 폭발해도.

효과는 생각한 이상이었다. 격렬한 충격의 소용돌이가 불꽃과 섞이면서 복잡한 그림을 그렸다. 청각을 잃어도 이상하지 않을 폭음이 사라지고, 다미안 르우의 조용한 목소리가 다시 들려온 것은 그것이 육성이 아니기 때문이겠지.

"이딴 것이 통용된다면."

조용히, 조용히…… 고한다.

"나는 플루토조차도 이길 수 없다."

그 목소리에는 확신이 가득 차 있었다. 아직도 이쪽을 얕보고 있다 ──그렇게 느끼고, 레티샤는 웃었다.

의표를 찔린 상대의 얼빠진 얼굴을 볼 수 없는 것은 아쉽기까지 했다. 그 때 그녀는 이미 시선이 닿지 않는 곳에 있었다. 공간 전이가 시작되고, 물리적인 접점이 사라지고 있다.

하지만 아마도, 사념은 아직 통하는 거리겠지. 레티샤는 중얼거렸다.

"아무럼 어때. 이젠 물러날 뿐이니까. 당신은 날 죽일 때까지는 힘을 되찾을 수 없어. 앞으로는 싫어도 내 도전을 받아들여야 하고…… 그렇다면 나도, 지금 굳이 상처입은 상태로 싸울 필요는 없겠지."

"레티샤 마크레디……."

백마술사의 목소리에서 곤혹이 느껴졌다.

"전이했다니…… 이게 무슨 일인가. 이것은 인간의 한계를 넘은 힘이다. 정신사에게만 허락된 힘이다. 그대는 누구인가? 어지간히 강력한 백마술사의 조력을 받고 있을 터인데. 허나, 나와 대등한 백마술사 따위는 없다! 어찌 된 일인가. 뭘 하고 싶은 건가?"

"다미안 르우. 당신이 한 짓과 같은 거야."

단검을 꽂아 넣을 때와 같은 심정으로, 레티샤가 중얼거렸다. 날카롭게 말했다.

"네트워크에 접촉하는 자는 적으면 적을수록 좋아. 하지만 마지막에 남는 패자는 당신이 아니야."

익숙치 않은 공간 전이라서 시간이 걸렸지만, 그것도 슬슬 끝나가고 있다. 접점이 완전히 끊어지기 직전의 마지막 순간, 다미안 르우의 고함소리가 이쪽으로 전해졌다. 그것이 비명과도 같은 공황의 기척을 보인 것에, 레티샤──와 또 한 사람──는 만족했다.

"알았다…… 알았단 말이다! 그대를 수호하는 힘의 정체를 알았다."

외치는, 다미안의 목소리.

"네놈이냐! 천마의 마녀!"

레티샤는 그 자리에서 소실됐다.

썩은 냄새로 가득한 방에서, 코르곤은 자신이 죽는 순간까지 남은 시간을 조용히 헤아리고 있었다. 숫자가 커져가는 것 외에는 시간의 흐름을 느낄 방법도 없어서, 움직이지 못하는 채로 그저 완만하게 녹아들어갔다. 자신의 몸이 썩어간다는 믿기 힘든 무감각 속에서 계속 헤아렸다.

숫자가 얼마나 늘어났는지. 그것은 알 수 없었다. 숫자를 제대로 셀 수 없을 정도로 뇌가 열화된 걸까. 담담하게, 그런 생각을 했다. 감정다운 감정은 오래전에 사라졌다──뇌의 그 부분이 결손되었기 때문이라고, 여전히 조용하게 판단을 내렸다.

인식은 거의 사라졌다. 이미 자신이 한 조각의 살점에 불과하다고 깨달은 것이 그 때였다. 두개골 속에 있는 작은 살덩어리. 그것이 자신이고 자신은 거기서 나올 수도 없다. 팔다리가 남아있다고 해도 움직일 수도 없고, 아무런 가치도 없다. 신경이 제일 먼저 파괴된 것 같다.

그러는 중에, 숫자도 이해할 수 없게 됐다.

숫자 대신 떠오른 것은 단어였다. 숫자와 단어를 구별할 수 없게 된 것인지도 모른다. 이름. 다양한 이름들이 떠올랐다가 사라진다. 하지만 그것도 의미를 알 수 없었다. 이름 중에 몇 개는 뭔가를 떠올리게 하려고 강요했지만──소용없었다. 아무것도 남기지 않고 사라져갔다.

안식이란, 한마디로 이런 것이다.

사고력을 잃고 그런 개념도 떠올리지 못하게 됐을 텐데, 코르곤은 그렇게 중얼거렸다. 두개골 속에 처박히는 것. 이보다 더한 안식은 없다. 자신은 그저 헤아리기만 하면 된다.

"그대를 치유하겠다."

목소리가 들려왔지만 그것을 이해했는지 아닌지도 알 수 없었다. 그저 맛보고 있던 안식에 다른 것이 섞여 들어서 번거롭다고 느낀 것만은 자각했다.

이 평온을 부수는 말이 이어졌다.

"그대를 해치는 독. 나는 치유할 수가 있다. 자비를 받아들이겠는가?"

여자 목소리였다. 올려다본다.

거기에 여자가 있다. 녹색 머리카락. 녹색 눈동자.

성역. 그런 말이 부활했다. 나는 성역에 있는 것인가…… 그래서 편안했던 것이다. 그래서 이대로도 좋았다.

그 여자──녹색 눈동자의 여자는 입술에 완만한 곡선을 짓고 노래하는 것 같은 목소리를 맺었다.

"나는 그대를 받아들이겠다. 그대가 나를 받아들인다면…… 성역의 부름을 받아들이겠다면."

천인종족.

윌드 드래곤, 노르니르.

그녀들의 마술로 만들지 못할 것은 없다. 위대한 창조의 기술을 전한다는 드래곤 종족. 인간종족에 문명과 지혜를 가져다줬다. 분명히, 그녀들이라면 어떠한 독이건 치유할 수 있겠지. 모든 것을 치유할 것이다. 이곳은 성역. 그녀들이 이곳에 있어도 이상하지 않다.

그 때.

갑자기 묻는 목소리를 들었──어째서 보이지? 시력은 이미 사라졌을 텐데, 어째서 보이는 거지?

거기까지였다. 코르곤은 벌떡 일어나서 그 여자를 떠밀었다. 경악한 표정을 지을 틈도 없이 균형을 잃은 그녀의 등 뒤로 가서는, 그녀의 뾰족한 턱에 오른팔을 거는 모양으로 조였다. 그대로, 고정했다. 여자는 움직이지 못한다──동맥까지 조이지는 않아서 정신을 잃지는 않겠지만, 호흡은 불가능할 것이다. 코르곤은 조용히 말했다.

"……치유해라. 단, 자비는 필요 없다. 죽기 싫으면 치유해라."

썩은 냄새는 사라졌다. 그것을 맡았던 자체가 거짓말이었던 것처럼. 지금은 붙잡고 있는 여자의 체취만이 느껴진다.

"그, 그런 것은, 없다."

기도를 막힌 상태에서, 여자는 간신히 그런 신음소리를 냈다. 의외는 아니었다──원래 조이는 팔이 그 정도 여유를 남겨뒀으니까. 하지만 대답은 기대했던 것과 달랐다.

"그런가."

그러면 볼일은 없다. 코르곤은 팔에 힘을 주려고 했다. 목이 부러지면 인간은 몇 초 만에 죽는다. 천인종족도 마찬가지인지는 모르지만 큰 차이는 없을 것 같았다. 한 사람한테 시간을 오래 들일 수는 없다. 몸이 움직이는 동안에 독을 치유할 수 있는 상대를 찾아내야만 한다.

목뼈가 빠지기 직전에, 여자가 또다시 말했다——그것은, 의외의 내용이었다.

"아——아니다! 그대에게 투여한 것은, 단순한 마취고."

"……."

코르곤은 침묵하고, 일단 팔에서 힘을 뺐다. 혀를 찼다. 그렇지도 모른다고 예상은 했다. 그런데도 농락당하기 직전이었다.

화풀이도 겸해서 험악하게 중얼거렸다.

"역시 허풍이었나. 나한테 암시를 걸었지? 아까 그 목소리는 협박. 네가 회유 담당인가? 나한테서 뭘 캐낼 속셈이었지."

"악마……."

여자의 목소리에는 초조한 기색이 있었다. 갑자기 코앞까지 다가온 죽음에 대한 공포라고 생각하면 기묘한 일도 아니었지만, 그것과 다른 것도 느껴진다——

눈꺼풀을 반쯤 감았다. 여자가 느끼는 공포가 자신 때문만이 아니라는 것을 깨닫고, 코르곤은 의아해하며 얼굴을 찌푸렸다. 여자는 뭔가 다른 것을 두려워하고 있다. 그 두려움과 함께, 떨리는 목소리로 토해냈다.

"키에살히마 대륙의 악마."

"무슨 소리지?"

되물었다. 그러자 여자는 빠르게 말했다.

"마왕 숭배자, 알마게스트——너희는 영주라고 부른다. 그것은,

이미 오래전에 죽어야만 했던 남자다!"

"……?"

목은 조이지 않고 있는데, 여자는 아직까지도 턱을 든 채로 힘들고 얕은 호흡을 반복하고 있었다.

"새로운 성역외^{도펠익스} 전력을 보냈다——잭 프리스비는 견제에는 도움이 되겠지만, 실패하겠지. 다미안 르우가 있는 한 영주는 죽일 수 없다! 대륙을 위해, 말하라! 그것을 멸할 방법을!"

젊은 여자였다. 적어도 첫 인상으로는 그렇게 여겨졌다. 불노의 천인종족으로서도 부자연스럽지 않을 정도로.

하지만 한 마디를 말할 때마다 늙어가는 것처럼 보였다. 꾸미고 있던 무표정이 무너지자, 지금은 중년이라고 해도 될 정도였다.

그것만이 아니었다. 코르곤은 여자가 머리를 흔들 때마다 눈동자 색이 변화하는 것을 알아차리고 슬며시 손을 뻗었다. 여자의 얼굴에 붙어 있던 얇은 막 같은 것을 벗겨냈다. 자세히 보니 그것은 노르스름한 투명 필름이었다. 그것을 벗기고 다시 한 번 보니 여자의 눈동자가 파란색으로 변해 있었다.

다시 한 번, 그것을 눈앞에 대보니 여자의 눈동자가 녹색으로 보였다.

필름을 쥐어서 구기고, 코르곤은 신음했다.

"이 머리도 염색한 건가. 천인종족이 아니군. 어떻게 된 건가."

여자는——그 때는 이미 조용해졌다.

목을 잡은 채 험악한 표정으로, 조용히 말했다.

"이백 년이 지났다."

또 이백 년, 그것을 기대리라는 것 같은 기색으로 침묵했다. 하지만, 기색만을 남기고, 몇 초 만에 여자가 다시 입을 열었다.

"성역에 더 이상 힘이 남아 있지 않다는 것을, 그대들은 이미 알아차리지 않았는가?"

그리고 여자는 비웃는 것처럼, 추한 미소를 지었다.

에필로그

"여섯 명이 죽어야 했다."

"예."

"예정대로 진행하고 싶었다면."

"레티샤 마크레디의 사망을 확정하지 못한 것은 저도 아쉽습니다. 그것은 제 아킬레스 건이 됩니다."

"또 하나. 이쪽은 한심한 실수다."

"……마검이 지켰습니다."

"예상했어야 하지 않았는가?"

"그 아이가 마검을 사용하는 것을 말입니까? 저는 사용하지 못하리라 예측했습니다."

"단지 그것뿐인가?"

"예."

"……."

"허나, 예정이 틀어지기는 했지만 대세에는 영향이 없습니다. 그리고 한 가지 판명된 것이 있습니다. 아시는지요."

"흠?"

"천마의 마녀가, 키에살히마 대륙으로 귀환하고 있습니다."

"그대가 죽지 않은 것이 우연히 내가 있었던 덕분이라고 생각해줬으면 좋겠군."

전투복을 입은 채 아침 햇살을 받는다.

기묘한 감각이기는 했다──자신이 살아있다는데 위화감이 느껴진다. 하지만 이렇게, 영주의 저택에 있는 한 방에서 침대에 누워 창밖을 보고 있다. 그리고 빈정대는 소리를 듣고 있다.

오펜은 메마른 심정으로 중얼거렸다.

"……알아."

방에 있는 사람은 자신과 또 한 사람, 징그러운 미소를 짓는 다미안 르우──그리고 검을 안은 채 구석에 가 있는 로테샤, 또 다른 침대에서 잠들어 있는 위노나였다. 자신과 마찬가지로 거의 즉사인 상태에서 다미안이 치유해줬고, 몸도 제대로 움직이지 못할 정도로 쇠약해져 있다.

러번라마에서 이 백마술사가 치유해줬을 때는 바로 움직일 수 있었는데, 이번에는 그렇게 안 되는 것 같다. 사실 이 상황에서는 안정할 수 있는 쪽이 고맙다고도 할 수 있다.

음울하게, 잠겨갔다. 콧노래라도 부를까──그러면 다미안이 싫어할 거라고, 단지 그런 생각으로 시작하려던 콧노래를 가로막는 것처럼, 백마술사가 말했다.

"어째서 이기지 못했나? 나는 이해할 수 없다. 그것은 평범한 남자일 것이다. 마술사도 아니다. 그대는 간신히 살아있었지만, 죽어도 이상하지 않았다."

"어째서?"

오펜은 코웃음을 쳤다.

"그딴 게 있을 줄은 몰랐어. 상상도 못했다고. 하지만, 있었어."

"무슨 말인가?"

의외로, 이 백마술사는 머리가 둔하다. 마음속으로 투덜대며, 오펜은 손을 흔들었다.

"차일드맨도 당해내지 못한 암살자. 그게 그 놈이야. 단지 그것뿐이라고."

대단한 일은 아니다. 지금까지 살아온 확신 속에서 커다란 것이 무너졌지만. 그런 것은 대단한 일이 아니다.

소리 없이 되풀이한 것은 다미안이 아니라 자신에게 들려주기 위해서였다. 그리고 다미안에게는 다른 것을 물었다.

"그래서, 클리오는? 매지크는?"

뻔뻔한 얼굴로 서 있는 다미안을 노려보면서 물었다.

"팃시는 어떻게 됐지. 무사해?"

백마술사는 바로 대답하지 않았다. 뭔가를 생각하는 것 같지도 않았다. 단지 시간을 들이고, 말했다.

"그대의 누나는 죽었다. 《13사도》의 암살자와 동귀어진 한 것 같았다."

"난 이르기트밖에 못 봤는데."

"유체가 남지 않는 죽음도 있다."

이번엔 바로 대답했다.

소리를 지르려고 했지만——그것만으로도 몸이 엄청나게 아파서 단념할 수밖에 없었다. 오펜은 한참동안 신음소리를 흘린 뒤에 침대 위에서 고개를 저었다.

"빌어——먹을!"

"설마 성역의 암살자까지 들어와 있을 줄이야. 감지하지 못했다.

네트워크의 약점에 대해서는, 그렇군. 그 성복 입은 사내라는 자가 말한 대로다."

당연하다는 듯이 말하는 다미안의 말투가 마음에 안 들었다. 하지만 움직일 수 없다. 시트를 움켜쥐고 욕지거리를 해댔다.

"속편하게 할 소리야!"

"실패의 경험은 이후에 살리도록 하겠다."

"앞으로? 어쩔 건데. 영주는 죽었잖아. 설마 그것도 되살렸다고 하는 건 아니겠지?"

천하의 다미안 르우라고 해도 죽은 사람은 소생시킬 수 없다.

하지만.

딱히 아무렇지도 않다는 듯이 무표정하게——정신사가, 말했다.

"그에 대해서인데, 우리의 영주님께서 지금부터 뵙겠다고 하신다. 일어나도록. 아니, 무리인가?"

"……뭐라고?"

그렇게 묻고, 바로.

방의, 문이 열렸다. 고개를 돌린다.

거기서 클리오와 매지크가.

그 두 사람을 안내하는 것처럼, 한 남자가.

모습을 보였다.

슬슬 완전히 잊어버렸을 무렵이 아닐까, 도틴은 그렇게 생각했다. 꼭 그걸 기다린 건 아니지만, 자리에서 일어났다.

"가자, 형님. 우리가 아마 저쪽에서 온 것 같거든……."

꼬박 하루 기다렸으면 충분하다. 그 동안에 계속 바위 위에서 바람을 맞아서 모래범벅이 된 형이 천천히 고개를 끄덕였다.

"뭐, 그것도 그렇다."

무슨 생각을 하는지 모를, 어쩌면 아무 생각도 없을 것 같다고 쉽게 상상할 수 있는 찌푸린 얼굴로, 형이 고개를 끄덕였다.

"생각해봤다만."

"응."

"아마, 아버지도 슬슬 돌아가실 때가 아닐까."

"그럴지도."

"일단, 돌아가자."

"그래."

그렇게만 말하고, 온 길 쪽을 봤다. 그리고——

도틴은 움직임을 멈췄다.

조금 전까지 대지를 감싸고 있던 어둠. 이미 아침 햇살에 떠밀려서 막을 올린 밤.

그 어두운 밤보다 훨씬 시커먼 칠흑의 그림자가, 거기에 보였다.

한둘이 아니다.

보고 있는 사이에 소리도 없이 늘어났다.

아무것도 없는 따분한 이 황무지를, 마치 뭔가를 포위하는 것처럼 줄지어서, 한없이 늘어난다.

"형님……."

"음."

형은 끝까지 속이 편했다.

"이렇게 커다란 개는 처음 봤다. 아니, 꼭 그런 건 아니군. 몇 번 봤던가?"

실제로 몇 번인가 본 적이 없다. 그게 무엇인지, 도틴은 기억하고 있었다.

몸길이가 몇 미터나 되는 커다란 늑대. 녹색 눈동자가 반짝인다.

셀 수 없을 정도로 많은 딥 드래곤, 펜릴 무리가——

한 마리, 또 한 마리 늘어나면서 황야 저쪽까지 빙 둘러싸는 것을, 그들은 멍하니 지켜봤다.

후기

에~ 지난 권에 이어서 연속으로 이렇게 돼서 정말 면목이 없다고 할까 더할 나위 없이 한심합니다만, 이 책의 발매 연기에 대해 정말 죄송하다고 생각합니다.

다음에는 꼭…… 이라고 생각합니다만, 잘 할 테니 믿어주십사, 라고 하는 것도 허무한데다 저 자신도 확신을 갖고 보장할 수 없는 것이 꾸밈없는 사실입니다. 물론 앞으로의 일에 대해서는 편집부와도 상담하고, 이런 일이 되풀이되지 않도록 대책도 생각하고 있습니다만, 그게 잘 될지, 가능하다면 앞으로도 계속 함께 해주신다면 다행이라고 생각합니다.

이 뒤의 후기에 대해서는 발매 연기가 결정되기 전에 썼다는 사실을 이해하고 읽어 주십시오. 여기에 적은 사죄 말씀과 함께 전면적으로 다시 쓸까도 생각했습니다만, 그렇게 되면 상당히 우울한 내용이 될 것도 같고, 그건 독자 분들도 바라지 않으실 것 같기에…….

마지막으로 또 한 번, 정말 죄송합니다.

이 책이 나올 때 까지는 P90의 대용량 탄창이 발매될까요. 매일 그런 생각만 하고 삽니다. 아키타 요시노부입니다.

이 후기, 패밀리레스토랑에 와서 쓰고 있습니다만, 옆 테이블에 있는 커플 중에 한 사람이, "나 모닝 무스메에 ㅇㅇ랑 닮았지."라든지 "후지와라 노리카(주 : 일본의 연예인. 1992년 미스 일본 출신)랑 닮았지."라는 말을 했습니다. 게다가 남자는 동의까지 했습니다. 하지만 안 닮았습니다. 아키타 요시노부입니다.

간토 지방은 며칠 전부터 장마가 시작됐습니다. 어느새 밖에는 비가 오는 것 같네요. 이렇게 창문 안에서 비오는 거리 풍경을 바라보는 것도 나쁘지 않습니다. 그나저나 우산을 안 가지고 나왔습니다. 아키타 요시노부입니다.

집에 갈 수가 없어서 아까부터 가게에 죽치고 있습니다. 가지고 온 후지사와 슈헤이의 책은 이미 다 읽었습니다. 어쩔 수 없이 원고를 쓰고 있습니다. 저녁의 손님이 많은 시간대다보니 가게 분들 시선도 아주 멋지게 차갑습니다. 아키타 요시노부입니다.

그리고 보니 얼마 전에 아는 사람 결혼식에 초대받았습니다. 거기서 "라이스샤워 대신 주먹밥을 던지면 진짜 재미있겠다."라는 발언을 했더니 "이상한 놈." "꺼져." "무슨 안 좋은 일이라도 있었어요?" 등등의 마음이 따뜻해지는 대답을 들었습니다. 아키타 요시노부입니다.

하지만 날아오는 수많은 주먹밥을 상대로, 신랑신부가 완벽한 회피 성능과 기동성을 보여준다면 양가 부모님도 안심하시지 않을까요. 아닙니다, 됐어요. 동정은 저리 치워주세요. 아키타 요시노부입니다.

결혼식 하니까, 이 원고를 쓰는 시점에서는 아직 6월이네요. 최근 들어 시간이 빨리 가는 것 같기도 하고 느리게 가는 것 같기도 하고, 이상한 느낌입니다. 어떻게 잘 살고 있습니다. 아키타 요시노부입니다.

빗줄기가 약해졌습니다. 슬슬 집에 가볼까. 합니다. 아키타 요시노부입니다.

하지만 신나서 쓰기 시작하기는 했지만 이 후기에 결말은 없을 거라고, 조금 후회하기 시작했습니다. 아키타 요시노부입니다.

밖을 보니 맞은편 규동 가게 처마 밑에서 비를 피하는 사람을 발견. 아마 저 사람도 저녁밥 먹는 사이에 비가 오기 시작했고 우산은 없지만 역시 배는 채웠고 다른 가게에 가서 시간을 보낼 수도 없어서 너무나 곤란해 하면서 하늘을 바라보지만 그렇다고 비를 맞고 집에 갈 수도 없어서 이대로 기다리다보면 좋아하는 그 사람이 우연히 지나가다가 같이 우산을 쓰고 가지고 할 지도 모른다는 어렴풋한 기대를 품기는 했지만 그런 일은 일어나지 않고 비만 계속 내리는데다 어느새 그 비가 눈물로 바뀌는, 그런 미니 스토리도 상상해봤습니다.

아키타 요시노부입니다.

문득 보니 옆 테이블에는 후지와라 노리카와 닮은(안 닮았어요) 커플은 이미 가버렸고, 이번에는 편집부 K 씨와 똑같이 생긴 사람이, 엄청난 미인이랑 같이 밥을 먹고 있습니다. 하지만 다른 사람이겠죠. 아키타 요시노부입니다.

패밀리레스토랑은 보고 있으니 다양한 사람들이 왔다가 다양한 사람들이 가고(뭐 패밀리레스토랑만 그런 건 아니지만). 이렇게 구경만 해도 따분하지 않아서 꽤 좋아합니다. 왠지 글이 잘 써져서 여기서 일하는 경우도 많습니다. 하지만 가게에 폐를 끼치면 죄송하니까, 평소에는 심야에 옵니다. 지난번에 영수증 달라고 부탁했더니 "아키타 님 명의로 하면 되겠죠?" 라고 했습니다. 완전히 얼굴을 기억해버린 것 같아서 약간 곤란한 느낌. 아키타 요시노부입니다.

해가 길어지기는 했지만 밖은 어두워졌습니다. 밤비. 이 시간이 되면 어린 시절에 칵쿠라킨 대방송(カックラキン大放送!! 일본의 예능 프로그램)에서 누군가가 자주 불렀던 19시의 거리(잘 기억은 안 나지만 아마 이런 제목)의 첫 구절이 떠오릅니다. 그거 누가 불렀더라. 도저히 생각이 안 납니다. 아키타 요시노부입니다.

그나저나 요즘 독자 분들은 카쿠라킨 대방송이나 나오코 할머니의 툇마루 일기, 사마귀 권법(칵쿠라킨 대방송 중의 코너) 같은 건 모르시겠죠. 말하는 저도 기억이 상당히 애매해서 틀렸을지도 모릅니다. 아키타 요시노부입니다.

그나저나, 슬슬 집에 가볼까 합니다. 규동집 앞에 있는 그 남자는 아직도 그 사람을 기다리고 있는 것 같지만. 저는 비 맞고 집에 갑니다. 아키타 요시노부입니다.

그렇게 해서, 이번에도 함께 해주셔서 정말 감사합니다. 다음 권 후기에서 다시 뵙겠습니다. 그럼 안녕히~. 아키타 요시노부입니다.

2001년 6월——

아키타 요시노부

SORCEROUS STABBER
ORPHEN

마술사 오펜
뜻밖의 여행

묘비는 하나였다.
그저 가만히 서 있는 오펜에게
그녀는 발소리를 죽이며 다가갔다.

비명을 남기고, 그녀의 모습이 사라졌다.
그 대신 구멍 속에서
시끄러운 발소리와 고함소리가 울렸다.

전부 이쪽을 보고 있다.
질 나쁜 농담일까, 단순한 환각일까?!
그것은 너무나 기묘한 광경이었다.

CONTENTS

SORCEROUS STABBER ORPHEN

나의 저택을 떠돌라, 허상

SORCEROUS STABBER

마술사 오펜

뜻밖의 여행

애장판 9

나의 저택을 떠돌라, 허상

秋田禎信
Yoshinobu Akita

일러스트 쿠사카 유야 **번역** 김정규 **디자인** 백진화
편집 김일철 **마케팅** 정다움 **주간** 박관형

나의 저택을 떠돌라、허상

프롤로그

나는 드래곤 종족이라는 것을 생각해 본다……

그것은 예전에 세상에서 가장 번영한 종족이었다. 힘이 있는 여섯 종. 그들은 상세계법칙을 마음대로 다룰 수 있는 기술──발견하고, 그리고 결과적으로 세계를 붕괴시켰다.

그들은 어째서 마술이 필요했을까? 남의 일이라고 생각하면 그들은 힘을 증대시킬 필요가 없었을 텐데…… 게다가 그들은 마술을 여섯 종족이 기적적으로 화합한 시대에 공동으로 만들어냈다 서로가 싸우던 시대가 아니라.

평화에 만족하고 만족했을 시대에 그들은 마술을 필요로 했다.

그것이 어째서인지, 나는 생각한다.

그들은 마술을 힘으로서, 무기로서가 아니가…… 뭔가 다른 것으로서 필요했던 것은 아닌지. 나는 생각한다.

크게 신경 쓸 필요는 없다고. 심복…… 다미안은 그렇게 말한다. 하지만 나는 계속 생각한다.

그것이 중요하다 생각했기 때문에──아니, 그것은 거짓말이다. 사실을 말하자면 나도 이 의문을 푸는 것이 싸움의 운명을 결정지을 것이라고는 생각하지 않는다. 중요한 일이라고는 생각하지 않는다.

그것을 알면서 생각한다. 싸움에 대해서는 이미 승리를 손에 넣어가고 있으니까, 그 방면에 대해서 내가 생각할 필요는 없다. 그래서 다른 것을 생각한다.

드래곤 종족.

워 드래곤, 슬레이프닐.

월드 드래곤, 노르니르.

딥 드래곤, 펜릴.

페어리 드래곤, 발키리.

레드 드래곤, 버서커.

미스트 드래곤, 트롤.

이 여섯 종족.

마술을 만들어내고 그것을 쓰는 여섯 종족.

상세계법칙이란 세계를 구성하는 근본 법칙이었다. 그들은 그것을 생체적인 힘으로 다루는 기술을 개발했다. 그 마력을 방출하기 위해서는 뭔가의 신호——매체가 필요하고, 마술은 그 매체가 미치는 범위에서만 발휘할 수 있다. 행사된 마술은 강대해서, 그들은 사실상 무적의 힘을 얻었다.

마술을 얻은 그 여섯 종족은 틀림없는 영장종(靈長種)이 되었다. 세계에 존재하는 모든 생물의 정점이 되었다. 마술을 지니지 못한 생물은 결코 드래곤 종족의 힘에 미치지 못한다. 그들은 세계를, 여섯 종족만이 나눠가진 것처럼 되었다.

그들은 시계를 지배했다. 마술을 만들어낸, 그 한순간만.

마술과 동시에 이 세상에 태어난 것이 있었다. 그들은 마술을 손에 넣은 것과 동시에 마술로는 결코 상대할 수 없는 천적을 만들어내고 말았다. 그리고 눈 깜박할 사이에 천하를 잃게 됐다. 상세계법칙의 의인화라는 최악의 재앙을 일으키고 말았다. 원래는 의지 따위는 있을리가 없었던 모든 법칙이 생물로서 나타났다. 진정한 의미에서의, 절대적인 정점…….

드래곤 종족은 그것을 신들의 현출(現出)이라 불렀다.

어째서 그런 것을 신이라고 생각했을까. 라고 의문을 품었다.

아마도 현출한 신이 스스로를 신이라 했을 것이다──그것이 가장 이치에 맞는다고 생각된다.

상세계법칙으로서의 신은 전지전능이자 영지영능(零知零能). 현출한 신은 그 어느 쪽도 아니게 되었다. 그들은 만능은 아니지만 만능에 아주 조금 미치지 못하는 만큼의 힘을 가지고 있었다. 전설을 있는 그대로 믿는다면 신들은 본능적으로 드래곤 종족을 적으로 간주했을 것이다. 바로 적대했다.

나는 이것이 하나의 열쇠라고 느낀다. 어째서 신들은 드래곤 종족을 멸하려 했을까. 이것은 부자연스런 일일 텐데.

신들이 생물로서 구현했다면 생명에 대한 집착과 감사가 있어야 했다. 자신이 생물로서 나타난 것은 드래곤 종족 덕분이 아닐까? 설령 그것이 어리석음에서 기인한 과오라고 해도.

외부에서 보면 신들이 드래곤 종족과 싸울 이유는 없었을 것이다.

현출한 신이 생물이라면 죽음을 두려워할 것이다. 기껏 얻은 육체를 스스로 포기하고 원래의 무존재로 돌아가는 것은 그들에겐 자살과 같은 의미가 아닐까? 태어났으니 어쩔 수 없다고 포기하며 살아가는 수밖에 없다──그것이 생물이 아닌가. 그렇지 않으면, 과연 생물이라고 할 수 있을까. 그것이야말로 법칙에 반하는 것이 아닐까?

어째서 현출한 신들은 드래곤 종족을 멸하려 했을까. 어째서 무로 돌아가려 했을까. 그런 사소한 일에는 구애받지 않고 생을 구가하는 쪽이 좋지 않았을까?

  어쩌면…… 드래곤 종족이…… 먼저…… 현출한 신들을 죽이려 한 것은 아닐까…….

  나는 그렇게 느낀 적이 있다.

  드래곤 종족과 현출한 신들이 대립하게 된 발단이라면――

  이번에는 그것이 의문이 된다. 드래곤 종족은 어째서 그런 무모한 싸움을 시작했을까? 이기지 못하리라고 알고 있었을 텐데.

  상상은 할 수 있다. 그리고 처음의 의문으로 돌아가게 된다.

  드래곤 종족은 어째서 마술을 원했을까.

  그들은 무엇을 바랐던 것일까? 이미 충족된 그들 종족이 바란 것은 무엇이었을까.

  내 추론은 이렇다.

  그들은 절대적인 애정을 바랐던 것이다…… 스스로를 축복된 종족으로서, 고차원적인 존재로부터 총애의 보증을 얻고 싶어 했다. 연인들이 결혼을 바라는 것처럼. 단 한 장의 서류로 사랑에 대한 보증을 바라는 것처럼.

  드래곤 종족이 신으로부터 사랑받았다면, 세계는 그들에게 마술이라는 힘을 줄 것이라고. 드래곤 종족들은 총애의 구체적인 증거로서 마술을 원했다…… 그것이 있으면 신들이 그들 종족이 특별히 사랑한다고 믿을 수 있었다.

  그렇게 생각했다.

  마술을 손에 넣은 결과로서, 그들은 신들이라는 것을 소환하고 말았다. 그것은 바랐던 것과 다른 것이었다.

즉…… 나타난 것은 고차원적인 것을 부정하는 결과였다.

신들은 나타났지만 그것은 그들이 기대한 신이 아니었다.

진정 믿고 싶었던 신이라는 것의 모습을, 신들은 배신했다.

사랑을 원했지만 그것을 배신당했다.

드래곤 종족은 배신을 인정하고 싶지 않았던 것일까.

그것은 가능한 일이라고 생각한다. 그 강인한 종족이라 해도.

결국, 이 물음에 답은 없다…….

진실을 아는 자는 이 대륙에 없다. 아니, 있을지도 모르지만 그들은 네트워크에서도 찾을 수 없을 정도로 거짓을 거듭해왔다. 그들…… 성역에 사는 자들, 당사자조차 자신의 했던 말 중에 어떤 것이 거짓이고 어떤 것이 진실인지. 알지 못할 가능성이 크게 있다.

어쩌면 대륙 밖이라면 당사자가 있다. 현출한 신들은 물음에 답해줄 것인가? 만약에 답해준다 해도 그 때에는 대륙의 멸망이 결정되고 만다.

그것과 바꿀 정도의 가치가 있는 답은 아니다.

하지만, 이것은 시시한 의문.

아무도 알아차리지 못한 수많은 의문.

생각할 가치도 없고 답을 알아내도 보상이 없는, 무익한 의문.

대답할 자는 누구일까.

대답해야 할 상대는 누구일가.

나는 생각해본다——모든 의문을, 답을, 이어받을 자.

후계자는, 누구인가?

제1장 허상의 묘

그 묘비 아래에 시체는 없다. 자신이 만든 묘니까 그건 알고 있다. 유체는 어디에 있을까──그것을 찾을 생각도 들지 않았다.

없어져버렸을 것이다. 그렇게 생각하는 수밖에 없다. 조용한 정원 안에서, 오펜은 묘비, 아니, 일단 그렇게 생각하고 세워놓은 커다랗고 둥근 돌을 내려다보고 있다.

스스로 생각해도 바보 같을 정도로 치졸한 무덤이기는 했다. 그는 얄궂다는 생각에 얼굴을 찌푸렸다.

'강아지 무덤도 아니고 말이야.'

가슴 속에서 벌컥벌컥 치밀어서 쌓이는 뜨끈한 탄식만을 계속 토해 냈다.

'제대로 된 무덤을…… 이런 기분 더러운 곳에 만드는 것도 짜증나 니까. 나중에 타프렘에라도 새로 세워줄게, 알았지.'

어쩌면──

고개를 들었을 때, 그는 얄궂은 표정을 지워버렸다. 무표정하게, 중얼거린다.

'이미 왕도에…… 준비해 뒀을지도 모르겠네.'

그녀는 《13사도》로서 이 땅에 보내졌다. 그 상사들이 처음부터 그녀 일행의 귀환을 절망적으로 생각했다고 해도 이상할 것은 없다. 그래도 강행해야 할 이유가──

'있었다고 하고 싶겠지. 빌어먹을.'

묘비는 하나뿐이었다. 그것이 그녀의 묘비라고 알아볼 표식도 없고, 그것을 증명할 유체도 없다. 이 정원에서 죽은 사람은 그녀 한 사람만이 아니다. 그녀의 동료들만 해도 두 명이나 더. 《13사도》의 암살 기능자들이 목숨을 잃었다. 그들의 묘비는 만들지 않았다. 몇 가지 이유가 있었지만, 결국 그렇게 해줄 의리는 없다는 결론을 내렸다.

거기서 생각을 그만둔다면 쓸데없는 일까지는 생각하지 않을 수도 있다──

"뭘 하시는 겁니까?"

그 질문은 뒤쪽에서 다가온 소녀가 말한 것이었다.

놀라게 할 생각이었던 걸까? 그렇게 물어볼 생각은 들지 않았지만, 정말로 그럴 생각이었던 건지도 모른다. 검 한 자루를 소중하게 안고 있는 그 소녀는 발소리를 죽이고 더 가까이 다가왔다. 선이 가는, 그리고 색도 옅은 소녀. 나약해 보이는 것은 아니다. 오히려 그녀의 걸음걸이에서는 빈틈이 없고 운동신경도 좋다는 것을 알아볼 수 있었다.

"로테샤인가."

오펜은 그녀의 이름을 입에서 흘렸다.

내쉬워터 검술도장의 딸──로테샤는 웃지도 않고 진지한 얼굴로 물었다.

"누구라고 생각했습니까?"

"아니, 딱히."

비슷한 또래의 다른 소녀를 상상했다는 말은 하지 않았다. 시선을 내려서 묘비를 본다.

"그럼 나도 물어보겠는데, 뭘 한다고 생각했어?"

"서 있군요."

로테샤는 솔직하게 대답했다. 검을 안은 채 옆으로 와서 또 물었다.

"그밖에는…… 아무것도 안 하는 것처럼 보입니다."

"그렇다면, 그렇겠지."

오펜은 건성으로 대답하고 고개를 돌렸다. 시선은 그녀를 지나서 더 뒤쪽에 있는 커다란 그림자 쪽으로——이 정원의 나무들에 깃든 그림자가 엉켜서 짜여 올라간 것 같은 저택을 바라보면서 한숨을 쉬었다.

"저 안은…… 왠지 불편해서."

"저도."

피곤한 목소리로 로테샤가 말했다.

저택에는 밖에서 알 수 있는 특수한 부분은 없다.

그래도 한참동안 관찰하면 그게 보일지도 모르지만——자기도 모르게 그런 생각을 하면서, 오펜은 그 저택을 바라봤다.

침묵이 길어졌다. 그것이 불편하게 느껴졌겠지. 로테샤가 톤을 바꾼 부자연스런 음색으로 말을 걸었다.

"그 옷, 계속 입고 계실 건가요?"

로테샤가 말한 것은 오펜이 입고 있는 가죽 전투복 얘기였다. 온 몸을 빈틈없이, 정도는 아니지만 상당한 범위를 보호하고 곳곳에 무기도 숨겨뒀다. 말할 필요도 없이 착용감은 열악하고, 운동성은 해치지 않지만 장시간 입고 있으면 몸이 비명을 지른다. 몸을 씻을 때는 벗는 수밖에 없지만 다시 입는데도 시간이 걸린다. 전체적으로 봤을 때 실용적인 장비라고는 할 수 없다.

오펜은 스스로도 이해하기 힘든 심정으로, 중얼거렸다. 저절로 쓴 웃음이 나온다.

"왠지…… 아직 더 입고 있어야 할 것 같은 기분이 들어서. 평소에 입던 옷은 어딘지도 모를 곳에 두고 왔고."

"그냥, 여기서 준 옷을 입어도 되지 않나요."

그렇게 말하는 로테샤는 말 그대로 새 옷으로 갈아입고 있었다. 질도 좋고 움직이기 편해 보이는, 한마디로 작업복 같은 옷이겠지. 저택과 같이 보니까 여기서 일하는 사람 같은 느낌이다.

같은 옷을 입어야 하나──문득 상상하고, 오펜은 머리를 긁었다. 아무것도 못 하고 이런 장소로 이끌려 와서 일하는 사람 같은 차림새를 하는 자신. 굳이 고집할 필요는 없지만, 그래도 그것을 얄궂다고 생각하는 동안에는 받아들이기가 힘들다.

"방심하고 싶지 않거든."

애매하게 말하자 로테샤가 감정적으로 반응했다. 뭔가가 마음에 걸린 것처럼 눈썹을 치켜 올리고는 강한 어조로 물었다.

"제가 방심했다는 건가요?"

"……그런 뜻으로 한 말은 아니야. 말이 그렇다는 거지. 기분이 상했다면 미안해."

"에드를 만나고 싶어요."

로테샤가 당돌하게, 다른 이야기를 꺼냈다. 오펜은 눈을 껌벅거리고, 움직임을 멈추고서 로테샤를 봤다. 아무것도 말하지 않는 사이에 그 소녀의 가느다란 눈 속에서 뭔가가 보였다. 그것은 단순하게 생각하면 눈동자였다. 좀 더 검고, 탁하다고 생각할 수도 있다. 부정형의. 언제 다른 것으로 변할지도 모른다.

로테샤는 오펜 쪽을 보지도 않고 말했다.

"어젯밤에, 에드가 여기에 없다고 했었죠? 어디 있는지 알고 있나요?"

"글쎄."

오펜은 조용히 부정했다. 로테샤가 불쾌하다는 듯이 얼굴을 찌푸렸다.

"잡아떼는 겁니까?"

"어째서 내가 알고 있을 거라고 생각하는데?"

"그건…….'

로테샤는 말끝을 흐린 뒤에, 딱 잘라서 말했다.

"당신밖에 물어볼 사람이 없기 때문입니다."

"그래서 마침 내가 알고 있다면, 그쪽은 틀림없이 행운의 별의 축복을 받고 태어난 사람이라는 뜻이 되겠지. 다미안한테 물어봐. 뭔가 알고 있다면, 역시 그 녀석밖에 없겠지."

투덜거리고, 오펜은 발을 옮겼다. 다시 묻지도 따라오지도 않는 로테샤를 남겨두고, 오펜은 저택 주위를 천천히 걸었다.

정원은 선입견을 빼고 보면 쾌적하다고 볼 수 있는 곳이었다. 이런 변두리 땅에서 이만한 나무들을 유지하는 건 힘들겠지만. 그래도 이 토지의 주인──영주라는 자 밑에는 솜씨 좋은 정원사들도 있는 걸까. 생각해보면 그렇게 바보 같은 생각은 아닐 수도 있다. 이 정원이 그렇게 중요하다면 정원사는 필수적인 인재겠지.

하지만, 별 상관없는 일이기도 했다.

그 때──

"저기!"

뛰어온 로테샤가 오펜을 앞질렀다. 그리고는 몸을 오펜 쪽으로 돌리고 앞을 가로막았다.

"혹시…… 묘를 만드셨던 건가요?"

갑자기 다른 얘기를 했나 싶었더니 그런 얘기였다──오펜은 입술을 살짝 깨물고 부정했다.

"그렇게 거창한 건 아냐."

하지만 로테샤는 끈질기게 매달렸다.

"그랬다면, 죄송해요. 방해해서."

"딱히 방해된 건 아니었어."

"마음 써주실 필요 없어요. 힘드실 텐데……."

'그럼 너야말로 신경 좀 쓰라고…….'

한 마디 하려다가 삼켜버렸다. 선의의 민폐는 더 귀찮다. 저절로 험악해지는 표정을 어떻게든 감춰보려고 시선을 돌렸지만, 로테샤는 그것 자체가 사양하는 거라고 본 것 같다. 말을 멈출 생각이 없어 보인다.

"저도, 가족을 잃어서…… 아니, 병 때문이기는 했지만, 그래도 부조리하다고 생각했어요. 아버지는, 이 검과 도장을 제게 남기고──"

"아, 그 얘기는 들었어."

흘려들으면서도 매정하게 거절하지도 못하고 적당히 맞장구를 쳤다. 눈앞에 있는 이 소녀가 뭔가를 잘못했다는 게 아니다──마음속으로 변명을 하고 허무한 감정을 곱씹었다. 선의의 민폐. 정의감이 강했던 이르기트. 오랜만에 재회한 어제의 이르기트가 아니라 5년 전의 모습을 떠올리면서 오펜은 어금니를 악물었다. 지키지 못했다. 자신은 아무것도 못했다.

하다못해 그녀를 추모해주고 싶었다. 그래서…….

'……제발 조용히 좀 해줘.'

차갑게 말할 수가 없었다. 그러지도 못하고, 오펜은 로테샤의 끝도 없는 수다가 지나가기를 기다렸다.

"──그리고, 누나 분이셨죠? 그다지…… 그러니까, 닮지는 않았, 아, 아니, 죄송해요."

'한마디로 말상대가 없어서 심심하다는 거지.'

로테샤가 한 말을 겨우 머릿속에 집어넣고, 문득 의문이 들었다.

'……누나?'

《탑》 시절의 이르기트는 가끔씩 나타나서 잘 대해주고는 했었지만, 누나라고 할 만큼 뻔뻔하지는 않았다. 로테샤가 무슨 소리를 하는 건지 이해하지 못하고 시선으로 의문을 던졌다. 하지만 로테샤는 그런 신호만 산만하게 놓치고, 자기 할 말만 계속했다.

"조금 얘기해봤는데, 정말 지적인 분인 것 같았어요. 저도 그런 사람이 되고 싶거든요."

"……"

그것은 장례식 자리에서 죽은 이를 추모하는 상투적인 문구 정도의 말이었지만──

"아."

오펜은 소리를 내고 멈춰 섰다. 로테샤가 하는 말이 무슨 의미인지 겨우 이해했다. 그녀의 오해, 그리고 자신의 오해도.

"……?"

로테샤는 의아하다는 얼굴로 이쪽을 보고 있다. 오펜은 쓴웃음 하나 짓지도 못하고, 화를 내지도 못하고, 그저 밋밋하게──아무런 감동도 없이 가슴 속에서 중얼거렸다.

'로테샤는…… 팃시가 죽었다는 얘기를 하는 건가.'

멈춰선 채로 거기서 사고를 멈추고, 인적 없는 정원 안에서 입을 반쯤 벌린 채로 가만히 서 있었다.

저택 정면 현관에는 파괴된 흔적 하나 남아있지 않았다. 시체와 마찬가지로 다미안이 파괴됐다는 사실 자체를 지워버렸다는 뜻이겠지. 무거운 문손잡이를 돌리고 문을 열었다. 저택 안쪽은 서늘한 어둠이 가득 차 있었다.

수조 안에 들어가는 것처럼 그 서늘한 기운 속으로 들어갔다. 로비에도 먼지 하나 없다. 발로 밟아서 깨졌던 마룻바닥도 어디가 파손됐던 부분인지 구분할 수도 없었다.

그 서늘한 기운이 썩은 물처럼 느껴지는 것은…… 저택 안에 사람의 기척이 없기 때문인지도 모른다. 시체가 떠다니는 수조와 같은 공기가, 거기에 있었다.

'바로 어제 일인데…… 여기서 사람이 죽은 게.'

정원에 널려 있던 수많은 시체.

그것은 이 최접근령의 거의 전체 인구가 아니었을까——아무도 없는 정숙으로 굳어져 있는 이 저택 내부의 분위기를 접해보니, 그것도 완전히 틀린 생각은 아닌 것 같다는 생각이 들었다. 수십 명, 어쩌면 그보다 많은 단위였는지도 모른다. 그 모든 사람들이 하룻밤 만에 전부 참살 당했다.

그 느낌이었다——오펜은 소리 없이 중얼거렸다. 사령(死靈) 같은 애매한 것이 아니다. 죽음이 충만했다는 사실이 얼어붙은 손끝이 돼서 목 줄기를 매만졌다. 떨쳐낼 수도 없다. 도망칠 수도 없다.

로테샤는 아직도 따라오고 있다. 달리 아는 사람이 없는 이 저택에서 있을 곳이 없는 것은 서로 마찬가지라는 걸, 오펜은 이제야 겨우 알아차렸다.

로테샤가 물었다.

"결국…… 어제 그 난리는 대체 뭐였죠?"

로테샤의 목소리에 친근한 느낌은 없었지만 그래도 이 차가운 공기보다는 나았다. 오펜은 시선만 슬쩍 보내고 입을 열었다.

"여기는 최접근령의 영주인가 하는 귀족의 저택이야. 영주라는 인물은 드래곤 종족의 생존자와 항쟁하는 중이고. 그 자를 죽이려던 암살자가 하룻밤 만에 이 영지를 파괴해버린 거야."

"암살자……"

실감이 가지 않는다는 로테샤의 목소리에, 오펜은 어깨를 으쓱거렸다.

"코르곤이 있었다면 막았을지도 모르지."

"하지만 그 암살자라는 자는 마술사가 아니라 보통 사람이었죠?"

로테샤가 이상하다는 것처럼 말했다.

"그…… 다미안인가 하는 사람이 말하지 않았던가요. 어째서 막지 못했냐고. 저는 잘 모르겠습니다."

그 때——

로테샤가 미묘하게 말을 쉰 것을, 오펜은 눈치 챘다. 모른 척 기다리는 사이에 로테샤가 계속해서 말했다.

"……보통 사람이라도, 마술사에게 이길 방법은 있나요?"

'그걸 물으려던 건가.'

살짝 탄식을 하고, 대답했다

"마술을 쓸 수 있는 상황이라면 내가 이겼겠지."

"쓸 수 없는 상황이었나요?"

"실내에서 갑자기 접근해온데다, 방 어딘가에 클리오나 매지크가 숨어 있을 가능성도 있었어. 경솔한 짓은 할 수 없지. 그리고 적의 그 기량…… 《13사도》의 암살자가 정면에서 싸우고 죽은 걸 봤으니, 같은 짓을 했다간 같은 꼴이 될 거라는 게 불을 보듯이 뻔했어."

딱, 지금 서 있는 곳이었다.

오펜은 로비 마룻바닥에서 뒤쪽에 있는 문까지 쳐다봤다——거기에, 암살자 시크 마리스크가 쓰러져 있었다.

그것을 생각한 것과 동시에 죽음의 손길이 목덜미에서 등줄기까지를 기분 나쁘게 더듬는 느낌이 들었다. 전투복 안쪽에서 소름이 돋은 팔을 문지르면서 고개를 저었다.

"마술이라는 건 생각만큼 편리한 무기가 아냐. 사소한 제한 때문에 못 쓰게 되는 경우도 많지. 접근해서 효과를 발휘할 수 있는 마술 구성도 몇 가지 연구는 해봤지만 말이야. 그래도 중요한 때 유효한지를 따져보면, 역시 문제가……."

거기서 말을 멈춘 것은 로테샤가 듣지 않는다는 걸 알았기 때문이다. 그녀는 뭔가를 발견한 것처럼 로비 정면, 계단 위쪽을 보고 있다. 오펜도 따라서 고개를 돌려보니 층계참에서 이쪽을 내려다보는 사람이 있었다.

최접근령의 영주. 그가 품위 있게 빙긋 웃으며 이쪽을 보고 있었다. 아침 인사겠지. 가볍게 인사를 하고는 그대로 안쪽으로 들어갔다.

"……."

그 모습을 지켜보고, 오펜은 딱히 말을 하지 않았다. 로테샤도 입을 다물자, 죽음보다 조용한 생(生)의 정숙이 저택 안을 가득 채웠다.

기억에 남아 있는 것은 더 비참한 모습이었다.

그것이 그 영주라는 모습의 잘못은 아니다——예를 들어서 귀족이라면 통치하는 대상인 민간인들이 걱정하게 만들기만 해도 중대한 과실로 간주된다. 왕립 치안 구성에서 귀족 연맹은 대륙 전체의 사람들이 안심할 수 있을 거라 보장했다. 선언에서 말하기를, 대륙에서 인간 종족은 생활이 보장된다. 자연사를 맞이할 권리를 지닌다.

온갖 선언과 마찬가지로 귀족연맹의 선언 또한 이상적인 것이었다. 그리고 온갖 이상과 마찬가지로 왕립 치안 구상의 이상 또한 현실과 대조해보면 문제가 있었다.

어젯밤, 이 정원에 시체가 널려 있었고 자신도 죽을 뻔 했다. 2층 창문에서 정원을 내려다보며, 오펜은 고개를 저었다——창문 주위를 경계하는 척 하면서. 방 바로 아래에 자신이 놓아둔 묘비가 있다. 우연이 아니라 자기 근처에 두고 싶었기 때문이다. 얄궂다고 생각하며 중얼거렸다.

'……시체가 사라진 것은 현실을 이상에 가깝게 만들기 위한 농간일 수도 있다.'

시체가 없으면 그 참극은 없던 일이 된다는, 그런 뜻이다.

질 나쁜 농담이라는 생각도 들었지만 그래도 떨쳐버리려는 것처럼 창에서 떨어지고, 오펜은 자신에게 배정된 방 안을 둘러봤다.

손님방이었다. 적어도 초대받아서 이런 곳까지 온 만큼의 대우이기는 했다. 지붕 달린 침대는 아니고 그걸 바란 것도 아니지만, 오펜은 탄력 있는 매트 위에 앉았다. 몸에는 아직 피로가 남아 있다. 침대 삐걱거리는 소리와 부드러운 깃털 이불이 잠기운을 부른다.

욕망을 떨쳐내고, 오펜은 두 손으로 얼굴을 가렸다. 한숨 돌린다.

어제의 기억이 생생하게 부활한다.

"……영주."

오펜은 작은 소리로 중얼거렸다. 어젯밤에 본 얼굴.

방에 들어갔을 때 봤던 영주라는 남자의 얼굴. 그것은 틀림없이 비참한 모양이었다. 하지만 그것을 잘못이라고 하기에는 너무나 불쌍할 것이다. 그것이 뭐라 말할 수 없는 모습이었기 때문에──

사인은 말도 안 되는 타격에 의한 치명상. 대부분의 내장이 일격에 뭉개지고, 목구멍에서 올라온 내용물과 혀를 입에서 토해낸 채로 쓰러져 있었다. 불빛이 없는 방에서 달빛으로만 본 죽은 얼굴은, 또렷하게 본 것도 아닌데 기억 속에 새겨져서는 떨어지지 않았다.

'어째서지?'

그리고 또, 의문도 머리에서 떨어지지 않는다.

'……분명히 죽어 있었어. 아무리 봐도 죽었다고.'

정원에 굴러다니던 사병들의 시체. 누구 하나 의심할 여지가 없을 정도로 파괴되고 죽어 있었다. 그것과 마찬가지로, 영주도 어젯밤에 죽어 있었다.

'그런데, 어째서 오늘 아침에는 살아있지?'

도저히 받아들일 수 없는 의문에 몸이 떨린다. 오펜은 얼굴을 가리고 있는 손바닥에 힘을 줬다. 장갑 속에서 손가락 마디가 쓸린다. 어제 일을 떠올릴 수 있는 범위 안에서 하나부터 열까지 전부 떠올려보려고 신음했다.

영주를 살해한 암살자에게, 오펜 자신도 쓰러졌다──목숨을 건진 것은 영주 휘하의 백마술사 다미안 르우가 도와준 덕분이었다. 의식은 찾은 것은 오늘 아침의 일이고, 그 때는 영주가 되살아나 있었다.

'다미안 르우한테는 사람을 되살릴 정도의 힘이 있다……? 그런 바보 같은 일이 있겠어, 젠장.'

고개를 든다.

'다른 사람이었다고 하는 게 말이 돼. 죽은 얼굴밖에 못 봤으니까. 가짜 영주, 죽은 척, 환각, 전부 내가 꾼 꿈…… 그리고 무슨 트릭이 있을까?'

노크 소리가 들렸다.

또 생각을 방해당해서, 꼭 그래서 그런 것만은 아니지만, 누구인지 짐작은 갔다. 무시했더니 문 밖에서 목소리가 들려왔다.

"저기…… 오펜 씨."

'대체 뭐냐고.'

오펜은 일어나서는 문손잡이를 잡고 자물쇠를 풀었다. 간단한 자물쇠다──마술사가 아니라도 요령만 알면 풀 수 있고, 무엇보다 다미안한테는 소용없는 것이겠지.

그래도 문을 잠가둔 것은 방해받고 싶지 않아서인데.

'생각해보니 안에서 문을 잠그면 없는 척을 할 수도 없잖아.'

문을 잠그면 방에 있다는 걸 주장하게 되고, 문을 잠그지 않으면 문을 열고 들어와서 결국 들키게 된다. 어느 쪽이건 마찬가지였다. 어리석은 자신을 저주하며 문을 열었다.

열린 문 뒤에 숨어 있는 것처럼 서 있던 사람은 역시 로테샤였다. 최대한 매정하게 굴지 않도록 노력하며──한계에 가까운 노력이었지만──오펜은 로테샤에게 물었다.

"……또 할 말 있어?"

"또라고 할까, 오펜 씨, 결국 제 질문에는 대답하지 않았잖아요."

"질문?"

생각이 나지 않아서 물었다.

그러자 로테샤는 슬쩍 틈을 노리고 방으로 들어왔다. 여전히 검을 끌어안은 채, 잠시 말이 없다. 마침내 입을 열었다.

"에드는, 어째서 여기에 없는 거죠?"

그것은 아까 했던 것과 같으면서도 전혀 다른 질문이었다──그건 군이 따지지 않고, 오펜이 물었다.

"무슨 소리야?"

"여기 있다고 들어서, 여기에 왔습니다. 그런데, 여기에 없다고. 어째서죠?"

"코르곤 녀석한테 볼 일이 있어도, 필요한 때 찾아낸 적이 한 번도 없었던 것 같거든."

대충 중얼거리고, 오펜은 방을 가로질러서 로테샤가 있는 곳에서 가장 멀리 떨어진 벽에 등을 기댔다.

로테샤의 얼굴을 보니 화가 난 것인지 낙담한 건지, 어느 쪽도 아닌 것 같은 복잡한 표정으로 몸을 앞으로 내밀었다. 실제로 본인도 어느 쪽인지 모를 수도 있다. 코가 막힌 것 같은 소리로 항변했다.

"하지만, 당신이."

"잠깐만. 일단 말해두는데 난 그쪽 안내인이 아니야. 네가 멋대로 따라왔어. 난 내 일 하나만으로도 버거우니까──"

그렇게 말하다가, 주저했다.

오펜은 심호흡을 한 번 하고 다시 입을 열었다. 바짝 마른 입술에서 기분 나쁜 맛이 나는 것을 느끼며,

"코르곤은, 키리란셀로라는 놈한테 의지하라고…… 그렇게 말했다

고 했지?"

"예? 예……."

로테샤는 그가 왜 그런 말을 꺼냈는지 이해하지 못한 것 같았다. 의아하다는 듯이 눈을 껌벅거렸다.

"……."

침묵은 오래 가지 않았다. 의식한 것은 다른 사람이라면 어떻게 생각할지──예를 들어서 코르곤이라면.

'그 자식은 대체 무슨 생각이야…?'

모든 사람이 자신의 의도를 감춘 채로 귀찮은 일만 자신에게 떠넘긴다. 코르곤, 위노나, 다미안, 최접근령의 영주. 그리고 레티샤도.

그렇게 생각하면 눈앞에서 검을 끌어안고 굳은 표정을 하고 있는 이 소녀는 그나마 정직하다고 할 수 있다. 적어도 거짓말은 하지 않으니까.

'결국 협력자는 필요해.'

포기할 때인지도 모른다.

"알았어. 협력할게."

마음이 내키지 않았지만, 오펜은 중얼거렸다.

하지만 로테샤한테는 그거조차도 의외였던 것 같다──무슨 말을 해도 의외라고 생각할지도 모른다. 놀라운 기색과 함께, 로테샤가 물었다.

"협력?"

"협력은 협력이야. 다른 의미는 없어. 우리의 목적이 일치한다고 하기는 힘들지만, 그래도 같은 방향으로 향하고는 있어. 즉, 여기 있는 놈들한테 사실이 뭔지 듣고 싶어. 그 놈들의 정체를 밝히고 싶다고 해도 되고."

오펜은 천천히, 말을 골라가며 말했다.

"상황을 정리해보자. 이미 얘기한 것도 있겠지만 들어줘. 전체적인 틀은 이래——이 대륙은 드래곤 종족이 지배하고 있다. 하지만 실질적으로 대륙을 통치하는 건 인간 종족이고. 드래곤 종족은 성역이라고 불리는 장소에 은둔해서 우리에게 모습을 보여주려고 하지도 않아."

로테샤가 고개를 끄덕일 때까지 기다렸다가 계속했다.

"귀족연맹은 명목상 드래곤 종족으로부터 그 권리를 이어받아서 대륙을 통치하는 것으로 돼 있어. 그리고 실제로 그렇게 됐고. 하지만 그런데도, 드래곤 종족이 무슨 변덕 때문인지는 모르겠지만 성역에서 나오면…… 인간 종족은 무슨 수를 써봤자 다시 그 지배하에 들어가는 수밖에 없어. 귀족연맹의 진의가 뭔지는 모르겠지만, 그들이 성역과 대립하는 건 자연스런 일이라고 생각해. 그 항쟁을 떠맡은 게 이 집 주인, 최접근령의 영주겠지. 그리고 지금은 그 사람 자신이 자칭하고 있는 자신의 역할이고, 여기까지는 어제도 말했지? 위노나가 한 설명을 그대로 믿는다면 그런 얘기가 돼."

"전, 그 사람이 싫어요."

내뱉는 것처럼, 로테샤가 중얼거렸다.

그리고 무례한 태도라는 걸 알았는지, 창피하다는 듯이 고개를 숙이고,

"아니…… 그 사람도 절 싫어할 것 같아요. 뭐랄까, 그 엄청나게 멸시하는 것 같아서 짜증이 나거든요."

"영주를 위해서 일한다는 점에서 보면 코르곤과 위노나는 동지야. 네가 코르곤과 대립한다면, 그럴 만도 하겠지?"

"그럴까요……."

풀이 죽은 건 아닌 것 같지만, 로테샤는 침통한 표정을 지었다.

오펜은 벽에 기댄 등의 위치를 옮기는 척 하면서 로테샤한테서 시선을 돌렸다. 그렇게 긴 시간은 아니었지만 그 사이에 로테샤도 마음을 다잡은 것 같다. 다시 이야기를 들을 자세가 됐을 때, 오펜이 계속 설명했다.

"드래곤 종족은 성역 밖에서 활동하는 역할의 에이전트를 둔 것 같아. 인간 종족과 드래곤 종족으로. 그걸 도펠 익스――쉽게 말하자면 '배신자'라는 의미인데――라고 부른다는 것 같아."

"라이언도…… 그 중에 하나였죠?"

조심조심 말하는 로테샤를 손을 흔들어서 제지했다.

"그래, 네 마검을 손에 넣으려고 했던 것 같은데, 코르곤이 방해했다나봐. 코르곤도 나름대로 그 검을 원했거든."

그 말을 들은 로테샤의 표정이 어두워지는 것을 느꼈지만, 오펜은 무시하고 계속 말했다

"하지만 그건 영주의 부탁이기도 했어. 코르곤은 도펠 익스를 유격하는 암살자 같은 입장이었겠지."

"그렇다면, 저한테 말하면 되지 않았습니까. 전부 설명했으면――"

"어떻게 됐을까? 들을 생각은 있었어?"

그렇게 묻자 로테샤는 입을 다물었다. 분하다는 듯이 검을 끌어안은 손가락이 하얘지는 게 보인다.

오펜은 어깨를 으쓱거렸다.

"뭐, 그래도 상담은 해야겠다고 생각하지만 말이야――도장을 습격하는 것보다는 훨씬 낫지. 어번라마에서 만났던 때 거기에 대해 따

졌지만 제대로 대답하지 않았어. 그 녀석한테도 나름대로 생각이 있었을 거라고 하고 싶지만, 그 녀석이 아무 생각이 없었다고 해도 놀라진 않을 거야. 괜히 민폐 방문자라는 별명이 붙은 게 아니니까. 다른 사람이 상처받는데 대한 죄악감이 없어. 인격으로서는 최악이지만, 그래도 정말로 타인에게 해를 끼치지는 않는 녀석이라고 생각하는데 말이야······."

로테샤의——민폐 방문자의 전처——반응을 기대했지만, 그녀는 아무 말도 하지 않았다. 얼음 조각처럼 보이는 하얀 손으로 칼집을 꽉 쥐려 하고 있다. 그 손가락이 보기보다 훨씬 차가운 게 아닌가 싶었다.

건드리고 싶지도 않은 손.

오펜은 화제를 바꿨다.

"······어번라마까지 말려들게 만든 소동의 결과, 라이언은 죽었어. 라이언의 동료도. 하지만 우리한테 문제는, 그 와중에 최접근령의 영주라는 인물한테 찍혔다는 점이라고 생각해."

그게 어째서인지. 로테샤는 시선으로 그렇게 물었지만 오펜은 모른 척 했다. 설명하자면 너무 길어진다.

어번라마에서 위노나가 제시한 교환 조건에 의하면, 영주는 대륙에서 튀쳐나간 아자리의 행방을 찾고 있다는 것 같다. 그 단서로서, 그가 필요하다고 했다. 아자리의 행방을 찾을 수단이 없는 오펜으로서도 이해가 일치했다. 거절할 수 없는 거래였다.

그 부분에 대해서는 대충 넘기고, 오펜은 계속해서 말했다.

"그래서, 우리는 이 최접근령으로 유도돼서 왔어······ 영주는 나한테 거래를 제안했거든. 그 거래는 나한테 유익한 것이었고. 개인적인 일이지만 말이야. 너도 따라왔어. 코르곤을 만나기 위해서."

"······예."

"일련의 사건들이 돌발적이기는 했지만 어느 정도는 영주의 꿍꿍이
대로 움직였을 거야. 하지만 예상치 못한 일들도 일어났어. 즉, 중간에
서 또 하나의 다른 세력이 엮인 덕분에 이 최접근령의 조직이 괴멸해
버렸지."

"당신의 누나?"

그렇게 묻는 로테샤에게 고개를 저어서 부정했다. 오펜은 정정
했다.

"팃시는 아니야. 또 한 사람 있었지? 넌 만나지 못했지만, 그 사
람 외에 동료가 두 명 더 있었어. 궁정마술사 《13사도》라는 얘기는 했
었지?"

"예······."

"최고 랭크의 흑마술사야. 귀족연맹 밑에서 일하고 있지. 원래는 영
주와 같이 싸우는 입장이겠지만, 그쪽도 그쪽대로 꿍꿍이가 있었겠지.
영주를 암살하려고 그 사람들을 보냈어."

그리고······.

오펜은 갑자기 입을 다물고 중얼거렸다. 자신에게 묻는 것처럼.

"······팃시는 뭘 하러 왔지···? 결국 아무것도 가르쳐주지 않았는
데······."

다시 생각에 잠기려고 했지만, 상대의 시선 때문에 정신을 차렸다.

얼버무리려는 건 아니었지만, 오펜은 빠르게 말했다.

"동시에 도펠 익스도 최접근령에 들어왔어. 코르곤 자식이 행방을
감춘 것 때문에 전력이 줄어든 영주의 부하들은 전멸해버렸지. 《13사
도》도 전부 사망했고······ 뭐, 이게 지금 상황이야."

오펜 자신도 아직 모르는 것들이 많지만.

그래도 이해하고 있는 범위에서 얘기하자면 대충 그랬다. 결정적인 부분은 단서가 없는 것이나 마찬가지다.

"저기……."

그건 로테샤도 눈치 챘겠지. 약간 불만인 것 같은 기색이 담긴 로테샤의 목소리를 듣고, 오펜은 마음을 정했다──굳이 말하지 않으려고 했던 질문을, 로테샤가 던지려고 하는 걸 알고 있었다.

젊은 검술 도장주는 이런 때만 검사다운 빈틈없는 표정을 지었다.

"클리오와…… 매지크 군은 어떻게 됐죠? 그 전에, 왜 같이 있지 않은 거죠?"

이 방 어딘가에 숨겨져 있는지도 모른다는 듯이 주위를 둘러보고,

"오늘 아침에 얼굴을 보고 그 뒤로 한 번도 못 보지 않았습니까."

"……."

대답할 수 없어서 가만히 있었더니 로테샤가 더 따지고 들었다.

"또 제가 모르는 사이에 무슨 일이 있었습니까?"

"아니."

빈정대는 기색이 섞이는 것을 의식하면서 토한 말은 스스로 생각해도 짜증이 날 정도로 모호했다. 오펜은 코끝을 긁으면서 손등으로 표정을 가렸다.

"아무것도…… 나도 오늘 아침에 회복돼서, 영주하고 같이 방에 들어온 두 사람을 본 뒤로 한 번도 못 봤어. 말도 안 했고."

"어째서."

"그쪽도 봤잖아. 얼굴을 보였다 싶었더니 인사만 하고는 당연하다는 얼굴로 영주를 따라서 나가버렸어. 그게 마음에 안 들어."

로테샤가 깜짝 놀랐다.

"……무뚝뚝해서 화가 났다는 건가요?"

"아니."

쓸쓸하게 웃고, 거기에 어울리는 말을 찾았다. 천장을 바라보며, 말했다.

하지만 머릿속에 떠오르는 것은 발밑에 뻥 뚫린 함정이었다.

"뭔가, 커다란 함정에 빠져버린 것 같은 기분이 들어. 우리 전부가."

"하지만 이야기를 들어보면 영주라는 사람은 저희한테 해를 끼치지 않을 것 같습니다만. 보기에도 좋은 사람 같았고. 오히려 귀족이라면 시민을 지키는 것이 일이고…… 사람들을 공격한 건 그 도펠 뭔가라는 사람들이 아니었나요?"

"문제는 코르곤이야."

그 이름이 나오자 로테샤는 숨이 막힌 것처럼 말을 멈췄다. 오펜은 팔짱을 낀 채로 그녀를 바라봤다.

그녀의 말은 지당한 것이다. 지금 상황에서는 영주가──그리고 그 부하들──하고 있는 행동은 마음에 들지 않는 부분이 있기는 하지만, 자신들에게 득이 되는 것이다. 백마술사 다미안은 두 번이나 목숨을 구해줬다. 이 땅 곳곳에 떨어진 재난은 전부 이레귤러고, 게다가 모든 것들이 영주의 부하가 아닌 자들이 벌인 것들이다.

영주를 경계하는 건 잘못됐다고도 할 수 있다.

하지만.

오펜은 다시 말했다.

"코르곤이 말이야. 어번라마에서 말했어. 영주는 좋은 놈이다. 가능하다면 협력해주라고."

"에드가…?"

"신뢰하고 싶지 않지?"

농담으로 한 말이 아니었다. 로테샤도 같은 생각을 한 것 같다──눈에 떠오른 곤혹스런 빛을 보고 알 수 있었다.

고개를 끄덕이고, 오펜은 계속해서 말했다.

"경계할 필요가 있다. 그런 뜻이야. 하지만 기회이기도 해."

"기회?"

"지금까지 인내심만 시험받았어. 상대한테 유리한 장기판 위에서, 나한테는 말도 없이 계속 상대의 순서만 구경하고 있었지. 슬슬 상대의 틈을 잡았어──동시에 상대의 틈에 파고 들었다고 할 수도 있지."

"어느 쪽이죠?"

솔직하게 묻는 로테샤에게, 오펜은 억지로 씩 웃어보였다.

"어느 쪽이려나. 언젠가 알게 되겠지."

그 얘기는 여기서 끝내고, 오펜은 팔짱을 풀었다. 벽에서 몸을 떼고,

"협력한다는 건 이런 거야──모르는 것들이 너무 많아서 나 혼자서는 감당할 수가 없어. 믿을만한 사람이 그쪽 말고는 아무도 없어."

"제가, 뭘 할 수 있을까요?"

"제일 불안한 건 클리오랑 매지크야. 그 둘의 상태를 살펴줬으면 싶어. 백마술사는 정신지배로 인격도 장악할 수 있어. 마술에 대해서는 몰라도, 두 사람이 제정신인지 아닌지는 몇 주 동안 같이 있었으니까 알 수 있겠지?"

"……저도 그 지배라는 것에 걸린다면?"

"그렇게 되면 다미안 르우가 적이라는 게 확실해지지. 세뇌된 사람이 두 사람이건 세 사람이건 큰 차이는 없어."

그 말을 듣고 로테샤는 적잖은 충격을 받은 것 같았다. 미간에 주름을 짓고 입을 삐죽 내밀었다. 그 동작이 왠지 클리오와 닮았다──두 사람이 같은 또래의 소녀라는 걸 새삼 이해하고, 오펜은 씁쓸하게 웃었다. 의외라고 생각해버린 것이다.

로테샤는 비난하는 것처럼 말했다.

"너무하는 것 아닙니까. 그게 협력인가요?"

"적을 손이 닿는 데까지 끌어내야 싸울 수 있는 법이야. 어쩔 수 없잖아? 적이라는 걸 알아내기만 하면 내가 어떻게든 할 테니까. 그리고 ──"

거기서 말을 멈췄다.

말문이 막힌 척 하면서, 오펜은 그대로 미소를 지었다.

'그리고…… 굳이 따지자면, 날 먼저 노릴 테니까.'

"우리는 손이 부족해. 늘릴 가망이 있는지도 모르고. 미안하지만 해줘. 그 검, 쓸 수 있게 됐잖아?"

로테샤가 안고 있는 검──마검을 가리키면서 말했다.

로테샤는 애매하게 고개를 끄덕일 뿐이었다. 그것은 아무리 좋게 봐줘도 자신이 넘친다고 보이지는 않았지만, 오펜은 아슬아슬하게 자신을 납득시키고 슬며시 덧붙였다.

"툇시도 없고 말이야."

그러자──

"저기."

미안하다는 듯이 눈을 깜박이고, 로테샤가 말했다

"죄송합니다. 이런 말을 하면 안 된다는 건 알지만."

"……?"

무슨 말인가 싶어서 쳐다보니, 로테샤는 한 박자 더 쉰 뒤에 말했다.

"누나 분이 돌아가셨는데, 꽤나 냉정하시네요."

로테샤가 무슨 말을 하는 건지, 한참동안 이해하지 못했다.

잠시 사고가 정지된 것 같다. 문득 정신을 차려보니 로테샤의 위치가 바뀌어 있었다. 자신을 걱정해주는 것처럼 가까이 다가와 있다.

오펜은 손을 들어서 로테샤를 제지했다. 고개를 젓고 말했다.

"그러게…… 내가 생각해도 신기해. 아니."

아니라는 건 알고 있다. 생각나는 대로, 말했다.

"그렇지도 않아. 왠지 알 것 같아. 한마디로——난, 튓시가 죽었다는 걸 도저히 믿을 수가 없어."

"하지만……."

그렇게 말하는 로테샤를 또 제지하고, 오펜은 고개를 저었다.

"아무리 부정해봤자 소용없어. 난 믿지 않아."

전투복 안쪽에서 주먹을 꽉 쥐고, 그것을 벽에 댔다.

힘을 주지 않는데도 낡은 벽에서 삐걱거리는 소리가 났다. 말보다 강하게, 그 소리가 로테샤의 입을 다물게 했다.

생각나는 것은 지금도 귀에 남아 있는 고통에 가득 찬 목소리였다. 이르기트가 마지막으로 남긴 말. 그녀는 그것이 전언이라고 했다.

14일 뒤——아니, 하루가 지났으니까 앞으로 13일인가——성역에서 가족 세 명이 모인다.

그것은 의미 불명의 말이었다. 단순히 죽기 직전에 착란을 일으킨 건지도 모른다. 하지만 오펜은 그렇게 생각하지 않았다.

'전언이다…… 이르기트는 거짓말을 했던 적이 없어. 가족 세 명이 모인다고 했어. 가족…….'

자신에게 있어 가족이라고 부를 수 있는 자들. 그 중에 레티샤가 없을 리가 없다.

그 때 그녀가, 자신이, 어떤 상황인지는 모른다──하지만 그것을 확인할 때 까지는 그녀가 죽었다고 여길 생각도 없다.

그런데, 대체 누가 전하라고 한 말이지?

오펜은 주먹을 내리고는 조용한 방에서 시선을 돌려서 창밖을 봤다.

해가 높이 올라와서, 누가 뭐라고 항변하건 하루가 시작됐다는 걸 부정할 수 없는 시간이 됐다는 것을 보여주고 있었다.

제2장 허상의 사람

얼음 속에 갇혀 있는 마스마튜리아를 떠올린 것은 당연한 일인지도 모른다.

도틴은 그 광경을 바라보면서 그렇게 생각했다.

아무것도 없는 황야. 하얀 모래폭풍이 휘몰아치는 그 넓은 불모지는 그리운 마스마튜리아의 빙원을 떠올릴 수밖에 없게 만들었다. 그 고운 분진의 안개 속에서 거대한 그림자들이 잔뜩 서 있다. 지상에 그렇게 거대한 생물을 얼마 안 될 것이다. 그것은 하나의 종으로 정리돼 있다. 드래곤 종족. 마스마튜리아에 수도 없이 굴러다니는 드래곤 종족은 눈앞에 있는 것과 다른 종류였지만 동등하게 거대했다.

보고 있는 동안에도 차례로 허공에서 모습을 드러내는 그 검은 거대 생물들은, 거대한 체격만 빼면 칠흑의 늑대 같은 모습이었다. 휘몰아치는 바람이 드래곤들의 털에 닿아서 불평하는 것 같은 불협화음을 연주했다──그래도, 그 늑대들은 꼼짝도 하지 않는데다 소리도 하나 내지 않았다. 거의 움직이지도 않았다. 아무것도 없는 공간에서 갑자기 나타나서는 마치 그림처럼 그곳을 점령하고, 눈도 깜박거리지 않고 그곳에 머물러 있다.

그것은 딥 드래곤이라고 널리 알려진 생물이었다. 대륙에서는 미스트 드래곤과 함께 최악의 위험을 뿌리고 다닌다는 소문이 있다.

그것들의 숫자는 이미 눈앞의 황야를 가득 채워가고 있었다. 백이나 이백 정도의 수준이 아니다. 둘러봤지만 시야가 온통 칠흑의 털에 가려져 있다. 그 속에서 멍하니 서서, 도틴은 단 한 마디로 모든 심정을 토로하는데 성공했다.

"……다 틀렸어."

그 자리에 털썩 주저앉은 도틴은 땅에 짚은 두 손으로 메마른 모래를 움켜쥐었다. 어쩔 도리가 없다. 지금까지 몇 번이나 영문도 모를 위험에 말려들었지만, 이 정도는 아니었다.

"응? 왜 그러냐 도틴. 뭔가 안 좋은 일이라도 있냐?"

형의 목소리를 듣고 그쪽을 보니, 땅바닥에 옆으로 누운 볼칸이 팔짱까지 끼고 태연한 얼굴로 말하고 있었다.

"뭐, 이 몸은 이렇게 갑자기 나타난 커다란 개의 앞발에 몸을 제대로 밟혀서 움직이지도 못 하고 있지만, 그렇게까지 곤란하지도 않은데 말이다."

"저기…… 지금 왠지 마음속 깊은 곳에서 형님이 대단하다고 생각했어."

도틴은 그렇게 투덜대고, 걸치고 있던 모피 망토를 몸에 둘렀다. 뭔가 도움이 되는 건 아니지만, 그래도 이렇게 해서 어딘가에 숨을 수만 있다면 그렇게 하고 싶었다.

형은 거대한 딥 드래곤한테 밟힌 채——아무리 봐도 움직일 방법이 없어 보이는데——의외로 아무렇지도 않게 말했다.

"그나저나 뭐, 그거다. 이 커다란 개들이 어디서 나타난 거지? 뭐랄까, 그거다. 개라면 개답게 나타나기 전에 한 번 짖었으면 좋겠다."

"개가 아니야, 형님. 이건 딥 드래곤 종족이라고. 본 적 있잖아?"

"그것도 개의 일종이냐? 시커멓고 커다란 개라고 부르려고 했는데. 이쪽이 더 좋지 않냐?"

"그게 아니라. 이름은 안 붙여도 되니까."

도틴은 살짝 머리를 누르며, 현기증을 참기 위해서 눈을 감았다. 어떻게든 일어나서 기력을 회복하고, 다시 입을 열었다.

"엄청나게 위험한 생물이야…… 정말로 엄청나게."

"위험하다고."

실감은 잘 나지 않지만──형님은 남의 일처럼 중얼거린 뒤에 눈을 번쩍, 하고서 정정했다.

"위험하다고?! 이 마스마튀리아의 미스터 불세출 볼카노 볼칸이 위험한 상태라는 것이냐?!"

"응, 아마도. 뭐, 그런 거야."

건성으로 동의하자, 형은 몇 초 동안 침묵하더니 이번에는 진지하게 물었다.

"……이 똥개들이 얼마나 위험한 거냐? 혹시 뾰족한 깨무는 고양이만큼 위험하냐?"

"저기, 일단 그게 무슨 생물인지부터 가르쳐줘."

"으음. 무식한 놈들은 이해서 문제다. 그나저나 이 몸이 위험한 상황이라니, 도저히 그렇게 생각할 수가 없군. 그야말로 갑자기 튀어나온 짐승한테 죽을 뻔 했다는 건가."

"너무 오래 걱정할 필요는 없어. 내가 알고 있는 한, 딥 드래곤 종족이랑 만나면 남은 인생은 몇 초 정도밖에 안 된다고 하니까……."

주위를 둘러싼 거대한 늑대를 적당히 가리키면서 절망적으로 말했다. 그것이 만 분의 일이라도 형한테 전해질 거라고 기대한 건 아니지만.

그리고 볼칸은 분명히 이해했다는 것처럼 고개를 끄덕였다. 옆으로 누워 있으니까 옆으로.

"그건 꽤나 곤란하군. 나중에 보건소에 가서 항의해야겠다고 생각한다."

"그래. 해도 될 것 같아."

단, 그럴 기회가 있다면.

마음속으로 추가하고, 도틴은 제일 가까이에 있는 드래곤의 얼굴을 올려다봤다──한마디로 형을 밟고 있는 늑대를.

앞으로 겨우 몇 초뿐인 목숨. 그것을, 자신을 죽일 생물을 바라보는데 허비한다. 결심하고, 도틴은 안구 깊숙한 곳에서 눈물이 솟아나는 것을 느꼈다. 바라보면 볼수록 아름다운 생물이었다. 뾰족한 코끝은 장엄하게 하늘을 가리키고 있다. 선명하게 빛나는 녹색 눈동자는 저 멀리 지평선을 바라보고 있는 것 같았다. 모든 드래곤이 전부 똑같은 방향을 보고 있다.

'어째서, 저쪽을 보고 있는 거지…… 아무것도 없는데.'

아니면 뭔가가 있는 걸까? 자신에게는 보이지 않는 뭔가가.

각오를 했지만 의문은 떠올랐다. 궁금하다고 생각한 것에 대한 답을 얻지도 못한 채 죽는 것은 싫다는 이유만으로, 도틴은 황급히 드래곤들이 쳐다보는 쪽으로 시선을 돌렸다. 답을 찾는 건 빠를수록 좋다. 남은 시간이 몇 초나 되는지는 모르겠지만.

해답을 찾아서, 먼 곳을 봤다──안경 너머로 보이는 지평선에는 역시나 아무것도 없었다. 어느 쪽을 봐도 똑같은 황야의 풍경만이 있을 뿐.

굳이 말하자면…….

도틴은 자신 없이 생각했다.

'저 방향은…… 그 빚쟁이가 간 쪽이 아니던가?'

그렇게 생각하며 보고 있는 사이에, 드래곤들이 완전히 한쪽 방향을 보고 있는 게 아니라는 걸 알게 됐다. 이렇게 줄지어 있는 드래곤들은 적당히 나타나서 그대로 가만히 서 있는 게 아닌 것 같다. 방향이 아니라 한 점을 보는 것처럼 동심원 모양으로 전개해 있다.

'뭔가…… 뭔가 한 점을 포위하고 있어.'

그 앞쪽에 뭐가 있는지는 모르겠지만 도틴은 더 열심히 쳐다봤다. 아무것도 달라진 게 없다.

그런데——

변화는 다른 방향에서 일어났다. 이번은 제일 먼저 청각을 통해 침입했다. 뒤쪽에서, 엄청난 불협화음이 울렸다.

"으익……?!"

귀를 막을 틈도 없이 고막을 찌르는 것 같은, 뒤틀린 금속 소리가 울려 퍼졌다. 얇은 유리가 깨지는 소리…… 단말마의 비명 같은 소리…… 그저 계속 울려대는 타격 소리…… 구분할 수도 없는 소음의 소용돌이가 한없이, 한 순간에 가까운 짧은 시간에 폭발했다.

고개를 돌려보니 소리도 없이——드래곤들이 그 자리에서 사라져 있었다. 펄쩍 뛴 건지 아니면 다른 이동 방법을 썼는지, 처음에 있던 장소에서 몇 미터 정도 물러났다. 늑대 무리는 이변이 발생한 그 공간을 응시하고 있는 것 같다. 청각에 이어서 그 이변을 포착한 것은 시각이었다.

그 다음이 있으리라는 것은 생각도 못 했다. 그 일을 겪을 것이라는 생각도. 냄새도 없이, 미각은 말도 안 되고. 그곳에 있는 것은 생각할 수 있는 모든 색을 공 모양으로 압축해놓은 것 같은 기괴한 문양이었다. 그것에는 질량이 없는 것 같았다. 그저 공간에 기분 나쁜 문양이 그려져 있다.

말할 필요도 없이 처음 보는 것이었다. 주위에 있는 드래곤들도 놀란 건지는 모르겠지만. 확실한 건 드래곤이 피하면서 해방된 형이 이번에는 그 구체에 짓눌릴 것 같은 꼴이 돼 있다는 점이었다.

아니, 구체가 아니다……

구체에서 흘러나온, 쓸데없이 긴 다리였다. 검은 가죽 옷에 감싸인 다리. 이어서 나타난 것은 허리, 팔, 등, 머리카락.

긴 머리카락이 나타났을 때 구체가 사라졌다. 거기에 키가 큰 여자 하나가 남았다.

여자는 그 자리에서 무릎을 꿇었다──일부러 그런 건 아니겠지만, 무릎이 밟혀 있던 형의 얼굴을 때렸다. 형이 비명 같은 비명을 지르기도 전에 여자가 너무나 괴로운 신음소리를 냈다.

"전이…… 에, 이렇게 시간이 걸리다니. 몇 시간이나…… 걸렸지?"

뭔가 투덜대는 것 같지만 무슨 말인지 모르겠다.

"정말이지…… 예전부터, 엉망이라니까…… 너는…….."

계속 투덜거리고──

여자가 갑자기 고개를 들었다. 괴물처럼 엉망으로 흐트러진 검은 머리카락이 기분 나쁘게 얼굴에 붙어 있다.

"당신들…… 잘 됐다. 아직…… 있었네."

다친 것 같았다. 아랫배 쪽을 두 팔로 누르고 있다. 곰팡이 냄새 섞인 모래 바람에 비릿한 피 냄새가 녹아들었다. 보기에는 꽤 심한 것 같지만 그 여자는 아직 죽을 생각은 없는 것 같다.

"이 근처에…… 내 짐이…… 있을 거야. 그 가방…… 가져다줘…… 쇠약해져서…… 영양제가……."

그리고, 그대로 기절했다.

그 여자의 이름은 기억나지 않는다──하지만, 황량한 곳까지 그들을 데리고 온, 머리카락이 긴 흑마술사였다.

영주.

──라는 호칭이 어울린다고 할 정도로, 그 저택이 쓸데없이 광대한 것은 아니었다. 십여 개의 방이 있는 레티샤 마크레디의 사저와 비슷한 정도겠지. 그래도 꽤 넓은 편이기는 하지만.

헤매지는 않았다. 낡은 비단 융단에 투박한 검은 가죽부츠 발자국을 찍으면서, 오펜은 그 인테리어를 둘러봤다. 어젯밤에 들어왔을 때는 야간이라서 그런지 어둠과 그림자의 기억밖에 없다. 이렇게 밝을 때 보니 어둠 하나하나에서 느껴지던 압박감과 살기가 흔적도 없다.

천장 높이, 복도 폭, 하나하나의 치수가 표준보다 큰 건지도 모른다. 안에서 운동회를 할 수 있을──정도는 아니지만,

'학예회 정도라면 할 수 있으려나.'

가구들도 질이 좋고 오래된 것처럼 보였다. 복도 막다른 곳에 있는 한아름이나 되는 도자기 테두리를 손가락으로 만지며, 오펜은 그 손가락을 빤히 쳐다봤다. 도자기의 가치를 아는 건 아니다. 만든 연대를 특정할 수 있는 지식이 있는 것도 아니다.

복도 구석, 계단 난간, 창틀이 닳은 정도…… 차례로 관찰했다. 오래 사용한 것은 틀림없었다. 급하게 만든 저택은 아닌 것 같다.

'오래 됐네……. 꽤 낡은 저택이야. 이런 개척업자들도 들어오지 않

을 변경에. 이 최접근령인가 하는 땅이 꽤 오래 전부터 있었다는 뜻인가?

성역과의 항쟁. 그런 이유가 아니라면 이런 황야에 저택을 세울 이유도 없을 것 같지만.

"헌데. 이 저택이 예전에는 성역과의 우호를 위해서 지어진 것이라고 하면, 그대는 믿을 것인가?"

깊은 남자 목소리가 낡은 통로에 퍼졌다.

흠집이 난 벽면은 목소리가 울리게 하지 않았다. 먼지가 살짝 앉은 융단도.

아니.

오펜은 무정했다. 육성이 아니라서 메아리도 없다. 고개를 들어보니 통로 모퉁이에서 한 남자가 모습을 드러내고 있었다. 그 남자에게 딱히 특이한 점은 없다. 서 있는 자세도 부자연스러운 느낌은 없다. 미소라도 짓는 것처럼 입 꼬리를 끌어올리고 있다.

그 남자는 그대로 계속 말했다.

"대사가 임시로 머물기 위해 지은 것이다. 펜릴의 숲 부근에. 본래는 말이지. 하지만 삼림이 쇠퇴하면서 멀어졌다. 이 저택도 역할이 바뀌었고, 그리고 이곳이 최접근령이라도 불리게 된 것은 그리 오래 전 일이 아니다."

"댁한테는 그렇겠지."

"나를 불로불사라고 착각하는 것인가? 나는…… 그대가 생각할 만큼 오랜 시간 현세에 머물러 있는 것은 아니다."

말하면서, 남자가 걸음을 옮겼다. 팔을 가볍게 흔들어서 자기 몸을 보여주고는,

"내가 육체를 버린 것은 백년도 안 됐다. 그렇다고 몇 년 전도 아니다. 그 중간의 어느 때다. 관심이 있다면 그에 대해 말할 수도 있네만?"

"필요 없어."

오펜은 바로 대답하고는 상대 쪽으로 몸을 돌리고 은근슬쩍 반 걸음 후퇴했다. 하지만 이쪽의 마음을 읽을 수 있는——그렇다고 주장하는——상대에게 경계하는 걸 감추는 것도 의미가 없는 일인지도 모른다.

백마술사 다미안을 앞에 두고, 오펜이 말했다.

"몸이 많이 좋아졌어. 일단 고맙다고 할게."

"음? 상처를 치료한 것 말인가? 그건 고맙다는 정도로 끝내지 않았으면 싶군. 영주님이 그대를 필요로 하기에, 내 역할에 따른 것뿐이다. 영주님의 후의를 헛되게 하지 않았으면 싶다."

'후의란 말이지.'

빈정대는 의미를 담아서 투덜댔다.

"불러서 왔어. 하지만 영주라는 양반은 인사만 하고 그냥 지나가기나 하고, 제대로 말할 틈도 주지 않더라고."

"그대가 피하는 것은 아닌가 싶었다면."

"말할 틈을 준다는 건, 내가 상대의 멱살을 잡은 상태라는 뜻이야."

"……그것은 적개심인가?"

그 말을 듣고 오펜은 어깨를 으쓱거렸다.

"오자마자 엄청난 학살을 봤잖아. 좀 신중해진다고 해서 누가 뭐라고 하진 않겠지."

그리고 상대에게 공격적인 시선을 던지면서 추가했다.

"더 말하자면 당신네 부대는 전멸했어. 코르곤도 없고. 성역에 대항할──실제로 지금까지도 제대로 했는지는 모르겠지만──그만한 힘이, 영주한테 아직 남아 있기는 한 거야?"

"전멸한 것은 아니다. 우수한 부하를 많이 잃어서 피해가 적다고 할 수는 없지만."

겉보기에는 다미안은 딱히 동요하지 않은 것 같았다. 사실 육체를 버리고 정신체가 된 백마술사가 말 몇 마디 가지고 겉으로 드러날 만큼의 변화를 보이지도 않겠지.

다미안은 신시적인 태도를 유지하고 여유가 담긴 말투로 계속 말했다.

"다행히도 영주님은 무사했다. 그것만으로도 최접근령은 유지할 수 있다. 그런 것이다."

그렇게 말하고는, 오펜이 뭐라고 하기도 전에 갑자기 생각이 났다는 듯이 중얼거렸다. 떠보는 것 같은 눈빛으로,

"뭔가를 찾고 있나?"

저택을 돌아다닌 것 때문에 한 마디 하는 것처럼 들렸지만──오펜은 그것을 비난이 아니라 단순한 질문으로 받아들이고서 대답했다.

"처음엔 시체를 찾으려고 했어."

"호오?"

크게 흥미도 없다는 듯이 대답한 다미안에게, 바로 계속해서 말했다.

"왜 시체를 없앴지."

"……?"

말없이, 이해하지 못했다는 동작일까, 백마술사가 자기 턱을 쓰다

들었다. 오펜은 그 목소리를 보며 낮은 목소리로 말했다.

"어제 시체들. 아침에 일어났더니 아무 일도 없었다는 것처럼 흔적도 없이 사라졌어. 댁이 처리한 거지?"

"남겨두는 쪽이 좋았나?"

"댁이 이런 때 그런 일에 신경 쓸 인물이 아닌 것 같았거든. 혹시 시체를 조사하기라도 하면 곤란했나?"

오펜은 손꼽아 숫자를 세고는, 순가락 두 개를 세워서 상대에게 들이댔다. 묻는다.

"시크와 이르기트의 시체는 봤어…… 또 한 사람의 마술사와, 틧시는?"

"《13사도》는 전원 사망했다."

시원스레 말하는 다미안에게, 오펜은 상기된 목소리로 말했다.

"틧시는!"

"그녀도…… 죽었다. 다른 자와 마찬가지로 죽었다. 너무나 비참하게. 자네가 못 본 것이 행운이다."

"틧시는 죽지 않았어."

단정했다.

하지만 불쌍하다는 눈으로 이쪽을 바라봤다.

"어째서 그리 생각하지."

"설마 부정할 줄은 몰랐겠지. 그쪽은 그야말로 제6감의 덩어리 같은 존재일 텐데."

"그렇군. 육친의 죽음을 인정할 수 없다는 정신의 방어행동은 일단 유효하군."

'젠장.'

마음속으로 욕을 하고——그렇다고 겉으로 드러나지 않은 건 아니지만, 오펜은 투덜댔다. 부정할 근거가 전혀 없는 것도 사실이다. 리테샤는 실제로 모습을 감췄으니까. 죽었다는 것 말고는 그 이유가 떠오르지 않았다.

실제로 다미안의 말이 맞는 건 아닐까. 자신은 고집스레 누나의 죽음을 인정하지 않는 게 아닐까. 그런 생각이 들었고, 그리고 그 생각에서 도망치려는 것처럼 다른 얘기를 꺼냈다.

"······위노나는?"

물었다.

다미안은 바로 대답했다.

"병사들의 숙소로 옮겼다. 계속 영주님의 저택에 둘 수도 없으니."

"암살자가 노린 직후인데? 호위를 멀리 두는 게 무슨 의미가 있지. 여기 병사 중에서 살아남은 건 위노나 하나뿐이 아닌가."

의아하게 생각하며, 오펜이 말했다. 그 남자——수십 명을 하룻밤만에 살해한 검은 옷의 남자는, 성역은 마음만 먹으면 언제든 수하들을 원하는 곳으로 이송할 수 있다고 했다. 그 진위는 그렇다 치고, 가능성이 낮다고 단언할 근거도 없다.

다른 사람도 아닌 다미안이 그것을 가볍게 여길 리도 없다. 그렇게 생각했는데, 백마술사는 의외로 속편하게 생각하고 있는 것처럼 보였다. 시시한 일을 따진다는 것처럼 미소를 짓더니 오펜을 가리키면서 말했다.

"호위라면 그대가 있다. 그대라면 드래곤 종족이 상대라 해도 당해낼 수 있을 것이다."

"난 받아들인 적이 없는데."

딱 잘라서 말했지만 다미안은 물러나지 않았다.

"그렇다면 받아들이도록. 영주님의 말씀을 들으면 그럴 마음이 들 것이다."

'거래에 자신이 있다는 건가. 아자리의 행방 말고도 뭔가 카드가 있는 걸까?'

그것은 언젠가 영주와 대결해서 확인하는 수밖에 없다.

하지만 그 전에 확인해둘 것이 몇 가지 있었다. 오펜은 잘라버리는 것처럼 손을 흔들고 부정했다.

"기억해두지. 병사 숙소는 어디에 있지?"

그렇게 물었더니 다미안이 간단히 대답해줬다. 턱짓으로 복도 창문 밖을 가리킨 것은 평소의 신사인 척 하는 태도에는 어울리지 않았다. 하지만 그 눈빛에는 감정적인 무언가가 깃들어 있지 않았다.

"저택 뒤쪽이다. 숲의 그늘에 숨겨져 있지. 단층 건물이니 찾기 힘들 지도 모른다."

그리고 다음으로 지은 미소는 승리의 미소 같았다.

"병사 숙소로 갈 것인가? 마침 잘 됐군."

"……?"

"영주님도 그쪽에 계실 것이다. 설마 인사를 피하지는 않겠지?"

오펜은 대답하지 않고, 인사도 하지 않은 채로 저택 현관 쪽으로 향했다.

병사 숙소라고 불린다는 그 건물은 다미안이 말한 대로 저택 뒤쪽에 있었다. 다미안 르우가 거짓말을 했으리라고 생각한 건 아니지만, 그래도 오펜은 기대를 배신당한 것 같은 심정으로 혀를 찼다──뭔가 시시한 거짓말이라도 할 것이지. 그렇게 마음속으로 중얼거렸다. 그렇다면 최소한 다미안이 거짓말쟁이라는 건 확신할 수 있다.

'아냐…… 뭔가 거짓말을 하고 있는 건 틀림없어.'

자신이 의심이 많은 건 아니다. 아니, 의심이 많은지도 모른다——상대가 거짓말을 한다는 걸 알고 있는데 그것을 확신하지 못하고 의심하고 있다. 아무것도 믿지 않는다.

생각을 정리하는 동안 목적지인 건물을 찾아낸 것이 더 짜증이 나게 만들었다. 많은 사람들이 사는 숙사라서 그런지 그럭저럭 큰 건물이다. 넓이만 따지면 영주의 저택보다 더 크다. 분명히 저택보다 새 건물이지만 허술하게 만든 탓인지 금간 곳은 이쪽이 훨씬 많다.

출입구가 저택 쪽으로 나 있는 건 무슨 일이 있을 때 바로 저택으로 달려가기 위한 걸까.

어젯밤 참극의 무대가 되지 않았던 덕분일까, 아니면 무대가 됐지만 정원이나 다른 곳처럼 다미안이 수복한 것인지, 눈에 띄는 파괴의 흔적은 찾아볼 수 없었다. 고작해야 금이 간 창에 붙여놓은 틈새 막음용 테이프나 벽의 벌레 먹은 구멍을 막아놓은 천 조각 덩어리 정도. 지붕은 지저분했다. 저택도 그렇고, 청소를 제대로 안 하는 것 같다. 그건 어제 소동으로 일하는 사람들이 사망했기 때문이 아니라 오랫동안 방치된 탓으로 보였다.

실제로 이곳 영주는 생활 질서를 크게 따지지 않는 인물인지도 모른다. 그건 귀족답지 않다고도 할 수 있는 일이지만——반대로 그것은 자신이 귀족이라는 말에 대해 지닌 선입견이라고 할 수도 있었다. 귀족내 혁명 이전이라면 모를까, 현대의 귀족들이 그런 자들이라고 해도 크게 놀랄 일은 아니겠지.

자신을 적당히 납득시키고, 오펜은 숙소 입구 쪽으로 다가갔다. 안쪽에서는 사람 기척이 느껴지지 않는다. 위노나도 중상이었는데, 다미안이 이상한 차별이라도 하지 않았다면 자신처럼 슬슬 움직일 때가 됐다. 위노나와 얘기할 필요가 있다.

가능하다면 영주를 잘 피해서.

자신이 어떤 근거로 그 우선순위를 매기고 있는 것인지. 거기에 대한 자각도 없었지만, 오펜은 출입문에 손을 댔다. 문은 잠겨 있지 않다. 당기기만 했는데 아무런 저항도 없이 열린다. 못이 경첩에 걸리는 것 같은 불쾌한 소리가 난 것만 빼면.

복도에 뜬금없이 양동이가 굴러다니고 있었다. 그 위에 대충 얹어놓은 걸레가 말라붙어서 굳어진 걸 보면 그게 제 위치인 것 같다. 원래는 대걸레였던 것 같은 막대도 그 근처에 세워져 있는데, 끝부분이 부러져서 정작 필요한 부분이 보이지 않는다. 신발의 흙을 터는 깔개도 없어서 발자국 모양의 모래 덩어리가 안쪽을 향해 점점이 찍혀 있다. 전부 파견 경찰관——즉 대 무장 도적 전투과 인간들——이 애용하는 스파이크 자국으로 보였는데, 아닌 것도 섞여 있다.

어떤 구조인지는 모르지만 복잡하게 만들어진 건물은 아니다. 복도를 따라 안쪽으로 걸어가며 제일 처음에 있는 문이 예상대로 대기소 같은 곳인 것 같다. 여러 명이 들어갈 수 있는 넓이의 사무실에 커다란 테이블이 하나. 의자는 제멋대로 놓여 있을 뿐이었다. 파일 캐비닛은 그다지 크지 않은 게 하나 있을 뿐이고, 사용한 흔적도 거의 없다. 하긴, 생각해보면 여기서 서류 업무를 처리했다고는 보기 힘들다. 벽에는 근무표가 붙어 있지만 날짜는 몇 달 전 것이고——어쩌면 몇 년 전 것인지도 모른다. 경찰관은 경찰관다운 곳에서만 일한다. 그게 누가 한 말인지를 생각하고 오펜은 씁쓸하게 웃었다. 결국 그들은 자신이 일하는 곳을 경찰답게 만들지 않으면 마음이 놓이지 않는다는 뜻이겠지. 특정한 귀족 밑에서 일하는 비공식 기사도 틀림없는 파견 경찰관이다.

이 최접근령에 모인 비공식 기사들이 주로 대 무장 도적 전투과에서 뽑아왔으리라는 생각은 맞는 것 같다. 도시에서 떨어져 생활하는 무장 도적들을 잡는 것은, 파견 경찰의 업무 중에서도 최상의 우선사항이다. 무장 도적들 중에도 다양한 것들이 존재한다. 혁명이 숙원인 정치범부터 농촌의 빵 배달하는 사람을 습격하는 골목대장 같은 집단까지. 파견 경찰 대 무장 도적 전투과 경찰관들은 유사시에 기사군에 편입되는 반 군인들이다.

경찰관과 군 직원의 가장 큰 차이는 적에 대한 자세다. 범인이 사망하면 살인죄를 묻는 경찰과 달라서, 군인은 적을 살려두면 후환을 남기는 일이 된다. 대 무장 도적 전투과 파견 경찰과는 그 중간 입장이다. 경우에 따라서는 실제로 전쟁에 참가하는 군인보다 훨씬 가혹한 임무를 맡을 수도 있다. 그들은 전투의 프로페셔널이다.

위노나를 생각하며 중얼거린다.

그녀가 뛰어난 경찰관으로 보이지는 않았다――본인의 말에 의하면 경찰 일을 그렇게 오래 하지도 않았던 것 같고. 위노나는 전투의 프로라기보다는 전투 그 자체의 프로라고 보는 쪽이 맞겠지. 적을 완력으로 굴복시키는 데 특화됐고, 그 이상도 이하도 아니다.

숙소 안을 걸어간다. 튼튼해 보이는 문에 눈길이 가서 문패를 확인해보니 장비실이라고 적혀 있었다. 이어서 로커룸이 있고 훈련소가 있고 식당이 있다. 탈의실과 욕실도 있었지만 물탱크에 물은 많이 비축

해두지 않은 것 같다.

'위노나는 뛰어난 격투가다. 최소한 기량만 보면 톱클래스겠지.'

그런 의미에서 보면 로테샤와 닮았다——검술 경기자인 그 소녀도 자신의 영역에서는 누구에게도 지지 않을 기술을 지니고 있을 것이다. 그것이 실전에서 통할지, 한마디로 그 영역을 원래 크기보다 넓힐 수 있을지가 문제다.

로테샤는 아직 모을 수도 있다. 하지만 위노나는 틀림없이 알고 있겠지.

자각하는 것과 그것을 할 수 있는지는 또 다른 차원의 문제다. 오펜 자신도 그것을 잘 하고 있다는 자신은 없었다. 아무리 실천하고 있다고 생각해도 손이 닿지 않는 범위 밖에…… 사각(死角)이 있다.

그 사각에서 뻗어온 적의 손이 자신에게 닿는다면——그 때는 진다.

어젯밤의 아픔이 다시 느껴지는 것 같은 기분으로, 오펜은 팔을 손으로 문질렀다. 상처나 대미지가 남아있는 건 아니지만, 손으로 만져도 왠지 안심이 되지 않았다.

당연한 얘기지만 숙소 안은 너무나 조용했다. 내부 구조를 생각해 보면 평소에는 여기에 수십 명의 병사들이 있었을 것이다.

그 사람들이 전부 죽었다는 걸까.

그리고…

오펜은 중얼거렸다.

'죽어서…… 죽은 채로 있다.'

그것은 사실 바보 같은 논리였다. 생각할 필요도 없는 일이다. 죽어서, 죽은 채로 있는 것은 당연한 일이다.

하지만 영주는 살아있다.

'만약 다미안이 영주를 되살릴 수 있었다면…… 죽은 병사들도 되살리면 되는 일이야. 그러지 않을 이유가 없고. 앞뒤가 맞지 않아.'

아무리 생각해도 기묘했다.

안쪽으로 갈수록 더 어지럽혀져 있었다. 마침내 찾던 방을 발견하고, 오펜은 발을 멈췄다.

개인실.

말이 개인실이지 한 방에 여러 개의 침상을 깔아놓았을 뿐인, 그런 곳이었다──《송곳니 탑》의 학생 기숙사가 생각났지만, 그것보다 훨씬 허술하다. 3단 파이프 침대는 안 그래도 좁은 침대 위에 그 용적의 절반 이상을 잡다한 짐들이 차지하고 있다. 곳곳에 쌓여 있는 낡은 잡지, 낡은 신문들은, 오락거리가 없는 이런 곳이다 보니 종이가 너덜너덜해질 정도로 읽고도 버리지 않은 것 같았다.

첫 번째 방에는 아무도 없었다. 두 번째, 세 번째 방을 들여다봤지만 잠겨 있지 않았다. 활짝 열린 채로 닫은 흔적이 없는 문도 종종 눈에 들어왔다. 몇 번째인지 세는 것을 포기했을 때, 말하는 소리가 들려왔다.

"……."

오펜은 혀를 차고 멈춰 섰다. 대화 내용까지는 알아들을 수 없었지만 그 목소리는 들어본 적이 있다. 한 사람은 지금 찾고 있는 상대──위노나. 또 하나는 남자 목소리다.

영주.

다시 한 번 혀를 찰까도 했지만 소리를 내고 싶지가 않았다. 발소리를 죽이고 근처에 있는 방 안으로 들어갔다. 문은 닫지 않았다. 저택

손님방에서 했던 것과 같은 실수를 또 저지를 생각은 없다. 문 뒤에, 몸을 숨긴다.

'……내용을 들어두는 게 좋으려나?'

의식하지 않고 귀를 기울이며, 그렇게 생각했다.

하지만 바로 포기했다. 내용을 이해할 수 있을 정도로 가까이 가면 영주는 몰라도 위노나가 눈치 챌 테니까.

'보나마나 대단한 얘기는 아니겠지.'

중요한 얘기라면 누가 들을 걱정이 없는 곳——저택에는 영주의 집무실도 있고 그럴만한 곳이 많다——으로 불러서 얘기를 했겠지. 이런 누가 숨어서 들을지도 모르는 숙소가 아니라. 대화의 분위기, 어렴풋이 느낄 수 있는 거기에 담긴 감정을 통해서 부상당한 위노나를 병문안하러 온 게 아닌가 싶었다.

'부하를 아끼는 영주…… 그리고 감격하는 부하. 뭐, 그런 건가.'

그야말로 저러다가 박수라도 치는 게 아닌가 싶은 위노나의 목소리를 흘려들으며 중얼거렸다.

그리고,

'뛰어난 격투가다…… 톱클래스의.'

위노나에 대한 평가를 다시 가슴에 새겼다.

아니, 그것은 자연스레 떠오른 것이었다. 상사를 잘 만났다고 감사하는 위노나의 너무나 감격한 목소리——그것을 들으며.

'처신만 잘 했으면 훌륭한 경찰이 됐을 텐데. 뭐, 그게 좋은지 아닌지는 그렇다 치고. 달리 있을 곳이 없는 것도 아닐 텐데. 좀 더 편하고 좋은 일은 얼마든지 있어. 위노나 자신이 유난히 솔직하고 잘 속는 성격인 것도 아니겠지. 그런데.'

어째서 이렇게까지 영주하는 인물에게 심취한 걸까?

답이 나오지 않는 질문은 심심풀이에 도움이 됐다. 들려오는 것은 정숙이었다──갑작스레 찾아온 무음이 소음이 돼서 들려오는 것 같은 착각을 느꼈다. 오펜은 고개를 들고, 그 대신 그림자 속에 가라앉은 것처럼 몸을 움츠렸다.

영주와 위노나의 회견은 끝난 것 같았다. 문 닫히는 소리가 진동이 돼서 바닥을 타고 전해졌다. 그리고 천천히, 조심스레 바닥을 밟는 소리. 그 발소리는 위노나의 체격에서는 나올 수 없는 것이었다.

그늘에서 시선만 움직여서 복도를 봤다. 사람 모습이 보인다.

가벼운 걸음걸이다. 그렇게 느껴졌다. 거만하지 않은, 단순히 몸을 앞으로 옮기기 위한 걸음걸이. 입고 있는 옷도 그리 대단한 것이 아니다──실외에서도 움직이기 편해보이는 가벼운 웃옷과 바지. 제일 먼저 떠오른 것은 삼림 레인저의 복장이었다. 실제로는 파견 경찰관들의 표준장비에서 무장을 전부 제거한 것에 가깝겠지. 다른 사람의 시선만 신경 쓰지 않는다면, 튼튼한데다 피부의 거의 대부분을 모래나 벌레한테서 막아줄 수 있는데다 며칠 동안 세탁을 안 해도 통기성을 유지할 수 있는. 한마디로 그런 옷이다.

아무것도 들고 있지 않았다. 몸 옆으로 내린 손에서는 중성적으로 뾰족한 손톱이 눈에 띈다. 그 남자가 멈추지 않았기 때문에 관찰할 수 있었던 것은 한 순간 뿐이었다. 그것도 부자연스런 각도에서 올려다보는 상태에서는 인상을 확실하게 볼 수가 없다. 하지만 오펜은 망막에 비친 것이 필요 이상으로 기억에 남는 것을 기묘하다고 느꼈다. 풍모에 눈에 띄는 특징이 있는 것도 아니다. 하지만 인상에는 남았다. 전체적인 모양은 가늘다. 어젯밤에 본 입에서 혀가 튀어나온 단말마의 표정과 비교하면 아무리 봐도 개성이 없는 얼굴 같지만. 평온하게 반원을 그리는 눈썹. 주름이 없는 미간. 나이는 40대가 아닌가 싶다. 사실 코르곤의 말을 떠올려보면——그와 서로 오랜 친구라고 부른다고 했다는 것을 생각해보면 조금 더 비슷한 나이일 수도 있다.

영주가 지나가면서 이쪽을 알아차린 건지 아닌 건지, 시선을 이쪽으로 보낸 것 같기도 하고 전혀 아닌 것 같기도 했다. 생각보다 이상하게 얼굴이 인상에 남은 것도 영주가 이쪽을 본 탓인지도 모른다. 단순한 착각일지도 모른다. 단언할 수 있는 것이 아무것도 없다…….

그 남자가 지나가고 발소리도 안 들리게 된 뒤에, 오펜은 몸을 일으켰다. 영주가 건물 밖으로 나간 것은 틀림없다. 들은 적이 있는 못과 경첩이 경연하는 소음이 귀에 들렸다. 문이 닫히고, 숙소에는 다시 정숙이 찾아왔다.

오펜은 아직 근처에 있을 위노나가 소리를 내지 않는다는 데서 기묘한 불안을 느끼며 씁쓸하게 웃었다. 이제 위노나의 방에 가면 시체가 하나 굴러다니고 있을 가능성이 있다. 그 경우, 영주는 적일까? 같은 편일까?

'자꾸 안이한 생각만 하네.'

쓴웃음의 이유는 그것이었다. 숨어 있던 방에서 통로로 나와서 앞쪽을 봤다. 아무 소리도 들리지 않는 이유는 더 안이한 것이었다. 영주가 있었던 것으로 보이는 방의 문이 닫혀 있었기 때문이다. 혹시나 위노나가 콧노래를 부르고 있어도 들리지 않겠지.

영주가 닫은 문이라면 위노나가 열 수도 있다고, 오펜은 반쯤 빈정거리는 심정으로 중얼거렸다. 굶어죽을 때까지 그 안에 있을지도 모른다. 또는 영주가 문을 열러 와줄 때까지.

자신이 열면 화를 낼까? 그딴 것을 진심으로 걱정하는 건 아니지만, 오펜은 유일하게 닫혀 있는 문 앞에서 발을 멈추고 살짝 노크했다. 덜컥, 앉아있던 곳에서 엉덩이가 미끄러져 떨어지는 것 같은 소리——또는 긴장된 순간을 마치고 늘어져 있는데 그 긴장의 원인이 돌아와서 경악하는 것 같은 소리. 어느 쪽이건 큰 차이는 없지만 그녀가 더 이상 당황하기 전에 오펜이 입을 열었다.

"……나야. 위노나, 있어?"

문 너머를 투시할 수 있는 건 아니지만, 뭔가 노골적인 변화가 일어났다.

"뭐야?"

실망 섞인 목소리가 들려왔다. 문 너머다 보니 또렷하지 않고 기분이 좋지 않은 목소리다. 다른 이유 때문일지도 모르지만.

그건 신경 쓰지 않기로 하고, 계속 말했다.

"용건을 말하기 전에 문을 열어도 될까?"

"여긴 그렇게 좋은 방이 아니거든. 당신, 이 방에서 같이 살던 인간들보다 훨씬 예의가 바르네."

그 말을 허가라고 받아들이고, 오펜은 문을 열었다. 방 안은 다른 방들과 다를 게 없는——파이로 만든 3단 침대와 꽉꽉 들어찬 짐들. 그 중에 가장 큰 것은 방 한복판에 자리 잡은 위노나였다.

좁은 방 안에 있기 때문인지 유난히 커보였다. 자신의 누나들도 키가 크지만 위노나와 비교하면 날씬하게 보이겠지. 뚱한 표정의 위노나를 보고, 오펜은 《탑》 시절의 사형을 떠올렸다. 포르테 퍼킹검과 그녀가 힘을 겨루면 아슬아슬한 승부가 될 것 같다.

"기분은?"

상대도 같은 질문을 할 것 같았지만, 오펜이 먼저 물었다. 위노나가 씩 웃었다.

"엉망이야. 그래도 움직일 수 있어. 충분히."

우호적인 대답은 아니다. 육식동물의 위협 같은 미소였다. 위노나는 아직 침대에 누워 있는데 자신은 걸어서 찾아온 것이 자존심을 건드렸겠지.

양보하고, 오펜은 고개를 끄덕였다.

"대단하네──나보다 중상이었을 텐데."

"아첨하려고 일부러 여기까지 온 거야?"

훤히 들여다보고 있다. 하지만 시치미를 떼고, 오펜은 고개를 저었다.

"……물어볼 게 있어서 찾고 있었거든."

"잠깐 기다려봐. 익숙하지 않은 말을 좀 해줄 테니까. 그러니까…… 잘 했어, 됐지?"

"뭐?"

이해하지 못하고 되물었다.

그러자 위노나는 쑥스러운지 코끝을 비비면서 말했다.

"그쪽이 영주님을 지켜드렸다면서? 그 검은 옷 입은 남자한테서."

"……."

부정인지 긍정인지──그녀의 착각을 지적하는 게 손해인지 이익인지, 바로 그런 생각을 했다. 하지만 결론을 내리기 전에, 오펜은 깜짝 놀라서 중얼거렸다.

"뭔가 착각하는 것 아냐? 난 아무것도 안 했어."

괜히 떠받드는 것 같은 기분이 들어서 신음했다. 하지만 위노나는

완고하게 말했다.

"조금 전까지 영주님이 계셨거든. 일부러 이런 누추한 곳까지. 그리고 그쪽이 믿을만한 사람이라고 말씀하셨어."

"그렇군. 믿어주시고, 말씀까지 해주시고, 그리고 공짜로 부려처먹으시겠다?"

농담 삼아 한 말이지만 위노나의 표정이 굳어지는 것이 똑똑히 보였다.

일단은 아직 그 '신뢰'라는 게 더 큰 것 같다——위노나는 때를 닦아내려는 것처럼 시선을 돌려서 마음을 다잡고, 다시 오펜 쪽을 보며 말했다.

"그래서?"

용무를 물었다. 위노나가 잘 보이지 않는 위치에서 주먹을 꽉 쥐고 있는 건 무시하고, 오펜이 말했다.

"나한테는 확신이 없어. 그쪽한테는 그게 있는지 묻고 싶어서 말이야."

"확신?"

"어제 일. 어제 있었던 일, 전부…… 있었던 일들은 머릿속에 들어 있는데, 전부 애매모호하고 확실하지가 않아."

단숨에 말하고 위노나의 반응을 기다렸다.

입을 다물고 있으니 자신이 한 말이야말로 애매모호하고 의미불명이라는 생각이 들었다——스스로 알았다고 하기 보다는 듣는 쪽의 표정을 보고 그렇게 생각했다고 해야겠지만. 오펜은 헛기침을 하고서 정정했다.

"그 사람이 영주였다는 확신은 있어?"

"무슨 소리야?"

역시 이해하지 못한 위노나에게, 화풀이 같다는 걸 알면서도 가시 돋은 말투로 말했다.

"어제 말이야. 영주 방에서, 죽어 있는 영주를 봤잖아. 그쪽이 소리를 지르고 그 검은 옷 입은 남자한테 달려들어서, 나도 그 시체가 영주라고 생각했어."

어두운 집무실——

쓰러져 있는 시체——

달빛이 들어오는 창. 그리고 거기에 실루엣만 보이는 검은 옷의 남자.

그것들을 기억 속에서 되새기고, 오펜은 눈을 반쯤 감았다. 위노나에게 묻는다.

"그게 영주의 시체였다고, 지금도 단언할 수 있어?"

위노나는 바로 대답했다.

"안 해."

"……어째서."

별 일도 아니라는 위노나의 말투에 약간 놀라면서 말했다. 위노나는 그대로, 같은 말을 되풀이했다.

"그 반대라면 단언할 수 있어."

"그러니까, 왜."

"왜냐니."

이번에야말로, 위노나는 오펜이 엄청난 바보라는 평가를 내린 것 같았다——불쌍한 것을 보는 것처럼 부드러운 눈빛으로, 천천히 말했다.

"영주님은 살아계셔. 내가 잘못 봤겠지."

그건은 정론이라면 정론이었다. 반론하는 게 바보 같을 정도로. 실제로 자신도 같은 생각을 했으니까――그건 트릭이었다고.

그래도 의심이 가서, 물었다.

"잘못 보고 암살자한테 돌진한 끝에 창밖으로 내던져졌다는 거야?"

"그 때는 착각했던 거니까 어쩔 수 없어. 내 생각이 짧았어. 차분하게 생각해보면 말이야, 영주님이 그렇게 꼴사납게 돌아가셨을 리가 없잖아?"

위노나는 끝까지 확신이 넘쳤다. 앉아 있는 스툴――위노나가 몸을 움직일 때마다 삐걱삐걱 소리를 내는 그것 위에서 몸을 약간 흔들면서,

"내 단련이 부족했어…… 영주님은 용서해주셨지만."

'제정신으로 하는 소리야?'

소리 없이 되묻고, 오펜은 얼굴을 찌푸렸다. 하지만,

'아냐, 위노나 쪽이 맞는…… 건가?'

죽은 사람이 다시 살아났다고 난리를 치는 자신이야말로 어떻게 된 건지도 모른다. 거기에 대해서는 자신이 없었다.

이쪽을 보고 있는 파견 경찰관의 눈을 마주봤다. 위노나의 눈동자는 너무나 맑았고, 망설임도 당혹도 없었다. 단 하나의 중요한 확신을 품고 있다.

자신을 그것을 부러워하는 걸까――목을 긁어서 떨떠름한 기분을 얼버무리고, 오펜은 그대로 지울 수 없는 의문을 입에 담았다. 아무리 생각해도 영주의 행동에는 이해할 수 없는 부분이 남아 있다.

"무슨 의미가 있는 건데."

"뭐가?"

이번에도 똑같이 되묻는 위노나에게 말했다.

"죽은 척 같은 트릭을 쓰려면, 영주가 제일 안쪽에 있을 의미가 있냐고. 제일 먼저 죽었으면——제일 먼저 죽은 척을 했으면 부하들이 죽지 않아도 됐잖아."

그리고 마찬가지로, 위노나한테서는 망설임 없는 즉답이 돌아왔다.

"바보 아냐? 영주님이 제일 먼저 죽는 곳에 계시면 상대가 의심할 것 아냐."

"그렇다면 마지막에서 두 번째나 세 번째라도 돼. 왜 하필 부하가 전부 죽은 뒤에야 도달할 수 있는 곳에 숨어 있던 거냐고. 그런 마치——"

제물을 늘려서 사태를 크게 만드는 것 같은 짓이다.

그 말이 입까지 올라오기 전에, 위노나가 날린 말이 오펜의 말을 가로막았다.

"하늘의 뜻이야."

"……?"

내쉬지 못한 숨을 소리로 만들지 않고 흘리며, 오펜은 시선으로만 물었다. 위노나는 앉아 있는 의자를 소리를 내며 질질 끌어서 앉은 위치를 고쳤다. 그리고,

"영주님이 생각하시면 그게 바로 하늘의 뜻이야. 기사가 거기에 따르지 않으면 영주님이 어떻게 매사를 다스리겠어?"

대답이라고 할 수도 없다. 오펜은 이를 갈면서 말했다.

"그런 건, 이르기트하고는 전혀 상관이 없어."

"그 녀석은 영주님을 죽이려고 들어온 암살자잖아."

"이르기트는 아니었어."

말했다. 하지만.

아무리 말해도 위노나는 물러나지 않았다──어깨를 으쓱거리고, 주위를 가리켰다. 한 순간 이해하지 못했지만, 잠시 지나서 오펜도 이해했다. 원래는 이 방에서 자고 일어나야 할 동료들이 썼던 빈 침대. 위노나가 말하려는 것은 명백했다. 어젯밤에 죽은 사람은 한 사람만이 아니다.

위노나는 침대──편하게 자기에는 충분하다고 할 수 없는 그 공간을 차례로 보고나서 말했다.

"그걸 나한테 구분하라고 하는 건 좀 아닌 것 같지 않아? 잘 들어, 그 여자는 틀림없는 《13사도》고, 암살자를 동료로 데리고 허가도 없이 영지로 들어왔어. 그리고 영주님이 말씀하셨어──《13사도》를 죽인 건 그 검은 옷의 도펠 익스라고 말이야."

인정하고 싶지는 않았지만 그 말은 정당하다고 할 수밖에 없었다. 들으라는 듯이 코웃음을 치고, 오펜은 손가락으로 위노나를 가리켰다.

"그쪽도 죽을 뻔 했잖아."

"위험했지. 하지만 영주님이 보답해주셨어."

"보답? 지금 그 거창한 위문 방문이?"

"놀리지 말았으면 좋겠는데. 영주님이 돌아가시고 내가 살아남았다──그게 최악의 사태라고 생각한다면."

그리고는 자기 가슴에 손을 대고, 도취된 것처럼 촉촉한 눈으로 말했다.

"내가 간신히 살아남고 영주님도 무사했다. 이거야말로 최고야. 난 보답 받았어."

"그것 때문에 수십 명이나——"

계속 물고 늘어지려고 하자 위노나의 표정이 돌변했다. 의자를 박차고 일어나서 팔을 옆으로 휘두르면서 외쳤다.

"그만 좀 해! 우리는 전쟁을 하는 거라고! 희생은 각오하고 있어!"

"그럼 다음엔 죽으라고. 그 검은 옷 입은 놈이 또 오면. 그런 게 전쟁이라면 말이야. 애들 싸움이라고."

바로, 오펜은 그렇게 말했다.

위노나의 체중에서 해방된 스툴이 넘어지는 소리가 울렸다. 그 소리가 모든 소리를 빼앗아간 것처럼 조용해졌다.

마침내, 위노나가 작은 소리로 중얼거렸다…… 기분 나쁜 시선으로 이쪽을 보며.

"안 와."

"뭐?"

이해할 수 없던 것은 그 말이 아니라, 자신 넘치는 눈빛이었다. 그냥 하는 소리나 허세가 아닌 그 표정을 유지한 채, 그 비공식 기사가 말했다.

"어떻게 오겠냐고…… 생각해봐. 그 놈은 영주님이 죽었다고 생각한단 말이야. 적어도, 당분간은 오지 않아."

"그리 오래 걸리진 않을 거야. 성역은 네트워크를 쓰니까. 속인다고 해봤자 겨우 며칠이겠지. 몇 시간일 수도 있고."

오펜은 빠르게 말했다. 하지만 그 말을 기다렸다는 듯이, 위노나의 눈빛이 더 강해졌다.

"그렇다면 이번엔 내가 그 놈을 해치우면 되겠지."

위노나가 진심으로 하는 말이라는 것을 알고——

오펜은 아무 말도 하지 않고 방에서 나왔다. 질려서 그런 건 아니지만, 할 말이 생각나지 않았다. 도망치는 기분으로 빠르게 걸어갔다.

'겨우 며칠. 겨우 몇 시간, 인가…….'

위노나의 고함소리가 따라올 거라고 생각했지만 뒤쪽에서는 아무 소리도 들려오지 않았다. 하지만 오펜도 이미 위노나를 의식하지 않고 있었다──통로를 되돌아가면서 생각하던 것은 다른 인물이었다.

'또 오는 건, 그 남자…… 일까? 성복 입은.'

이젠 남아 있지 않을 상처가 다시 아파왔다.

제3장 허상의 적

눈앞에 그 검은 남자가 있다. 검은 펠트 모자 아래에서 미끈한 비늘 같은 눈이 이쪽을 보고 있다.

달이 떠 있다. 창밖에서 푸르스름한 빛이 들어오고 있다. 먹구름처럼 어두운 밤하늘. 하지만 빗소리의 노이즈를 기대해봤자 정숙의 솜만이 귀를 뒤덮어서 아무 소리도 들리지 않는다. 손 끝에 감기는 것은 날카롭고 차가운 공기. 얼음 연못에 빠진 것처럼 그 속을 헤친다.

그 남자는 굵은 어깨를 이쪽으로 향하고 자세를 잡고 있다. 오펜은 대치하면서 같은 자세를 잡았다. 상대는 움직이지 않았다. 이쪽도 움직이지 않는다. 호흡을 고르고, 서로 상대를 기다린다.

부츠 속에서 발가락 위치를 바꾼다. 체중 분배를 밀리미터 단위로 조절하며 최선의 장소를 찾는다. 저절로, 자세가 낮아진다. 근육으로 뼈를 당기는 것은 활시위를 당기는 것과도 닮았다.

호흡을 고른다. 그것을 내쉬는 타이밍을 찾아서 시선이 움직인다.

적의 기술은 간파했다.

붕권——그렇게 말했다. 최소한의 움직임으로 최대의 위력을 발휘하는 타격법을, 성복 입은 남자는 그렇게 부르는 것 같았다. 그 발상 자체는 아주 일반적인 것이었다. 권법 기술론에 반드시 등장한다고 해도 될 정도로. 그것은 기초이자 궁극의 기술이었다. 최고의 이상은 전혀 움직이지 않고 치명적인 타격력을 이끌어내는 것. 한 걸음도 움직이지 않고 건드리지도 않고 적을 날려버려서 승리한다. 하지만 그것은 궁극의 공상이자 허풍이다.

그래서 현실의 기술은 그 공상 한 걸음 아. 아니, 천 걸음이나 떨어진 곳에서 완성된다. 오펜은 주먹을 굳게 쥐고 그 이미지를 떠올렸다. 그가 몸에 익힌 타격법——촌경도 그 일종이기는 했다. 적에게 밀착하고 그 상태에서 타격 타이밍을 도출한다. 온 몸의 힘을 몇 센티미터 거리의 타격에 쏟아 넣어서, 카운터를 날리는 요령으로 적의 내장에 직접 대미지를 입힌다. 그것은 명중하면 일격에 상대를 무력화시킬 수도 있다.

　그렇다. 주먹으로, 일격에 상대를 쓰러트릴 수는 있다.

　하지만.

　눈앞의 남자를 보며, 오펜은 의문을 떠올렸다.

　'그 단 한방으로 두개골을 부수고 온 몸을 산산이 부숴버리고, 사지를 잘라버리는…… 이 남자는 인간으로서 이상해.'

　있을 수 없는 일이었다. 설령 근력과 수련에 의해 가능하다고 해도, 체격이 따라올 리가 없다. 두개골을 부수면 그것보다 부드러운 주먹도 부서진다.

　'뭔가 비밀이 있을 거야…… 마술일까?'

　초인의 특권인 마술.

　인간의 마술로는 불가능해도, 예를 들어 천인 종족의 마술 문자라면 숨겨서 휴대할 수도 있다. 남자가 성역이 보낸 암살자라면 마술 무기를 가지고 있다고 해도 이상할 건 없다. 실제로 라이언 스푼은 도시를 짓밟아버릴 정도의 무기를 가지고 다녔다.

　발을 디딘다. 그 한 걸음으로 힘이 다해버린다고 해도 상관없다는 생각으로, 오펜은 온몸을 도약시켰다. 도약이 거리를 줄이고, 한 순간 지면에서 떨어진 발이 다시 지면에 붙는 것과 동시에 상대의 급소에

주먹을 찔러 넣는다. 남자는 움직이지 않았다. 표정 하나 바뀌지 않고, 이미지 속에서 그 모습을 지워버렸다…….

저택 뒤쪽에 있는 나무 그늘에서, 오펜은 주먹을 내지른 자세로 한숨을 쉬었다. 이미지 트레이닝을 시도해보려고 해도, 적의 기술이 어떤 것인지 정체를 모르면 아무것도 생각할 수 없다.

위를 올려다보니 태양은 제일 높은 곳에서 약간 내려와 있었다. 바람은 서늘하다. 가을바람은 분출된 땀을 식혀줄 뿐이었다.

'팃시라면…… 그 남자를 쓰러트릴 수 있을까?'

상상 속에서 다시 그 남자의 모습을 재현하면서 물었다. 팃시의 기술과 신체능력이라면 성복 입은 남자의 공격을 피할 수도 있을까?

무리겠지——결론은 간단히 마음속을 통과했다. 기술도 체력도 웃도는 상대에게, 레티샤는 아무것도 할 수 없다. 정공법으로 싸우는 한 그 남자한테는 이길 수 없다.

'코르곤은?'

그 녀석이라면 어떤 방법을 쓸까. 정공법하고는 거의 인연이 없는 녀석이다. 적의 타이밍이 어긋나게 하고, 적이 예상도 못한 치명타를 날린다. 그렇게 하면 적어도 승률이 0이 되지는 않는다. 하지만——

'……그 남자도, 같은 레벨의 기습으로 대항…… 하겠지.'

실제로는 같은 레벨이 아닐 거라는 생각이 들었다. 성복 입은 남자의 자세, 언동을 떠올리며 신음했다. 한마디로 그 남자는 수많은 기술을 계속 연마해온 권법가다. 적어도 그 분야에 대해서는 이쪽보다 한 수 위라고 생각할 수밖에 없다.

한 수 위——

그 말과 함께 떠오른 얼굴이 있었다. 중얼거린다.

'선생님이라면…… 차일드맨 파우더필드라면?'

아니.

생각을 고친다. 오펜은 고개를 저었다. 성복 입은 남자에게 이길 방법은 있다. 생각할 필요도 없다. 힘들지 않게 이길 방법은 있다. 마술을 쓰면, 이길 수 있다. 마술을 써서 싸울 수 있는 상황만 만들면, 그걸로 이길 수 있다.

'문제는 상대도 그걸 알고 있다는 점인가.'

《13사도》의 암살자조차 손도 써보지 못하고 당했다는 걸 생각해보면, 생각만큼 쉬운 일이 아니겠지. 하지만 승산은 가장 높다.

그리고, 또 하나——

허벅지의 홀스터에 들어 있는 권총을 살짝 만지며, 오펜은 탄식했다. 분해정비를 해두는 쪽이 좋을지도 모르겠다. 경우에 따라서는 필요해진다.

'마술로도 기술로도 쓰러트릴 수 없는 상대를 무효화하는 무기……란 말이지.'

그립에 손가락을 감아서 가벼운 금속제 권총을 뽑았다. 가죽 홀스터에서, 칼을 빼는 것처럼 살짝 비틀기만 하면 총을 뽑을 수 있다.

'헤일스톰.'

그것은 그런 이름이었다. 총 장인의 허영심이거나 가벼운 장난이겠지. 총에 새겨진 이름은 확실하게 읽을 수 있다. 출처를 표시하는 각인은 없다. 이것은 《송곳니 탑》이 극비리에 개발한 무기였다. 기존 권총과는 한 획을 그은 콘셉트를 가진 최신 무기. 기사들처럼 왼손이 아니라 오른손으로 잡는다.

오른손으로 들어 올리고 그 그립에 왼손을 얹는 것이 정식 포지션이다. 가능한 자연스런 자세로 겨누는 쪽이 좋다. 팔 하나만 가지고는 명중도를 기대할 정도의 균형을 유지할 수 없는 것이 인간의 신체다——총, 오른쪽 어깨, 왼쪽 어깨의 세 점으로 겨우 안정된다. 주로 사용하는 눈에 맞춰서 조준하기 위한 자세다.

기존의 기사용 권총과 이 헤일스톰은 비유하자면 활과 보우건 같은 관계라고 할 수 있다. 즉, 몇 미터라는 장거리에서 노려서 맞추는 것이 가능하다. 명중률은 구식 권총과 비교할 수도 없다. 발사구조 속에 나선형 회전을 얻은 탄환은 상당히 직진에 가까운 탄도로 비행한다. 탄환의 회전은 관통력과 살상력을 증가시켜주는 보너스까지 가져다줬다. 한마디로 이 권총을 사용하면 떨어진 거리에서 무조건 적을 해치울 수 있다.

명중도나 위력이라는 점만 따지면 마력에는 미치지 못해도 고도의 정신집중과 구성 전개, 그리고 주문 발생이라는 어려운 절차를 거쳐야 하는 마술과 달리, 권총은 훈련에 따라서는 1초도 안 되는 사이에 조준, 사격을 마칠 수가 있다. 《송곳니 탑》이 이것을 위험시하고 극비로 지정한 것은, 권총을 이용한 저격술이 본격적으로 실용화되면 거기에 대항할 수단이 없었기 때문이다.

물론 실제로는 문제가 남아 있었다——이 최신식 전투기계는 구조가 너무나 복잡했다. 생산이 상당히 어렵고 막대한 비용이 든다. 기계적인 고장은 말할 것도 없고, 정비도 간단하다고 할 수가 없다. 연속으로 사격하면 충격 때문에 자세가 흐트러지면서 조준이 어긋난다. 애당초 저격술을 아무리 훈련을 한다고 해도 완벽하게 되기는 힘들다. 거리가 떨어지면 역시 명중도가 떨어지게 된다. 게다가 움직이는 표적에 탄환을 명중시키는 것은 지극히 어려운 일이다. 그리고, 움직이지 않는 표적 따위는 없다.

'기술자가 생각하는 결점은 그 정도겠지만.'

오펜은 권총을 다시 홀스터에 집어넣고 혼잣말을 했다. 이 무기에는 아마 발명자들은 생각도 못 했을 문제점이 있다.

'정도를 조절할 수 없는 무기다. 표적을 죽이게 될지 아닐지, 운에 맡기는 수밖에 없어.'

중얼거리면서 고개를 들었다.

어림짐작이기는 했지만 고개를 들고 쳐다본 방향에는 펜릴의 숲의 ──그리고 드래곤 종족의 성역이 있을 것이다.

그런데.

그 땅보다 훨씬 가까운. 아니, 거의 눈앞에 소녀가 서 있었다. 저택에서 나와 이쪽으로 걸어오고 있는 것 같다. 오펜이 쳐다보자 거기서 발을 멈췄다.

"클리오."

오펜은 금발 소녀의 이름을 중얼거렸다. 자신은 불렀다고 생각했다. 하지만 상대의 귀에 전해졌는지 아닌지 자신이 없다. 클리오는 저택 쪽을 가리키면서 입을 열었다.

"식사. 준비 다 됐다고. 영주님이."

그 말만 하고, 바로 등을 돌려서 걸어가 버렸다.

"……그래. 알았어."

클리오한테 들리지 않는 거리까지 떨어진 뒤에 대답했지만, 일부러 그런 것은 아니었다.

식당에는 점심이 차려져 있었다. 콘 수프와 빵 정도의 간단한 것이지만, 좋은 음식을 내놨다는 것은 테이블보 위에 펼쳐져 있는 냄새로 알 수 있다. 저택 안을 돌아다닐 때는 몰랐는데, 주방에서 제대로 조리한 것 같다. 테이블에는 이 영지 안에 있는 살아남은 사람 숫자보다 많은 의자가 준비돼 있었다. 하지만 식사는 사람 숫자만큼 차려놨다.

긴 테이블 위에는 꽃까지 꽂아 놨다. 가장 먼 자리——주인의 자리에 영주가 있다. 이쪽은 보지도 않고, 입가에 희미한 미소를 짓고 가만히 앉아 있다. 그 양옆에 새 옷을 입은 두 사람이 있다. 클리오와 매지크. 표정에서 아무것도 읽을 수 없는 시치미 떼는 얼굴로, 역시나 아무데도 보지 않고 가만히 있었다.

거기서 약간 떨어진 곳에 로테샤.

다미안과 위노나의 자리는 없는 것 같았다.

"……누가 만들었어?"

남은 자리——누가 배치했는지는 모르겠지만 영주와 마주앉는 자리다. 입구에서 가장 가까운 자리에 앉으면서, 오펜이 중얼거렸다. 저택에는 일하는 사람도 남아 있지 않을 텐데. 설마 영주가 직접 빵을 구웠을 리는 없고.

굳이 물어본 것은 매지크가 구웠을지도 모른다고 생각했기 때문이다. 하지만 대답은 없었다. 로테샤가 신경 쓰는 것 같은 시선으로 이쪽을 쳐다봤다. 또 한 사람, 얼굴 방향을 바꾼 것은 영주였다.

그 영주가 대답하는 건가, 라고 생각한 순간. 목소리는 다른 방향에서 들려왔다.

"내가 했다, 고 말하면 놀랄 건가?"

고개를 들려보니 입구에서 다미안 르우가 소리도 없이 들어왔다. 오펜은 그다지 관심도 없다는 듯이 의자에 앉았다.

"댁 몫을 깜박한 것 같은데?"

"내 몫? 내게 필요한 것은 조금 다르다."

다미안은 웃음을 머금은 목소리로 그렇게 말하고는, 입구에서 한 걸음 들어온 위치에서 멈춰선 것 같았다. 한마디로 오펜의 등 뒤에. 거기서 식사하는 모습을 구경할 생각인 것 같다.

그 때, 오펜이 따지듯이 물었다.

"……댁이 만들었다고?"

뒤를 돌아보며, 신음하듯이 말했다. 그러자 다미안은 속편한 말투로 대답했다.

"그대는 '고스트' 현상에 대해 잘 아는 것 같은데."

"죽은 고용인의 고스트를 이용해서 만들게 했다는 건가?"

"그런 것이다. 먹을 것에는 죄가 없다. 싫어하지 말고 먹어줬으면 좋겠군."

반론해봤자 의미가 없다고 생각됐다. 그리고 실제로 배가 고프고——오펜은 얌전히 고개를 다시 돌렸고, 그리고 다시 한 번 이 자리에 있는 사람들을 둘러봤다.

전부 이쪽을 보고 있다. 영주, 클리오, 매지크의 시선이 전부 똑같아 보이는 건 어째서일까. 빈정대는 느낌을 담아, 오펜은 영주에게 가시 돋은 미소를 지어보였다.

로테샤는 혼자 떨어져 앉아서 불안한 건지, 불편한 듯이 테이블보 끝을 말았다 폈다 하고 있다. 발밑을 슬쩍 보니 이런 곳까지 그 검을 가지고 온 것 같다——사실 전투복을 입고 있는 자신이 할 말은 아니지만. 다미안은 움직이지 않는다.

먼저 입을 연 것은 영주였다.

"모두가 믿는 것이 무엇인지, 그것은 모른다."

그리고는 기도하는 것처럼 손을 움직이고 나서 상냥한 목소리로 덧붙였다.

"내가 믿는 것을 위해서 이 식사가 있다. 그대들이 믿는 것을 위해 이 식사가 있다. 모두에게 평등하게 감사하고 각자의 방식으로 식사를 한다."

거기까지 듣고, 오펜은 그제야 그것이 식전 기도라는 것을 알았다. 멍하니 있는 사이에, 또 깜짝 놀랄 일이 일어났다. 클리오와 매지크가 조용히, 동시에 말했다.

"감사합니다."

'……대체 뭐냐고.'

그 다음엔 말없이 식사를 했다. 오펜도 수프에 적신 빵을 두 개 정도 뱃속에 집어넣고, 다른 사람들의 식사가 끝나기 전에 자리에서 일어났다.

예의가 없다고 놀란 사람은 로테샤 정도였다──영주도 그 누구도, 고개도 들지 않았다. 하지만 고개를 돌려보니 다미안이 아까와 같은 자리에 그대로 있었다. 길을 막는 것처럼.

"성급하군."

백마술사의 목소리에 비난하는 기색은 없었다. 오펜은 다미안의 동그란 눈동자를 보면서 거짓말을 했다.

"조금만 더 있으면 깨달음을 얻을 것 같아서. 내가 그 성복 입은 남자를 쓰러트릴 수 있게 되지 않으면 댁도 곤란하잖아?"

"잭 프리스비. 다른 이들은 '악령'이라고 부르지.'

그렇게 말한 사람은──

다미안이 아니라 뒤쪽에 있는 사람이었다. 잘 들리는, 또렷한 육성. 거창한 억양은 없지만 그렇다고 힘이 없는 목소리도 아니다.

어깨 너머로 뒤쪽을 봤다. 멀리, 테이블 맞은편에 있는 인물 쪽을 봤다.

아주 일반적인 날씨 얘기라도 하는 것처럼, 영주가 계속해서 말했다.

"굳이 말할 필요도 없겠지만 직업적인 암살자라네. 도펠 익스로서 활동한 건 어제가 처음이고."

"꽤나 확신이 넘치는 말투네. 상대가 자기소개를 한 것도 아닌데."

"물론 내가 조사한 것도 아니라네. 실은 다미안이 재빨리 조사해줬지. 그리고 그것을 내가 한 것처럼 만들어줬고."

영주는 식사를 마쳤지만 자리에서 일어날 생각은 없는 것 같다. 온화한 태도를 유지한 채 이쪽을 마주보고 있다.

"잭 프리스비는 강력한 암살자다. 하마터면 나도 죽을 뻔했지. 내 실수로 많은 희생이 나온 데 대해서는 아무리 후회해도 모자랄 정도라네."

"클리오."

오펜은 말하는 상대를 무시하고 그 옆에 있는 소녀 쪽을 봤다. 클리오는 듣는 건지 마는 건지, 묵묵히 빵을 뜯어서 입에 집어넣고 있다.

그 옆얼굴을 보며, 말했다.

"레키는 어쨌어? 레티샤가 여기서 한참 떨어진 데서 레키를 봤다고 했는데. 레키는 펜릴의 숲으로 간 것 같아."

클리오는 이쪽을 봤다. 입을 벌리려 했지만——중간에 그만두고 다시 눈을 돌렸다.

처음부터 대답할 거라고 기대하지는 않았다. 오펜은 그대로 매지크 쪽을 보고,

"매지크. 어제는 어디 있었어?"

금발 소녀는 빵도 수프도 손대지 않고 계속 고개만 숙이고 있었다. 다리 사이에 손을 끼운 채로 움직이려 하지도 않았다.

오펜은 탄식했다.

"대답할 수가 없겠지. 정신지배 당했으니까."

덜컥——

소리를 내며 일어난 것은 로테샤였다. 검을 끌면서 의자에서 떨어졌다. 로테샤는 경계하는 시선으로 오펜을 쳐다봤다. 뭔가 말하고 싶은 것 같았지만, 오펜은 상관하지 않고 말했다.

"분명해졌어. 너희들은 적이다."

영주를 보며, 살기는 뒤에 있는 다미안 쪽으로 보냈다. 다미안은 분명히 강대한 적이다. 앞에 있는 영주가 누구인지는 모르지만, 적어도 체격을 보면 전투훈련을 받은 것 같지는 않았다. 그것을 인질로 잡은 모양이 된다.

'……이 녀석이 가짜 영주인지 대리인지. 가짜가 아니라면 말이야.'

마음속으로 말하고, 오펜은 언제든 마술을 쓸 수 있도록 의식 속에서 구성을 떠올렸다.

"오펜 씨."

자신을 부른 로테샤를 손으로 제지하고, 오펜은 적의 반응에 의식을 집중했다. 영주를 더 사나운 눈빛으로 쳐다보면서 말했다.

"무슨 생각이지? 너희들 행동에는 수상한 게 너무 많아. 꿍꿍이 없이는 인사도 하나 못 하나. 대체——"

"정신지배?"

그렇게 말한 것은 영주였다. 씁쓸한 표정 하나 짓지 않고. 영주라는 사내는 진지한 얼굴로 물었다.

"무슨 의미인가."

"무슨이고 자시고——"

"오펜 씨!"

로테샤가 더 큰 소리로 외쳤다. 옆에서 화를 내는 로테샤 쪽을 보니, 그녀는 씁쓸한 표정으로 말을 토해냈다.

"제가, 말한 대로 두 사람을 만나서 얘기했어요. 그랬더니……."

그리고는 클리오 쪽을 보면서 고개를 저었다.

"아니었어요."

"평소랑 다르잖아? 보면 알아."

별것 아닌 소리를 되풀이하는 로테샤에게 짜증을 내면서 말했다. 하지만 로테샤는 고개를 더 세게 흔들었다.

"그게 아니라, 아니라고요!"

그 목소리에 떠밀린 것처럼 클리오가 자리에서 일어났다.

보고 싶지도 않았다——친한 사람이 정신지배 당했다고 생각하는 것은 생각했던 것보다 더 자신을 동요하게 만들었다——하지만 무시할 수도 없어서, 오펜은 클리오의 시선을 마주봤다. 클리오는 가슴 언저리를 손으로 누르며 힘없이 말했다.

"저기…… 오펜. 미안해. 하지만 나, 말하기가 좀 그래서."

"쓸데없는 짓 하지 마!"

클리오가 아니라 다미안에게 외쳤다. 백마술사는 이미 뒤쪽에 있지 않았다. 주의하고 있었는데, 어느 샌가 사라져버렸다.

슥, 갑자기 다미안이 영주 옆으로 이동했다. 대결의 조짐을 느끼고 지켜야 할 대상 곁으로 이동했다는 뜻인가.

'그래 좋다……'

오펜은 거의 다 된 구성을 다른 것으로 바꿨다——너무 강한 마술을 쓰면 클리오도 다칠 수 있다. 정신지배를 당했다는 건 매지크가 적이 될 수도 있다. 그게 큰 위협이 되지는 않겠지만, 안 그래도 귀찮은 적을 앞에 두고 다치게 하면 안 되는 적이 또 한 사람이 늘어나면 귀찮아진다.

로테샤가 얼마나 도움이 될까. 그것도 의식하려고 했지만 바로 그만뒀다. 다음에 무슨 짓을 할지 모른다는 점은 클리오도 마찬가지지만, 로테샤의 경우에는 그것이 치명적일 것만 같았다. 게다가 마검의 효과가 플러스가 될지 마이너스가 될지도 모르는 일이다.

생각할 시간도 침묵도 오래 가지는 않았다. 또 한 번, 의자 다리가 바닥에 끌리는 소리가 났다 싶더니 매지크가 일어났다.

"오펜 씨, 진정하고——"

'오펜 씨?'

매지크가 자신을 부르는 호칭이 달라졌다. 그것 때문에 의아해하는 눈빛을 던지자, 매지크는 당황해서 다시 말했다.

"아니, 저기, 그게 아니라…… 스승님……."

"……."

정신지배의 부작용이라고 보이게는 너무나 조잡했다——특히 다미안 같은 백마술사의 짓이라면. 뭔가 이상하다. 그것을 알아차린 오펜은 다시 한 번 클리오 쪽을 봤다. 클리오는 여전히 불안한 표정이다. 진심으로 이쪽을 걱정하는 것처럼, 지금까지 본 적이 없을 정도로 근

심어린 표정을 보여주고 있다.

'뭐지…? 내가 잘못 생각한 건가…?'

클리오가 입을 열었다. 긴 금발이 흔들린 것은 클리오가 어깨를 떨궜기 때문이다.

"오펜…… 나 말이야. 이 영주님하고 얘기했어."

"그래서?"

말로 표현할 수 없는 불안이 가슴 속에 번지는 걸 느끼며, 오펜은 얼굴을 찌푸렸다. 클리오가 탄식하는 모습이 보였다. 안타깝고, 힘없이.

"영주님이, 나랑 거래를 하자고."

"거래……."

어리석게도 상대의 말을 되풀이하며, 오펜은 영주의 얼굴을 노려봤다. 정작 본인은 아무렇지도 않은──그렇게 보였다──얼굴로 가만히 앉아 있다. 식기 앞에서 예의바르게, 부끄러운 일 따위는 없다는 것처럼.

클리오는 말문이 막혔었지만, 갈라진 목소리로 계속 말했다.

"내 잘못을 바로잡아 주겠다고."

"잘못? 바로잡아?"

이건 일부러 되풀이했다. 클리오는 고개를 끄덕였다.

"그러니까…… 정확히 말하자면, 영주님은 레키랑 거래를 했어. 그래서 레키가 없어."

"무슨 거래를 했는데?"

클리오가 말할 때 요점에 도달할 때까지 시간이 너무 걸리는 건 항상 있는 일이지만 이번에는 유난히 애매하게 말했고, 결국 오펜이 재촉했다. 불안은 마음속에 퍼지는 정도가 아니라 몸 바깥까지 팽창해서, 지금은 방 안을 전부 감싸고 있는 것 같았다.

그 무거운 공기 속에서, 소녀의 목소리는 알아듣기 힘들 정도로 작게 울렸다.

"라이언이 죽은 걸…… 없었던 일로 해준다고."

"……흥."

길어질 것 같은 침묵에 짓눌리기 전에, 오펜이 비웃었다.

"다시 살려주겠다는 건가?"

이번에도 클리오가 아니라 영주를 보며 비웃었다. 불안은 순식간에 어쩔 도리가 없는 화로 변했다.

하지만 영주는 자세를 유지한 채로 부정했다.

"설마. 단지 그녀에게 속죄할 기회를 마련해주겠다고 했을 뿐이네."

"속죄라고?"

"라이언 킬마크드를 도펠 익스로 만들어서 그러한 마도에 빠트린 자들을 그냥 둘 수는 없지 않은가?"

다시 한 번 의자 소리가 났다——하지만, 유일하게 앉아 있던 영주가 일어난 게 아니었다. 클리오가 의자 등받이에 기대서 주저앉는 모습을 보고, 오펜은 숨이 턱 막혔다. 클리오는 소백한 나무 등받이를 손으로 꽉 잡고, 째지는 소리로 말했다.

"나! 나, 이젠 레키한테 의지하지 않겠다고…… 레키한테 힘든 일을 시키지 않겠다고 생각했는데. 그런데, 레키는 가버렸어…… 말렸지만 가버렸어. 아마, 내가 진심으로 그렇게 바랐다는 게 전해진 거야!"

"클리오——"

오펜은 클리오를 부르면서 한 걸음 앞으로 다가가려고 했다. 하지만 로테샤가 먼저 클리오에게 달려가서 어깨에 손을 얹었다. 걸음을 옮기다 만 오펜 앞에서, 클리오는 매달리는 것처럼 로테샤의 팔을 끌어안았다. 로테샤가 비난하는 눈으로 노려본다.

켕기는 기분을 삼키고, 오펜은 매지크 쪽으로 시선을 옮겼다. 매지크 쪽은 침착했다. 그저 동그란 눈동자에 어울리지 않는 어두운 그림자를 드리우고 있었다.

"저는…… 스승님 밑에서 계속 연습해봤자 더 늘지 않겠죠?"

"뭐라고?"

엉뚱한 소리에 깜짝 놀라서 신음소리를 냈다. 매지크는 그대로, 계속 말했다.

"스승님은, 이제 충분하다고 하셨잖아요. 하지만 저는 결국, 그래도 도움이 안 되고——"

"매지크."

"나는 그가 아주 훌륭한 마술사라고 느꼈다. 재능이 있어. 시간을 들여서 훈련하면 유이스 같은 마술사가 될 수 있다."

차분한 말투로 끼어든 영주에게, 오펜이 소리쳤다.

"그렇게는 못 돼!"

코르곤은 특수한 마술사였다. 재능 하나만 가지고는 손에 넣을 수 없는 힘. 그리고 무엇보다 다른 사람은 추구해도 따라잡을 수 없는 결정적인 힘을 가진 마술사였다. 그 비밀이 무엇인지는 아무도 모른다. 하지만 오펜도 간신히 이해할 수 있는 것이 딱 하나 있다——

'그건 최사선택의 힘이야. 불필요한 뭔가를 버리고 필요한 것을 얻

는다. 그 구분. 다른 사람을 죽이고 자신을 살린다. 그런 건 손에 넣을 수가 없어. 매지크는…….'

하지만 그걸 어떻게 설명해야 좋을지 모르겠다. 우물거리는 사이에 매지크와 눈이 마주쳤다. 생도의 얼굴에 드리운 표정을 보고, 오펜은 자신이 실수했다고 깨달았다. 큰 실수다. 알았을 때는 이미 늦은, 그런 부류의 실수.

확실하게 실망한 기색을 눈에 드리우고, 매지크가 말했다.

"스승님이 가르쳐주신 게 헛된 일들이라고는 생각하지 않아요. 하지만, 전 스승님처럼은 될 수가 없으니까……."

"그래서, 뭐가 되겠다는 건데. 영주의 병사?"

정면에 있는 남자를 가리키며, 오펜은 큰 소리로 말했다.

"그 녀석은 곧 죽을 거야! 성역이──"

"잭 프리스비라면 그대가 막아주겠지?"

재미있다는 듯이 말한 것은 다미안이었다. 오펜은 빈정댈 여유도 없이 대답했다.

"너희들 지키려고 하는 게 아니야. 그리고, 그것 막는다고 뭐가 어떻게 되는데?!"

테이블을 걷어차고, 오펜은 더 거칠게 말했다.

"너희들이 하는 짓은 그냥 잔재주나 부리는 거야. 드래곤 종족이 정말로 마음만 먹으면 손도 못 쓰는 주제에, 그렇게 숨어가지고 상대를 도발하고 있을 뿐이라고. 너희는 지는 싸움을 하고 있어! 그렇다면 다른 사람들을 끌어들이지 마!"

"내가 그 딥 드래곤에게 어떤 거래를 했을 것 같은가?"

"대등한 거래라는 건가. 한참 수상한데 말이야."

말했다. 하지만 영주는 빈정거리는 부분이 들리지 않았다는 것처럼 무시하더니, 더 차분한 목소리로 말했다. 로테샤한테 매달려서 울고 있는 등을 아주 잠깐 쳐다보고,

"자네가 말하는 잔재주이기는 하지. 그것은 인정하네. 하지만 나는 이 전쟁에서 이길 생각이야. 희생은 피할 수 없다. 그것도 인정해."

그리고, 먼 곳을 보는 것처럼 눈을 가늘게 떴다.

"이겨야만 한다. 성역이 지금 뭘 생각하고 있는지…… 삼백 년의 아슬아슬한 안정을 거쳐서 찾아온 파국적인 변화 앞에서 어떤 계획을 시작할지. 나는 그것을 예견하고 있었다. 그래서 나는 오늘까지 싸워 왔고."

"예언자라도 된다는 거야."

"아니, 고작해야 예상이지. 하지만, 알다시피 도펠 익스에는 인간 종족도 포함돼 있다. 그 중에는 성역을 배신할 의지를 가진 자도 있 고. 나는 그런 자들과도 접촉했다. 그리고 언젠가 다시 찾아올 대륙 의 파국에 대해, 성역이 어떤 대책을 예정하고 있는지도 추측할 수 있 었고."

영주는 쉬지도 않고 계속 말했다.

"자네는 내가 희생자를 선별하는 것을 용서하지 않겠지만, 내게 도 할 말이 있네. 인간 종족 전체의 문제로서 성역과 항쟁할 수는 없 다…… 그것이야말로 인류의 멸망으로 이어질 테니까. 그래서 소수의 희생으로 싸우기 위해, 내게 이 최접근령이 주어졌다. 귀족 연맹의 지 시로."

이제 와서 알았지만, 조금 전에 테이블을 걷어찼는데도 수프는 하 나도 쏟아지지 않았다──영주의 것도. 영주는 그 수프 그릇을 치우

고는 갑자기 생각지도 못한 이름을 꺼냈다.

"차일드맨 파우더필드도 성역과 싸우기 위해 자네들을 키웠다. 그렇지 않은가? 그와 같이 싸울 수 있다면 좋았겠지만……."

"……."

오펜은 침묵하고 호흡을 골랐다. 마술로 싸울 생각은 이미 사라져 있었다──그딴 것은 통하지 않는다. 확실하게 이해했다. 다미안 르우가 옆에 있는 것도 문제가 아니다. 영주에게 마술사와 싸울만한 스킬이 있는지도 상관이 없다.

눈앞에 있는 적에게는 확신이 있다. 원하는 한 계속 존재하겠다는 의지와 그것을 위한 수단. 설마, 그 의지 때문에 어젯밤에도 죽었다가 부활한 건 아닐까…….

"……댁이 믿는 게 대체 뭐야. 최접근령의 영주."

도끼눈을 뜨고, 오펜이 물었다. 감정은 그렇게 끓어올랐지만 마음은 차가웠다.

떠오르는 것은 기도 내용이었다. 영주가 했던 기도.

내가 믿는 것을 위해서 이 식사가 있다──

그대들이 믿는 것을 위해 이 식사가 있다──

영주는 당당하게 대답했다.

"그러고 보니 아직 내 이름을 말하지 않은 것 같군. 알마게스트. 거창한 이름이라고 생각할지도 모르겠지만, 내 이름이라네. 내가 믿는 것은."

그리고는 주위를 가리키고, 목소리를 울렸다.

"인간과, 그 친구들…… 그것을 위해서라면 목숨 따위는 아깝지 않다고 생각한다."

"아주 훌륭한 농담이네."

오펜은 말하는 상대의 죽은 얼굴을 떠올리며 중얼거렸다.

그 뒤에는 정숙이었다. 클리오의 낮은 오열도 가라앉고, 울다 지친 어린아이처럼 조용해졌다. 매지크는 고개를 숙인 채로 서 있을 뿐이다. 다미안은 원래 소리를 낼 수 있는 신체 구조가 아니고. 지극히 진지한 얼굴인 영주와 마주보기만 할 뿐, 오펜도 말을 할 여유가 없었다.

그리고, 순간. 폭발이 일어나서 저택이 흔들렸다. 그 침묵은 겨우 0.5초 정도 이어졌다.

제4장 허상의 정원

폭발은 결코 작은 규모가 아니었다──아니, 저택이 반파되는 게 아닌가 싶을 정도의 충격과 굉음이 울리고 있다. 바닥이 흔들린 탓에 비틀거리며, 오펜은 폭발의 방향을 찾았다.

"본관은 아니군."

영주가 중얼거린 소리를 긍정하는 건 마음에 안 들었지만, 그 말이 맞는 것 같았다. 폭발은 저택을 직접 파괴한 것이 아니다. 밖에서 일어났다. 그것도 상당히 가까운 곳에서.

'……이 저택과 가깝고 파괴할 가치가 있는 곳…….'

오래 생각할 필요도 없이 바로 떠올랐다.

'병사 숙소인가!'

위노나는 아직 거기에 있을 것이다. 위노나가 폭발을 일으킨 게 아니라면, 침입자가 살아남은 병사를 먼저 노렸다는 듯이 된다.

고개를 돌려보니 다미안은 어느새 모습을 감췄다. 영주는 걱정하는 눈빛으로 창밖을 보고 있고. 그 눈빛은 부하를 걱정하는 것처럼 보였다.

그가 뭔가를 말하기도 전에──도움을 청한다면 거절할 수밖에 없겠지──오펜은 식당에서 뛰쳐나갔다. 현관 로비보다 주방의 통용문으로 나가는 쪽이 빠르다고 생각해서 그쪽으로 향했다. 밖으로 나와 보니 나무들 저편에서 흙먼지가 피어오르는 것이 보였다. 숙소가 불타는 건 아닌 것 같지만 상당히 큰 피해를 입은 것 같다.

'도펠 익스가…… 벌써 왔나?'

오펜은 깜짝 놀라서 주위의 기척을 살폈다. 검은 옷 입은 남자의 위압감을 떠올리자 살갗이 찌릿찌릿 반응했지만, 이 수법은 아무리 생각해도 그 남자가 아니다.

'마술인가? 마치 사람들을 끌어내기 위해서 일부러 큰 소동을 일으킨 것 같은데.'

위노나 한 사람을 노린 것 치고는 폭발의 규모가 너무 컸다. 마술사라면 좀 더 제대로 된 방법도 썼을 텐데.

양동작전일 가능성도 있고. 그 생각을 하고, 오펜은 지금 막 나온 저택 쪽을 봤다. 영주는 그렇다 치고 클리오와 매지크를 지켜줄 사람이 없다. 로테샤한테 기대하는 수밖에 없다. 원래는 침입자를 다미안에게 맡기고 자신이 지켜야겠지만, 본능이 거부했다. 그 백마술사를 믿을 생각은 더더욱 없다.

숲은 순식간에 지나왔다. 시야에 들어온 숙소는 괴멸 상태였다. 그다지 떨어지지 않은 거리에서 분쇄한 것으로 보인다.

자세히 보니 사람이 있었다. 팔짱을 끼고 파괴된 숙소를 바라보고 있다. 다미안 르우였다.

"……왔는가."

마치 의외라는 것 같은 말투였다. 백마술사는 이쪽을 보지도 않고 물었다.

"어찌 생각하나?"

"단순하게 생각하면 도펠 익스의 제2진이겠지."

"가능성은 낮다."

단언하는 다미안에게 의심하는 시선을 보내자, 그는 바로 이어서 말했다.

"하지만, 있을 수 없는 일도 아니다. 그들은 아직 영주님이 무사하신 것을 모를 것이다. 내가 네트워크를 봉쇄하고 있다. 하지만, 당연히 예상치 못한 일은 일어날 수 있다."

"어느 쪽이야."

"《13사도》의 별동대라는 생각은 어떤가? 이 파괴 자국은 흑마술사에 의한 흔적으로 느껴진다."

"그거야말로 가능성이 낮겠지. 플루토는 바보가 아니야──적어도 무슨 생각인지도 모를 성역보다는."

오펜은 빠르게 쏘아붙이고 문득, 미간에 주름을 지었다.

'그럼…… 정말로 누구인 거야?'

백마술사 쪽을 보니 다미안은 조용히 중얼거리고 있었다.

"그대는 돌아가라. 이건 양동작전이다."

'뭐라고?'

여기서도 위화감을 느끼고 입을 열었다.

"댁이 돌아가면 되잖아──영주를 지키는 게 그쪽 역할 아닌가?"

"탐색이라면 내가 더 적합하다."

다미안의 말에서도 태도에서도 부자연스런 점은 찾아낼 수 없었다. 하지만 오펜은 자신에 대한 것과 또 다른 불신을 느끼면서도 반박을 시도했다.

"어제는 도움이 안 됐잖아."

"그대도 그랬지."

"……."

침묵한 것은 정곡을 찔려서가 아니다──꼭 그런 것도 아니지만. 오펜은 마음속으로 의심했다. 구체적인 증거는 하나도 없지만 이해할 수 없는 것들이 뱃속에서 꿈틀거리고 있다.

'뭐야? ……이 자식, 갑자기 여유가 없어진 것 같은데? 뭘 숨기는 거지?'

물론 다미안의 겉모습에는 변화가 없다.

느껴진 것에 대한 근거를 찾지 못한 채, 오펜은 상대를 바라봤다. 다미안은 자신을 이 자리에서 치워버리려 하고 있다.

"도펠 익스도 《13사도》도 아니라면 대체 누군데?"

오펜이 묻자 백마술사는 바로 대답했다.

"그 둘 중 하나일 가능성이 크다."

"아까랑 얘기가 다르잖아."

"……나도 의견을 바꿀 때가 있다."

"작작 하라고. 그 자랑하는 네트워크로 알아내면 되잖아."

기세를 타고 몰아붙였다.

다미안은 부정하는 몸짓을 하며 말했다.

"현재 나는 성역 쪽에 정보를 은폐하는데 온 힘을 쏟고 있는 상태다. 어제 이상으로 여력이 없다."

눈을 돌린다, 땀이 난다, 호흡이 달라진다──그런 육체적인 변화를 기대하며 백마술사의 대답을 기다렸지만, 애당초 그걸 바라는 자체가 헛된 일이라는 건 알고 있다. 생각대로 안 되는 탓에 짜증이 나는 것을 삼키며, 오펜은 신음했다.

오펜이 또 질문을 던지기 전에 다미안이 거듭해서 말했다.

"그대는 돌아가라. 상황은 상당히 위험하다. 나는 위노나를 찾고, 그 뒤에 침입자를 격퇴한다."

"……."

머릿속에서 그 제안의 타당성을 계산하고——

오펜은 대답하지 않고 뛰어갔다. 저택 쪽이 아니다. 파괴된 숙소를 우회하면서 정원을 탐색하려는 것처럼 뛰어갔다.

제지하지 않은 다미안을 두고, 오펜은 자신도 모르는 것을 찾기 시작했다.

뛰어가는 흑마술사를 지켜보며, 다미안 르우는 자신의 손바닥을 그 남자의 등에 겹쳤다. 시야에서 가린다고 그 존재가 사라지는 것은 아니다. 애당초 자신에게 시각 따위는 없다는 것을 떠올리고 씁쓸하게 웃었다. 인간다운 감각. 아직 살을 가지고 살아가던 시절의 쓸데없는 유산.

가슴에 떠오를 리가 없는 불안을 느끼며, 의지의 힘으로 그것을 지워버린다. 귀찮은 일이기는 했다. 모든 것은 어제의 이레귤러에서 시작된 아주 사소한 계산 차이에 불과하다. 하지만 틈은 상당히 바람직하지 못하다. 지금은 시기가 미묘하다.

'그 정도 상처를 입고…… 벌써 힘을 회복했다는 것인가…… 천마의 마녀. 아니, 마녀들…… 괴물같으니.'

틀림없었다. 그 여자들이 온 것이다.

레티샤 마크레디의 그 부상을 벌써 치유했다면, 분명히 천마의 마녀는 그에게 대항할 수 있는 힘을 가지고 있을 가능성이 있다. 정규 훈련을 받지 않은 백마술사——분방하게 아류로 성장했을 뿐인 아마추어가 말이다.

이 폭발은 동생을 끌어내기 위한 것이다. 강철의 후계는 모든 예정 속에서 그다지 중요한 요소가 아니다. 특히 천마의 마녀가 자력으로 아일망카 결계 안으로 돌아오고 있다면. 마녀의 동생이라는 존재는 마녀에 대한 교섭 재료 이상의 의미는 없었다. 마녀가 확실하게 이쪽과 적대하겠다는 의지를 보인 지금, 강철의 후계는 별 볼일 없는 존재에 불과하다.

그래도 만나게 할 수는 없다.

'성역에 의해 잃어버린 유이스의 구멍을 메울 수 있는 것은 저 키리 란셀로 뿐이다⋯⋯.'

어젯밤, 마녀의 존재를 간파하지 못하고 놓친 것을 씁쓸하게 생각하며, 다미안은 손을 꽉 쥐었다. 영주가 세운 계획은 이레귤러를 발견할 때마다 수정하고 있다. 경우에 따라서는 그 수정 속도가 시간의 속도조차도 뛰어넘는다. 자신은 거기에 따르면 된다. 영주만이 할 수 있는 것, 자신만이 할 수 있는 것. 그 수행에 대해 천마의 마녀는 당돌하고 치명적인 파탄을 들이댔다.

다미안 르우의 말살이라는 파탄을.

'네트워크를 쓸 수는 없다⋯⋯ 아직 성역은 영주님의 암살에 성공했다고 착각하고 있다. 아니, 적어도 성공할 수 없는 일에 성공했다고 당혹스러워 하고 있다. 내가 네트워크의 단속을 조금만이라도 풀면, 그들의 혼란이 필요 이상으로 빨리 가라앉을 것이다.'

네트워크를 사용하지 않는데다 결정력을 지닌 장기 말 하나 없는 상태에서, 일개 마술사로서 적과 싸워야만 한다.

습격자가 천마의 마녀라면 영주가 위험할 일은 없다. 수비를 비우고 전력을 다한다 해도, 영주도 나무라지는 않을 것이다.

'힘들군…… 허나, 지지는 않는다. 제대로 된 과정도 없이 정신체가 된지도 얼마 안 된 계집 따위에게는.'

주먹을 풀자, 흑마술사의 뒷모습은 이미 보이지 않았다. 다미안은 강철의 후계보다 먼저 적을 찾기 위한 탐색을 시작했다.

파괴된 건물에서 피어오르는 불꽃의 소리 외에는 아무 소리도 없이, 정원은 아주 조용했다──소리 같은 소리도 목소리 같은 목소리도 들려오지 않는다. 오펜은 뛰어가면서 애당초 자신이 무엇을 찾고 있는지, 그것을 찾고 있었다.

'……도펠 익스?'

그것이 가장 자연스런 추측이었다. 성역이 보낸 자격이라면 이 최접근령에 침입해서 건물을 파괴해도 이상할 것은 없다.

하지만 그렇다면 도망칠 필요도 없다. 단숨에 목표인 영주가 있는 곳까지 쳐들어가면 된다.

'이미 한 번 쳐들어왔으니까 이쪽의 전력은 알고 있을 텐데. 상황을 보려는 것도 아니고. 어제 시점에서도 성복 입은 남자는 망설임 없이 영주를 노렸어. "

습격자가 도펠 익스라는 것을 완전히 부정할 정도의 근거도 없지만, 분명히 납득할 수 없는 일이기는 했다.

'……《13사도》?'

그것도 있을 수 없는 일은 아니다. 왕도의 마인 플루토가 가끔씩 이 땅에 척후를 보냈다고, 이르기트도 그렇게 말했다.

하지만 시크 마리스크를 잃었다. 궁정 마술사의 인재도 한계는 있다. 암살자 시크는 틀림없이 톱클래스의 마술사였을 것이다――같은 레벨의 암살자를 그리 간단히 준비할 수는 없다.

'암살을 목적으로 이 영지에 사람을 풀었다는 걸 귀족연맹에 알려지면 곤란해진다고 했어. 그렇게 연속으로 할 수 있는 일은 아니겠지. 그리고 아무리 그래도 왕도에 있는 자들이 시크의 실패를 벌써 알았다는 것도 이상해.'

추측은 여기서 끊어졌다. 습격자가 그것들 이외의 누군가라면, 대체 누구라는 걸까.

'다미안 르우는 내가 그 습격자와 만나지 못하게 하려고…?'

조금 전의 대화에서 그런 느낌이 있었다.

여기에도 확실한 근거가 있는 건 아니다. 다미안이 그에게 영주 곁으로 돌아가라고 지시한 것에 의심할 여지가 없는 문제가 있다고 장담할 자신도 없었다.

그래도 이것은 그들――영주와 백마술사가 연출한 이 모든 무대에 참가해서 처음으로 찾아낸 틈이었다. 처음으로 그들의 지시를 배신하고 앞질러갈 수 있는 장면이다. 이 습격자와 만난다.

그렇게 해서, 최소한 다미안이 동요한다면.

그 결과로 무슨 일이 일어날지는 모르겠지만, 이 사기 게임에서 빠져나갈 단서는 되겠지.

'하지만――어디지? 누구지?'

초조해하는 기분을 억누르며, 오펜은 달리는 속도만 높여갔다. 으슥한 곳을 발견할 때마다 그 뒤로 뛰어들어서 사각(死角)을 하나하나 뒤졌다.

마침내, 갑자기 나타난 것은 키가 큰 사람이었다.

"으엇!"

상대에게도 갑작스런 일이었는지──욕하는 투로 지른 큰 목소리가 들려왔다. 왼손의 권총까지 이쪽으로 겨눴다.

"위노나인가."

오펜은 손을 들어서 적개심이 없다는 걸 보이고, 발견한 상대의 이름을 불렀다. 상대도 숨을 크게 내쉬고 나서 말했다.

"뭐야…… 아까 그 공격, 그쪽이 한 건 아니겠지?"

"숙소 폭발? 아니, 나도 그 소리를 듣고 뛰쳐나왔어. 무사했나."

물어보니 위노나는 일단 의심하는 눈으로 이쪽을 보고, 그 시선을 돌리고는 어깨를 으쓱해보였다. 주위를 경계하며,

"왠지 안 좋은 기분이 들어서. 건물에서 나왔을 때 주문 같은 소리가 들렸고, 그리고 내 방이 지붕까지 날아가 버렸다니까. 기척을 따라서 쫓아갔는데, 한참 전에 놓쳐버렸어. 다쳐서 감이 둔해졌나."

"주문…… 그럼 마술사인가. 그것도 드래곤 종족은 아니네."

오펜은 확인하듯이 물었다. 위노나가 고개를 끄덕였다.

"그렇겠지. 어디서 들어본 것 같은 목소리인데…… 나도 멍한 상태라서 제대로 못 들었어."

그게 너무나 분한지, 위노나는 조급하게 왼손의 권총을 고쳐 쥐었다. 달리 무기다운 무기는 없다. 입고 있는 옷도 실내복이었다. 사실 처음 만났을 때 입었던 옷과 큰 차이도 없지만.

오펜은 위노나의 긴장은 모른 척 하고 질문을 던졌다.

"또, 뭔가 알아낸 건?"

"아무것도. 힘든 상대라는 것 말고는."

"다미안은 도움이 안 될 것 같아."

은근슬쩍 말했다. 위노나는 콧방귀를 뀌었다──가벼운 게 아니라 거창하게.

"항상 그랬어. 특히 중요할 때마다, 꼭."

"네트워크를 쓸 수 없다는 것 같아…… 그쪽이 말한 것처럼 성역 쪽에 영주가 살아있다는 걸 감추는 데 거의 모든 힘을 쏟고 있는 것 같아. 그리고 또 하나."

"응?"

건성으로 들으며 주위를 둘러보고 있는 위노나에게, 속삭이는 것처럼 작은 소리로 말했다.

"단정할 수는 없지만 다미안은 뭔가를 숨기고 있어. 이 습격자에 대해, 뭔가 꿍꿍이가 있는 것처럼 보였어."

"……."

"어제, 그 놈을 제거하고 싶다고 했었지?"

침묵하는 위노나의 옆얼굴을 관찰하는 것은, 동전을 신중하게 쌓아 올리는 것 같은 기분이었다. 판돈을 생각해서 정해야만 한다.

상대의 대답을 기다렸지만, 위노나는 말없이 가버리려고 했다── 그렇게 보였다. 하지만 발을 옮기려다 멈추고, 고개를 돌리고는 작은 소리로 말했다. 갈라진 것 같은 작은 목소리로.

"……시기가 안 좋아. 상황이 변해버렸어. 지금 상황에서는 영주님을 지킬 사람이 나밖에 없어. 영주님께는 다미안이 필요해."

"당장은, 그렇단 말인가?"

"정말 어려운 얘기야. 겨우 하룻밤 만에, 이렇게……."

"상황이 또 달라진 때까지 뭔가 복선 정도는 준비해두는 게 좋겠지?"

우물거리는 위노나에게, 오펜이 말했다.

위노나가 천천히──정말 천천히 물었다.

"당신, 무슨 말을 하고 싶은 거야?"

"나도 모르겠어. 하지만 아주 중요한 일인지도 몰라. 별 볼일 없는 일일 수도 있고."

"나한테 뭘 시키려는 거야?"

그렇게 묻는 위노나의 말투에서는 당혹스런 기분이 사라져 있었다. 오펜은 고개를 끄덕이고 나서 말했다.

"만약 지금 다미안이 명령을 내린다면, 어떤 명령일 것 같아?"

"……침입자를 발견해서 말살해라, 아니겠어?"

"그걸 무시하라고 까지는 안 할게. 단지 수행하기 전에 한 박자 쉬어줬으면 싶어. 뛰어들기 전에 잘 생각하라고. 그 침입자가 누구고, 목적이 뭔지."

"그래서, 뭘 얻을 수 있는데."

"모른다고 했잖아. 습격자의 목적이 단순히 영주의 암살이라면──수법을 생각해보면 그건 아닌 것 같지만──마음대로 해도 돼. 하지만 다른 목적이 있는 것 같으면 그걸 확인해줘. 어쩌면 다미안이 벌벌 떨게 만들 뭔가를 가지고 있을지도 모르니까."

"당신, 무슨 선동가같네."

위노나는 쓴웃음을 남기고, 이번에야말로 빠른 걸음으로 가버렸다. 습격자를 찾아 나무 사이로 사라진다.

위노나가 확실하게 대답하지 않은 것은 다미안이 들을까봐 경계한 것일까 아니면 단순히 질려서 그랬을까, 그건 판단할 수 없었다.

아니——오펜은 마음속으로 고개를 끄덕였다.

'반응은 있었어.'

처음부터 위노나가 완전히 협력해줄 거라고 기대하지도 않았다. 오펜 자신이 영주에 대한 태도를 명확하게 정하지 않으면 불가능했지. 거기까지 생각하면 위노나의 대답은 좋은 것이었다. 그렇게 생각하고 만족했다.

오펜은 주위를 둘러보며 아무런 힌트도 주지 않는 침묵속의 정원을 뒤져보려고 했다. 선동가라니, 아주 좋은 표현이었다. 자신은 위노나에게 아무것도 주지 않았다. 그러면서 위노나를 편할대로 이용하려 한다.

'……일단 적을 눈앞으로 끌어내야 해. 그러면 싸울 수 있어.'

그렇게 생각했지만, 이 세상에 분명한 적이란 없을 것이다. 예를 들어 위노나의 입장에서 보면 자신은 적이다——하지만 위노나는 자신과 적대하지 않는다. 그렇게 만든 것은 다름아닌 위노나 주위에 있는 모든 인간들이다. 영주, 다미안, 코르곤, 그리고 오펜 자신도.

하지만 생각해보면 누구에게나 똑같이 적용할 수 있는 일이다

그래도 싸우려고 생각한다면 적인지 아닌지 모르는 것을 확실하게 적으로 규정해야 한다. 적으로서 존재하지도 않는 허상을 눈앞으로 끌어내야만 한다.

'이런 걸 인업(因業)이라고 하는 걸가.'

쓸데없는 생각으로 시간을 낭비했다고 자조하면서, 오펜은 다시 뛰어갔다.

영주님께는 다미안이 필요하다.

그것은 자신이 한 말이기도 했지만, 징그러울 정도로 위노나의 위를 괴롭혔다. 자전심이 아니다──그런 값싼 것은 아니라고 생각했다──자신을 괴롭히는 것은 스스로의 무력함 때문이었다.

'정말이지…… 쓸데없는 힘을 가지고 있는 놈들은 하나같이 영주님한테 해만 되잖아!'

투덜대고, 위노나는 걸음을 멈췄다. 차오른 숨을 고르며, 땀에 젖은 셔츠 자락을 들어서 가을의 찬 기운을 들여보냈다. 그것은 일시적으로는 기분이 좋아지지만, 지방이 적은 위노나의 몸에는 독이라는 것도 알고 있다.

권총──디디를 든 위노나는 나무 하나하나까지 파악하고 있는 이 정원의 지도를 머릿속에 그렸다. 침입자는 숙소를 파괴한 뒤에 완벽하게 모습을 감췄다. 이건 이곳 지형을 모르는 자의 짓이 아니다.

어쩌면 모습을 갖추는 능력을 가지고 있을지도. 드래곤 종족과 항쟁하다보니 이런 것도 신경 써야 한다. 위노나는 질력이 나서 한숨을 쉬었다. 영주님을 섬기기 위해서 할 수 있는 것들은 최대한 해 왔다고 생각한다. 많은 것을 바라지는 않지만, 이런 때에 적을 일망타진할 수 있을 정도의 보수가 있어도 좋지 않을까?

'큰일 났네. 마음이 약해졌어.'

중얼거리고, 망상을 떨쳐냈다.

'나면서부터 인지를 초월한 힘을 가지고 있는 것 같은 나약한 마술사 놈들하고는 달라…… 그 자들은 나처럼 될 수는 없어. 그래. 편한 보수는 바라지 말자.'

매일 트레이닝. 게다가 평소에 걸어 다닐 때도 항상 뒤꿈치를 들어서 균형감각을 키운다. 몇 번이나 줄로 갈아서 피부를 단단하게 만든 주먹은, 지금에 와서는 나무판을 깨트려도 피맺힌 물집 하나 생기지 않는다. 그런 훈련은 당연히 지금도 빼놓지 않고 계속하고 있는데다, 거듭된 실전에서 생사의 사이를 오가는데도 익숙해졌다.

여기가 보통이다. 여기에 없는 것은 타락한 놈들이다──파견 경찰관들의 훈련 표어를 중얼거리며 매소를 지었다. 그 새디스트 교관 놈들을 죽이고 싶었던 적이 대체 몇 번이었는지. 그리고 문득, 자신에게 정말로 교관을 죽일만한 힘과 기술이 있다는 것을 자각한 그 때, 위노나는 교관과 서로 끌어안고 펑펑 울었다. 같이 환희의 눈물을 흘려준 커다란 은인인 그 새디스트들에게 처음으로 진심에서 우러나온 감사 인사를 한 뒤에 그녀는 파견 경찰관이 됐다. 그리고 일 년 뒤, 그 지위와 신분을 말소하고 비공식 기사가 됐다. 스스로 자신의 사망 신고서를 작성하면서 생각한 것은, 드디어 그 장소를 손에 넣었다는 감개였다. 가진 것이라고는 개밖에 없었던 불량소녀가 최접근령 영주를 섬기는 진짜 기사가 된 순간이었다.

편하고자 한 것이 아니다. 마술사는 분명히 태어난 순간부터 초인인지도 모른다──하지만 그 대가로 태어나면서부터 나약한 면도 품고 있다. 그들을 부러워해서는 안 된다. 그것은 인간의 힘을 부정하는 것이다.

인간 종족의 완전한 자치를 추구하는 영주에게 가장 필요한 것은 인간의 힘일 것이다.

마술은 그 길을 닦는 역할을 할 뿐이다.

'영주님도…… 틀림없이 알고 계실 거야.'

그것만은 무슨 일이 있어도 믿고 있었다. 의심한 적도 없다.

습격자가 인간──한마디로 인간 마술사라고 했을 때, 가장 효과적인 도주 경로는 어디일까. 위노나는 상상 속의 지도 위에서 확인했다. 저택은 정원 중앙에 위치한다. 정원의 구조 자체가 뭔가 방어 요소가 되는 것은 아니다. 최접근령은 10년이나 그 존재를 성역에 알리지 않은 채 도펠 익스와 암투를 펼쳐왔다. 그것을 숨기는 것은 주로 다미안에 의한 네트워크상에서의 은폐공작에 의한다. 제도상 이 최접근령은 기사단 말단에 위치한다. 물론 무명의 조직으로서. 최접근령은 그 존재를 겉으로 드러내지 않았고, 성역으로부터의 직접적인 습격도 받지 않았다. 실제로 성역이 최접근령이 관여한다고 알게 된 것은 어번라마에서의 일 이후일 것이다. 그 때 어떻게 해서 정보가 누설됐는지는 모르겠지만, 그것이 알려지자마자 조직이 괴멸됐다.

흑마술사의 말에 일리가 있다는 것은 인정할 수밖에 없었다. 압도적인 전력 부족. 양도, 질도. 위노나는 손으로 권총의 무게를 확인했다. 이 무기로는 드래곤 종족을 죽일 수 없다.

'뭐…… 생각해봤자 소용없는 일이지.'

지금은 가장 가까이에 있는 적에게 집중한다.

그런 생각을 하면서도, 적의 도주 경로를 짐작했다. 숙소가 파괴됐을 때 적은 마술이 닿는 범위 안에 있었다. 이건 틀림없다. 이변을 알아차린 자신은 바로 뛰쳐나와서 적의 위치를 찾았다. 그 때, 습격자는 이미 도망친 상태. 공격 치고는 너무 허술했다고 할 수밖에 없다. 기습공격을 했으면서 제대로 된 전과를 올리지도 못했으니까.

'그런 주제에 이 도망치는 솜씨는 대체 뭐냐고. 아니면 날 끌어내려는 함정?'

눈앞에 있는 덤불을 들여다보고 거기에 아무도 없다는 것을 확인했다. 함정이라면 이쪽이 어느 정도 틈을 보여주면 오히려 달려들 가능성이 있다. 그 때 적의 공격이 몸을 순식간에 증발시켜버리는 괴광선이라면——그리고 증발하는 것이 자신의 몸이 아니라면 시험해보고 싶은 도박이었다.

'자. 그래도 도박을 해야 하는 걸까?'

입술 주변을 혀로 핥았더니 엄청나게 짠 맛이 났다. 아무리 각오를 해도 몸은 긴장하고 있다. 위노나는 어깨에서 힘을 빼고 권총을 내렸다. 디디를 허리춤의 홀스터에 집어넣고, 덤불을 헤치기 위해서 뾰족한 정원수 가지 사이로 두 손을 집어넣었다. 안을 찾는 척 하면서 뒤쪽을 경계했다.

'안 오네…… 그 흑마술사보다 내가 앞서 있다. 내가 적에게 가깝다. 자신이 있어.'

적의 사고를 읽기 위해서 상상력을 동원했다. 위노나는 습격자처럼 생각해봤다. 적지에서 적에게 쫓기고 있다. 만약 자신이라면 어떻게 할까…….

'당연히 각개격파지.'

자신만만하게 생각했다.

'자, 난 혼자 있다. 게다가 네가 제일 상대하기 쉬운 무력한 병사라고. 한눈에 봐도 말단 근육 바보로 보이겠지? 대륙 최고의 암살 기능자도 아니고, 정체 모를 괴물도 아니라고. 자, 발소리를 죽이고, 슬슬 내 뒤에 나타날 때가 되지 않았나?'

마술을 이용한 기습 공격은 아니다.

그렇게 믿기로 했다. 마술의 위력은 강대하지만, 음성 마술이라면 소리 없이 효과를 발휘할 수가 없다. 설마 각개격파를 시작하자마자 다른 적에게 위치를 알려주는 짓은 안 할 것이다.

'이런 말 하긴 그렇지만, 댁은 겁쟁이야. 빨리 오라고. 아무리 마술사라도 내가 10년을 단련한 주먹을 얼굴에 날리면 살아남지 못한다는 걸 증명하는데 협력해달라고……'

일격필살. 그것을 마음에 담고──

문득, 흑마술사의 말이 머릿속에 떠올랐다. 적을 해치우기 전에 관찰하라고?

'속 편한 소리 하고 있네. 속편한 마술사다운 망언이야. 마술사를 상대로, 내가 한 박자 쉬면 어떻게 되는지 알기는 하는 거야?'

하지만 만약 그것이 다미안 르우에 대한 일종의 비장의 카드라면 가치는 있다.

'상황을 봐가면서 해야지.'

위노나는 중얼거리면서 팔을 나무들 속으로 더 깊이 찔러 넣었다. 덤불 속의 지면에 손이 닿았고, 부드러운 모래를 한 줌 움켜쥐었다.

순간.

"흐읍!"

그녀가 외친 소리는 실제로는 콧김에 불과했다──소리칠 시간도 여력도 없다. 순식간에 뒤를 돌아보고, 손에 쥔 모래를 등 뒤의 기척을 향해 뿌렸다. 위노나 자신도 어제 당했던 기습 공격이었다. 어림짐작으로 모래를 뿌렸을 뿐이지만, 상대가 방심했다면 충분히 견제가 될 것이다.

동시에 몸을 뒤로 빼서 자세를 낮추고 왼손으로 권총을 뽑았다. 뒤쪽에 있는 사람은 기대했던 만큼 가까이 접근하지는 않았던 것 같다.

모래를 뿌린 곳보다 약간 멀리 떨어진 곳에서, 잔상을 약간 남기고 나무들 사이로 모습을 감추는 모습이 보였다.

'너무 빨랐다…! 내가 겁을 먹었나!'

반성은 짧게 하고, 뛰쳐나갔다. 적의 모습을 보지는 못했지만, 그래도 막연한 인상이 망막에 남아 있다. 온 몸에 시커먼 것을 걸친——이건 마술이라면 신기한 일이 아니다. 길고 검은 머리카락. 그리고 인간을 뛰어넘은 것 같은 민첩한 반응.

의심할 여지가 없는 일선급 암살 기능자로 여겨졌다. 적도 기습에 실패했지만, 그건 이쪽도 마찬가지다. 다음 순간에는 마술로 결판을 내려고 할지도 모른다. 그러기 전에 선수를 치기 위해서, 위노나는 앞뒤 가리지 않고 총을 쏘면서 전진했다. 두 발. 적이 사라진 나무 사이를 노리고 맞지도 않을 탄환을 날렸다.

나무 뒤로 쫓아갔지만 거기에도 적은 없다——또다시 모습을 감춘 건 아닐까. 오히려 말도 안 되는 불안을 가슴에 품고, 위노나는 적이 사라진 곳으로 들어갔다. 어제는 도펠 익스가 영주가 있는 곳까지 가도록 하고 말았다. 두 번이나 실패할 생각은 없다.

발바닥을 지면에 미끄러트리며, 위노나는 몸을 멈췄다. 숨을 참는다. 관찰은 한 순간이면 된다.

적은 거기에 있었다. 그리고,

"……어째서…?!"

단 한 순간으로 끝나지 않는 관찰에, 경악한 목소리를 냈다.

몸이 떠오르는 것 같은 감각. 위노나는 온 몸에 그 충격을 받았고, 그리고 의식을 잃었다. 영원히.

제5장 허상의 목소리

"이건 총상이다."

저택의 침대에 누워 있는 위노나의 신체를 보며, 다미안이 냉정하게 말했다.

굳이 말하지 않아도 알 수 있는 일을 일부러 말하는 것도 바보 같은 짓이지만, 그래도 그 진찰에 의미가 있다는 것은 인정할 수밖에 없다고, 오펜은 얼굴을 찌푸렸다. 그렇게 말하지 않으면 딱히 의식하지도 않았을 테니까.

다미안은 담담하게 말했다.

"복부에 두 발. 상처는 깊다. 오래 버티지는 못하겠지. 그녀의 체력을 봐도 앞으로 한 시간이려나."

"치유할 수 있잖아, 댁이라면."

오펜은 그렇게 중얼거리고 방 안을 둘러봤다──어젯밤, 다친 뒤에 소생해서 눈을 뜬 방이다. 위노나는 어제와 마찬가지로 침대 신세로 돌아가서, 복부의 상처에 붕대를 감은 상태로 의식이 없는 상태다.

방에는 그들 외에는 아무도 없었다. 로테샤는 아직 클리오랑 같이 있는 걸까? 아마도 그럴 거라고, 오펜은 그렇게 판단했다. 그렇다면 매지크도 거기에 있다. 그리고 영주도.

그 시선을 쫓는 것처럼 다미안이 이쪽을 보고 있었다. 딱히 목소리에 힘을 주지도 않고 말했다.

"여력이 없다고 했을 텐데…… 아, 일단 자네도 내 힘을 믿고 다치는 일이 없도록 하길 바란다.

"……."

대답하지 않고, 오펜은 위노나를 봤다. 총상. 총탄은 장기 몇 곳을 파열시켰고, 위노나는 천천히 죽어가고 있다. 출혈은 멈췄을 텐데 붕대의 검붉은 얼룩은 점점 커져만 가는 것처럼 보였다. 안색은 이미 체온이 깃든 생물의 피부색이라기보다는, 축축한 흙의 색으로 변해가고 있다.

의심할 여지가 없는 치명상이었다. 자신의 마술이 통할 상태가 아니다──실제로 총소리가 들린 뒤에 위노나를 발견하고 바로 치료를 시도했지만 효과가 없었다. 자신의 마술로도 상처는 막을 수 있다. 오펜은 이를 악물었다. 하지만 가장 중요한 파손된 장기의 회복이나 흘러나온 혈액, 체력은 보충할 수 없다.

하지만 다미안 르우라면 이 치명상을 치유할 수 있을 텐데. 어젯밤에는 더 심한 상태의 위노나를 치유했으니까.

곁눈질로 노려보며, 오펜이 말했다.

"갑자기 힘을 아끼는 것 같은데."

"애초에 무진장한 것이 아니라네."

화제를 바꾸고, 다미안이 오른손을 내밀었다──그 손에는 소형 권총이 있었다. 그립이 아니라 총열 쪽을 잡고, 백마술사가 말했다.

"위노나의 총이다. 탄환은 남아 있지 않았다."

"총소리는 한 발이 아니었어. 위노나가 총을 적에게 빼앗기고 그 총에 맞은 건가?"

"모르겠다. 현장을 좀 더 자세히 살펴보지 않으면 결론은 내일 수 없겠군. 하지만 내 추측을 말하자면 위노나는 그런 얼간이가 아니다."

정말로 그렇게 생각하는지는 모르겠지만, 다미안은 그렇게 단언했다. 위노나의 숨소리가 생각보다 조용한 것이, 그 말을 받아들인다는 것처럼 보였다.

오펜은 백마술사가 내민 권총을 받아들고 자세히 살펴봤다. 그걸로 뭔가를 알아낼 수 있는 것도 아니었다──단순히 잘 사용해왔다는 정도만 알 수 있었다──하지만 그 살인 기구의 가벼운 무게가 마치 혼이 빠져나간 시체처럼 느껴졌다. 완전히 엉뚱한 감상이라고 할 수는 없다. 그 가벼운 무게는 탄창이 비었다는 것을 의미했으니까.

위노나의 총에 있는 회전식 탄창의 장탄 수는 다섯 발. 그 숫자를 세며, 오펜은 상상해봤다. 위노나라면 죽기 직전에 다섯 발을 단숨에 쏘는 것도 가능했겠지. 아니, 틀림없이 그랬을 것이다. 탄은 위노나 자신이 전부 쏴버린 건지도 모른다.

"그럼 침입자도 총을 가지고 있다는 뜻인가?"

그렇게 묻자, 다미안은 잠시 망설인 것 같았다. 그 투명한 눈동자가 무슨 생각을 하는 것인지는 모르겠지만, 말투만은 정중하고 이해하기 쉽다.

"……그대는 총을 어디서 손에 넣었나?"

당돌한 질문에 오펜은 백마술사의 얼굴을 보며 눈을 깜박거렸다. 허리의 총을 만지고, 말했다.

"팃시가 《탑》에서 가지고 왔어. 내가 위노나를 쐈다고 생각하나? 아쉽게도 이 총은 쏠 수 없어. 아직 정비도 제대로 안 했으니까."

"가지고 있는 총은 한 정뿐인가?"

"이봐. 위노나를 쏜 뒤에 어디다 숨겼다고──"

자신을 의심하는 것 같은 백마술사에게 항변하려고, 오펜은 기분 나쁜 목소리로 말했다. 하지만, 문득 중간에 말을 멈췄다.

백마술사는 뭔가를 생각하고 있는 것 같았다. 이쪽을 주시하고 있지도 않았다. 추궁하는 분위기도 아니다. 조금 전에도 느꼈던 기묘한 위화감이 다시 살아난다. 오펜은 마음속으로 중얼거렸다.

'날 의심하는 게 아냐. 이 자식, 뭘 숨기는 거지?'

그리고 다미안이 다시 고개를 들었을 때는, 지금까지의 생각하던 것 따위는 전부 사라져 있었다. 명료하게 말했다.

"《송곳니 탑》에, 일개 마술사 따위가 가지고 나올 수 있는 총이 있을 정도. 《13사도》의 별동대라면 권총으로 무장했을 가능성도 있겠지?"

"기사군 장비잖아. 귀족연맹이 빌려줬다는 건가?"

"나로서는 침입자가 《13사도》쪽의 자라는 설을 지지한다. 그것이 가장 자연스럽겠지."

"가장 자연스러운 건 위노나를 소생시키는 거야."

오펜은 그렇게 단언하고 침대에 있는 위노나를 손가락으로 가리켰다. 이렇게 누워있으니 위노나의 체구가 작게 오그라든 것처럼 보인다.

그쪽을 보지도 않는 백마술사를 도끼눈을 뜨고 노려봤다──오펜은 목소리를 낮추고 계속해서 말했다.

"마치 치유하고 싶지 않은 것 같은데."

위협하듯이 다가갔지만 다미안은 물러나지 않았다. 좁아진 거리에서 압박감을 느끼는 것은 오펜 자신뿐인지도 모른다. 마음이 약해진 자신에게 투덜댔다. 손에 있는 위노나의 권총을 고쳐쥐고, 오펜은 화난 목소리로 말했다.

"……위노나를 회복시키면 습격자의 정체도 바로 알 수 있잖아. 뭔가 불편한 일이라도 있나?"

"……."

다미안은 아무 대답도 하지 않았다. 침묵을 지킨 채, 창밖을 봤다.

한낮의 태양에 창문 유리가 반짝이고 있다. 아직 이른 시간인데도 가을의 태양은 많이 낮아져 있었다.

"그대에게는 영주님의 호위를 부탁하고 싶다. 마음에 안 드는 역할이겠지만 거절할 수는 없을 것이다. 그 소녀들과 그대의 학생도 지켜야 할 테니까."

"말 돌리지마, 백마술사."

"하룻밤이다. 나는 내일 아침까지 침입자를 제거한다. '고스트'를 효과적으로 사용하면 큰 노력을 들이지 않아도 가능하겠지. 그대보다는 안전하게 일을 해결할 수 있다."

"이봐——"

"있는 그대로 말한다. 위노나 따위의 말단을 소생시키기 위해 내가 얼마나 큰 힘을 써야 하는 줄은 아나? 그리고 그것은 만에 하나 그대가 중상을 입었을 경우에도 마찬가지다. 하지만 영주님은 그대가 필요하다고 생각하신다. 나로서는 내가 하는 쪽이 위험부담이 적다."

갑자기 말이 많아진 다미안에게 반박할 말을 고민하는 사이에, 백마술사가 계속해서 말했다. 대화를 끝내기 위해서인지, 허공에 녹아드는 것처럼 모습을 지우면서,

"내일 아침. 영주님이 필요로 하신 시간은 내일 아침까지다. 그것으로 이 최접근령과 성역의 역학관계가 역전된다. 그대는 그 때까지 조용히 영주님의 안전을 유지하면 된다."

다미안의 모습이 사라지고 목소리도 사라졌다.

그 모습을 지켜보며, 오펜은 신음했다. 위노나는 역시나 그 말을 받아들이는 것처럼——죽음으로 다가가는 심호흡만 반복하고 있다.

이런 벽지에 신선한——최소한 신선해보이는——우유가 있다는 데는 놀랐다. 새 우유병을 따고, 내용물을 가까이에 있던 냄비에 부었다. 화로는 구식이었지만 충분히 쓸만해보였다. 성냥을 그어서 불을 붙이고 그 위에 냄비를 올려놨다. 한 숨 돌리고, 로테샤는 뒤쪽을 봤다. 울음을 그친 클리오가 떨떠름한 표정으로 의자 위에서 몸을 웅크리고 있다.

주방에는 간단한 테이블과 의자가 있을 뿐이고, 나머지는 의외일 정도로 물건들이 없었다. 식기장을 열어보니 식기와 조리도구가 들어 있기는 했지만, 저택의 주인이 쓸만한 화려한 식기는 없다. 한마디로 일하는 사람들이 식사를 하기 위한 곳이겠지. 로테샤는 허리에 손을 얹고는 우유가 데워질 때까지 어떻게 시간을 보낼지 고민했다. 클리오한테 말을 걸어도 좋다. 하지만 최근 수십 분 동안 일방적으로 말을 걸었기 때문에 더 이상 말할 거리가 없는 것도 사실이다.

가까운 벽에 기대서 세워놓은 마검을 의식했다. 바람 속에서 어렴풋이 들은 말을 떠올렸다. 검을 꼭 가지고 있어야 한다. 로테샤는 씁쓸하게 웃었다. 설마 그 바보 남편도 우유를 데우는 동안에도 신경질적으로 경계하라는 뜻으로 말한 건 아니겠지. 정원에서 뭔가 소동이 벌어졌던 것 같지만 저택 안은 조용했다.

'……소동이 있는 게 차라리 다행이려나.'

문득 그런 생각이 들었다. 로테샤는 딱히 의식하지도 않고 같은 자리에 앉아 있는 소녀의 모습을 슬쩍 봤다. 침묵은 너무나 어색했지만 그것을 타개할 좋은 방법도 떠오르지 않았다. 어쨌거나 클리오가 상당히 풀이 죽어 있는 모습은 봐주기 힘들었다──처음 봤을 때의 인상에서 너무 많이 변한 것 같다는 생각이 들었다.

자신이 타인의 변화를 알아차린 것은 뭔가 켕기는 이유가 있기 때문이겠지. 그런 분석을 하며, 로테샤는 김이 피어오르면서 향기가 감도는 핫 밀크의 냄새를 맡았다. 설탕이라도 넣어서 마시게 해주면 클리오도 다소나마 기력을 회복할지도 모른다. 감정의 움직임은 결국 단맛의 보급에는 거스를 수 없다.

"오펜 말인데."

갑자기 클리오가 소리를 내서, 로테샤는 쓸데없이 크게 반응했다. 당황해서 뒤를 돌아보고 눈을 깜박거렸다. 설마 클리오가 먼저 말을 걸 줄은 몰랐다. 하지만 그 다음을 기다려도 클리오는 입을 꾹 다문 채로 멍하니 이쪽을 쳐다보기만 했다.

"……오펜이 왜?"

로테샤가 묻자, 클리오는 다시 고개를 숙여서 발을 쳐다봤다. 테이블 위에 엎드린 것처럼도 보인다. 작고 알아듣기 힘든 목소리로, 클리오가 말했다.

"오펜 말이야, 화났을까."

"화난 건 아니라고 생각해. 그러니까…… 뭐, 최소한 너한테는."

실제로 아무리 봐도 미친 듯이 화가 나 있던 그 흑마술사를 떠올리며, 로테샤는 헛기침을 했다──정말이지, 제멋대로 설치는 남자는 귀찮을 뿐이다!

"그냥, 뭐랄까, 어제 여러 일들이 있었던 것 같고──나도 자세한 건 모르지만. 그래도, 아무튼 힘들었던 것 같아. 그래서 짜증이 났을 테고. 넌 아무 잘못 없어."

그의 누나가 죽은 것이라든지, 이런저런 얘기를 해야 할까──고민했지만, 로테샤는 굳이 말하지 않는 쪽을 선택했다. 실제로 자세한 내용은 자신도 모르고, 더 이상 클리오의 마음고생 거리를 늘릴 필요도 없다고 생각했기에.

"그래……."

클리오는 괴로워하는 목소리로 그렇게만 말하고 갑자기 고개를 들었다. 그렇다고 힘이 돌아온 건 아니고, 안색은 여전히 어두웠다.

"하지만, 나, 레키가 걱정돼서."

"괜찮지 않을까?"

로테샤는 무책임한 말인지도 모른다고 생각하며 대답했다. 하지만 그 인정사정없는 흑마술사라면 다른 사람이 일일이 걱정해주지 않아도 어떻게든 알아서 잘 하겠지──그러니까, 그쪽 보다는 그 작고 검은 개가 더 걱정되기는 했다.

황야에서 덩그러니 앉아 있던 레키의 모습을 떠올리며, 로테샤가 말했다.

"그러고 보니 나도 레키를 봤어. 어제. 정확한 위치는 잘 모르겠지만…… 여기서 꽤 먼데서."

클리오가 이쪽을 봤지만, 입만 열었을 뿐이지 아무 말도 안 했다. 뭐가 말하고 싶기는 하겠지. 입술이 두세 번, 미련을 담아서 움직이는 게 보였다. 소리 내는 걸 주저한다기보다는 무슨 말을 해야 좋을지 모르는 건지도 모른다.

데워진 냄비를 불에서 내리고, 로테샤는 미리 준비해둔 머그컵을 싱크대 위에 올려놨다. 우유가 쏟아지지 않게 조심해서 머그컵에 따르면서 말했다.

"잘은 모르겠지만, 어딘가로 간 것 같아."

"숲으로 돌아갔어."

짧게, 클리오.

잘 들리지 않아서 귀를 기울이고 그쪽을 보니, 클리오도 지금까지보다 큰 목소리로 말했다.

"다신 돌아오지 않을지도 몰라."

클리오의 목소리는 약간 떨리고 있었다.

근거는 없지만 아무튼 부정하자──그렇게 생각하고, 로테샤는 고개를 저었다.

"괜찮아."

그 때.

갑자기, 그야말로 방해한다고밖에 볼 수 없는 타이밍에 발소리가 울렸다. 마룻바닥을 투박한 부츠로 때리는 귀에 거슬리는 소리. 입구 근처까지 다가왔고, 문이 열렸다.

나타난 사람은 그 흑마술사였다.

"······오펜."

클리오가 작은 소리로 중얼거렸다. 놀랐다기보다는 얼이 빠진 것 같은 목소리였다. 흑마술사가 클리오 쪽을 보고 고개를 끄덕였다.

"응."

"무슨 일 있습니까?"

물은 사람은 로테샤였다. 오펜은 건성으로 주방 안을 둘러봤다. 아주 초조해하는 것 같았다.

탄식하고, 말했다.

"다미안을 찾고 있어."

그 유령 같은 남자 얘기인 것 같다──생각하고, 로테샤는 얼굴을 찌푸렸다. 백마술사라고 했으니까 마술사겠지만, 그 전에 자연스레 타인을 얕보는 것처럼 대하는 그 태도 때문에 굳이 말하지 않아도 마술사라는 걸 알 수 있었다.

'정말이지…… 마술사라는 인간들은 전부 그런가?'

클리오한테 말을 걸지도 않는 이 흑마술사를 포함한 마술사들에게 마음속으로 투덜대며, 로테샤가 물었다.

"없나요?"

말하면서, 클리오의 상태를 살폈다. 클리오는 가만히 오펜을 보고는 있지만, 자기한테 말을 걸지 않아서 안심하고 있는 것 같았다. 그 속내를 알 수 있는 건 아니지만, 왠지 그 기분은 이해할 수 있을 것 같다. 로테샤는 일단 냄비를 다시 올려놓고 불을 껐다. 머그컵 두 잔에 다 들어가지 않은 우유가 조금 남았다.

설탕 단지를 찾아낼 때까지, 흑마술사는 대답하지 않았다. 망설이는 것처럼 천천히, 흑마술사가 말했다.

"그래. 다시 한 번 설득해서 위노나를 소생시키려고……."

"소생?"

자기도 모르게 얼빠진 소리로 말했다. 뭔가 소동이 있었다는 건 알고 있었지만, 그 불쾌한 여자가 휘말렸다는 이야기는 듣지 못했다.

흑마술사는 다시 문 밖으로 나가려다가 걸음을 멈추고, 팔짱을 낀 자세로 고개를 끄덕였다.

"아까 습격 때문에 심한 상처를 입었어. 치유할 사람은 다미안 뿐이야."

덜컥——

요란한 소리를 내며 클리오가 일어났다. 하지만 역시 클리오는 무슨 말을 하려다가 다시 입을 다물어버렸다. 무슨 말을 하고 싶었는지, 이번에는 확실하게 상상할 수 있다. 레키라면 같은 일을 할 수 있다고 말하고 싶었겠지. 로테샤는 내쉬워터에서 그 검은 개가 자신을 소생시켜줬던 것을 기억하고 있다.

오펜도 같은 생각을 한 것 같다. 신경 쓰지 말라는 것처럼 손을 흔들어보였다. 하지만 로테샤는 그것보다 신경 쓰이는 일이 있어서 큰 소리로 말했다

"그 사람은 적이잖아요?"

그 말을 듣고, 흑마술사가 질렸다는 표정을 지었다. 그는 날카로운 눈에 곤혹스런 기색을 깃들이고서 말했다. 그에게는 의외의 일이었겠지.

"그렇게 선을 그어서 어쩌자는 건데. 안 죽어도 되는데 죽게 할 필요는 없잖아. 그리고, 위노나는 중요한 정보를 가지고 있을 거라고."

"중요한?"

"뻔하잖아. 위노나를 다치게 한 사람이 누구인지, 본인이 봤을 테니까."

"그게 그렇게 중요한가요?"

로테샤가 묻자 오펜은 어깨를 으쓱거렸다.

"몰라. 굳이 말하자면 다미안이 왜 그 정보에서 도망치려고 하는지가 더 궁금해."

"오펜, 나, 역시 레키를 찾으러 갈래."

밖으로 뛰쳐나가려고 통용문 쪽으로 가는 클리오에게, 오펜이 소리쳤다.

"아냐. 됐어——"

"하지만."

"그게 아냐. 저택에서 나가지 마. 습격자가 있어. 게다가 그 놈은 위노나를 사정없이 살해했어."

오펜은 그렇게 말하고는 자기가 실수했다는 얼굴로 고개를 숙였다. 음울하게, 계속해서 말했다.

"위노나는 이제 오래 못 버텨. 그래서 레키를 찾아와봤자 소용없다고. 젠장…… 다미안을 계속 설득할 생각이었는데, 일단 할 수 있는 일들을 하는 수밖에 없어."

"오펜 씨."

로테샤가 불렀지만 그것도 손짓으로 제지했다. 오펜 자신도 생각하면서 말하는 것인지, 더듬거리면서 말했다.

"일단 잊어선 안 되는 일은…… 위험이 가까이에 있다는 거야. 이미 적이 이 근처까지 들어와 있고, 그 정체를 몰라. 성역의 자객, 어제 그 성복 입은 남자 같은 놈도 반드시 돌아올 거야. 다미안은 속이고 있다고 생각하지만, 시간문제야. 그 때까지 시간 여유가 있다면, 최소한 유리한 상황을 만들어둬야지."

"하지만, 영주님이 여기는 안전하다고——"

그렇게 말하는 클리오를 바라보는 흑마술사의 시선에는, 옆에서 봐도 아주 복잡한 심정이 담겨 있었다. 로테샤가 떠올린 것은 돌아가신 아버지의 눈빛이었다——사실 연상된 것은 보다 천박한 상황에서 아버지가 지은 표정이었다. 생활고 때문에 아버지는 소지하고 있던 애덤 중에 몇 자루를 팔아야만 했었다. 그 때 보여줬던 부수고 싶지 않은 것을 부숴야만 하는 애도의 표정.

다시 보니 흑마술사의 표정은 아버지와 그렇게 많이 닮지는 않았다. 전혀 안 닮은 건 아니지만 결정적으로 다르다. 왠지 모르게, 로테샤는 그렇게 직감했──어디가 다른 걸까. 이 흑마술사는 틀림없이 자신이 무엇을 잃어가고 있는지를 모르고 있다.

"확실하게 말할 수 있는 것도 있어. 그 영주는 믿을 수 없어. 다미안보다 더."

오펜의 말은 마치 협박하는 것 같은 불길한 느낌을 머금고 있었다.

"그 녀석은 자기가 싸우고 있다는 것처럼 말했지만, 아무것도 손에서 놓지 않았어──"

"하지만, 우리를 도망치게 해줬어!"

클리오가 큰 소리를 냈다──그녀는 손을 가슴에 대고 흑마술사에게 따졌다.

"어제, 암살자인지 뭔지가 저택에 들어왔을 때…… 비밀 통로로 나랑 매지크만 도망치게 해줬어. 자기는 걱정하지 말라고. 자기를 죽이면 침입자가 돌아갈 거라고."

"하지만 실제로 영주는 죽지 않았어."

"그걸 따지는 건…… 너무 불쌍해!"

계속 항변하는 클리오에게, 흑마술사의 표정이 굳어지는 게 보였다. 그가 치명적인 한 마디를 할 거라고 예견할 수 있었던 것은 자신이 냉정한 탓이겠지──로테샤는 그렇게 자각하고, 그 대화를 막으려고 한 걸음 다가갔다.

하지만, 이미 늦었다. 오펜이 마침내 큰 소리를 질렀다.

"이르기트는 죽었어! 팃시도 행방을 모르고……."

클리오가 대답하기도 전에 흑마술사는 주방에서 나가버렸다. 올 때와 같은 불길한 느낌으로 발소리가 멀어져갔다. 흑마술사는 조금도 기다려주지 않았지만, 어차피 조금 더 이 자리에 있었다고 해도 클리오의 대답은 듣지 못했을 것이다. 클리오는 아무 말도 없이, 자신이 앉아 있던 의자를 끌어당겨서 다시 거기에 앉았다. 고개를 숙인 채로 긴 침묵이 지난 뒤에, 아주 작은 목소리로 중얼거리는 소리가 들렸다.

"역시 화났잖아……."

"저건 그냥 화풀이야."

그것이 비난하는 것처럼 들리면 안 된다는 생각을 하고, 로테샤는 이렇게 덧붙였다.

"그렇게 신경 쓸 것 없어. 저 사람, 아까 나한테도 말했지만 확실한 적을 찾아내고 싶어서 미칠 지경인 것 같으니까."

"내가 영주님 편을 들면 적이 되는 걸까."

로테샤는 중얼중얼 투덜대는 클리오에게 웃어보였다──억지웃음이라는 건 잘 알고 있지만. 이야기는 동안 어느 정도 식은 우유에 설탕을 넣고, 머그컵 두 개를 들고 테이블 쪽으로 다가갔다.

고개를 숙인 클리오 앞에 컵 하나를 내밀며, 로테샤는 겨우 머릿속에 떠오른 말을 입에 담았다.

"그 사람, 클리오를 엄청나게 걱정하고 있어. 자기 경솔했던 탓이라고 책임감을 크게 느끼는 것 같아. 그런데 클리오가 무사해서 맥이 빠진 거야. 좀 쌀쌀맞게 느껴질 수도 있지만, 뭔가가 하나라도 잘 풀리게 되면 괜찮아질 거야. 틀림없이."

"……."

클리오는 머그컵을 두 손으로 감싸고, 그 온기를 손 안에서 굴리는 것처럼 만지작대면서 말했다.

"어째서 나보다 오펜에 대해 잘 아는 것처럼 말하는 거야?"

그것은 불만이라기보다는 단순한 의문이겠지. 신기하다는 듯이 고개를 갸웃거렸다. 로테샤는 눈을 껌벅거린 뒤에 탄식하면서 말했다.

"그 사람, 에드랑 닮은 구석이 있거든."

"하나도 안 닮았어."

이건 분명히 불만이라는 듯이, 클리오가 입을 삐죽 내밀었다.

"그 에드라는 놈이 무슨 짓을 했는지는 절대로 못 잊어. 나도 정말 위험했고…… 도장도 그 인간 때문에 망한 거나 마찬가지잖아."

'딱히 망한 건 아닌데.'

비슷하기는 하지만.

로테샤는 반론하지도 않고, 자기도 의자에 앉으면서 시간을 벌었다.

'그래. 나도 잊을 수 없어…….'

그가 무슨 짓을 했는지. 자신에게 무슨 짓을 했는지. 절대로 잊을 수 없다.

모든 것을 빨아들이려는 것처럼 달려드는 칼날의 공포. 그것을 떠올리자 자기도 모르게 소름이 돋았다. 핫 밀크는 그 기분을 밀어내는 데 도움이 됐다. 한 모금 머금고, 단맛이 혀를 적시는 것을 느끼며 한숨을 쉬었다.

"예를 들자면…… 나는 너희가 내쉬워터에 오기 전에 무슨 일이 있었는지는 잘 모르지만."

토레샤는 천장의 들보를 바라보면서 말했다.

"만약 너랑 같이 여행한 사람이 에드고, 나랑 살았던 사람이 오펜이라면 어떻게 됐을까."

그렇게 말하고 클리오의 얼굴을 보니, 클리오는 무슨 소리냐는 눈으로 이쪽을 마주보고 있었다. 그 눈을 보고 자기가 무슨 소리를 했는지를 알아차린 로테샤는 황급히 손을 저었다. 테이블 위에 세게 내려놓은 컵에서 요란한 소리가 났다.

"아니, 그게, 이상한 의미로 말한 게 아냐. 그냥, 그렇다는 거지…… 내가 보기엔 두 사람이 왠지 닮은 것 같아서. 미안해."

"아냐…… 로테샤가 사과할 일은 아냐."

클리오는 여전히 의문이 남은 것 같은 애매한 말투로 말하고는 머그컵을 입에 댔다. 그렇게 많이 마신 것 같지는 않았다. 마시고 싶지 않은 건지, 일단 이쪽을 신경써서 마시는 척만 한 건지도 모른다.

그리고는, 문득 생각이 난 것처럼 말했다.

"팃시가 행방불명이라니?"

"그 머리카락이 긴 여자분 말이지. 여기 오는 도중에 없어졌어. 그보다 다미안이 그 사람은 죽었다고 말했고."

"……."

클리오가 들고 있는 컵이 눈에 보일 정도로 흔들리기 시작했다. 그 머그컵을 든 사람은 얼굴이 창백해져서,

"팃시는, 오펜의 누나야. 나도 신세를 졌고. 죽었다니…… 세상에."

"오펜 씨는 안 믿는다고 했어. 부자연스러운 부분이 있다고. 그러니까, 그런 말을 하는 다미안을 믿을 수 없다고 생각하는 것 같아."

"나, 역시 오펜한테 사과할래. 너무 심한 말을 한 것 같아……."

그렇게 중얼거리고, 클리오는 머그컵을 내려놓고 주방에서 나갔다. 흑마술사의 부츠 소리와 비교하면 훨씬 가벼운 소녀의 발소리가 멀어져갔다.

혼자 남은 로테샤는 테이블 앞에 앉아서 긴 한숨을 쉬었다——뭔가가 잘 맞지 않는다. 뭔가 하나가 진전될 때마가 톱니바퀴가 하나씩 어긋난다. 그런데도 당사자들은 그걸 알아차리지도 못한다.

'그걸 알아차린 나는 당사자가 아니라는 뜻일까…….'

그럴지도 모른다.

허무한 자각과 함께 혼잣말을 했다.

조금 떨어진 벽에 기대 세워놓은 마검——아버지의 유품인 검을 슬쩍 보고,

'난…… 그 사람들이 하는 일과 전혀 상관없는 일이 목적이니까…….'

그 때.

툭, 하는 작은 소리가 귀에 들어왔다. 낡은 저택이 삐걱거리는 소리인가 싶었지만 이어서 또 한 번, 같은 소리가 들려왔다.

뭔가 싶어서 고개를 돌렸다. 소리가 나는 곳은 주방에 하나뿐인 창문 유리였다. 또 툭, 하는 소리. 누군가가 밖에서 창문을 향해 작은 돌이라도 던지는 것 같다. 안에 있는 사람에게 신호라도 보내는 것처럼.

로테샤는 심장이 빠르게 뛰는 것을 느끼며 의자에서 일어났다. 벽까지 뛰어가서 검을 손에 쥐고, 그것을 끌어안았다. 마검을 쓰는 방법은 알고 있다——알고 있다고 생각하지만, 실제로 제대로 쓸 수 있을까. 그건 확인하지 않았다. 흑마술사의 말이 머릿속에 떠올랐다. 여기

는 위험하고, 모든 것은 시간문제다…….

합리적이지 못하다는 걸 알면서도, 머릿속에 떠오른 생각은 빈집털이였다. 노커로 문을 두드린다, 뭔가 신호를 보낸다, 그런 다양한 수단으로 집에 아무것도 없는 것을 확인한 뒤에 천천히 침입한다.

'그럴 리가 없지…… 이런 곳인데.'

빈집털이는 아니다. 온다면 더 위험한 것이다.

로테샤는 검을 들었다. 칼집이 칼날을 감싸고 있지만, 원래 이 검은 뽑아서 빼는 것이 아니다. 하지만 최소한 검은 자신을 지켜준다. 위험이 다가온다면 그녀의 몸을 지켜줄 것이다. 그렇게 믿고 있으면 마검이 움직이다. 비두 크립스터의 마검이.

신호는 계속되고 있다. 같은 주기로 창문 유리에 작은 돌이 부딪친다.

로테샤는 발소리를 죽이고 통용문 쪽으로 다가갔다. 돌아가서 흑마술사에게 도움을 청하는 쪽이 좋다──그런 생각을 하면서도, 자존심이 그것을 거절한다. 그리고 뭔가 이상하다는 생각이 들었다.

통용문에 손을 댔다. 손잡이를 돌리고 밀면 밖으로 나갈 수 있다. 창문은 바로 가까이에 있다. 밖에 나간 순간에 돌을 던지는 상대와 마주칠 것이다. 뜨거운──그러면서도 금세 식어버리는 땀이 이마에 살짝 뱄다. 검을 왼손에 쥐고, 문손잡이를 잡은 오른손에 힘을 주고, 로테샤는 밖으로 뛰쳐나갔다.

그리고.

"……!"

경악하면서도 순식간에 자세를 잡을 수 있었던 것은 전투훈련을 해온 덕분이었다. 힘차게 뛰쳐나간 곳에는 아무도 없었다.

'아무도 없어…? 그럴 리가.'

제일 가까이에 있는 몸을 숨길 수 있는 나무에서 저택 통용문까지
──몇 미터는 떨어져 있다. 창문 유리를 향해서 돌을 던지는 것이 그
렇게 어려운 일은 아니지만, 그렇다고 간단하다고 할 수도 없는 거리
다. 게다가 계속 정확히 같은 간격으로 맞추는 건 더 곤란하겠지. 그렇
다면 신호를 보낸 사람은 좀 더 가까운 곳에 있어야 하는데, 모습이 보
이지 않는다는 뜻이 된다.

'그렇다면⋯⋯.'

의외로 냉정한 자신에게 감탄하며, 로테샤는 시선을 돌렸다. 적은
사각에 있다. 기척을 숨기고 숨어 있다.

완전히 감에 따라서, 로테샤는 몸을 반전시켰다. 칼집에 들어 있는
칼끝을 빙 돌려서 위협했다.

눈에 보인 것이 있었다. 허공에 뭔가를 적는 붓이라도 되는 양 길고
검은 머리카락. 그리고 온 몸의 검은 옷. 하지만 그것은 확실한 모습이
아니라 희미하게 인상이 남은 그림자일 뿐이었다. 그리고 또 하나, 다
른 사람이 있다──

"⋯⋯어?"

숨이 턱 막혀서, 로테샤는 스스로 생각해도 얼빠진 소리를 냈다. 또
하나의 인물은 움직이지도 않고 거기에 서 있었다. 침착하게, 가만히
이쪽을 보며.

다미안 르우였다.

"⋯⋯적은 도망쳤다."

그 말만을, 조용히 고했다.

아무래도 그녀와 동시에 이곳에 나타난 것 같다──그 창문 유리의

신호를 다미안도 어디선가 들었겠지. 그리고 그 신호를 보낸 사람은 도망쳤다.

다미안은 한동안 뭔가 미련이 남은 것처럼 주위를 둘러봤지만, 그 자신도 바로 모습을 감췄다.

또다시 혼자 남겨진 로테샤는 칼을 내렸다. 눈을 감고, 아직 망막에 남아있을지도 모르는 검은 그림자의 모습을 찾았다.

하지만 기억이 나지 않았다. 실망의 한숨을 흘리고, 로테샤는 다시 통용문을 통해 저택 안으로 들어갔다.

총의 본체는 오히려 탄환이다. 총 본체는 칼집에 불과하다.

그렇게 생각하면 이 총은 이미 쓸모없는 물건이 아닐까. 오펜은 분해해서 테이블 위에 늘어놓은 총의 부품들을 보며 한숨을 쉬었다. 본체를 정비한다고 해서 뭔가 대단한 일을 하는 건 아니다. 부품이 일그러졌는지에 대해서는 신경 쓸 필요가 없고——누가 쏘지도 않았을 테니까——먼지를 털어내는 정도만 하면 된다. 부족한 부품은 없었다. 탄환을 빼고 쏴봤지만 기계적인 문제는 없다.

하지만 탄환이 들어가면 얘기가 달라진다. 보이지 않는 곳에 녹이 슬었을 수도 있고, 작약의 문제는 그야말로 눈으로 봐서는 알 수가 없다. 《탑》의 보관 상황이 어땠는 지도 불명이다. 원래 연습용 시제품이다. 몇 년이나 정비도 하지 않고 내버려뒀을 정도로.

총의 성능은 대부분 탄환에 의해서 정해진다.

정밀도가 높은 탄환을 얼마나 많이 생산할 수 있을까. 《탑》의 총 장인은 그것을 신경 썼었다. 아무리 숙련도가 높은 사용자라도 똑바로 날아가지 않는 탄환으로는 표적을 맞힐 수가 없다. 불발탄은 총의 기능을 정지시켜버린다. 더 심하면 겨우 한 발이 폭발해서 사용자의 목숨을 뺏을 수도 있다.

제일 좋은 것은 탄환을 전부 새로 바꾸는 것이다. 그건 알고 있다. 하지만 예비 탄환이 있을 리가 없다. 결국은 불발이 될지 폭발할지도 모르는 탄환을 무사하기를 빌면서 써야 한다.

총의 조립은 서두르지 않아도 금세 끝났다. 오펜은 어렴풋이 기억나는 순서에 따라서 권총 모양을 만들고, 마지막으로 탄창을 총 본체에 끼워 넣었다. 금속이 들어가는 기분 좋은 소리가 가장 신뢰도가 낮은 이 부품에서 난다고 생각하니 너무나 얄궂은 기분이 들었다. 탄창에 들어 있는 탄은 여덟 발. 어쩌면 바깥 공기를 접하기 쉬운 첫 번째 탄환이 가장 신뢰하기 힘들 수도 있다. 그리고 그 첫 번째가 불발이 되면, 아마도 다시는 이 총을 쏠 기회는 없을 것이다.

오펜은 총을 테이블 위에 내려놓고, 거기에서 눈을 돌리려는 것처럼 천장을 바라봤다. 눈을 깜박거리니 메마른 안구에 눈물이 스민다. 점심을 막은 그 식당에는 지금은 자신 외에 아무도 없다──식기도 전부 치웠고, 꽃병에 꽂아놓은 꽃이 아까보다 조금 생기를 잃은 채로 놓여 있다.

그 식당에 사람이 들어오는 기척은 알아차렸다. 알면서도 작업에 집중했지만, 이쪽이 작업을 멈춘 것이 계기가 된 것인지. 뒤쪽에서 목소리가 들려왔다.

"스승님……."

매지크였다.

오펜은 의자에 앉은 채로 고개를 돌려서, 문 앞에 서 있는 제자의 모습을 간단히 관찰했다. 작은 체격은 미덥지 못하다고 할 수도 있다. 의기소침한 얼굴은 더 확실하게 못미덥다. 금발 소년은 이쪽이 대답하기도 전에 그 자세 그대로 말했다.

"지금, 괜찮으세요?"

"뭐가?"

"얘기를 좀 하고 싶은데요……."

"그래."

오펜은 고개를 끄덕이고는 의자와 함께 몸을 돌렸다. 재촉하는 것처럼 물었다.

"무슨 일인데?"

"스승님은, 반대하시나요?"

매지크는 한 걸음 다가와서는 두 손을 벌리고 물었다.

"그러니까…… 제가, 다른 사람한테 배우는 거요."

"아니. 원한다면 포르테나 텃시라도 소개해줄게. 둘 다 잘 가르친다고 하기는 힘들지만, 나보다는 괜찮은 교사겠지."

"하지만 스승님은 《탑》에는 안 돌아가실 거잖아요?"

"나야 그렇지. 하지만 집행부가 너까지 다 기억하고 있겠어."

오펜은 어깨를 으쓱거리면서 말하고 나서 한숨을 쉬었다. 힘이 빠진 것 같은 기분이었다.

매지크는 여전히 가만히 서서 이쪽이 말하기를 기다리고 있다. 대단한 말을 할 수 있는 건 아니었다. 자신은 또다시 학생의 기대를 배신하게 된다──오펜은 혼잣말을 하고는 어깨가 저절로 처지는 것을 느꼈다. 손을 무릎 위에 놓고, 자신이 고개 숙여 인사하는 것 같은 자세라는 걸 깨달았다.

시선만 들고, 말했다.

"매지크. 지금까지 이런 건 한 번도 안 물어봤던 것 같은데 말이야. 너, 어떤 마술사가 되고 싶은 거냐?"

"예?"

당황한 것 같은 매지크의 표정을 보고, 오펜은 계속해서 물었다.

"그러니까…… 반년 가까이 나랑 있으면서, 어떤 마술사가 되고 싶다고 생각했는데?"

"전, 잘 모르겠어요."

매지크의 대답은 솔직하다고 할 수 있었다. 미간에 어울리지 않게 주름까지 짓고, 대답했다.

"역시, 한 사람 몫을 하고 싶어요."

"한 사람 몫이라, 어떤 녀석이 한 사람 몫을 하는 녀석인데?"

"도움이 되는 거예요."

겨우 망설임을 떨쳐버리고, 매지크는 술술──너무 서두르는 게 아닌가 싶을 정도로──줄줄이 말을 늘어놨다.

"전, 스승님 같은 마술사가 되고 싶었어요."

"난 지금까지 누구한테 도움이 된 적이 없는데."

자조하듯이 중얼거리고, 오펜은 자리에서 일어났다. 허리를 뻗어서 먼 곳을 쳐다봤다. 시야에 창문이 없었기 때문에 눈에 들어온 건 벽밖에 없었다. 새하얀 벽. 밋밋하고 아무것도 없는, 차가운 벽.

저절로 탄식이 흘러나왔다.

"나도 결국은, 어떤 마술사가 되고 싶었던 걸까……."

"스승님?"

"저기, 매지크. 내가 너한테 마술 제어에 관해서는 문제가 없다고 했었지?"

"예……."

매지크는 씁쓸한 추억이라도 곱씹는 것처럼 살짝 떨떠름한 표정을 짓고 고개를 끄덕였다. 오펜은 학생 쪽을 보며 조용히 물었다.

"넌 뭘 느꼈지?"

"제 마술은 도움이 못 됐어요. 아무리 스승님이 문제가 없다고 해도, 실제로는 아무런 도움도 못 됐어요."

"네 재능은 정말 대단한 거야. 그건 인정해. 겨우 몇 달 만에 자연스럽게 마술 제어법을 습득하는 건 정말 드문 일이야. 게다가 지금도 너는 처음에 보여줬던 마술의 강함을 잃지 않았어. 힘을 빼지 않고 자신의 최대 위력을 완전히 제어하는 건 틧시도 못 하는 일이라고."

"……."

오펜은 의심하는 것 같은 눈으로 자신을 보고 있는 매지크에게 웃어보였다.

"이제 와서 딱히 칭찬할 생각은 없어. 내가 하고 싶은 말은, 이건 네 천성에 불과하다는 거야. 손에 넣는 게 당연한 일이지——할 수 있는 일을 할 수 있게 된 거니까."

"하지만."

"일단 들어봐. 나처럼 되고 싶다고 했지. 넌 대체 날 어떤 마술사라고 생각하고 그런 말을 한 거지?"

오펜은 그렇게 물으면서, 매지크의 대답하기를 기다리지도 않고 계속 말했다.

"나한테 뭐가 있다고 생각했지? 마술의 위력만 보면 포르테나 틧시를 못 따라가. 정밀도에서는 코르곤한테 이길 수 있을지 자신은 없고. 생물적인 한계를 말하자면, 그래, 무슨 수를 써도 레키를 이길 리가 없어. 다미안 르우는 대륙에서 가장 뛰어난 마술사 중에 하나겠지. 주먹으로 치고받는 기술이라면 위노나도 대단한 수준이고. 검이라면 로테샤한테 배워야겠지? 자, 나한테 뭐가 있을까?"

"하지만……."

똑같은 부정을 되풀이하고, 매지크는 입을 다물었다. 망설이는 걸까. 단순히 곤혹스러워하는 것뿐일까.

오펜은 고개를 저었다. 자신에게 뭐가 있는 걸까. 그런 건 알 리가 없다. 여기서 매지크가 무슨 말을 해봤자 그것도 틀린 게 된다.

"하지만 말이야…… 그렇다면 팃시한테는 뭐가 있을까? 포르테는? 레키는? 다미안은? 그쪽에는 다른 사람한테 없는 뭔가 특별한 운명이라든지, 그런 게 있다고 생각해?"

차례로 이름을 말하고――

마지막으로, 오펜은 가장 작은 목소리로 속삭였다.

"최접근령의 영주한테, 예를 들어서 대륙의 운명을 제멋대로 짊어질 권리가 있어?"

"그럼 저는, 누구한테 배워야 좋은 거죠……."

"모르겠냐? 특별한 건 하나도 없다는 점에서 보면 누구나 똑같아. 누구나 시시한 개인일 뿐이야. 보기 드문 재능? 뛰어난 능력? 그런 게 그것들을 뒤집지는 않아. 할 수 있는 걸 하면 돼. 힘을 가지는 게 마술사의 운명이라면, 그걸로 할 수 있는 일을 하면 되는 거라고."

한숨돌리고, 계속 말했다.

"하지만 그건 말이야, 본인이 생각하는 만큼 거창한 일을 할 수 있는 것도 아냐. 그걸 착각하는 놈부터 죽는 거지. 난 더 이상 그런 걸 용서할 생각은 없어. 어번라마에서 말이야, 그렇게 결심했어. 겨우 생각이 났어. 이미 정했었는데 말이야. 희생이 돼서 미증유의 붕괴를 구하는 개인 따위, 두 번 다시 용서 못 해……."

머릿속에 떠오른 것은 몇 가지 광경이었다.

어번라마를 가득 메운 붕괴의 숲. 그것과 대치하는 딥 드래곤──아니, 드래곤의 몸을 빌린 소녀.

황야에 갑자기 나타나서 무책임한 말을 떠들고 자기 혼자 싸움에 도전한 뒤에 모습을 감춘 누나.

세계의 균열에서 얼핏 모습을 드러낸 파멸의 여신. 그 앞에서 상처투성이가 돼서 큰 소리로 웃는 죽음의 교사. 세계를 바로잡기 위해, 자신의 죽음으로 속죄해서 여신을 불러들이려 한다.

반대로 움직이기 시작한 여신을 막기 위해 결계의 구멍으로 사라진 자도 있다.

그밖에도 여러 광경들이 떠올랐다.

그리고…….

환상으로 본 광경이 있다. 녹색 머리카락의 여자. 그것과 대치하는 남자의 짧은 대화. 남자가 그 여자에게 들이대려고 생각했던 은 단검을, 지금은 오펜이 가지고 있다. 강철 칼집 속에서, 이름도 없이 숨을 죽이고 있다.

자기도 모르게 주먹을 쥐고 있었다. 그것을 벌리고 몸에서 힘을 뺀다.

자신이 하는 말의 의미를, 매지크는 아직 이해하지 못하겠지──그것이 슬픈 일이라고 인정하며, 오펜은 입을 열었다.

"고작해야 한 사람의 흔하디흔한 개인으로서, 누구에게나 똑같이 배워왔어. 스승이 누구인지, 고를 수도 없고. 너는 끝까지 한 사람 몫을 할 수가 없어——나처럼 말이야. 배울 상대를 발견하면 배운다. 그러면 돼. 하지만 여기 영주는 안 돼. 그 녀석은 틀림없이, 네가 다른 사람한테서 배울 수 있는 길을 막아버리려고 들 거야."

"……."

매지크는 대답하지 않았다. 깜짝 놀라서 이쪽을 보고 있다. 그리고,

"오펜."

그 목소리는 식당 밖에서 들려왔다. 입구 쪽을 보니 벽에서 불쑥, 매지크와 비슷한 소녀가 얼굴을 내밀었다. 클리오는 난처해하면서 말했다.

"저기 말이야——"

"듣고 있었어?"

오펜은 별 생각 없이 물었다. 몰래 들어서 부끄러워하는 거겠지. 클리오가 서먹서먹한 얼굴로 고개를 끄덕였다.

그 기분을 풀어주기 위해, 오펜은 어깨를 으쓱거렸다. 그리고 말했다.

"그럼, 들은 대로야. 너도 여러모로 마음에 걸리는 게 있겠지. 혼자서 짊어지는 건 그만두자고. 우리 모두 말이야."

클리오를 쳐다보니 입술을 깨물고 있었다.

그래도 오펜은 그대로 계속 말했다.

"레키도 신경이 쓰이지만 당장은 손쓸 도리가 없어. 하지만 어떻게든 할 거야. 전부 나한테 맡기라는 말은 안 해…… 그러면 주객이 전도되니까. 내 힘만 가지고 할 수 있는 일은 뻔해. 너희들도 도와줬으면

싶고, 난 내가 할 수 있는 일을 할 거야."

"뭘 하면 될까요?"

그렇게 말한 건 매지크였다. 오펜은 고개를 돌리기 전에 테이블 위에 있던 권총을 집었다. 홀스터에 쑤셔 넣고, 대답했다.

"너희가 제정신이라서 솔직히 안심했어. 일이 더 귀찮아지지 않을까 싶었거든. 다미안을 경계했으면 싶다. 그 녀석의 움직임이 신경 쓰이거든. 뭔가를 숨기고 있거나…… 아니면 뭔가를 숨기려 하고 있거든."

"뭔가라니?"

"그냥 뭔가야. 잘은 모르겠지만, 다미안한테 치명적이기를 빌고 있어. 달리 대항할 수단이 생각나질 않아."

시선을 좌우로 돌린 것은 다미안의 도청할까봐 신경이 쓰여서가 아니었다——네트워크를 쓸 수 없다는 말은 거짓말이 아닌 것 같았다. 하지만, 백마술사에게는 모습을 드러내지 않고 엿들을 수 있는 수단이 얼마든지 있을 것이다. 경계해봤자 소용없다.

찾는 것은 시계였다. 벽에 걸려 있는, 장식이라고는 없는 상자 모양의 시계. 시간은 정오를 지나서 이른 저녁을 가리키고 있다.

생각이 나서, 오펜은 말했다.

"이 저택 안을 적당히 뒤져서 먹을 만 한 것들을 모아주겠어? 정 안 되면 한두 번 먹을 정도라도 좋으니까. 나랑 로테샤 것까지."

"뭐?"

깜짝 놀라서 그런 소리를 낸 클리오에게, 오펜은 시계를 가리키면서 말했다.

"다미안의 분위기를 보면, 또 일하는 사람들의 고스트 같은 것을 준비할 여유는 없어 보이니까. 뭐, 그 미스터 유령은 그렇다 치고 우리는 식사를 해야겠지. 아침까지 계속 움직여야 할지도 모르니까."

"아침까지…… 말인가요."

시간을 계산하고 있겠지. 건성으로 대답하는 매지크.

"다미안이 설정한 리미트가 내일 아침이야. 그 때까지 뭔가 상황이 변할 것 같아. 적어도 그 때까지 이 최접근령은 무방비에 가까울 것 같아. 그 녀석을 믿을 수 없다면, 그 상황 변화라는 것에 대응할 수 있도록 여력을 온존하고 아침까지 버텨야겠지."

"스승님은, 믿지 않는 거죠? 여기…… 영주라는 사람도."

마지막 확인을 하는 것처럼──매지크가 물었다. 그 옆에서 클리오도 확인하는 것 같은 눈길을 보내왔다.

그것은 기묘한 최후통첩이었다. 영주 본인이 대놓고 물은 건 아니다. 여기서 어떻게 대답하건 나중에 뒤집을 수 있다.

하지만, 그래도 여기서는 정말로 최후의 의지를 정해야 한다고, 왠지 그런 생각이 들었다. 오펜은 말을 토하기 전에 잠시 망설이고──말했다.

"그래. 그 녀석은 날 장기 말로 만들려고 했어. 하지만 나는 나야. 내 역할은…… 지금 막 정했어. 아까 말한 대로야."

"나도…… 하지만, 오펜이 말해서 그런 건 아냐."

클리오는 뭔가 변명하는 것처럼 안절부절 못하면서, 그러면서도 딱 잘라서 말했다. 가슴에 손을 얹고, 눈썹을 치켜 올리고서 강한 의지를 보여줬다.

"여기 영주님이 어떤 사람인지는 모르겠지만. 그래도 레키한테 부탁한 건 잘못된 일인 것 같아. 나도 잘못 생각했어. 나, 레키를 도와줄래."

클리오는 거친 콧김을 내뿜으며 마무리하고, 금발이 흔들릴 정도로 고개를 흔들고는 기합을 넣으려는 것인지 자신의 하얀 뺨을 두 손으로 때리고서 뛰쳐나갔다. 식당에서 나가고 기척이 멀어져갔다. 주방 쪽으로 간 것 같다.

"전, 잘 모르겠어요."

매지크의 목소리는 약간 떨리고 있었다. 하지만 그것도 큰 동요는 아니었다. 뭔가에 맞서려는 것처럼 다리에 힘을 주고, 계속 말했다.

"스승님이 하는 말은, 정말 제멋대로 하는 말처럼 들려요. 왜냐하면 스승님은 실제로 큰 일을 좌우할 수 있는 힘을 가지고 그런 말을 하니까."

"마술사가 초인이라고 믿는 거냐? 초인의 책무를 믿는 거야? 매지크."

"모르겠어요. 모르겠다고요…… 하지만, 힘을 가지는 데 의미를 추구해서는 안 되는 건가요?"

소년의 옅은 색 눈동자가 젖어 있는 것은 눈물과 감정의 기색이 섞였기 때문이었다. 다라고는 매지크에게, 오펜은 손을 흔들어서 부정한다는 뜻을 보였다.

"옳은 것과 잘못된 것. 나한텐 그거 판단할 자격이 없어. 매지크, 네가 초인의 운명을 선택한다면 난 말리지 않아. 네가 말리는 건 네가 죽고 싶어서 안달이 났을 때…… 그 때 뿐이야."

"스승님."

"마지막 선물로 좋은 말도 못 해주겠지만 말이야. 잘 들어, 넌 간다 ──하지만, 언제든 돌아와도 돼. 알았지?"

"……예."

제자는 고개를 끄덕이고는 몸을 빙글 돌리더니, 클리오처럼 소란을 떨지 않고 조용히 물러났다. 그 모습을 지켜보는 시간은 그리 오래 걸리지 않았다. 하지만 매지크가 보이지 않게 된 뒤로도 한참동안, 오펜은 그 자리에 가만히 서 있었다.

'난 저 녀석을 한 사람 몫을 한다고 인정 했어…… 제자가 독립하는 건 당연한 일이야.'

혼자서 중얼거렸다.

가슴이 술렁거렸지만 그것은 슬픔도 분노도 기쁨도 아니었다.

안도도 아니다. 올 때가 왔다고 할 만큼, 저 소년이 오랫동안 자신의 제자였던 것도 아니다.

수치였다──의식의 밑바닥에서 그 말을 짜내고, 오펜은 씁쓸하게 웃었다. 틀림없이 수치심을 느끼고 있었다. 아마도 자신은 지금 막 매지크가 말했던 것과 똑같은 생각을 하고 5년 전에 《탑》에서 뛰쳐나왔다. 자신만이 아자리를 구할 수 있는, 단 한 사람뿐인 초인이라고 믿고.

5년이 지나서 타프렘시로 돌아가 보니 《탑》에는 자신이 돌아갈 곳이 남아 있었다. 《탑》의 동료들이 돌아갈 곳을 남겨줬다. 그 장소가 남아있지 않았다면…… 자신은 정말로 초인이 됐을지도 모른다. 초인이 돼서 뭔가의 회생이 되기 위해 자포자기해서 죽었을 것이 분명하다.

'그래서…… 이번엔 내가 그 장소를 지켜줘야 해. 아자리와 팃시, 코르곤, 레키와 매지크까지. 아마 그밖에도 잔뜩. 용기를 내서 뛰쳐나간 초인들이 돌아올 곳을 지키기 위해, 난 이 바보 같은 게임을 뒤집겠어.'

그리고 어쩌면, 이르기트도. 그녀를 죽게 만들었다──하지만 그래도 그녀가 돌아갈 곳을 만들어줘야만 한다.

은 단검이 들어 있는 강철 칼집을 살짝 두드리고, 오펜은 마지막 부분만 소리를 내서 중얼거렸다.

"댁도."

'그걸 위해서, 당신은 나한테 힘을 줬어. 그런 거잖아?'

오펜은 다시 한 번 시계를 봤다. 이야기하는 사이에 시간이 그렇게 많이 흐른 것은 아니다.

아침까지, 한 번쯤 파란이 있겠지. 각오하고, 한숨을 쉬었다.

그 조용한 방 안에, 영주는 소리도 없이 나타났다.

마술 같은 게 아니다──그저 평범하게, 문을 열고 들어왔다. 하지만 노크는 하지 않았다. 방 안에 아무도 없다는 건 처음부터 알고 있었다. 아니, 최소한 대답할 수 있는 사람은 없었다.

그 조용한 방에는 침대가 여러 개 있다. 그 중 하나에 덩치 큰 여자가 한 사람 누워 있다. 복부에 붕대를 확실하게 감아뒀다. 하지만 그것이 큰 의미가 없다는 것은 환자의 안색을 보면 일목요연했다. 그녀의 옷은 많은 땀을 빨아들인 흔적으로 주름이 지어 있었지만, 지금은 반대로 바짝 말라 있다. 그녀는 눈을 감고 깊이 잠들어 있다. 꿈 따위는 없는 심연의 선잠에.

영주는 역시 소리도 없이 그 침대 옆으로 다가갔다. 설령 아무리 큰 발소리를 낸다고 해도 그녀가 알아차릴 리는 없지만──그래도 영주는 그녀가 자신이 왔다고 알아차리리라는 것을 의심하지 않았다. 자고 있는 그녀의 베갯머리에 얼굴을 가져다대고, 속삭였다.

"위노나. 나의 기사……."

그렇게 부르자, 그녀의 눈꺼풀이 떨렸다. 입술도 마찬가지로 떨렸다. 뭔가를 찾아서 꿈틀거리는 것 같은 그 입술에서는 작은, 중얼거리는 소리가 흘러나왔을 뿐이다.

"영주…… 님……."

"누구인가?"

곧바로, 영주가 힐문했다.

목에 뭔가가 걸린 것인지 위노나의 목소리는 알아듣기 힘들었다. 몇 번인가 힘들게 숨을 쉬고, 그녀는 같은 말을 되풀이했다.

"영주님……."

"위노나. 듣고 있나?"

끈기 있게. 영주가 말했다.

"네가 마술사라면——나약한 그들이라면 이런 때에 우는 소리라도 하겠지. 틀림없이 그럴 것이다. 하지만 너는 다르다. 기사다. 마지막으로 단 한 번 숨을 쉬는 것이 허락된다면, 그 한 번의 숨으로 유익한 정보를 전해야만 한다."

"예…… 영주…… 님."

얌전히 대답하는 기사를 보고 영주는 만족스레 고개를 끄덕였다. 더 이상 재촉할 필요도 없다. 그녀는 대답해줄 것이다. 필요한 답을.

그녀는 더듬더듬, 이름을 입에 담았다.

"유이스…… 가. 저를, 쐈……."

"……."

그 말에는 대답하지 않고, 영주는 일어났다. 감개는 없다. 반드시 그럴 거라 예상했던 일은 아니지만, 전혀 예상도 못한 일도 아니다. 계획이 큰 수정이 필요한 일도 아니다.

영주는 말없이 고개를 돌렸다.

그가 바라본 쪽의 어둠 속에, 다미안 르우가 무표정한 얼굴로 서 있었다.

아무 말도 없이 백마술사가 모습을 지웠다.

알마게스트 베티슬리서는 그 모습을 지켜보면서도 전혀 표정이 바뀌지 않았다.

제6장 허상의 환상

위노나는 해질 무렵에 죽었다.

그 죽은 얼굴은 평온했다. 뭔가 큰일을 성취한 것처럼 만족스런 얼굴이었다.

하얀 천이 준비돼 있었다. 누군가의 센스인지——아니면 원래 그런 것인지. 악취미이기는 해도 관습에 거스르지 않고, 오펜은 그 천을 위노나의 얼굴에 얹었다.

그녀는 편안한 얼굴이었다. 만족한 것처럼 보였다. 천을 얹은 것은 그것을 감추고 싶었기 때문이기도 했다.

죽으라고, 위노나에게 그렇게 말한 것은 오늘 아침의 일이다. 그래서 위노나가 죽었다는 저주 같은 말을 믿는 건 아니지만, 가슴 속에 딱딱하고 무거운 응어리가 있었다. 그것은 자책과도 비슷한 것이었다. 비슷하다는 것은 자책이라고 할 수도 있다.

위노나는 만족하고 죽었다. 그것을 부정할 생각은 없다. 그래도 오펜은 혼자서 중얼거렸다.

'죽어서, 뭘 만족한다는 거야…….'

그 자리에 머물러 있던 것은 아주 잠깐이었다.

탄식하고, 오펜은 방에서 나갔다.

"버터도 필요하려나."

"그걸 뜯어먹을 것도 아니고…… 그래도 일단 챙겨둘까?"

로테샤는 그렇게 말하고는, 클리오가 내민 둥그런 덩어리를 받았다. 이런 모양인 것은 어느 정도 사용한 탓이겠지. 쥐가 뜯어먹어서 그런 건지도 모르지만. 그건 생각하지 않기로 했다.

다시 찬장 안으로 돌격하는 클리오를 지켜보며, 로테샤는 테이블 위의 골판지 상자 안에 그 버터 꾸러미를 던져 넣었다. 주방으로 돌아온 클리오가 갑자기 식료품을 모으기 시작한 뒤로 약 한 시간 정도가 지났다. 상자는 거의 가득 찼다. 말린 고기, 훈제부터 싸구려 술병까지, 정리는 생각도 안 하고 우겨넣었다.

"여기 통조림이 있었어."

그렇게 말한 건 클리오와 많이 닮은 금발 소년——매지크였다. 두 손에 대여섯 개, 라벨이 없는 깡통을 들고 있다. 그는 그것을 테이블 위에 올려놨다.

그러자 고개를 돌린 클리오가 불쾌한 표정을 지었다. 사냥감을 잡아온 매지크에게 오히려 적개심을 불태우는 것처럼.

"왜 네가 여기 있는데."

"있으면 안 되는 거야."

놀란 것처럼, 매지크. 하지만 클리오도 물러나지 않았다.

"넌 영주님 편에 붙었잖아. 우리 적이야."

"클리오도 '님'이라고 했잖아."

"그건 괜찮아. 목숨을 구해줬으니까 감사는 해야지."

말이 되는 것도 같고 아닌 것 같은 말을 딱 잘라서 하고, 클리오는 가슴을 활짝 폈다. 거기에 비하면 매지크한테는 위세가 부족했다. 통조림만 내려놓고 몸을 뒤로 빼더니,

"그나저나 클리오, 전부 다 들었어?"

"들었어."

당당하게 대답하자 뭐라고 할 말이 없는 건지, 매지크는 입만 뻐끔거렸다.

그 틈에, 클리오가 또다시 깐깐하게 따지고 들었다.

"왜 이런 데서 같이 통조림이나 뒤지고 있는 건데."

"왜냐니…… 뭐 어때. 도와줘도 되잖아. 그리고 난 딱히 적이라고 생각 안 하거든."

"하지만 영주님 부하가 될 거잖아."

"아니야! 그런 게 아니라고."

매지크는 당황해서 말했다.

"스승님하고는 조금 의견이 안 맞았던 것뿐이야. 어차피 이 상황에서는 적도 같은 편도 없잖아."

"적도 같은 편도 확실해. 암살자가 올 거잖아."

"영주 쪽 사람을 죽이려고 말이지…… 봐, 적이 누군지 모르잖아."

"그러고 보니 그렇기도 하네."

그제야 클리오가 난처한지 숨을 멈추고——말꼬리를 잡혔다는 걸 알아차린 것 같다. 기분 나쁜 얼굴로 통조림을 집어서 상자 안에 쑤셔넣었다.

두 사람의 모습을 보며, 로테샤는 엉뚱한 생각을 하고 있었다. 딱히 신경도 쓰지 않고 주방에서 먹을 것을 찾고 있는데…….

'이거, 도둑질이 아닐까.'

말을 해봤자 소용없을 것 같아서, 가슴 속으로만 말했다.

그래도 자신에게만은 범죄를 저지르고 있다는 자각과 켕기는 기분이 있지만, 이것이 면죄부가 될지 아닐지는 모른다. 로테샤는 가득 찬 상자를 가리키며 두 사람에게 말했다.

"이만하면 되지 않아? 금방 상하는 것들도 있긴 하지만, 일주일은 먹을 수 있겠는데."

"이 두 배 정도는 있으면 싶은데."

클리오는 간단히 말하고는 다시 찬장 안을 뒤지기 시작했다. 매지크가 딱히 누구에게 하는 말도 아닌 것처럼 지적했다.

"……스승님은 내일 아침까지 먹을 정도면 된다고 했는데."

"딱히 오펜이 시켜서 하는 게 아니거든."

어깨너머로 뒤를 돌아본 클리오의 얼굴은 굳어져서 주름까지 져 있었다. 긴장을 감추지 못해서 목소리까지 떨리고 있다.

"레키를 찾으러 가야 하니까. 그 가무것도 없이 넓은 곳을 뒤지려면 며칠이 걸릴지……."

"몇 달을 찾아도 무리야."

매지크가 당연한 얘기를 했다.

그것이 실언이었다고 하는 것처럼, 클리오가 더 떨떠름한 표정을 지었다. 목에서 신음소리를 짜냈다.

"해보기 전엔 모르는 거잖아."

"저기."

참지 못하고, 로테샤도 끼어들었다. 클리오의 주위를 끌었다는 걸 확인하고 나서 계속 말했다.

"아까도 말했지만…… 레키, 영주라는 사람과 뭔가──그러니까 ──거래? 뭔가 그런 걸 했지? 어디로 갔는지는 영주가 알고 있지 않을까?"

"그렇게 생각하지만, 지금부터 배신할 상대한테 물어보러 가는 것도 좀 아닌 것 같잖아."

"배신하겠다고 생각한 시점에서 이미 뭔가 아닌 것 같은데……."

또 매지크가 당연한 지적을 했지만, 다행이 클리오한테는 안 들린 것 같다.

클리오는 찬장 안에 더 이상 쓸 만 한 것이 없다고 판단한 것인지, 손을 뒤로 돌려서 탁, 소리를 내며 찬장 문을 닫더니,

"그리고 당연한 얘기지만, 처음 레키 얘기가 나왔을 때 몇 번이나 물어봤어. 레키가 어디로 갔는지. 영주님은 그리 멀리 가진 않았다고는 했지만 자세히 가르쳐주지는 않았어."

"멀지 않아?"

"응. 경우에 따라서는 우리 바로 근처, 바로 볼 수 있게 될거라고 했던가…… 뭐 대충 그런 얘기."

"그럼 바로 만날 수 있지 않을까?"

이번에도 매지크.

클리오는 들으라는 듯이 길게 한숨을 쉬었다.

"그래서는 왠지 늦을 것 같은 기분이 들어서, 그 전에 찾으러 가겠다는 거야."

"늦다니?"

그렇게 물은 건 로테샤였다. 클리오는 바쁘게 고개를 돌리며,

"거래라는 거 말이야, 왠지 느낌이 안 좋잖아. 뭔가를 받을 수도 있지만…… 뭔가를 지불한다는 뜻이야. 대금이 얼마인지 확실히 말하지 않으면, 그건 사기야."

그렇게 말하며, 클리오는 새로 뒤질 곳을 찾아내고는 눈을 반짝거

렸다.

"여기, 수상하지 않아?"

클리오가 가리킨 곳은 바닥이었다. 정확히 말하자면 바닥에 있는 뭔가의 뚜껑——우묵하게 들어가서 손가락을 걸 수 있게 되어 있다.

"창고 문이려나."

로테샤가 중얼거리자, 매지크가 그다지 관심 없다는 듯이 투덜댔다.

"그런 데 먹을 게 있을 리가 있어. 열리지 않게 돼 있잖아."

매지크는 문 절반 정도가 식기 찬장에 깔려 있다는 걸 지적했다. 완전하지는 않지만, 분명히 문은 막혀 있다. 찬장을 움직인 흔적이 보이지 않는 걸 보면, 그 문은 오랫동안 열리지 않았던 것 같았다.

"비상식량 같은 걸 모아뒀을 수도 있잖아."

클리오가 입을 삐죽 내밀며 말했지만, 매지크는 끝까지 회의적이었다.

"중요한 때 꺼낼 수도 없는데다?"

"잔말 말고 거기 잡아봐. 찬장 옮길 거야."

내용물이 들어 있어서 무거운 식기 찬장을 움직이는 데는 그럭저럭 시간이 걸렸다. 마지막에는 로테샤도 도와줘서 간신히 뚜껑 위에 있는 장애물을 치웠다.

"연다~"

상당히 피곤할 텐데 혼자만 기력이 넘치는 클리오가 문을 열었다. 축축한 흙과 곰팡이 냄새가 피어 올라왔다. 로테샤도 그 옆에서 들여다봤지만, 안은 새카맣고 아무것도 보이지 않았다. 그럭저럭 깊다. 사다리 같은 게 있을까 싶었지만 찾아볼 수 없었다.

"응?"

뭔가를 발견한 건지, 클리오가 상반신을 지하실 입구로 들이밀었다.

그리고――

"꺄악!"

비명을 남기고, 클리오의 모습이 사라졌다. 안으로 빨려 들어가는 것처럼 순식간에 보이지 않게 됐다. 그 대신 구멍 속에서 시끄러운 발소리와 고함소리 같은 것이 울렸다. 클리오의 목소리도 섞여 있는 것 같은데.

"……."

잠시, 남겨진 두 사람은 서로 마주보고.

로테샤가, 갑자기 정신이 들어서 소리쳤다.

"클리오!"

구멍으로 뛰어갔지만 아무리 그래도 무방비하게 들여다볼 생각은 들지 않았다. 계속 안고 있던 마검을 고쳐 쥐고――뛰어내리려고 했지만, 깊이가 얼마나 되는지도 모른다. 일단 입구 옆에 웅크리고 앉아서 안을 관찰하려고 했다. 하지만 해가 진 지금은 창에서 들어오는 빛은 기대할 수 없다. 가스등도 준비하지 못했다.

그 때, 마찬가지로 뛰어온 매지크가 외쳤다.

"나 낳노라…… 작은 정령!"

마술이겠지――잘은 모르겠지만. 매지크가 거창하게 들어 올린 두 손 끝에 하얀 도깨비불 같은 빛이 생겨났다. 빛의 구슬은 망설임 없이 지하 입구로 내려갔다. 그다지 보기 편하다고는 할 수 없는 새하얀 불빛이 내부를 비췄다.

아래는 지하실이 아니라 통로였다. 좌우를 보면 긴 통로 같은데——
——이미 사람 같은 모습은 없다. 클리오의 모습도 보이지 않았다.

"클리오!"

로테샤는 통로를 향해서——어느 쪽으로 외쳐야 할지는 모르겠지만, 일단 소리를 질러봤다. 목소리가 통로 속에서 울리고, 그리고 돌벽에 흡수돼서 사라져갔다. 통로에서 서늘한 냉기가 피어 올라왔다. 안은 축축한 것 같다.

"이거…… 수도?"

겨우 알아차렸다.

주방에 문이 있는 것도 앞뒤가 맞는다. 지금은 말라버린 것 같지만 예전에는 수도로 썼을 것이다. 이런 황야에 물을 끌어온 수원이 있는지도 모를 일이지만…… 저택을 세울 당시에는 있었을지도 모른다.

대답은 없었다. 숨을 죽이고, 귀를 기울였다. 그랬더니 멀리서 희미한 발소리가 들려왔다.

하지만 좌우로 뻗은 통로 어느 쪽에서 들려오는지는 판별할 수 없었다.

로테샤는 입구에서 떨어져서는 근처에 있던 의자를 걷어차서 넘어트렸다. 그대로 발로 밟아서 다리를 하나씩 부러트렸다. 깜짝 놀라서 쳐다보는 매지크 쪽을 보면서 말했다.

"당신은 오른쪽. 난 왼쪽으로. 알았지?"

"뭐?"

이해하지 못한 소년을 보고, 로테샤는 짜증이 나서 한숨을 쉬었다——부러진 의자 다리 네 개를 안고, 이번에는 창에 걸려 있는 커튼을 뜯어냈다. 창가에 걸려만 있고 오랫동안 안 썼던 건지, 먼지가 엄청나게 피어 올랐다.

그 커튼을, 마찬가지로 가까이에 있던 식칼을 써서 네 조각으로 찢어서는 의자 다리에 감았다. 이제 기름병을 찾으려고, 로테샤는 주위를 둘러봤다.

아직도 멍하니 서 있는 매지크에게, 화난 기색으로 소리쳤다.

"당신은 오른쪽!"

"예? ……아, 그렇구나."

겨우 이해하고, 매지크는 도깨비불과 함께 지하 수도로 뛰어 들어갔다. 발소리가 울려서 그가 뛰어간다는 걸 알 수 있었다.

주방에 놓여 있던 성냥갑을 잡아채듯 집어 들고 내용물을 확인했다. 다행이 내용물이 반 이상 남아 있었다. 하나를 써내서 기름에 적신 의자 다리──즉석 횃불을 전부 끌어안고 로테샤도 지하수도 입구로 갔다.

도깨비불에 비친 소년의 뒷모습이 멀어져가는 것이 보였다. 반대 방향으로 고개를 돌리고, 어둠 속에서 성냥불을 켰다. 횃불에 불을 붙였다.

로테샤는 어둠을 향해 뛰어갔다. 불이 붙은 횃불을 왼손에, 나머지 횃불 세 개와 마검을 오른손에 들고.

돌 통로를 뛰어가던 중에, 문득 가슴에 의문이 떠올랐다.

'난…… 왜 뛰어가고 있지?'

망설이지도 않고, 클리오를 쫓아가야한다고 판단해서 몸이 움직였다.

'배려? 친구라서? 아냐…… 그런 게 아냐.'

자신은 그런 인간이 아니다. 더 중요한 것이 있고, 그것 이외의 위험에는 다가가지 않겠다고 맹세했다. 어젯밤에도 클리오와 매지크가 위험한 상태라는 걸 알면서도 암살자가 기다리는 정원에 들어가지 않았으니까.

'난 그렇게 순진한 인간이 아니야. 뭔가가 있다고…… 생각했기 때문에?'

이해할 수 없었다. 하지만 이렇게 하는 것이 자신에게 이익이 된다고 직감적으로 깨달았다. 그래서 움직였다.

'어떻게 된 거지…? 감이라는 건가?'

만약 그런 편리한 게 있다면 좀 더 일찍 발휘했어도 좋았을 텐데.

얄궂은 생각에, 로테샤는 횃불 불빛 속에서 입술을 깨물었다.

그렇다. 예를 들어──에드와 만났을 때, 뭔가를 깨달았어도 좋지 않았을까.

자신의 단조로운 발소리가 사고를 멈추게 했다. 그 뒤로는 아무것도 생각하지 않고 계속 뛰어갔다.

계단을 내려온 오펜은 저택 안이 부자연스럽게 조용하다는 걸 알았다. 사람 기척이 없다.

"……뭐지…?"

혼잣말을 했다. 불안한 기분이 들었다. 가까운 방부터 들여다보고, 그리고 순서대로 주방 쪽으로 걸어가서 발을 멈췄다.

안에는 아무도 없었다. 모으던 중인지 다 모은 건지──테이블 위에는 식량이 잔뜩 쌓여 있다. 내부의 변화는 바로 알 수 있었다. 식기 찬장이 부자연스런 위치까지 옮겨져 있고, 바닥에 통로 같은 것이 열려 있다.

그 때——

"무슨 일인가?"

정말 아무런 예고도 없이, 등 뒤에 있는 문에서 나타난 것은 이 저택의 주인이었다.

어디에 있건 그것이 당연하다는 여유 있는 태도로, 입구에서 태연하게 방 안을 들여다보고 있다.

"그 통로 말인가."

이쪽이 뭐라고 말을 하기도 전에 영주는 바닥의 통로를 알아차린 것 같았다. 계속해서 말했다.

"예전에 펜릴의 숲이 오지로 쇠퇴하기 전…… 아직 수원이 가까웠던 때는 그 수도를 사용했지. 옛날 일이라네."

"그게 왜 열려 있지."

"누군가가 연 게 아닐까?"

영주의 시원스런 대답이 이쪽의 감정을 거슬리게 했다. 오펜은 열려 있는 뚜껑을 발끝으로 툭툭 치고는,

"누가 열었지."

"잠겨 있던 건 아니니까. 열려고 마음만 먹으면 누구든 열 수 있다네. 하지만, 아래에서 열려면 상당히 힘이 들겠지…… 저 찬장은 몇년이나 움직이지 않았을 테니."

옆으로 밀어놓은 식기 찬장을 보고, 오펜이 말했다. 의미를 모르겠다.

"그럼, 클리오네가 열었다는 건가."

"이 방을 샅샅이 뒤진 것 같군. 그 문이 눈에 들어와도 이상할 것은 없겠지."

"그런데 왜 아무도 없는 거지."

물으면서, 오펜은 팔짱을 꼈다. 영주 쪽을 보며, 경계하면서 대답을 기다렸다. 이쪽을 구속하기 위해서 클리오 일행을 잡아가는 수법은 이미 봤다. 같은 짓을 또 하지 않는다는 보장도 없다.

영주는 살짝 위를 보며 생각하는 척 했다──아니, 실제로 생각했는지도 모른다. 그런 것 치고는 잘 모르겠다는 투로 말했다. 좋은 생각이라도 났다는 것처럼 손가락을 세우고, 어린애 같은 동작으로,

"이런 생각은 어떤가? 이 통로는 무방비하지. 그래서 침입자는 여기를 통해서 이 저택에 들어오려고 했다. 그런데 마침, 호기심 때문에 우연히 여기를 연 그 아가씨들과 마주쳤다……."

"우연히? 그게 대체 무슨 우연이야. 그리고, 클리오네가 사라진 이유라고 할 수는 없어."

"침입자에게 상처를 입히고, 그 뒤를 쫓아갔다면…?"

"그 녀석들이 누굴 다치게 했다고?"

일일이 엉뚱한 소리를 하는 영주에게 짜증이 나서, 오펜은 콧방귀를 뀌었다. 그리고 계속 말했다.

"위노나를 죽인 적을 상대로? 그래, 말해두는데 위노나는 죽었어. 조금 전에. 다미안이 소생시키지 않으려고 했던 건 알고 있겠지? 영주님이니까."

험악하게 말했지만, 영주는 어깨를 으쓱거릴 뿐이었다.

그리고 말했다.

"그녀는 우수한 부하였다네. 그래도 자네는 내가 아무것도 잃지 않

았다고 할 텐가?"

그리고──잠깐 쉬었다가, 영주는 이렇게 추가했다.

"아니면, 먼저 엿들은 데 대한 사과부터 해야 하려나?"

"댁의 저택이니까. 듣고 싶은 대로 들으면 돼."

빈정거리며 대답하고, 오펜은 계속해서 말했다. 떠오른 의문을 그
대로.

"꽤나 침착한데. 습격자가 노리는 건 댁의 목숨일 텐데."

"신변의 위협을 느껴서 자네가 있는 곳으로 왔지. 자네와 같이 있는
쪽이 제일 안전할 테니까."

"난 댁을 지킬 생각 따위 없어."

딱 잘라서 말했다. 하지만 영주는 확신을 가진 것처럼 웃어보였다.
같은 방 안에 들어오더니 우아한 손짓으로 자신을 가리키고, 말했다.

"하지만 죽게 두지는 않겠지? 그리고…… 습격자의 움직임이 너무
나 기묘하다네."

"내가 아까부터 한 얘기잖아."

"지금만이 아니라네. 낮부터 계속 그랬어. 날 노릴 틈은 얼마든지
있었는데, 습격자는 몇 시간이나 쓸데없는 행동을 거듭하고 있지. 나
는 말일세, 짚이는 데가 있다네."

보고 있자니 영주는 주저하지 않고 가까이 다가왔다. 자연스레 길
을 열어줘야겠다는 생각이 들어서──오펜은 자기도 모르게 자리를
비켜서 상대가 지나가게 했다. 지하통로 옆에 가서 몸을 내밀고 들여
다보더니, 영주가 계속해서 말했다.

"습격자는 여기서 기회를 기다리고 있었다. 자기가 바라는 때를. 사
실은 때를 봐서 제 발로 저택에 들어올 생각이었겠지. 습격자는 인내

를 알고 있는 인물이야……."

"단시간에 위노나를 죽일 수 있는 놈이기도 하고."

"흐음. 그도 그렇군. 그리고 습격자가 노리는 것은 아무래도 내 목숨이 아닌 것 같군. 그렇다면 그의 목적은 뭘까."

"지금 그라고 했어?"

따지고, 오펜이 물었다. 영주는 또다시 팔짱을 낀 포즈로 어깨를 올렸다 내리고,

"동부의 방식에 대해 사과해야 하는 건가? 남존여비라고?"

"아니……."

"그 지적을 옳았다네. 나는 그라고 했다. 대략 짐작이 가니까 말이야."

'짐작?'

차분한 영주의 눈을 보며, 오펜은 중얼거렸다. 짐작이 아니다──직감했다. 영주는 습격자를 알면서 감추고 있다.

"그렇다면 그 짐작이라는 걸 말해봐. 시간 낭비야."

오펜이 못을 박자 영주는 당연하다는 듯이 고개를 끄덕였다.

하지만 결국 태도를 바꾸지는 않았다. 거기까지는 예상했다. 아마도 완전히 같은 편이 되기 전에는 아무것도 간단히 가르쳐줄 생각이 없겠지. 영주는 변함없이 거드름을 피우며 말했다.

"그는 뭔가를 유도하려는 게 아닐까? 누군가 하나를 끌어내려는 것처럼 보이는군. 내 생각에 그는 이 저택에 있는 누군가에게 볼일이 있지만, 다른 사람과는 마주치고 싶지 않은 것 같군…… 그래서 자네에게, 이번에야말로 거래를 제안하고 싶군."

영주는 그렇게 말하고, 갑자기 이쪽을 쳐다봤다. 예의바르고 조심

스레 이쪽을 보며,

"침입자를 격퇴해줬으면 싶네. 가능하다면 말살해줬으면 싶군."

"거절할 생각이지만, 일단 그 거래의 대가라는 걸 들어볼까?"

"자네가 바라는 모든 정보. 자네가 나를 돕는 한, 나와 다미안으로부터 무제한의 정보를 얻을 수 있지. 그 중에는 자네 누나의 행방도 포함돼 있다네. 천마의 마녀에 관한."

"한마디로 코르곤과 같은 입장이 되라는 건가."

중얼거린 목소리는 스스로 생각해도 의외일 정도로 갈라져 있었다. 크게 의식하지는 않았지만, 얼굴에 드러난 혐오감도 감추지 못했겠지 ──마음을 정하고, 오펜은 험악하게 말했다.

"도펠 익스와 적대하라고?"

"그 대신 자네는 다미안의 조력하에 네트워크를 다루는 힘조차도 얻을 수 있다."

"동시에 감시 하에 놓이고."

"그건 너무 앞서간 생각이군. 제아무리 다미안이라 해도 일개 개인에 불과하다네. 실제로 우리는 유이스의 행동을 전부 파악하지도 못했다. 그리고 현재도 파악하지 못하고 있고."

영주는 변명했지만──그 말에 진실이 한 조각이나마 포함돼 있다고 해도, 오펜은 믿을 수가 없었다.

전부 털어내려는 것처럼 손을 가로로 흔들어서 거절했다.

"거절하겠어. 할 말 다 했으면 비켜. 클리오 일행이 정말로 여길 통해서 나갔다면 쫓아갈 거니까. 시간을 낭비하고 싶지 않아."

"오른쪽으로 가야 할지 왼쪽으로 가야 할지도 모르지 않는가? 내 도움을 받는 쪽이 합리적이라고 생각하네만."

"최악의 타이밍에 자신의 발소리를 거머쥘 수 있는 틈을 적한테 주는 것도 그다지 합리적이지는 않은데."

쌀쌀맞게 발하고, 오펜은 영주를 옆으로 비키게 하려고 상대의 가슴을 살짝 떠밀었다.

큰 저항도 없이 옆으로 이동한 영주 앞을 지나, 지하 통로를 향해 뛰어내리려고 몸을 굽혔다가──갑자기, 오펜이 말했다

"당신…… 말하는 게 일일이 다미안이랑 너무 닮았어."

영주는 아무런 대답도 없었다. 곁눈질로 보는 동안에 그저 가만히 웃기만 할 뿐, 아무것도 하지 않았다.

'아무것도 없는 남자다…… 아무것도. 이런 작자가 코르곤과 위노나를 따르게 하는 영주인가…?'

의아하게 생각하면서도 오펜은 그에게서 시선을 돌렸다. 뛰어내리려고 한 순간, 영주가 딱 한 마디 중얼거린 소리가 귀에 들어왔다.

"클리오 에버래스틴을 쫓으려면 오른쪽으로 가게."

"……."

오펜은 대답하지 않고 뛰어내렸다. 차가운 돌바닥에 부츠 바닥이 닿은 순간, 무릎으로 충격을 흘렸다. 나름대로 깊었다. 올려다 본 입구가 작게 보일 정도는 아니었지만. 그래도 어둠 속에서 씁쓸하게 웃어도 들키지는 않을 거라고, 오펜은 고개를 저었다.

아무것도 없는 남자.

'아냐…….'

결국은 자신도 이렇게 상대의 제안을 거절하면서 편하게 부려지고 있는 입장이 아닌가?

그 남자의 정보를 믿을 생각이 들었던 건 아니다. 하지만 그래도 오

펜은 주문을 외워서 빛의 구체를 만들어내며 오른쪽을 향해 뛰어갔다.

영주를 믿은 것이 아니다. 영주가 자신을 이용한다면 여기서는 진실을 말할 것이라고 판단했기 때문이었다.

통로의 공기가 건조한 건 출구가 가까워졌기 때문이 아닐까.

로테샤는 두 번째 횃불에서 세 번째 횃불로 불을 옮겨 붙이면서 그렇게 느꼈다. 상당한 시간을, 이 표식도 없는 말라붙은 수도를 걸어가는 데 허비하고 있다. 시간만이 아니다. 체력도 허비했다. 탁한 공기 속을 계속 뛰어온 탓에, 폐 속에 호흡의 진흙이 고인 것 같은 감각을 느끼고 있다.

머리카락을 축축하게 적신 땀을 손등으로 닦고, 탄식했다.

'⋯⋯이쪽이 아닌가보네.'

생각해보면 누군가가 클리오를 잡아갔다고 해도──사람 하나를 짊어지고 도망간다는 뜻이 된다. 이렇게 뛰어왔는데도 따라잡지 못했다는 건 묘한 일이다.

'돌아갈까?'

횃불을 반이나 썼다. 지금 돌아가지 않으면 어둠 속에 갇히게 될 수도 있다.

'아니면 이대로 계속 가서 지상으로 나가는 게 빠를까?'

망설인 로테샤는 지금까지 온 길과 앞쪽을 번갈아가며 봤다. 어느 쪽이건 그 거리를 알 수 있는 징후 따위는 없다. 여기가 수도라면 수원이었던 곳으로 나가게 될 것이다──아니면 배수구로. 여기까지 왔으니 그것이 그리 멀지 않을 거라는 생각이 들었다. 어차피 돌아갈 거라면 남은 횃불을 신경 쓰면서 온 길을 돌아가는 것보다, 달빛이 있는 지상을 통해서 돌아가는 쪽이 안전하겠지.

'고민하고 있어…… 아까는 아무 생각도 없이 바로 결정했는데. 역시 그건 단순한 착각…… 이었던 거야.'

그 생각은 마음을 진정시켜줬다. 암흑의 압박감은 여전히 느껴졌지만, 그 또한 안도와 함께 받아들였다.

'그래…… 난 이상하지 않아.'

더 이상 달릴 체력은 없었다. 한숨을 쉬고, 걸어서 앞으로 갔다.

마침내──앞쪽에 빛이 보였다.

커다란 빛이 아니다. 횃불이 조금만 더 밝았다면 알아차리지 못했을 것이다. 비스듬히 비치는 하늘의 빛이었다. 달빛을 향해, 로테샤는 걸음을 재촉했다.

'나왔다…….'

통로는 그대로 출구로 이어져 있었다. 밖으로 나오니 완전히 밤이 돼 있었다. 아무래도 수원 쪽이었던 것 같다──거의 말라버리기는 했지만 작은 샘이 진흙 웅덩이가 돼서 남아 있다. 황야의 작은 수원이다. 확실한 위치는 모르겠지만, 어제 하루 종일 걸어 다녔던 황야 중에 어딘가겠지.

로테샤는 주위를 더 관찰해보기 위해서 횃불을 높이 들었다. 그 순간.

팡, 뭔가가 터지는 것 같은 소리. 동시에 왼손으로 높이 들어 올린 횃불에 강한 충격이 느껴졌고, 손에서 날아갔다. 불은 꺼지지 않았지만 조금 떨어진 곳에 떨어진 탓에 빛의 범위가 좁아졌다.

"……?!"

뭔가가 일어난 것은 분명했다. 연속으로 같은 팡, 팡, 하고 터지는 소리가 들려온다. 지금 자신에게 무슨 일이 일어난 건지 알 것 같으면서 알 수 없었다. 단지 격렬한 초조함만이 느껴진다. 어디론가 도망쳐야만 한다.

'어디로…?'

뒤쪽의 지하 통로. 그곳이 제일 가깝다.

로테샤는 몸을 돌려서 다시 통로 쪽으로 뛰어갔다. 횃불은 하나가 더 있다. 성냥도 있으니 불은 붙일 수 있다. 하지만 그것에 불을 밝히면 자신의 모습이 드러나게 된다.

로테샤는 가만히, 달빛에 눈을 적응시키려고 했다. 통로 안에서 그리 넓은 범위를 볼 수 있는 건 아니다. 출구에서 조금 떨어진 곳에 있는 진흙 늪. 원래는 샘이었겠지. 그곳을 중심으로 주위가 넓은 웅덩이 모양으로 되어 있다. 지형은 복잡해서, 커다란 바위가 여러 개 겹쳐진 곳도 있다. 사람이 숨을만한 곳은 얼마든지 있다.

'지금 그건 권총? 횃불을 노리고 쐈나?'

총소리는 더 이상 들리지 않았다. 습격자는 이 근처 어딘가에 숨어서 자신을 쐈다. 단순한 위협이었는지도 모른다――이 거리에서 권총 탄환이 맞을 리가 없다.

아니다.

어번라마에서 본 모습을 떠올렸다. 권총을 겨눈 에드. 몇 미터나 떨어진 위치에서 정확하게 그녀의 발밑에 권총을 쐈다.

"에드!?"

소리쳤다. 소리는 우묵한 지형에 울리며 되풀이됐다. 하지만, 대답은 없다.

'횃불을…… 쏜 게 아니야. 그 뒤에도 쐈어. 날 쐈고, 우연히 횃불에 맞은 것뿐이야…….'

이를 갈고, 로테샤는 마검 자루를 쥐었다.

"에드……."

저주하는 심정으로 신음했다. 검의 금속에 닿은 손가락이 떨린다. 지금 자신은 혼자──그리고 아마 에드도 혼자. 마검을 쓸 수 있다. 방해할 자도 없다.

'절호의 기회. 틀림없는 좋은 기회.'

기쁨이 가슴 속을 차지했다. 그것을 초조와 분노와 공포, 차례로 샘솟은 감정이 조금씩 밀어내서 마음을 평상시대로 되돌려줬다.

뛰쳐나가면 총을 쏠 것이다. 그건 알고 있다. 하지만, 로테샤는 검을 든 채로 다리를 뻗었다.

달빛을 받으러, 뛰쳐나갔다.

바로 총소리가 울렸다. 로테샤는 침착했다. 자신이 침착하다고 자각하고 있다.

마검에 명령을 내릴 필요는 없다. 그저 자신이 이 검을 사용한다고 자각하기만 하면 된다. 검은 이미 작동하고 있으니까──그것만 착각하지 않으면 검은 작용한다.

애앵…… 벌레 날갯짓소리 같은 소리가 퍼진다. 검의 칼날이 하얗게 빛나고, 뽑혔다. 귀에 거슬리는 날개소리가 주위를 감쌌다. 그것을 꿰뚫으려는 것처럼 또다시 총소리. 그리고 동시에 단단한 것이 부드러운 것에 부딪쳐서 튕겨져 나가는, 독특한 충돌음이 발생했다.

아무것도 없다고 생각되는 공간에서 그 소리가 터졌다. 탄환이, 거기서 결계에 부딪쳤겠지. 로테샤는 곧바로 그 위치를 파악했다. 그것도 검의 힘일까——아니면 그냥 감일까. 그건 알 수 없지만, 로테샤는 눈대중으로 자신의 위치와 탄환이 튕겨져 나간 위치를 통해서 적이 숨어 있는 장소를 추측했다. 그 쪽을 보며, 외쳤다.

"에드으!"

검이 완전히 기능을 발휘한 덕분에 마음이 든든해져서, 로테샤는 계속해서 말했다.

"이리 나와——도망쳐봤자 소용없어. 이 검의 사정거리는."

"약 50미터. 분명히 도망칠 수 없군."

깔끔하게 말하고, 바위 뒤에서 키가 큰 사람이 모습을 드러냈다. 음침한 검은색 옷 안쪽에서 차가운 눈빛을 내뿜으며. 그것은 밤 그 자체를 두르고 있는 것처럼 차갑고, 거칠고, 말라붙은 살인자의 모습이었다. 손에는 권총. 탄창을 교체하면서 걸어 나왔다. 하지만 그 무기가 소용없다는 걸 깨달았는지 다시 겨누지는 않았다. 오른팔과 함께 옆으로 축 늘어트리고 있다.

검은 망토의 색이 머리카락과 어우러지면서, 그것까지 포함해서 하나의 생물처럼 숨 쉬는 듯이 여겨졌다. 로테샤는 팽창한 의기가 약간이나마 가라앉는 것을 느꼈다. 어두운 시야 속에서 하얀 칼날이 그 남자의 가슴을 겨누고 있다. 뾰족한 끝부분이 정확히 가슴 중앙을 가리켰다. 거리는 5미터 정도거나 조금 더 멀다.

자신이 들고 있는 무기, 그리고 상대의 무기를 생각하면 유리한 거리였다.

그 거리에서 대치하고, 로테샤는 그 남자에게 전해지지 않는 숨을

내쉬었다——

"에드……."

"벌레 문장의 검. 이름의 유래는 그 기능이다."

그는 담담하게, 뭔가를 읽는 것처럼 말했다.

"그 칼날이 바로 칼집이다——그리고 칼집이 칼날이다. 검은 항상 기능하고 있다. 칼집은 인간의 눈에 보이지 않을 정도로 아주 작은 '벌레'의 집합체이며, 기능 상태에서는 분리해서 사용자 주위에 전개한다. 칼날은 그것을 다루는 중추 역할을 하지. 벌레는 서로 간섭해서 특수한 역장을 선 모양으로 발생한다. 두 마리의 벌레가 한 줄의 역장을, 세 마리가 세 줄의 역장을. 네 마리라면 여섯 줄. 다섯 마리라면 열줄…… 참고로 그 칼집이 실제로 몇 마리의 벌레로 분리되는지에 대해 아는 이는 없는 것 같다."

감정도 없이 그런 말을 하는 적을 노려보며, 로테샤는 한 걸음 다가가려고 했다——이쪽이 다가가면 에드도 그런 소리를 늘어놓을 수 있겠지. 그렇게 믿고, 움직이려고…….

하지만 발이 움직이지 않았다. 보이지 않는 뭔가가 경고하고 있다. 지금 다가가면 진다.

'어째서…… 압도적으로 유리한데.'

하지만 진다. 예감은 흔들리지 않았다.

호흡 속도가, 땀이 나는 양이 늘었다——로테샤는 시야 중심에서 꼼짝도 하지 않는 에드한테서 눈을 떼지도 못하고, 그저 상대의 말을 듣는 수밖에 없었다.

에드는 변함없이 계속 말했다.

"벌레가 서로 가까운 위치에 있을수록 역장도 강해진다. 중앙에 위치하는 사용자는 칼날이 지켜주기 때문에, 마술을 튕겨낼 정도로 강해진 역장 속에 있어도 움직일 수 있다. 그리고 대략적이지만 역장을 마음대로 움직이는 것도 가능하다. 앞서도 말했지만 효과범위는 수십 미터에서 백 미터 이하."

그리고——

거기서 마치고, 에드가 중얼거렸다.

"그 검은, 단지 그것뿐이다."

"당신은 그런 검에 질 거야."

조소하고, 로테샤가 말했다. 움직이지 못했던 팔다리가 조금이나마 움직일 수 있게 됐다. 떨리기는 했지만 굳어져 있는 것보다는 나았다.

말을 하면 할수록 움직일 수 있게 된다——그렇게 느끼고, 계속해서 말했다.

"바보 같은 짓을 했어. 당신의 접근령인지 뭔지는 전부 죽어서 엉망이 돼버렸다고. 이제야 돌아와서 영주를 만나려고 한 거지? 하지만 나한테 들키고 싶지는 않았을 테고. 낮부터 사람을 끌어내려는 짓이나 하고."

"이겼다고 생각하는 너한테 무슨 말을 해봤자 소용이 없을지도 모르겠지만, 넌 착각하고 있다. 사실을 파악하지도 못했다."

"파악하고 있어. 난 여기서 당신한테 이길 거야."

이젠 다리가 떨리지도 않는다. 로테샤는 마음을 굳게 먹고, 거리를 좁히려고 발을 내디뎠다. 이번엔, 움직인다——

에드의 차가운 한 마디만 없다면.

"난 널 만나러 왔다."

"──그러니까, 한마디로 이 마스마──"

"──대체 뭐냐고!"

앞쪽에서 들려온 목소리에 오펜의 얼굴이 일그러졌다. 아직 거리가 어느 정도 떨어져 있는지, 아니면 소리가 심하게 울려서 그런지 또렷하게 들리지는 않았다. 하지만 그 목소리는 모두 기억에 있는 것이다.

'뭐라고 해야 좋을지⋯⋯.'

누군가에게 하는 말은 아니다.

자기 자신에게 설명하는 심정으로, 오펜은 절망적으로 중얼거렸다.

'저건⋯⋯ 어느 때건 꽝이다⋯⋯ 꽝의 목소리다⋯⋯.'

그 시점에서 달리는 걸 그만뒀다. 속도를 일정하게 유지하며 걸었다. 머리를 쥐어뜯으며, 달리기 위해서 앞쪽으로 보내뒀던 도깨비불도 자기 옆으로 불러들였다.

"대체 왜 이렇게 된 거냐고!"

다시 한 번 들려온 목소리──비명처럼 날카로운 고함소리. 이건 클리오 목소리였다.

그리고,

"어쩔 수 없다고 할까, 이 몸은 무엇 하나 잘못한 것이 없다!"

이쪽 목소리는 더 익숙한 것이었다. 최근 며칠 동안엔 못 들었지만.

"그러니까 마스마튜리아의 투견, 이 볼카노 볼칸 님은 완전 무죄! 노상강도 정도는 무죄! 도굴과 마찬가지로 무죄!"

"의미를 모르겠어 형님⋯⋯."

"그렇게 해서 초은하 무죄왕인 이 몸에게 죄를 덮어씌우려고 한 네

놈은 즉각 친척 결혼식에 가기 위해서 뛰어갔다 돌아와서 톱으로 썰어 버리는 형! 알았다면 당장 팬더 무늬로 칠해져서 죽도록 하거――"

그 목소리가 거기서 멈춘 건 한 대 맞았기 때문이겠지.

"어라? 뭔가 빛이…… 저기."

알아차렸는지, 클리오가 그렇게 중얼거리는 소리가 들렸다. 이쪽 불빛을 발견한 것 같다. 저쪽에서도 뛰어오는 발소리가 들린다.

"오펜!"

소리치며, 금발 소녀가 불빛 범위 안으로 뛰어 들어왔다. 이유는 모르겠지만 등에 매지크를 업고 있다. 매지크는 완전히 정신을 잃었는지 클리오의 어깨에 얼굴을 묻은 채로 축 늘어져 있었다.

게다가――

"오오! 네놈은 누구냐?!"

뒤이어 다가와서 소리 친 것은 검을 든 지인이었다. 뭐라고 대답해야 좋을지 망설이는 사이에 그 지인――볼칸을 뒤를 돌아보고, 뒤따라온 또 한 사람의 지인에게 자랑스레 중얼거렸다.

"어떠냐 도틴. 이 형님은 언젠가 하려고 했던 일을 지금 달성했다. 저 놈을 잊어버렸다."

"뭐, 지금까지 일방적으로 잊히지만 했으니까."

"그러니까……."

오펜은 일단 클리오 쪽을 보고 물었다.

"무슨 일이야?"

"무슨 일이냐니…… 오펜이야말로 뭐 하러 왔어?"

아무렇지도 않게 묻는 클리오를 보고, 오펜은 자신이 엄청나게 바보 같은 짓을 저지른 심정으로 대답했다.

"아니, 너희들이 안 보여서 찾으러…….."

"아, 정말? 여기 있는데."

"보면 알아."

"여긴 막다른 길이야. 쇠창살로 막혀 있어."

뒤쪽을 가리키며——한마디로 가려던 쪽을 가리키면서 클리오가 말했다. 손가락으로 가리키자 업고 있는 매지크가 흘러내렸는지 그걸 바로 잡으며,

"엄청 고생했다니까."

퉁퉁 부어서 투덜댔다.

일단은 다시 돌아가도 되겠지——오펜은 그렇게 판단하고 발을 돌렸다. 클리오를 먼저 지나가게 한 뒤에 물었다.

"그래서, 무슨 일이 있었어?"

"부엌에서 말이야, 먹을 걸 찾고 있었거든. 그런데 바닥에 문이 있더라고."

"그래."

거기까지는 짐작하고 있었다. 오펜은 고개를 끄덕이고는 클리오가 계속 말할 때 까지 기다렸다. 클리오는 아무렇지도 않게 말했다.

"뭐가 있을지도 모른다 싶어서 열어봤지. 로테랑 매지크도 그러자고 했으니까. 그래서, 안이 깜깜해가지고 들여다봤는데……."

그리고, 여기서 처음으로 클리오가 의아하다는 표정을 지었다.

제대로 암기하지 못한 답을 말하는 것처럼 더듬더듬, 중얼거렸다.

"그랬더니…… 밑에서 뭐가 붙잡아서, 끌어내렸고…… 뭐가 뭔진 모르겠지만 아마도 맞은 것 같아. 정신을 잃었고…… 그리고 정신을 차렸더니, 이 둘이 날 짊어지고 뛰어가고 있었고."

클리오가 거기서 우물댄 탓에 자기가 얘기할 차례라고 생각한 건지, 볼칸이 큰 소리로 말했다.

"음. 전력질주였다. 아무래도 이 몸은 밤눈이 좋으니까."

"……그랬나?"

물었다. 대답한 건 도틴이었다.

"아뇨. 하지만 뭔가 '너희 동족은 밤눈이 좋지?'라고 적당히 던지니까, 형님이 의욕이 넘쳐서. 사실은 보이지도 않으면서 보이는 것 같은 기분이 들었을 뿐인데 여기까지 뛰어온 걸 보면 대단하지 않은가요?"

"아니, 잘 모르겠는데……."

오펜이 너무나 난처해하며 신음하는 사이에 클리오가 말했다.

"덕분에 쇠창살에 퍽, 하고 격돌. 잠시 정신을 잃었다는 것 같더라고."

"……매지크도?"

"나중에 쫓아와서, 역시 똑같은 쇠창살이 부딪친 것 같아. 나한테 밟혔다니까. 여기 봐, 발자국도 있어. 매지크가 기절하면서, 매지크가 가지고 온 불빛도 사라진 것 같고."

"아~ 그래."

끝까지 들었지만 결국 별 볼일 없는 결말인 이야기를 다 듣고, 오펜은 관자놀이를 주물렀다. 영주를 실컷 위협한 결말이 이런 꼴이라니.

그 때——

퍼뜩 정신이 들어서, 오펜은 고개를 들었다.

"밑에서 잡아당겼다고?"

중얼거리면서 천장을 봤다. 마술 불빛이 천장에 닿을락 말락 하는 곳에 떠 있다. 통로 높이는 그 입구와 거의 비슷하다.

고개를 돌려서 지인들 쪽을 봤다. 아무리 생각해봐도 부족했다.

클리오도 같은 생각을 한 것 같다. 미간에 주름을 짓고 이상하다는 듯이 말했다.

"그러게 말이야. 뭐가 날 잡은 거지."

지인들 키로는 아무리 해봤자 천장까지 닿을 리가 없다. 그 때, 도틴이 간단하게 말했다.

"아, 그건 말이죠——"

"……잠깐만."

또 한 가지 의문이 떠올라서, 오펜이 말을 잘랐다. 너무 당연해서 생각하지 못했던 의문점. 더더욱 영문을 알 수 없게 돼서 혼란스런 목소리로 말했다.

"너희들…… 왜 이런 데 있는 건데?!"

"그러니까."

도틴이 설명하기 시작했다.

이야기를 다 듣고——오펜은 고함을 지르고는 전속력으로 지하 수로를 달려갔다.

눈싸움을 한지 얼마나 지났을까.

감각은 이미 오래전에 애매해졌다. 보고 있는 상대의 그림자 모양이 달라진 것을 보고 달의 위치가 바뀌었다는 걸 알았다. 하지만 그것도 착각이었을지도 모른다. 에드가 자세를 바꿨을 뿐일 수도 있다. 자세를 바꾼다는 것은 다음 순간에 공격을 시작한다는 뜻이다…….

'진정하자.'

자신에게 말하고, 로테샤는 불안에서 생겨나는 의심을 떨쳐버리려고 했다.

'시간은 그렇게 많이 지나지 않았어. 숨을 멈추고 있었어…… 숨을 안 쉬고 있었다고. 몇 분이나 숨을 안 쉴 수는 없잖아. 틀림없이 아직 일분도 안 지났어…….'

적어도 말없는 대치는 그 정도밖에 경과하지 않았다. 그럴 것이다.

침묵을 깬 것은 에드였다.

"비두 크립스터…… 는 알지?"

"아버지 이름이야. 모를 리가 없잖아."

놀리는 것 같아서 신랄한 말투로 대답했다

하지만 에드는 끝까지 진지하게 말했다.

"그의 정체에 대해서는?"

"정체?"

전설의 검사 비두 크립스터. 그의 아버지. 정체고 자시고, 그게 전부였다. 병 때문에 쓰러지고, 죽은…….

그것을 소리 내서 말하지는 않았다. 하지만 에드에게는 들렸는지, 천천히 고개를 젓고는.

"비두 크립스터의 마검. 그가 그것을 어디서 가지고 왔을까? 생각해본 적은 있나? 천인종족이 버린 마검이다. 아무데나 굴러다니는 물건이 아니지."

그리고 에드는 자신의 질문에 스스로 대답했다.

"성역이다. 그는 성역에서 온 사내였다──우리는 당연히 그가 도펠 익스라고 경계하며 접촉했다. 영주가 선택한 자객이 나였다. 하지만, 결론을 말하자면 그는 도펠 익스가 아니었다."

"무슨 소리야?"

그렇게 물으면서 긴장이 무너졌다. 무슨 말을 하는지 도저히 모르겠다.

에드는 잠시 말을 멈췄다. 그리고 다시 말했다.

"비두 크립스터는 드래곤 종족의 성역에서 태어났다. 그리고 바깥세상으로 나왔다."

"……."

거짓말이라는 생각도 들었다.

혼란스런 머리로, 로테샤는 눈앞에 있는 남자가 자신에게 거짓말을 해서 교란하려고 할 수도 있다는 가능성에 대해 생각했다. 상황은 자신에게 유리할 것이다. 그래서 그것을 역전하기 위해, 에드가 되는대로 거짓말을 한다고 해도 이상할 것은 없다.

"이상해!"

로테샤는 큰 소리를 질렀다.

"아버지는…… 나한테, 그런 얘기는 한 번도——"

하지만 에드는 전혀 들리지도 않는다는 것처럼 계속 말했다.

"그는 도망자였다. 아이 하나를 데리고 성역에서 도망쳤다. 아니…… 그건 정확한 표현이 아니군. 그가 죽기 전에 말했다. 비두는, 사실은 그 아이한테서 도망치려고 했다."

"뭐?"

"하지만 그는 그 아이한테서 도망치지 못했다. 죽으려고 한 적도 있었다는 것 같다. 하지만 죽지 못했다. 죽기 직전에 그가 단언했다. 그것은 애정이 아니라 다른 힘이라고."

화가, 미지근한 체온을 억누르며 퍼지는 것을 느꼈다. 이야기를 들으면 들을수록 체온이 올라간다. 뜨거운 감정이 피부까지 분출돼서는, 땀이 돼서 싸늘한 느낌을 남겼다.

뜨거운 건지 추운 건지 모르겠다.

"무슨 소리야……."

로테샤가 물었지만, 에드는 이번에도 묵살했다. 조금 전에 검 이야기를 할 때와 똑같이 냉담하게, 계속 말했다.

"그 아이는 그를 지배해서 자신을 보호하게 했다. 그는 아이에게 거역할 수 없었다. 몇 년이 지나서 그는 미쳐버렸고, 죽었다. 그는 그것이 마검의 주박이 아닌가——"

"무슨 소리냐고!"

"그가 죽고, 그 아이는 다음으로 자신을 비호할 자를 찾았을 것이다. 하지만 나는 도망치는데 성공했다. 그 아이의 힘이 무엇인지, 나는 떨어진 뒤에 확인했다. 단순히 비두가 미친 것뿐인지도 모른다. 그냥 평범한 딸을 두려워할 정도로, 눈앞에 다가온 죽음이 충격적인 것이었는지도 모르지."

"……."

그가 무슨 말을 하는 건지, 더 이상 물을 필요도 없었다. 이야기의 내용은 여전히 모르겠지만, 로테샤가 그가 말할 다음 단어까지 예측할 수 있을 것 같은 심정으로 계속 들었다.

"도펠 익스일지도 모른다고 의심했던 비두가 죽고, 일단 내 일은 끝났다. 그가 데리고 있던 딸에 대해서는 영주에게도 보고하지 않았다. 최접근령 놈들에게도 숨겼지. 나중에 비두 크립스터에게 딸이 있었다는 걸 알게 된 놈들이 엄청나게 분노했지만. 게다가 내가 그 딸과 혼인

관계까지 맺었으니. 덕분에 난 성역의 스파이라는 의심까지 받았다. 뭐, 그건 좋다."

에드는 의젓하게 손을 내리고 말했다.

"비밀을 유지한 채로 샅샅이 조사했다…… 그 딸의 존재가 무엇인지. 하지만 대부분은 알 수 없었다. 딸 자신이 자각이 없는 건 명백했다. 결국 나는 《송곳니 탑》에서 스승에게 물었지. 그는 이렇게 말했다. 그건 자신이 알고 있는 어떤 존재와 닮았다고. 나 자신도 그걸 잘 알고 있을 거라고."

그의 오른쪽 눈이 어둡게 빛났다. 거기엔 아무런 감정도 없는 것이, 죽음의 사실을 전하는 사신의 뻥 뚫린 안와라고 해도 믿을 정도였다.

목구멍이 아니라, 그 공허한 안구에서──그의 목소리가 들려왔다.

"그 딸은 최접근령의 영주라고, 그는 그렇게 말했다."

"당신이야말로 미친 거 아냐?"

로테샤가 내뱉었다.

에드가 살짝 고개를 끄덕였다──하지만 긍정한 것은 아닌 것 같았다.

"미친 건 내 스승이다. 그는 이렇게 생각했다──그토록 사랑했던 제자들이 흩어져서 정신이 이상해진 게 틀림없다고. 일단 나는 비두의 유언대로 마검을 의심하기로 했다. 도펠 익스를 사냥해서 정보를 얻었다. 그 검은 천인종족이 호신용으로 벼린 물건에 불과하다고. 하지만 그 자들이 만든 물건이 이상한 부작용을 일으키는 건 흔히 있는 일이다. 그러던 중에 나는 마검을 손에 넣으려 했고, 그 딸을 죽였다."

그리고, 그 때 처음으로 에드의 눈동자에 사람다운 마음의 움직임이 엿보인 것 같았다. 그는 납득할 수 없는 의문을 그 눈동자에 띄우고 계속해서 말했다.

"실은 나도 이것을 잘 모르겠다. 죽일 필요는 없었다. 하지만 어느새 그녀는 내 검 아래에 쓰러져 있었다⋯⋯."

"모르겠다고!?"

경앙한 간단하다고 말할 수 없는 압박감을 날려버렸다——로테샤는 소리를 지르고는 눈앞에 잇는 남자를 향해 칼을 휘둘렀다. 에드가 뒤로 물러나서 피했다.

두 번, 세 번, 휘두르는 방법을 바꿔가며 허공을 절단했다. 하지만 에드는 그것조차도 간단히 피해버렸다. 칼날이 아니라 주위에 전개해 있을 검의 결계를 이용해서 공격해야 한다는 걸 알아차린 것은 그 뒤의 일이다.

하지만, 그것을 실행하기도 전에 에드가 입을 열었다. 그 말이, 공격을 멈추게 했다.

"그리고 알아차렸다. 나도 그 때 그 딸에게 지배당하고 있었다. 비두와 마찬가지로."

그가 말하는 내용은 여전히 지리멸렬했지만, 그 말은 그 중에서도 최고였다. 로테샤는 차갑게 식기 시작했던 머리에 다시 피가 몰리는 걸 느끼면서 소리쳤다.

"내가 당신을 마음대로 조종했고, 그리고 날 죽이게 했다는 거야?!"

"그렇다. 나에게 자신을 이해하게 만들기 위해."

말도 안 되는 생트집에 온 몸이 떨린다. 로테샤는 꼬이려 드는 혀를 깨물어서 멈추고는,

"⋯⋯말도 안 돼⋯⋯! 당신은, 날 죽인 이유조차도 내 탓으로 만들려 하고 있어!"

"넌 죽지 않았다."

그는 바로 대답했다.

로테샤도 바로 말했다. 그 말을 내던지는 것처럼.

"도와줬기 때문이야!"

"아니. 지금 여기서 또 죽어도, 넌 죽지 않는다. 그걸 알았다. 성역에 가보고 모든 것을 알았다."

중얼거리면서, 갑자기 고개를 돌렸다. 무슨 생각인지는 모르겠지만 왼쪽 밤하늘을 올려다보면서 계속 말했다.

"즉, 내 스승이 옳았다. 너는 최접근령의 영주와 동질의 존재다. 하지만 영주에 비해 자각이 없는 만큼 그 힘도 부정확하지만…… 널 이해한 덕분에 난 영주의 존재도 이해했다."

이쪽을 보지 않는 탓이기도 하겠지만, 그 말은 마치 혼잣말을 하는 것처럼 들렸다.

"날…… 어쩌겠다는 거야."

그가 무슨 말을 하건 그럴 생각은 없었지만——로테샤는 그렇게 물었다.

에드는 여전히 다른 곳을 보며, 작은 소리로 말했다.

"성역으로 데리고 간다. 죽여서라도. 어차피 다시 살아날 테니까."

"에…… 드으으!"

째지는 소리로, 로테샤가 외쳤다.

그대로 온 힘을 다해서 검을 휘둘렀다. 압박감도, 감정도, 아무것도 없다. 공백이 전부 차지해버린 머릿속은, 그저 손에 쥔 칼날을 남편이었던 남자의 몸에 쑤셔 넣는 것만 생각하고 있었다. 칼날이 아니라도 좋다. 손톱이라도, 치아라도, 손가락이라도, 주먹이라도. 그 남자가 비명 소리를, 괴로워하는 목소리라도 내게 할 수 있는 부위라면 뭐든지 좋다.

에드는 피하려 하지도 않았다. 변함없이 허공을 보고 있다. 이쪽의 존재 따위는 잊어버린 것처럼. 하지만 의문으로 여겨지기는 했어도 돌격을 멈출 이유까지는 아니었다. 로테샤는 순수한 살의의 못이 되어, 곧장 전진했다.

그리고——

"어디서나 온다. 표표한 기척을 새기는 고향에⋯⋯."

기묘한 문구가 들렸나 싶더니, 옆에서 날아온 힘이 몸을 날려버렸다. 검의 결계채로 들려서 하늘을 미끄러진다. 균형감각을 잃었지만, 로테샤는 그래도 에드의 모습을 찾았다. 그는 원래 있던 곳에 있지 않았다. 그것을 알았을 때, 지면에 처박혔다.

낙하의 충격에, 폐에 있던 공개를 짜내며 비명을 질렀다. 특별히 뾰족한 바위 위에 떨어지지 않은 게 다행이었다. 일어섰더니 손에 마검이 없었다.

'떨어트렸나⋯?'

주위를 둘러보니 상당히 먼 거리를 날아온 것 같았다. 지하수로 출구에서 깜짝 놀랄 정도로 떨어져 있다. 검이 지켜주지 않았다면 즉사했겠지.

검이 어디에 있는지, 어둠 속이다보니 쉽게 찾을 수가 없다. 그게 있어야만 한다. 그게 없으면 에드를 죽일 수 엇다. 로테샤는 계속 고함을 지르며 주위를 뒤졌다. 이러는 사이에 에드가 내 숨통을 끊을 것이다⋯⋯.

아니.

에드를 발견했지만 지금도 다른 곳을 보고 있었다. 조금 전과 다른 위치에서——로테샤와 마찬가지로 떠밀려서 날아갔겠지——그래도 여전히 하늘을 바라보고 있다. 그는 뭔가가 오리라고 예견한 것처럼 권총을 겨눴다. 보고 있는 위쪽이 아니라 약간 아래쪽으로 무기를 겨눈 자세로, 가만히. 그리고.

"하하하하하하하하!"

큰 웃음소리가 울렸다. 동시에 에드가 보고 있던 쪽과 전혀 다른 하늘 쪽에서, 빛나는 사람 같은 것이 낙하했다. 웃음소리를 낸 건 그것이었다. 그것은 은색 화살처럼 직선으로 에드를 꿰뚫으려고——

하지만 에드도, 오히려 그쪽을 경계했던 것처럼 재빨리 방향을 바꿨다. 총구를 들어 올리고 조금 전에 들은 작렬음을 연속으로 터트렸다. 에드가 든 무기가 조금씩 흔들리고 하얀 연기와 불꽃을 퍼트렸다.

화살의 움직임이 멈췄다. 보이지 않는 벽에라도 부딪친 것처럼. 에드의 권총에서 터져 나오는 사격 소리와 동조해서, 소리가 날 때마다 뒤로 밀렸다. 마침내 에드의 무기에서 소리가 멈췄다. 그 순간 그 사람 모양의 기세가 돌아왔다. 하지만 그것이 처음에 노린 에드가 있던 지점을 꿰뚫었을 때, 에드는 몇 걸음 물러나서 다른 위치에 있었다.

지면에 떨어진 것은 틀림없이 사람 모양을 한 빛 덩어리였다——그것에서 빛이 사라진다. 얼핏 보면 사람과 똑같은 모습으로 변한다. 장년 남자가 지면에서 천천히 일어났다. 총을 몇 발이나 맞았는데 상처하나 없다. 다미안 르우였다.

에드는 그 때 이미 무기에 탄창을 갈아 끼운 것 같았다. 말없이 그것을 다시 다미안에게 겨눴다. 하지만 그것이 다시 동작하기 전에 이변이 일어났다. 광대가 쓰는 도구처럼, 에드의 권총이 갑자기 부서져버렸다. 큰 부품, 작은 부품까지 여러 개가, 힘없이 사용자의 발밑으로 떨어졌다. 다미안의 웃는 소리가 더 커졌다.

크게 신경 쓰지도 않고, 에드는 손에 남아 있던 부품을 버리고는 망토 속에서 검을 뽑았다. 검은 자세를 잡을 틈도 없이 사라져버렸다. 멀리 떨어져서 들리지 않았지만 에드가 혀를 찼다는 걸 알 수 있었다――표정과 몸짓을 보고.

"소용없다."

다미안의 웃음소리가 멈췄다.

그리고 웃음소리와 변함없이 울리는 목소리로 외쳐댔다.

"유이스! 유이스! 유이스――귀찮은 짓을 했구나. 습격자는 네 녀석이었나, 유이스!"

"일단 지금은 너한테 볼일 없다."

에드의 목소리는 잣을 텐데, 로테샤는 그 목소리를 들었다. 갑자기 혼자만 밖으로 밀려났고, 아파서 신음만 하고 움직일 수도 없다.

한심하다. 손쓸 도리도 없이 자신을 짓누르는 감상 때문에 토할 것 같다. 갑자기 방해한 저 괴물도, 에드도, 이쪽은 이미 잊어버린 것처럼 보였다.

'어째서…… 이런 때까지 실패하는 거야!'

질타는 움직이지 않는 몸을 일으키는 데 도움이 됐다. 현기증을 참으며 마검을 찾았다.

그러는 동안에도 그들의 대화는 계속됐다.

"경솔했구나! 내 영역 안에서 긴 대화를 하다니!"

다미안이 큰 소리를 냈다――

"네트워크를 쓸 수 없어도 들을 수가 있었다. 무슨 이야기를 했나?!

어찌 된 것이냐. 어째서 네가 배신했지. 그 계집은 누구냐?! 특별한 것이라면 영주님마저도 감지하지 못한 것은 어찌 설명할 것이냐?!"

"대답할 생각은 없다. 어차피 넌 여기서 처치할 테니까."

옆에서 보면 아무 일도 일어나지 않은 것 같지만 그것도 공방인지, 에드는 가끔씩 뭔가를 피하는 동작을 하면서 대화에 응하고 있다. 뭔가 보이지 않는 무기를 피하기 위해서 거리의 변화를 주는 것처럼.

에드는 맨손이었지만 검은 망토 속에서 두 손으로 뭔가 자세를 잡고 있었다. 이것이 마술의 자세일지도 모른다──잘은 모르겠지만. 로테샤는 문득 자신이 그런 싸움을 멍하니 구경하고 있다는 것을 깨닫고 고개를 저었다. 검을 찾아야 한다.

다시 눈을 돌린 로테샤를 쫓아오는 것처럼, 에드의 목소리가 들려왔다.

"잊지는 않았겠지. 내 장비…… 템페스트를 비롯한 모든 장비는 네가 회수했을 것이다. 그게 어째서 지금 내 손에 있는 걸까……."

"그딴 것은 내게 통하지 않는다."

"불쌍할 정도로 우둔하군, 다미안."

그 둘이 말하는 소리를 들으며 로테샤는 땅바닥을 기어 다녔다. 간신히 찾아낸 검은 한심할 정도로 가까이에 떨어져 있었다.

그것을 집고, 일어났다. 아직까지 균형 감각이 돌아오지 않았지만, 이야기를 알아들을 정도도──저 두 사람의 위치는 그리 멀지 않을 것이다. 충분히 검의 효과 범위일 것이다. 감싸는 것처럼 두 손으로 잡고, 칼날이 나타나기를 빌었다.

대화는 잡음이었다. 성가시게, 그녀를 무시하고 계속 이어졌다.

"말해두겠다. 성역은 영주의 암살에 실패했다는 걸 알고 있다."

"호오?"

"아니, 오히려 이번에 네가 수작을 부린 덕분에 성역은 더 크게 확신했다. 영주의 존재에 대해. 그리고 너희가 벌었다고 믿었던 시간을 성역이 반대로 이용했다. 아침까지 기다리면 멸망하는 건 최접근령 쪽이다."

"그래서 그쪽에 붙었다는 것이냐 유이스? 너답지 않구나."

집중할 필요는 없다──하지만 평정을 유지하지 않으면 이길 수가 없다. 로테샤는 두 사람의 대화를 의식 밖으로 몰아내며 호흡을 골랐다. 숫자를 센다. 하나, 둘…… 그리고.

"성역에 대항할 수 있는 건 영주뿐이라고 생각했었다"

에드가 중얼거리는 소리가 들려왔다.

"하지만, 이젠 아니다. 동질의 존재가 또 있으니까."

'아직도…… 그 소리를!'

눈꼬리가 아플 정도로 치켜 올라간 게 느껴진다. 로테샤가 의식의 어둠에 불을 붙인 것과 동시에 검의 칼날이 나타났다. 벌레 날갯짓소리가 퍼지고, 마검이 기능한다.

'가라──죽여라.'

로테샤는 혼신의 힘을 담아서 부조리한 남자들의 죽음을 빌었다. 아버지의 검에게 말했다.

'아무리 처참하더라도 난 그걸 지켜보겠어. 아버지, 아버지…….'

에드도 다미안도 검이 작동하는 소리는 알아차리지 못한 것 같았다. 하지만, 로테샤는 신경 쓰지 않고 계속했다.

'그를 죽이면, 틀림없이 그가 했던 것도 말한 것도 전부 거짓말이 될 거야……!'

검의 역장은 그들을 둘 다 압살할 거라 생각했다──

에드의 발밑에 있는 지면이 일그러져서 뒤집혔다. 그는 뒤로 뛰어서 그것을 피하고, 내려선 지면이 똑같이 붕괴하기 전에 다신 한 번 뛰었다. 차례로 그것을 반복하고, 후퇴했다. 그는 처음에 숨어 있던 바위 뒤까지 물러나서 모습을 감췄다.

추격할 생각이었다. 검의 위력에 기대서 전부 결판을 낸다. 앞으로 뛰쳐나가려고 했을 때, 로테샤는 다른 남자가 남아 있다는 것을 알았다.

다미안은 상처 하나 없이 거기에 있었다. 딱히 명령한 것은 아니었지만 그 자리에 있었다면 한 순간에 짓눌려 죽을지도 모르는 힘 속에서, 머리카락 한 오라기 흔들리지 않고 가만히 서 있다. 로테샤는 숨이 턱 막혔다. 남자가 너무나 귀찮다는 듯이 중얼거리는 소리를 들었다.

"돌아온다. 상처자국이 많은 짐승의 우리. 크게는 **꿈틀대고**, 작게는 소리친다······."

또다시, 뭔가에 떠밀렸다.

이번에야말로 횡경막에 숨도 못 쉴 정도의 위력을 받고, 로테샤는 자기도 모르게 이해했다──힘으로 누른 것이 아니다. 그랬다면 검이 지켜줬을 것이다. 뭔가 다른 방법으로, 그런 힘이 존재하는 것처럼 생각하게 만드는 것이다. 실제 대미지는 없는데도 몸이 말을 듣지 않게 된다.

바닥에 쓰러져서, 로테샤는 고개만 들었다. 또다시 검이 손에서 떨어졌다. 목에서 피리소리 같은 숨이 흘러나온다. 움직일 수가 없다.

'어째서······ 어째서 내가 하는 건 실패하는 거지···?'

빼앗긴 것을 되찾으려는 것뿐인데. 목에 가래가 걸려서 기침을 했다. 자신만이 부조리하게 거절당하고 있다. 그렇게 느껴졌다. 아주 평범하게 사랑받고 싶을 뿐인데. 이 세계의 시스템에는 그게 들어 있지 않았다.

'어째서…… 어째서 이런 사랑이 없는 세계가 돼버린 거지?'

착란을 일으켰다는 건 알고 있다. 하지만 그것을 억누를 만큼의 자제심은 남아 있지 않았다. 체력과 함께 떨어져버렸다. 복수를 위해 키워온 모든 이성은 이미 끝나버렸다. 이젠 아무것도 생각할 수 없다——적어도 합리적으로는.

이 세상이 사랑에 대한 대상이 보장되는 것이라면…… 자신의 복수는 끝났어야 한다

그러지 못하는 이유는 무엇일까. 이 세상은 마치 인간을 절망하게 만들기 위해 존재하는 것 같다. 희망을 주고, 실망을 주고, 절망을 심어준다. 누가 바랐지? 누가 그런 것을 바라는 거지?

그녀는 분노에 떨면서 흙을 움켜쥐었다. 일어날 수 없다면 기어서라도 간다. 아무것도 생각하지 않고, 로테샤는 팔을 끌어당기려고 했다. 어디로 가려는 걸까. 그것마저도 아무래도 상관없다. 자신의 분노를 받아줄 희생자가 있는 곳이라면 어디든 좋다.

그래도 몸은 이성적으로 검을 원하고 있었다. 나아가는 방향에 검이 떨어져 있다. 마침내 손가락이 닿——을 곳까지 다가갔을 때. 다른 손이 그녀의 눈앞에서 그것을 집어 들었다.

마검을 손에 쥔 다미안은 로테샤 따위는 관심도 없다는 듯이 몸을 돌렸다. 에드가 모습을 감춘 바위 쪽으로 걸어가며, 조금 전에 하던 이야기를 계속 하는 것이겠지. 아무 일도 없었다는 태도로 계속 말했다.

"우리를 배신하고, 그리고 다음에는 성역 또한 배신하겠다는 것인

가, 유이스."

에드는 이미 다른 곳으로 도망친 게 아닐까──로테샤는 그런 생각을 하고 있었다. 고통에 괴로워하던 시간이 너무나 길게 느껴진 탓에, 에드가 아직도 거기에 숨어있다는 것이 너무나 부자연스럽게 느껴졌다.

하지만 에드는 아직 거기에 있는 것 같다. 다미안에게 대답하는 목소리가 들려왔다.

"사태는 아주 단순하다. 성역은 이미 성역 자신을 배신했다. 도펠익스라는 이름이 무엇을 위해 존재한다고 생각하나."

다미안은 이쪽에서 멀어져갔다──뒷모습만 보여서 표정은 알 수 없지만, 로테샤는 왠지 웃는 얼굴일 것 같다고 직감했다. 틀림없이 적을 희롱하는 미소를 짓고 있을 것이다. 자신은 보답을 받지 못했는데, 이 괴물은 타인을 압도하고 쾌감을 얻을 권리를 가지고 있다. 그렇게 생각하니 절로 웃음이 나왔다. 바보 같다. 이런 세계에, 인간이 무리해 가면서까지 살아갈 가치가 있는 걸까.

'다들 착각하고 있는 거야? 행복이 있다고 생각하는 거야?'

착각을 믿는 것보다 훨씬 편한 방법이 있다…… 그것은. 단 하나의 간결한 단어로 표현할 수 있다. 그것을 떠올리기만 하면 편해질 수 있다.

마침내 다미안이 에드가 숨어 있는 바위 앞에서 멈춰 섰다. 거리는 앞으로 세 걸음도 안 되겠지. 말한다.

"유난히 말이 많구나 유이스…… 더 이상 도망갈 수 없다."

침묵은 심장이 한 번 뛸 정도의 시간이었다. 하지만, 그래도 분명히 그 침묵은 존재했다. 에드가 대답했다.

"내가 계속 말하면 너는 정신없이 쫓아올 것이다. 돌이킬 수 없는 곳까지. 네트워크에 완전히 의존하던 네가 네트워크를 쓸 수 없게 된다는 것이 어떤 것인지. 너만이 자각하지 못하고 있다."

"까불지 마라——나를 멸할 방법 따위는 어디에도 없다."

상대를 끌어내리려는 걸가. 다미안은 오른팔을 바위 뒤로 찔러 넣었다.

그리고, 움직임을 멈췄다.

서늘한…… 차가운 바람이 살갗을 쓰다듬는 것을, 로테샤는 느끼고 있었다. 뭔가가 변화한 것 같다. 결정적인 무언가가.

"정말로……?"

그 바위 뒤에서 다미안에게 대답한 목소리는, 에드의 것이 아니었다.

다미안이, 한 걸음 물러났다.

뭔가가 그의 팔을 움켜쥐고 있다. 물러나는 다미안을 따라, 그 팔이 밖으로 나왔다. 여자의 손이었다.

"……?!"

말로 표현할 수 없는 목소리로, 다미안이 뭔가를 속삭였다. 기도하는 소리인지도 모른다. 그를 따라서 바위 뒤에서 나온 사람은 여자였다. 피로 범벅이 된 너덜너덜한 전투복을 입은 키가 큰 여자. 어제 이 황야에서 처음 봤을 때는 너무나 아름답게 느껴졌던 길고 검은 머리카락도 거친 바람에 상한 탓인지 부석부석해져 있었다.

죽었다고 생각했다——죽었다고 들었다. 그 흑마술사의 누나였다. 진흙이 묻어 더러워진 얼굴에 장절한 웃음을 드리우고, 중얼거리는 소리가 들려왔다.

"또 날 두려워했지?"

다미안이 비명을 질렀다. 용서 없이, 아무리 변명해도 속일 수 없는 거대한 비명. 목에서 성대하게 두려움을 토해내고, 그 괴물은 먼저 여자의 손을 뿌리치려고 했다——여자는 그다지 저항하지도 않았다.

자유의 몸이 된 다미안은 앞뒤 가리지 않고——내던지는 것처럼 마검을 그 자리에 남겨두고 상공으로 날아올랐다. 나타났을 때와 반대로, 빛줄기가 돼서 밤하늘로 사라졌다.

여자는 쫓지 않았다——아니, 물론 하늘로 도망친 상대를 도망칠 방법도 없지만, 눈으로 다미안의 행방을 쫓아가지도 않았다. 비틀비틀 불안한 걸음걸이로 앞으로 걸어가는 그녀의 모습에서는, 한 순간 전에 봤던 악귀 같은 표정은 찾아볼 수가 없었다. 거기에는 지친 여자가 있을 뿐이다. 지치고, 상처 입은.

지금의 자신과 마찬가지로.

로테샤는 간신히 그녀의 이름을 떠올렸다. 기억이 회복되자 조금 전에 느꼈던 너무나 기분이 가라앉는 것 같은 어떤 감정——오히려 그것이 어떤 것인지 생각나지 않았다. 레티샤. 분명히 그런 이름이었던 여자를 보며, 로테샤는 울고 있었다. 영문도 모르고 웃고 있었다.

레티샤는 몇 걸음 앞으로 걸어가더니 거기서 멈춰 섰다. 그리고 같은 바위 뒤에서 에드가 나타났다. 그의 기척을 느끼고 레티샤가 고개를 돌렸다. 말도 없이, 잠시 서로 마주봤다.

"……."

"……."

먼저 입을 연 것은 에드였다.

"……나와 싸울 건가? 레티샤."

"내가 이겨, 코르곤. 너한테는 지지 않아."

그것은 싸우겠다는 의지였을 것이다──적어도 레티샤의 표정을 보고 있는 로테샤는 그렇게 생각했다. 여자가 미칠 듯이 화가 나 있다는 건 금세 알 수 있었다. 무엇 때문에 화가 났는지는 모르겠지만.

'……아니…….'

알고 있다. 로테샤는 이해하고, 매달리는 심정으로 레티샤를 봤다. 그녀는 자신을 동정하고 있다. 에드의 횡포에 화를 내고 있다.

'도와줄지도 몰라…… 도와줘…….'

하지만, 그래도 레티샤는 힘없이 고개를 좌우로 저었다.

"아니. 그냥 가. 어차피 여긴 이제 끝났어. 도와준 데는 감사할게."

"나도 장비를 손에 넣었다. 공평한 거래다."

조용히, 에드가 말했다. 지면에 흩어진 쇳조각 같은 부품들을 보고,

"템페스트는 더 이상 쓸 수 없지만…… 다른 장비들은 아직 쓸데가 있다."

"그래."

퉁명스레 말한 레티샤에게, 에드가 속편하게 말했다.

"갑자기 뒤에 나타났을 때는 깜짝 놀랐지만."

하지만 레티샤는 큰 감개도 없다는 듯이 차갑게 말할 뿐이었다.

"나도 그랬어. 제대로 숨는 재주를 배워두지 않으면 살아가기 힘들 거야."

아무런 감정도 없는 것은 에드도 마찬가지였다. 낮은 목소리로, 물었다.

"다음은, 성역에서인가."

"곧 또 보게 되겠지."

여자는 그렇게 말하고 길을 비켜줬다.

'길을 비켜줘……?'

왜 그렇게 생각한 걸까, 로테샤는 스스로에게 물었다. 그리고 각자의 위치관계를 생각하고, 깨달았다. 여자는 에드와 자신의 중간에 서 있었다. 그 자리에서 비켜준 것이다.

에드가 천천히 걸음을 옮기고 이쪽으로 다가온다. 중건에 떨어져 있던 마검을 집어 들고.

'도와줘……?'

땅바닥에 엎어진 채, 로테샤는 애원하는 심정으로 그 여자를 쳐다봤다. 도와주지 않는 건가? 자신은 이 남편에게 학대당하고 있다. 도움이 필요하다.

생각이 상대에게 전해지지는 않은 것 같았다. 여자는 입을 꾹 다물고 뭔가 엄한 표정을 보이고는 탄식하면서 말했다.

"가…… 그를 따라가는 게 안전해. 일단은 말이야."

"난, 가고 싶지 않아. 저 사람하고는 가고 싶지 않아."

힘없는 목소리로, 로테샤가 신음하듯이 말했다. 잊혀져가던 그 감정——마음을 전부 집어삼키는 것 같은 압도적인 공허가 밀려왔다. 그런 이야기를 하는 중에도, 에드는 상관하지 않고 다가왔다.

그가 옆으로 지나가는 모습을 보며, 여자가 고개를 끄덕였다.

"내가 그쪽이라도 그렇게 말할 거야. 하지만 지금 나한테 당신을 위해서 싸워줄 만큼의 힘은 없어……."

그렇게 말하면서, 여자는 허리를 굽혔다. 달빛만 가지고는 잘 모르겠지만, 얼굴에서 갑자기 핏기가 사라진 것처럼 보였다. 천천히……

정말로 천천히, 레티샤가 말했다.

"……치명상을 없었던 일로 만들 정도의 힘은, 아직 없어. 진행을 막는 정도는 가능해도. 정말이지, 항상 어중간하다니까…… 서둘러…… 아자리…… 서두르지 않으면…… 내가 죽어……."

배 위쪽을 누른 채, 여자는 그 자리에서 쓰러졌다.

"……많이 늦었네."

어둠 속에서 나타난 그 남자에게, 오펜이 말했다. 의자에 앉아 무릎에 팔꿈치를 댄 채 턱을 괴고, 안구만 움직여서 상대를 봤다.

"어디로 가면 좋을지 몰라서 말이야. 일단 여기 있으면 댁이 돌아올 것 같았거든. 코르곤이 있는 곳까지 뛰어갔다가 돌아오면 너무 늦을 것 같고."

"어디까지 알았나?"

"자기가 물어볼 때는 단도직입적이네. 너무 뻔뻔한 것 아냐?"

오펜은 그렇게 말하고는 일단 몸을 의자에 깊이 묻고――상대가 짜증이 날 정도로 뜸을 들인 뒤에 일어났다. 어둡기는 해도, 어젯밤처럼 창문을 통해 들어온 달빛이 방을 가득 채우고 있다. 최접근령 영주의 집무실을.

하나부터 열까지 어젯밤과 똑같이 보였다. 너무나 조용한 저택. 지금 들어온 남자와 자신 이외에는 아무도 없으니 당연한 일이지만. 메마른, 하지만 어딘가 달콤한 느낌이 남아 있는 밀가루 같은 냄새. 이것은 살기였다. 조용한 밤공기를 일부러 휘젓는 못된 짓의 예감이었다.

집무실을 어지럽혀놓지는 않았다. 오히려 깔끔하기 정리돼 있다. 그것만은 어제와 달랐다.

바닥에 영주가 쓰러져 있다.

방에 들어온 남자──문도 창문도 열지 않고 들어온 백마술사 다미안은 확인하려는 것처럼 물었다.

"죽인 것인가?"

"설마. 미안하기는 하지만, 뭐, 날 가지고 논 답례도 해야 하니까. 잠깐 누워 있게 해줬어."

오펜은 그렇게 말하면서 백마술사와의 거리를 쟀다. 다미안은 이 방에 들어온 뒤로 움직이지 않았다. 유난히 초췌해 보이는 게, 보기만 해도 기분이 더러워지는 여유 있어 보이는 척을 할 수도 없는 것 같다. 숨을 헐떡이는 게 아닌가 싶을 정도로 보였다──그게 바보 같은 생각이라는 걸 알면서도. 다미안이 정신체라면 호흡 따위를 할 리가 없다.

그리고 다미안을 바라보며, 오펜은 이렇게 덧붙였다.

"……왜 안 사라지는 거야? 이 자식은."

"…….."

다미안은 대답하지 않았다. 그대로 무시하려는 게 아닌가 싶었다.

하지만 몇 초 동안 고민한 끝에, 그는──포기한 것처럼,

"통상적인 현상이라면 고스트 정보가 현실세계에 미치는 영향력은 물질에 미치지 못한다. 대미지에 의해 소실된다. 하지만 이것은 특별히 만든 것이라서, 죽음조차도 무시하고 계속 존재할 수 있다…… 물질 이상의 존재로서 계속 존재할 수 있다. 즉, 이상형이다."

"난 고스트라는 말은 한 적 없는데."

말꼬리를 잡은 게 아니다. 다미안이 자백하기 시작한 이상은 무의미한 짓이었다. 하지만 기술적인 설명을 일단 멈추게 하고, 오펜은 상대의 말을 기다렸다.

백마술사는 혼탁한 눈으로 이쪽을 봤다. 역시나 정신체에게는 무의미한 동작이겠지만.

"다른 자들은 어떻게 했나?"

다미안이 물은 말의 의미를 이해하지 못한 오펜은 얼굴을 찌푸렸다——하지만 바로 이해했다. 클리오네 얘기겠지.

"글쎄. 슬슬 올 때가 됐으려나?"

그들이 아무리 서둘러서 쫓아온다고 해도 시간이 좀 더 걸릴 것이다. 시간은 충분하다. 이야기하기에는 충분한 시간이.

다미안은 자포자기한 것처럼 말했다.

"그렇다. 최접근령의 영주는 '고스트'다."

몸짓까지 하면서 해설하기 시작했다. 눈에 드리운 자포자기한 기색이 더 이상 물러날 곳이 없다고 말해주는 것 같았다.

"하지만 죽은 자를 재현한 것이 아니다——처음부터 존재하지 않은 인격을 만들었다. 네트워크에서 태어나 네트워크에 뿌리를 내리고 네트워크에 침투한 인조인간이다. 그대도 지난번에 체험했겠지만, 고스트 현상은 정보를 이상화해서 재현할 수가 있다. 그것을 응용해서 만들어낸 것이 이 최접근령의 영주님이지. 내가 네트워크를 이용해서 입수한 정보를 집어넣고, 분석하고, 답을 산출한다. 그 계산 속도는 때로 현실의 시간조차 능가한다. 미래를 내다보는 것도 가능하다. 그의 계획은 항상 옳은 것이 된다. 마치 상황이 알아서 그를 따르는 것처럼."

"이게 사기의 비밀이었나. 댁이 가진 힘의 근원이기도 하고."

오펜은 쓰러져 있는 영주를 타넘고 앞으로 걸어갔다. 가볍게 뛰고, 착지한 부츠 바닥이 바닥을 때렸다. 소리가 울릴 줄 알았는데 발소리는 나지 않았다.

도망치지 않고, 다미안은 그 자리에 가만히 있었다. 확실하게 말했다.

"그렇다…… 내 힘의 집대성이다."

그리고는 가슴을 가리키며 자랑스럽게, 큰 소리로 말했다. 백마술사의 목소리는 육성도 아닌 주제에 고막은 물론이고 살갗으로도 느낄 수 있었다. 공기를 울리는 것은 그의 목소리가 아닌 뭔가 다른──그런 게 정말로 있다면, 노기(怒氣)려나.

"무엇보다 훌륭한 것은 영주가 존재하는 것에 의한 현실세계에 대한 영향력이다…… 영주님은 정신지배를 이용하지 않고도 타인을 지배할 수 있다. 내가 같은 일을 하려면 얼마나 많은 에너지를 소모하게 될지……."

"그렇군."

오펜은 작은 소리를 내며 납득했다.

받아들인 말은 바로 몸 안에 있는 감정을 끓어오르게 했다──부들부들. 혀를 말라붙게 만드는 씁쓸한 것이 치밀어 올라온다. 이 백마술사는 너무나 알기 쉽게 말했다. 웃음이 나올 정도로. 오펜은 콧등에 주름을 만들며 음험한 미소를 지었다.

즉, 다미안 르우가 신경 쓰던 것은 소비하는 에너지의 양이었다. 그것을 생각하니, 얄궂은 심정에 속이 뒤틀리는 것 같았다.

"한심해…… 정말 한심해!"

오펜은 큰 소리를 질렀다.

"그딴 것 때문에, 이르기트와 시크가 죽은 건가! 위노나도——"

"……허구로서 실재하고 이상으로서 존재한다. 한심하다고 생각하는가? 허나 자네도 오랫동안 이와 같은 것과 접해왔을 텐데."

"뭐라고?"

오펜이 물었다. 다미안은 더 빠르게, 계속해서 말했다.

"그와 같은 남자가 실재하는 것은 이상하다…… 뭐든지 할 수 있다. 만능의, 이상적인 인간이 있는 것은 뭔가 이상하다. 그런 생각을 한 적이 있겠지. 오랫동안 그 사내에게 배우면서 그렇게 생각한 적이 있겠지."

백마술사가 무슨 말을 하는지를 이해하고, 오펜은 뛰쳐나가려던 발을 멈췄다. 한 걸음만 더 가면 상대의 목을 쥐어뜯을 수 있는 거리에서 멈춰 섰다.

그 효과를 알기 때문인지, 다미안은 큰 소리로 외쳤다.

"그는 허구가 아니었을지도 모른다——적어도 2백 년 전에는 살아 있는 인간이었다. 하지만 육체를 잃고 네트워크의 정보에 따라서 재구축됐다는 절차만 보면 큰 차이가 없다. 아니, 육체 자체를 재생한 만큼 차일드맨 파우더필드는 '고스트'만도 못하다. 그래서 그는 평범한 인간으로서 사망했다. 그렇지 않은가?"

그리고——

"어떤가? 아직도 영주님을…… 한심하다고 생각하는가?"

한 순간의 허를 찔러서, 다미안은 허공 속으로 사라졌다. 단 한 마디, 외침을 남기고.

"한심하다고 생각한다면 이것을 쓰러트려봐라!"

백마술사가 사라진 그 공간에 다른 사람이 나타났다. 역시 키가 큰,

장년의 남자.

아니, 장년이라고 하기에는 아직 조금 젊은가. 그것은 잘 아는 얼굴이었다. 냉엄한 얼굴로 이쪽을 보고 있다. 길게 자란 머리카락을 뒤쪽에서 묶었다. 그런 주제에 수염은 항상 열심히 깎고 있는 것 같다. 기묘한 남자였다. 그 남자는 실제로 《탑》에서도 기인으로 알려져 있었다.

차일드맨 파우더필드 교사가 체육복을 입고서 거기에 서 있다. 거창한 자세가 아닌 자연스런 자세. 하지만 그것이 전투자세다. 그가 바로 대륙최강, 최고의 마술사였다. 패배를 모르는 무적의 술자.

그의 '고스트'——

오펜은 뛰어들었고, 요격하는 형태로 맞서는 스승의 팔 안쪽으로 파고들었다. 주먹을 상대의 옆구리에 대고 날카로운 기합과 함께 발로 바닥을 짓밟았다. 내지른 주먹은 내장을 부수는 감촉을 충분하고도 남을 정도로 전해줬다.

"……못 이겨."

그가 중얼거리기 전에, 스승의 고스트는 이미 소멸돼 있었다.

"선생님은 처음부터 끝까지 불완전하고 평범한 인간이었어. '고스트'가 아니라고. 그 사람을 이상형으로 만든 건 우리들이야——하지만 지금의 나는 선생님의 한계를 알고 있어. 그래서 내가 후계자다. 다미안 르우. 과거를 힘으로 삼는 너는 날 이길 수 없어."

그 방안에는 없는——하지만 분명히 듣고 있을 적에게 속삭였다.

"다시 말하지. 한심한 건 선생님도 영주도 아냐. 바로 너다."

모습은 보이지 않아도 기척은 느껴진다. 다미안은 저택에서 도망치지 않았다. 오펜은 집무실 입구 쪽으로 향하고는 주저하지 않고 문을 걷어차서 열었다.

복도로 뛰쳐나가서 적을 찾는다.

'내가 쓰러트릴 수 없는 상대…? 팃시가 잘못 생각했어.'

오펜은 강철제 칼집에서 단검을 뽑았다. 은색 칼날은 어둠에 녹아들어서 빛나지 않고 축축한 광택만을 남겼다.

'저건, 나만이 쓰러트릴 수 있는 적이다!'

"날 쓰러트릴 수단은 없다!"

역시 모습은 드러내지 않은 채, 목소리만이 저택 안에 울렸다.

복도로 나온 오펜을 기다리는 것은 복수의 병사였다. 세 명. 실내에서도 쓸 수 있는 나이프를 치켜들고 포위할 가세로 달려왔다. 오펜은 가장 빠른 자를 확인하고, 뒤꿈치를 미끄러트려서 몸을 낮췄다. 쓰러질 정도로 자세를 낮춘 뒤에 단검 칼날을 치켜 올렸다.

비명소리가 울린다. 고스트가 하나 사라졌다. 그 틈을 이용해, 오펜은 적의 뒤쪽으로 탈출했고, 벽을 등지고 몸을 돌렸다. 남은 둘도 이쪽을 보고 있다. 오펜은 재빨리 오른손의 단검과 왼손으로 뽑은 투검(投劍)을 동시에 던졌다──검은 각각 표적의 목을 꿰뚫고 반대편 벽에 박혔다. 고스트는 어둠 속에서 흐릿해지고 소멸했다.

"그래. 널 쓰러트리려면 수단은 필요 없어."

벽에 꽂힌 단검 두 개를 회수해서 두 손에 든 오펜이 말했다. 모습이 없는 어둠에게.

"넌 나한테서 도망치 수 없어. 넌 날 물리칠 수 없어. 넌 내 방해를 할 수도 없어. 그것만으로도 넌 소모될 테니까. 정신체인 너는! 가치가 없어진 순간에 사라져라! 태어났다는 이유만으로 의미도 없이 살아있을 수 있는 건 육체뿐이다!"

"나는…… 약하지 않다!"

목소리가 부정했다.

반론을 허락하지 않고, 오펜이 비웃었다.

"지금부터 약해질 거야. 급속히."

기척을 느끼고, 몸의 방향을 바꿨다. 복도 저쪽에서 요란한 발소리를 내며 덩치 큰 병사가 돌진해오는 모습이 보인다. 동시에, 반대쪽 통로에서 발소리도 없는 병사가 다가오는 것도 느껴졌다.

평소 같으면 궁지일 것이다──하지만 오펜은 차분하게 두 팔을 뻗었다. 외친다.

"나 발하노라, 빛의 칼날!"

마술 구성을 해방. 순백색 빛이 직선으로, 복도의 어둠을 찢었다. 덩치 큰 병사는 어쩌면 위노나의 고스트였는지도 모른다. 하지만 그걸 시인하기도 전에, 그 그림자는 충격파의 소용돌이 속에서 사라졌다.

파괴된 복도를 등지고, 다른 쪽에서 온 젊은 남자──비틀어진 눈을 가진 남자는 투검 하나로 족했다.

다음 적이 또 올지 모른다고 경계했지만 찾아온 것은 정숙이었다. 오펜은 남은 단검을 들고서 말했다.

"공격이 너무 단조로워. 고스트까지 너무 조잡해. 대 무장 도적 전투과 놈들은 이렇게 쉽게 해치울 수 있는 상대가 아니었는데 말이야. 적어도 내가 예전에 상대했던 현실의 놈들은!"

"닥쳐라. 네놈 따위, 장기 말에 불과한 것이──"

"그래, 맞아. 하지만 너 혼자 유리한 게임은 이제 끝났어."

한 마디 할 때마다 의식이 맑아지는 것이 느껴진다. 기세를 타고, 오펜은 계속해서 말했다. 역학관계가 역전돼가는 것이 피부로 느껴졌

다. 다미안은 약해졌다.

"나한테 이길 수 있는 말을 준비할 수는 있나? 위노나는 죽었다. 코르곤은 떠났다. 너한텐 아무것도 남은 게 없어."

"있다……."

그 목소리만은──다미안의 그 목소리만은 겁먹은 기색이 담기지 않았다.

그래서 오펜은 토하려던 말을 삼켰다. 예상했던 일이다. 다미안이 꺼낼 장기 말에 이것이 들어있으리라는 건 알고 있었다.

잔재주도 없다. 기습도 없다. 그 고스트는 갑자기 복도 끝에서 나타났다. 어둠의 끝에 있으면서도 어둠보다 시커멓게 서 있는 자. 칠흑의 옷을 입은 남자. 둥근 모자가 머리 절반을 가리고 있다. 모자 챙 너머로 눈을 치켜뜨고 이쪽을 보고 있는 눈도 기분 나쁠 정도로 동그랗다.

성복 입은 남자.

'잭 프리스비…?'

영주가 말했던 그 남자의 이름을 떠올렸다.

그 남자의 땅딸막한 체구는 묵직하게, 그러면서도 발소리도 기척도 없이 이쪽으로 한 걸음 다가왔다.

'이 거리──'

오펜은 망설이지 않고 자세를 잡았다. 마술 구성을 짜고 해방하려고 했다. 충분한 거리가 있다. 힘들지 않게 마술로 제압할 수 있다.

그렇게 생각했는데.

"……내가 직접 그대에게 위해를 가할 수는 없지만."

뒤쪽에서 다미안의 목소리가 들려왔다. 뭔가가 등에 닿은 느낌이 들었다. 실제로는 아무것도 닿지 않았겠지만──다미안이 정신을 지배하는 감촉이 등줄기를 얼어붙게 만들었다.

"방해 정도는 할 수 있지!"

준비하던 마술 구성이 흩어졌다. 백마술사의 정신지배는 더 깊은 영역까지 침식하려고 힘을 가해왔지만, 오펜은 온 힘을 다해서 거기에 저항했다. 적의 위식을 밀어내고 마음의 독립을 유지한다.

그것은 한 순간의 일이었지만 성복 입은 남자가 이쪽과의 거리를 좁히는 데는 충분한 시간이었다. 이미 마술을 위해서 집중할 시간은 없다. 오펜은 뒤로 뛰었다──성복 입은 남자는 이미 눈앞에서 공격 태세에 들어갔다. 작은 자세. 짧은 한 걸음과 함께 내지르는 파괴의 일격. 분명히 남자가 붕권이라고 불렀던 공격이다.

옆으로 피하기엔 복도가 너무 좁다. 그렇다고 뒤로 뛰어봤자 남자가 전진하는 속도에서 도망칠 수가 없고. 하지만 성복 입은 남자의 추가 공격이 늦어졌다. 겨우 눈을 한 번 깜박일 정도의 주저였다. 오펜이 뒤로 물러나면서 허공에 남기는 것처럼 던진 단검이 남자의 주먹을 스치는 모습이 보였다.

오펜은 총을 뽑았다.

슬라이드를 당기고 해머를 눕힌다. 멈춰 설 여유도, 두 손으로 겨눌 틈도, 조준할 시간도 없다. 방아쇠를 당긴다고 탄이 제대로 발사될지 아닐지도 모른다. 전부 잘 된다고 해도 탄이 명중할 확률이 낮다. 잭 프리스비가 준 기회는 결코 크지 않았다.

하지만.

'이딴 걸 제대로 쓸 필요는 없어──'

소리 없이 외치고, 오펜은 권총을 다시 돌진해오는 성복 입은 남자의 발밑에 내던졌다. 잭은 피하려고 하지도 않았다──피할 방법이 없다. 바닥에 내던진 것뿐이니까.

권총은 둔탁한 소리를 내며 메마른 목제 바닥에 부딪쳐 튕겼고, 그리고 당연히, 폭발했다.

폭발한 총의 탄환이 어디로 튈까. 그딴 것을 예측할 수 있는 자는 없다. 운 좋게 적에게 맞기를 비는 수밖에 없었지만, 성복 입은 남자가 움직임을 멈추기만 하면 그걸로 족했다.

——하지만, 행운이 과도하게 작용해서 잭 프리스비의 고스트가 소멸했다. 탄이 맞은 것 같다.

하지만 사라진 것은 고작 고스트일 뿐이다.

'다음이 온다…… 다음엔, 어떻게 해치워야 하지?'

오펜은 옷의 숨겨진 주머니에서 남은 스로잉 대거를 꺼내들고 시선을 좌우로 돌리며 경계했다. 다미안은 바로 다음 고스트——아마도 또 성복 입은 남자의 고스트를 꺼낼 것이다.

버티면 버틸수록, 상대의 공격을 피하면 피할수록 다미안은 약해질 것이다. 실제로는 그렇게 급속히 약해지지는 않겠지만, 그래도 정신체인 다미안은 숙명적으로 소멸을 피할 수 없다. 원래 다미안이 오랫동안 소멸을 면한 것은 그 강대한 힘 때문이었다. 그것을 잃으면 다미안은 정신의 본래 상태——무(無)——로 돌아가게 된다.

'얼마나 걸릴지는 모르겠지만…… 그래도, 할 수 있어. 적은 전부 고스트다. 진짜가 아니야.'

총은 여전히 바닥에 떨어져 있다.

폭발한 총은 기적적으로 파손되지 않았다. 그렇다고 주워서 다시 쏠 수 있을지. 시험해볼 생각도 없지만. 오펜은 나이프를 손바닥에 끼운 채, 지나가는 시간과 점점 줄어가는 살기를 동시에 맛보고 있었다.

그리고——

발소리가 들려서 고개를 돌렸다. 들려온 것은 비명이었다.

"꺄아악!"

계단을 올라와서 모습을 드러낸 사람은, 클리오였다. 복도가 엄청나게 파손된 것과 이쪽의 나이프 때문에 놀랐는지, 손을 입에 대고 눈이 휘둥그레져 있다. 어디서 찾아낸 건지 불을 밝힌 촛대를 들고 있다. 흔들리는 불빛 속에서 클리오가 물었다.

"어, 어떻게 된 거야 이거? 무슨 일이 있었어?"

'고스트…… 인가?'

다미안의 성격을 생각해보면 이런 수작도 부릴 것 같았다. 오펜은 나이프를 집어넣는 척 하고 손바닥에 감춘 채로 자세를 풀었다.

클리오가 뛰어온다. 어느새 저택 안에서 다른 기척들도 느껴졌다. 우당퉁탕 시끄러운 건 지인 두 사람의 발소리겠지. 아무래도 아래층에서 뛰어다니고 있는 것 같다. 저택에 아무도 없는 걸 보고 멋대로 뒤져대고 있는 건지도 모른다.

클리오는 눈앞까지 다가오더니 불을 앞으로 내밀었다.

"오펜…?"

"아니……."

오펜은 곤혹스러워서 신음했다. 이 클리오는 고스트가 아니다.

'다미안은…… 도망쳤나?'

순간.

절규가 울려 퍼졌다.

'어째서, 어째서, 어째서, 어째서, 어째서——어째서, 쓰러트릴 수 없는가?!'

최접근령의 저택 상공에서 아래를 내려다보며, 다미안 르우는 그 이해할 수 없는 결과를 받아들이지 못하고 있었다. 네트워크는 쓸 수 없지만, 그의 시각은 빛이 없어도 저택 안을 파악할 수 있다.

해치웠다고 생각했다. 확실히 해치웠어야 했다. 저 흑마술사는 잭 프리스비를 이길 수 없다. 그 이전에 흑마술사 자신의 이상을 유사 구현한 차일드맨 파우더필드의 고스트를 이길 리가 없다. 저 흑마술사가 ——건방진 애송이가——자신의 이상을 웃도는 의지를 가지고 있지 않은 한.

'그런 것이 존재할 리가 없다…… 그런 의지가 존재할 리가 없다. 아무것도 모르는 어린아이가 아닌 한. 좌절을 알고 실패를 알고 있을 것이다. 체념과 자신의 한계를 알고 있을 것이다. 절망을 알고 있을 것이다……'

알고 있다면, 그 너머에 희망 따위는 없다.

절망이니까. 그 너머 따위는 없다.

생물로서 살아가는 그들에게 그것과 대립할 힘 따위는 있을 리가 없다.

그들은 썩어가는 살덩어리다. 뜨뜻한 체액과 꿈틀거리는 힘줄. 그 집합체다. 한계를 지녀야 하기에 한계를 지닌 물질이다.

'그런 주제에, 포기하지 않고 앞으로 나아가는 일은——있을 리가 없다!'

언젠가는 멸망할 종이 아닌가.

언젠가는 죽어야 할 개인이 아닌가.

'세계의 운명은 그런 것에게 맡겨질 리가 없다. 그래서 살을 얻은 신들은 마왕의 손에 멸망하지 않았던가. 세계는 살아있는 것들을 위해 있는 것이 아니다. 생물은 존재 자체가 잘못된 것이다! 살은, 세계의 종말이 오기 전에 사라져야 할 것이다! 정신만을 남기고──존엄한 정신만을 남기고.'

그 흑마술사에게 고스트는 더 이상 통하지 않을지도 모른다.

다미안은 오싹한 기분을 맛보며 인정했다. 그렇다고 직접 정신을 지배하는 것은 고스트를 이용하는 것보다 어려울지도 모른다. 물리에 작용할 수 있는 이 몸으로는 손쓸 도리가 없다. 물질로서 최강인 존재에게 쓸 무기가 없다.

달 아래.

눈부시게 빛나는 달빛 속에서.

문득, 떠오른 생각이 있었다.

'나는…… 무력한…… 것인가…?'

그리고 들려오는 목소리가 있었다.

──엄청나게 약해졌네──

물론 그것이 육성일 리가 없다. 찬바람에 맞으면서도 쌀쌀하다는 것을 느끼지도 못하고, 하지만 다미안은 존재의 깊은 곳에서──도망칠 곳도 없는 근본에서 들려오는 것 같은 그 목소리를 듣고 전율하고 있었다. 정신의 왕으로서 있어서는 안 될 동요가 온 몸을 흔들고 있다.

──시간이 없어. 여기서 전부 가져갈게──

위화감이 들었다. 퍼뜩, 정신을 차리고 자신의 두 손을 달을 향해 들었다.

그 또한 의미 없는 행동이었다. 자신의 시각은 빛을 필요로 하지 않으니까. 하지만 그런 것을 생각할 여유도 없이, 그는 비명을 질렀다. 두 손의 모양이 달라졌다. 오른팔에 엄청나게 차가운 기운을 느꼈다. 찌르는 것 같은 냉기. 그 팔에서는 아무것도 느껴지지 않는다. 정확히 그 불쾌한 여자한테 잡혔던 부분부터 감각을 잃어가고 있다. 그 팔은 이미 자신의 것이 아니다. 다미안은 그제야 이해했다. 오른팔만, 여자의 팔이 되어 있었다.

"내⋯⋯!"

팔에서 느껴진 차가운 기운이 온 몸으로 퍼져가고 있었다.

맹렬한 상실감──자신의 존재가 자신이 아니게 되어간다. 그는 절규했다. 단말마가, 최접근령에 울린다.

"가진 힘을 전부⋯⋯ 빼앗겠다⋯⋯ 는 것인가! 소거하는 것이 아니라!"

그걸로 끝이었다.

그녀는 조용히, 그 자리에 서 있다. 달을 올려다보며.

"이걸로⋯⋯ 준비는⋯⋯ 끝났어."

아자리는 혼잣말을 하고는 자기 몸을 내려다봤다. 육체가 아니다. 정신체의 신체. 딱히 의식한 것은 아니지만, 예전에 킴라크에서 결계 밖으로 나갈 때 입었던 전투복 차림이다. 사실 차림새 따위는 의미가 없는 일이었다.

고개를 수평으로 돌리고──그녀는 지금부터 해야 하는 일들을 열거했다. 시간은 한정돼 있지만, 결코 부족한 것도 아니다. 일단은 자신의 도움을 잃고 무력해진 레티샤를 구해줘야 한다. 아직 죽지는 않았을 것이다.

그리고.

그녀는 그대로, 그쪽 방향을 봤다. 저 멀리에 펜릴의 숲이 있다.

'키리란셀로…… 넌 올 거야? 내 전언을 받아들이고, 날 만나러 올 거야?'

만나러 온다면…… 그것은, 대체 무엇을 위해서일까?

가만히 있으면, 그 답을 말해주러, 동생이 이 상공까지 올라오지 않을까——

그런 뜬금없는 생각을 하고, 아자리는 더 이상 볼일이 없는 최접근령을 뒤로 했다.

동틀 때까지는 아직 많이 남았다.

밤의 장막에 감싸인 저택 주위를, 어둠 속에서 소리도 없이 움직이는 칠흑의 거대한 몸과 녹색으로 빛나는 수많은 눈들이 둘러싸고 있는 것이 보였다. 그것들은 시간을 들여서 포위망을 좁혀가고 있었다. 어리석은 다미안이 스스로 네트워크를 봉인한 사이에.

그녀는 아무것도 하지 않고 그 상공을 지나쳤다.

에필로그

그것은 아름다운 추억이었다.

그것이 어디의 풍경이었는지, 그녀는 확실하게 기억하지 못했다. 하지만 지금은 아니다. 자신의 기억이 얼마나 불확실한 것인지——그것을 깨닫고는 신음했다. 자신은 여기로 돌아오고 싶었던 걸까? 그래서 이렇게까지 확실히 기억하고 있던 걸까?

호수였다. 그것은 틀림없다. 깊은 숲속, 나무들에 막혀서 바람도 불지 않는다. 강한 햇살이 내리쬐지도 않아서, 차가운 수면은 한없이 투명하게 빛나고 있다.

자신은 이곳에서 밖으로 나갔다.

이 청정한 땅을 떠나서 더러운 바깥세상으로.

그것은 틀림없이 바보 같은 선택이었다. 자신이 선택한 것은 아니라 해도——아니, 내가 선택한 걸까? 자신을 이곳으로 데리고 온 악마 같은 남자는 그렇게 말하지 않았던가. 그 남자는 지금 자신의 옆에 있다. 하지만 이 풍경 속에서 그 남자는 없는 것이나 마찬가지였다. 그곳은 그녀의 추억이니까…… 그 남자는 없다.

추억 속에 있는 그 풍경은 조용했다. 너무나 정숙해서 이명(耳鳴)까지 들린다.

너무나 조용하고, 더러운 말 따위가 입술 사이에서 나오는 일도 없다.

가슴속에는 아무것도 떠오르지 않는다.

새하얀 감정만이 수면처럼 투명하게 가슴을 가득 채웠다.

그것은 아름다운 추억…… 이지만.

거기에, 그 추억 속의 풍경이 그대로 남아 있는 것은 아니었다.

오히려 흔적도 없이, 무참하게 변한 것만이 군림하고 있었다.

호수는 모래에 묻혀버렸다. 내쉬워터에서도 가끔씩 그 누런 먼지가 킴라크 쪽에서 불어오는 일은 있었다. 하지만 이렇게나 많은 누런 먼지가 휘몰아치는 것은 처음 봤다. 그것을 계속 들이쉬면 죽는다고도 하는 죽음의 모래. 소용돌이치고, 추억까지 전부 멸망으로 물들여버리려 하고 있다.

그리고 그 누런 먼지가 휘몰아치는 속에 여자가 있었다. 하늘에 떠서, 정지해 있다.

하늘에 떠 있는 그 여자는 기도하는 것처럼 두 손을 가슴 앞에서 모으고 있다.

가느다란 손가락이 서로 엮여서, 가볍게 붙잡고 있다.

눈을 감고 있다. 검은 머리카락이 떠오르는 것은 그녀의 머리 위로 당겨지고 있기 때문이다. 허공의 구멍에 걸린 것처럼.

거미줄에 걸린 나비——또는 개미지옥에 빠진 개미라고나 할까.

여자는 아름다웠다. 생물이 아닌 것처럼. 온통 순백색이고, 매끄럽고, 싸늘한. 저절로 쌓인 눈이 만든 설상과도 같았다. 사람의 손으로 만든 것이 아니며, 순수한 자연이 만들 수 있는 것도 아니다.

그 여자를 중심으로 누런 먼지가 휘몰아치고 있다. 여자는 허공에 머리카락을 붙잡혀서 움직이지 못하는 것인지 꼼짝도 않고 있다.

이곳이 성역. 모든 것의 핵심.

로테샤는 그것을 올려다보며 눈물을 흘렸다.

그것이 파멸적인 존재라는 것을, 어째선지 알고 있었다.

후기

아아.

꾸물꾸물.

꾸물꾸물 거리면서 살고 싶다. 팔다리도 없이 어디 틈새에 소리도 없이 기어들어가서 살 수 있다면 얼마나 좋을까.

그렇게 해서 일상적으로 누구나 생각하는 팬시한 소원을 빌면서 전해드리는 후기입니다. 별똥별 따위는 못 보더라도 틀림없이 이루어질 거야! 참 긍정적이네. 아키타 요시노부입니다.

18권입니다 18권. 드디어 18권입니다. 괜찮은 것 같기도 하고 아닌 것 같기도 한 숫자입니다.

아무 상관없는 얘기입니다만 로또를 샀습니다. 복권을 사본 건 태어나서 처음입니다. 숫자를 여섯 개 고릅니다. 한 판에 200엔×5게임을 한 장으로 살 수 있으니까, 천 엔어치를 사봤습니다, 고객님.

엉뚱한 숫자를 골라봤습니다. 골라봤다고요. 결과는 완전히 꽝이었지만. 그리고, 제가 고른 숫자를 자세히 봤더니…….

랜덤으로 골랐다고 생각했는데 8과 16과 24를 저도 모르게 골랐습니다. 그리고 여기까지 쓰고서야 알았는데, 18권은 정말 아무 상관도 없네요. 뭐 아무러면 어떻습니까. 8은 재수가 좋은 숫자니까 괜찮습니다. 왠지 이번 후기는 이상하게 흥분한 것 같은데, 감기 걸려서 누워 있다보니 화풀이입니다. 죄송합니다.

건강은 정말 소중하다고 생각합니다. 감기는 누워서 쉬는 것 말고는 치료할 방법이 없지 않습니까. 정말 귀찮습니다. 어떻게 좀 해주세요 그레고리 씨. 근데 그레고리 씨가 누구죠. 그런 사람 모르거든요.

……자, 끝까지 이렇게 할 자신이 없으니 분위기를 바꿔보겠습니다.

18권 후기입니다. 먼저 지금까지 함께 해주신 독자 여러분께 감사 인사를 드립니다. 저자 교정을 하다가 알았는데, 이 책의 번호가 40-35. 즉 후지미 판타지아 40번째 작가(라고 생각하면 되겠죠?)의 35번째 책입니다. 은근슬쩍 35권이나 썼네요. 은근슬쩍?

오펜 시리즈만 보자면 딱 30권 째입니다. 뭐, 기념으로 뭔가가 있는 것도 아니지만, 일단은 확인하자는 의미로.

시리즈를 시작한 게 언제였더라…….

8년 전? 으엑.

전에도 같은 계산을 한 적이 있습니다만, 8년 동안에 30권이라고 생각해보면 일 년에 약 네 권. 뭐, 대단한 숫자는 아니네요. 다른 시리즈까지 계산하면 네 권이 좀 넘겠죠. 생각보다 많이 안 썼네요.

하지만 8년이나 지났습니다. 이 후기를 쓰는 시점에서는 아직 안 지났지만, 책이 나올 때면 저도 만으로 스물아홉입니다.

어쩐지 많이 늙었더라니……

뭔가 절실하게 느껴집니다.

잠깐, 이 패턴도 전에 했던가. 으으.

8년이라면 그거네요. 8년 전에 초등학생이었던 아이가 벌써 어른이 돼서 다리에 줄을 매고 누각에서 뛰어내리거나 맨손으로 사자를 사냥하러 다니기도 하겠죠. 8년 동안 여러 일들이 있었겠죠. 힘든 일도 슬픈 일도 뛰어넘고, 만남과 이별, 그리고 또 만남.

그리고 또 이별. 그래놓고 또 만남. 제발 좀 헤어져라. 끈질기게 만남. 뭐랄까, 평생의 이별. 그런데 또 만남. 이 정도까지 오면 완전히 스토커입니다. 숫자를 셀 수도 없습니다.

무슨 이야기인지는 잊어버렸지만 뭐 괜찮습니다. 독감이랑 감기가 합체하면 최악입니다. 평소엔 생각해본 적도 없는 전문용어가 마구마구 생각납니다. 스페큘러티브 프리컴퓨테이션이라든지. 아마 두 번 다시 생각할 일도 없지만.

생각해보니 8년이란(아, 원래 얘기로 돌아왔다) 지나고 보면 눈 깜박할 사이…… 라고 하고 싶지만. 지금 제게도 엄청나게 긴 세월이었던 것 같은 생각이 듭니다.

그러니까 말이죠. 8년이 지났다고 세상이 크게 달라진 것 같지도 않습니다.

사람 하나하나는 8년 동안에 얼마나 달라졌을까. 달라져갈까.

저는 뭐가 달라졌을까요.

지금 당장 그것을 확인하고 싶어도 일기 같은 편한 것을 쓰지도 않습니다.

어쩌면 8년 전의 오늘도 감기에 걸려서 누워 있었을지도 모르겠네요. 끙끙 앓고 고민하면서 후기를 쓰고 있지는…… 않았겠지만.

아무 기억도 없습니다.

그래서 꺼내보는 것은 8년 전에 제가 쓴 작품.

한마디로 이 시리즈의 첫 번째 권.

조마조마하며 페이지를 펼치고, 슬쩍 봅니다.

그리고 알아차립니다.

…나, 별로 진보가 없는 것 같네…….

뭐, 뭐 어떻습니까. 괜찮겠죠. 사람은 8년 가지고는 성장하지 않으니까요. 후후.

아무튼 뭐, 은근히 절망적인 상황에서 자신을 괴롭히는 건 이제 그만두고 밝은 생각을 해보도록 하죠.

그런데 뭐가 있었던가…….

최근 들어 계속 일, 일 그리고 일만 하는 생활이다 보니 딱히 쓸 말이 없네요.

하지만 꼭 이런 때에, 담당 편집자께서 내려주신 후기 페이지가 장장 8페이지.

"여유가 넘치니까, 쓰고 싶으면 아예 15페이지 정도 써도 됩니다."

아으으. 훌쩍 훌쩍.

아, 맞다. 이런 일이 있었죠.

정말 신기한 일입니다.

원고 데이터를 말이죠. 검색하는 경우가 있습니다. 단어라든지.

보통은 어디에 뭘 써놨는지 대충 파악하고 있으니까 검색할 필요도 없지만. 하지만 가끔 그럴 때가 있지 않습니까.

가~끔 말이죠.

그런게 마침 해봤더니.

검색창에, 지난번에 검색한 이력이 남아 있었습니다.

「마이클」이라고.

…아니, 난 그런 것 검색한 기억이 없는데.

게다가 원고에 마이클이라고 쓴 기억도 없고.

나이트 재단의 저주가 아닐까 싶은데 말이죠. 어떻게 생각하시나요.

그런 건 그렇다 치고, 시대는 그거입니다. 이 책이 나올 때쯤에는 올림픽도 끝나고 월드컵이겠죠.

하지만 축구도 잘 몰라서 말이죠. 싫어하는 건 아니라서 월드컵 정도는 봅니다. 하지만 개최하기 전에 신경 쓰이는 게 있습니다.

꽤 오래전에 뉴스에서 「훌리건 대책 훈련을 하고 있습니다」 라는 얘기가 나왔습니다. 우리나라 얘기는 아니고. 그 훌리건 대책 훈련. 무슨 특수부대 같은 까만 옷을 입은 사람들이 헬리콥터에서 잔뜩 내려서는 기관총을 들고 전진하는 영상이 나왔습니다.

…….

쏘는 건가요?!

아니, 그러니까, 뭐라고 해야 할지는 모르겠지만…… 훌리건이 그렇게 무서운 존재였던가요…….

왠지 그 영상의 임팩트가 너무 강해서, 정말로 월드컵을 기대해도 되는 건지 고민입니다. 굳이 제목을 붙이자면 「참극의 날」입니다. 사실 얼마 전에 꿈까지 꿨습니다.

너무 고민하는 걸까요? 의문은 점점 깊어져만 갑니다.

그리고 그 뉴스 영상은 소년 시절에 봤던 한 순간의 환영? 가르쳐줘 메텔. 메틸 하니까 식완에 들어 있는 이 허연 메틸은 대체 뭐지? 아무리 좋게 봐주려고 해도 너무 허연데 말이죠······ 999는 TV 시리즈도 극장판도 전부 다 봤는데, 하얀 메텔이 있었던가. 하지만 어린 시절에 봤으니까 기억이 안 나는 건지도. 아무튼 이것도 의문입니다. 하얀 연인 블랙이라는 말이 생각납니다. 아니, 블랙이 더 좋지만 말이죠.

자. 이렇게 해서 피의 참극과 홋카이도 명물 과자를 같은 화제에 올려놓고, 이 책에서는 여기까지. 전혀 분위기를 바로잡지 못했습니다.

그럼 다음 권에서 또 뵙겠습니다~.

2002년 2월——
아키타 요시노부

마술사 오펜 뜻밖의 여행 애장판 9

초판 1쇄 발행   2019년 3월 15일

저자 아키타 요시노부

발행인 원종우
발행처 (주)이미지프레임

주소 (13814) 경기도 과천시 뒷골1로 6, 3층
영업부 02-3667-2653   **편집부** 02-3667-2654   **팩스** 02-3667-2655
메일 edit01@imageframe.kr   **웹** vnovel.co.kr

ISBN 978-89-6052-681-5 04830   **(세트)** 978-89-6052-649-5

Majyutsushi Orphan Haguretabi Shinsoban Vol.9
by Yoshinobu Akita
Copyright © 2012 Yoshinobu Akita   Illustrated by Yuuya Kusaka
First published in Japan in 2012 by T.O Entertainment, Inc.
Korean translation rights arranged with T.O Entertainment, Inc.
through Shinwon Agency Co.

이 책과 수록 내용의 한국 내 저작권은 신원 에이전시를 통한
T.O Entertainment와 독점 계약으로 (주)이미지프레임이 소유합니다.

글 : 카즈키 미야 / 그림 : 시이나 유우 / 번역 : 김봄

가격 : 10,000원